담향

www.bbulmedia.com

www.bbulmedia.com

Black Hole

블랙홀

최윤서 장편 소설

DAHYANG ROMANCE STORY

contents

1.

12월의 첫날은 새하얀 눈이 맞이했다. 은하는 가만히 서서 연구실의 창밖을 내다보고 있었다. 한국최면치료연구소는 13층의 복합 상가 7층에 위치하고 있었다. 바깥의 풍경을 보기에는 꽤 좋았다. 너무 높지도 않고 낮지도 않은 높이. 은하는 그 어중간한 높이가 좋았다. 그런 어중간한 높이에서 가만히 눈이 내리는 것만 보고 있자니, 왠지 금방이라도 트랜스 상태*에 빠져 버릴 것만 같았다.

은하는 정신을 차리기 위해 고개를 흔들며 자리에 가서 앉았다.

그제야 다른 연구원들이 나누는 얘기가 들려왔다. 자리를 비운 조근형 소장을 제외하고 연구소의 유일한 남자 연구원인 기현은 평소처럼 입을 꾹 다물고 일에 몰두하는 중이었으니 그래 봐야 남은 여자 연구원 둘이 하는 얘기였다.

하지만 인영과 문주는 본래 목소리가 큰 데다 무슨 일인지 상당히

---

* 트랜스(trance) : '몽환' 이라는 말로 번역될 수 있는, 멍하고 몽롱한 상태 또는 흔히 비몽사몽이라고 표현되는 상태를 말한다. 최면에서 주로 사용하는 용어.

흥분된 상태로 얘기를 주고받고 있었으므로 연구소의 분위기는 이미 그들이 떠드는 가십의 허황된 무게에 압도당한 상태였다. 그러니 평소 자질구레한 가십 같은 것에는 영 관심이 없던 은하도 그들의 이야기를 들을 수밖에 없었다.

"웬일이야, 정말."

문주가 인영의 옆에 바싹 붙어 모니터를 들여다보며 놀란 듯이 입을 가렸다. 문주의 반응에 탄력을 받은 인영의 목소리가 더욱 커졌다.

"내 사촌 중에 세강 본사 다니는 애가 있는데 회사엔 이미 소문이 자자했대. 사이코네, 사이코패스네 그런 말까지 나올 정도로."

"원래 사람이 그렇게 폭력적이래요?"

"아니. 평소엔 잘 웃고 쾌활하고 보통 사람 같은데 어느 순간 갑자기 돌아 버린다는 거야. 그러니 사이코라고 하겠지."

"그래도 인물은 괜찮은데요? 웬만한 연예인보다 훨 낫네."

"원래 살인자들이 대체로 허우대는 멀쩡하잖아."

컴퓨터를 하고 있던 은하는 그들의 이야기를 듣고 나자 자연스럽게 실시간 검색어에 눈이 갔다. 상위권에 '세강자동차'와 '손기태 폭행'이 자리하고 있었다. 직원들이 하는 이야기와 검색어 덕분에, 은하는 굳이 알고 싶지 않았던 소식을 알게 되었다.

우리나라의 자동차 산업을 대표하는 대기업 세강자동차의 차남인 손기태가 어젯밤 살인미수에 가까운 폭행을 저질러 경찰에 잡혀갔다는 얘기였다. 평소 같았으면 조용히 처리되었을 문제가 이리 화제가 된 이유는 동영상 때문이었다.

그가 자신의 아버지뻘 되는 중년의 남자를 가차 없이 폭행하는 장면이 누군가로 인해 동영상으로 촬영되어 인터넷에 올라온 것이었다. 영상은 현재 모두 삭제되었지만 영상을 캡처한 사진들이 곳곳에 돌아다

녔고 문주와 인영도 그것을 보며 얘기를 나누고 있었다.

기태 측은, 남자가 여자를 음흉한 눈빛으로 보며 따라가고 있어서 그를 막기 위해 한 행동이라고 말했다. 여자도 남자가 자신을 따라오는 것 같아서 불편한 느낌을 받긴 했다며 어느 정도 기태를 변호해 주었다.

하지만 아무리 남자가 음흉한 목적이 있었다고 한들, 실상 여자의 털끝 하나 건드리지 않은 상황에서 그런 말은 무의미했다. 순전히 범죄를 막으려는 목적이었다고 보기에는 폭행 정도가 너무 심했기 때문이다. 이에 많은 사람들이 기태와 세강 집안에 대해 비난의 목소리를 냈다.

문주와 인영도 그중 한 사람이었다. 하지만 은하는 대화의 중심이 파악되자 금세 관심을 끄고 오늘 오기로 한 내담자들의 명단과 자료를 체크했다.

그런데 그때, 인영이 은하에게 말을 붙였다. 대화 상대가 하나로는 모자란 모양이었다.

"은하 씨도 봤어? 기사?"

은하는 어김없이 자신을 '은하 씨'라고 부르는 인영이 못마땅해서 잠시 대답을 참았다. 은하가 비록 연구소에 들어온 지 얼마 되지 않았고 나이도 가장 어리긴 했지만, 다른 연구원들은 모두 은하를 똑같이 '고 선생님'이라고 부르며 존대해 주었다. 그러나 인영은 자신이 이 연구소에서 소장 다음으로 경력이 오래됐고, 나이도 40대로 가장 많다는 것을 강조하고 싶은지 항상 은하만은 '은하 씨'라고 부르며 처음 본 순간부터 반말을 했다.

이 연구소는 다른 연구소와는 달리 연구원들 사이에 주임연구원이나 책임연구원, 수석연구원 등의 직급이 따로 없고 모두 '책임연구원'이었기 때문에 표면적으로는 상하관계가 성립되지 않았다. 그래서 은하는 보자마자 말을 놓은 인영에게 불만이 있었다. 은하는 모든 것은 능력 위주로 평가받아야 한다는 철저한 실력주의자이자 완벽주의자였다.

"아니요. 별로 관심 없어서."

뒤늦게 들려온 은하의 심드렁한 대답에 인영의 미간이 티 나게 구겨졌지만 은하는 못 본 척 하던 일을 계속했다. 세강 집안의 아들이 무슨 짓을 했고 어떤 사람이건 은하와는 상관없는 일이었다. 그녀는 얼른 이런 무의미한 대화에서 벗어나 일에만 집중하고 싶었다.

때마침 연구실 문이 열리고 사무원 보람이 들어왔다.

"고 선생님, 상담이요."

한 아주머니와 여중생이 문밖에 서 있었다. 은하는 얼른 자리에서 일어나 그들에게 다가갔다.

"오셨어요."

은하가 기다리던 오늘의 첫 번째 손님이었다. 상담은 벌써 두 번째였기 때문에 은하는 친밀한 미소로 인사를 하며 그들을 맞았다.

"오늘은 발표할 때 딸꾹질 안 했어?"

은하는 여학생에게 최대한 자상하게 대해 주며 상담실로 들어갔다.

은하가 상담실로 들어가고 나자 인영은 참았던 불만을 토해 내듯 말했다.

"우리가 매달 친절사원 뽑는 서비스직도 아니고 왜 저렇게 손님들한테만 극성인지 몰라. 주변 사람들한테는 냉기가 아주 철철 흐르면서."

"그게 고 선생님 매력이잖아요. 차가우면서도 따뜻한."

여태 말 한 마디 없던 기현이 갑자기 헤벌쭉 웃으며 은하의 편을 들고 나서자 인영이 발끈하며 말했다.

"권 선생도 남자라고. 하여간 남자들은 예쁘기만 하면 다지? 은하 씨는 아주 그냥 손기태 같은 사이코한테나 한번 걸려 봐야 되는데."
"어우, 선생님도. 그런 악담을."
문주가 팔을 부르르 떨며 말했다.
"왜, 사이코한테도 저렇게 잘하는지 궁금하지 않아?"
인영이 흥, 하고 콧방귀를 뀌며 말했다. 기현과 문주는 그녀의 말에 상담실 쪽으로 시선을 돌렸다. 최면치료실을 제외하고 연구소의 모든 구조는 통유리로 되어 있어서 연구실 안에서도 대기실이나 상담실을 훤히 볼 수 있었다.
은하는 어김없이 선한 웃음을 지으며 내담자와 대화를 하고 있었다. 은하의 미소는 어딘지 모르게 사람의 마음을 끄는 매력이 있었다. 마치 지금 창밖에 내리고 있는 눈처럼, 맑고 새하얀 미소였다.

며칠 동안 눈과 비가 번갈아 가며 내리다가 간만에 햇살이 강하게 내리쬐었다. 은하는 창밖을 바라보며 멍하니 생각에 잠겼다. 가끔씩 눈을 때리듯이 다가오는 햇살이 싫지 않았다. 오히려 누군가 다정한 손길로 어루만져 주는 것처럼 나른한 느낌이 들었다.
요즘 내내 어둑어둑한 날들이 계속되어 기분이 처지던 차에 가뭄에 든 단비처럼 반가운 날씨였다. 때마침 이어폰에서는 '기분 좋은 날' 이라는 노래가 흘러나왔다. 항상 집, 연구소, 집의 생활이었기 때문에 특별할 일도 없었지만 왠지 오늘은 좋은 일이 생길 것만 같았다.
은하는 평소답지 않게 조금 들뜬 마음으로 버스에서 내렸다. 횡단보도를 건너고 익숙한 길을 지나 건물 안으로 들어서려던 은하의 발이 멈칫했다. 은빛의 고급 승용차 한 대가 햇빛에 반사되어 은하의 눈을 찔렀다. 은하는 의도치 않게 차 안을 보게 되었다. 반듯하게 차려입은 남자가 꼿꼿한 자세로 운전석에 앉아 있었다. 차 주인이라고 보기에는 로봇처럼 각이 잡혀 있는 게, 누군가의 운전기사나 수행비서처럼 보였다.

왠지 범상치 않은 사람이 이 건물에 들어온 것 같다는 느낌이 들었지만, 그 사람이 꼭 연구소에 들렀을 거라는 보장도 없었고 그렇다고 해도 별 상관이 없었기에 은하는 이내 관심을 끄고 고개를 돌렸다.

건물에 들어선 은하는 이제 막 문이 닫히려는 엘리베이터로 뛰어가며 말했다.

"잠시만요!"

사람이 꽤 많았지만 앞에 있던 남자가 문을 다시 열어 주었다. 은하는 그에게 짧게 고개를 숙여 인사를 하며 엘리베이터를 탔다. 7층을 누르려고 손을 움직이려는 찰나, 이미 불이 들어와 있는 것이 보였다.

"몇 층 가세요?"

낯선 남자의 목소리가 바로 옆에서 들렸다. 위치 때문에 버튼을 누르지 못한 것이라 생각한 듯했다. 은하는 고개를 들어 남자의 얼굴을 보았다. 엘리베이터 문을 열어 준 남자였다.

눈이 마주치자, 은하는 새삼 그의 얼굴을 자세히 보게 되었다. 진회색의 정장을 입은 그에게서는 굉장히 세련되고 깔끔한 분위기가 풍겼다. 짙은 브라운색의 머리와 하얀 피부가 다소 이국적인 느낌을 주었다. 눈동자도 검은색보다는 갈색에 가까웠다. 날카로운 콧날과 대비되는 선한 눈매가 인상적이었다. 키는 은하와 족히 20cm는 차이가 날 만큼 커서 오래 바라보기가 힘들었다. 은하는 다시 앞을 보며 대답했다.

"7층이요."

남자는 잠시 있다가 버튼을 누르려던 손을 내렸다.

“저랑 같네요.”

보이진 않았지만 은하는 남자가 미소 짓고 있다는 느낌을 받았다.

7층에 도착했다. 은하가 먼저 내리고 남자가 뒤따라 내렸다. 7층에는 한국최면치료연구소와 이비인후과가 있었다. 은하는 연구소가 있는 왼쪽으로 꺾었다. 잠시 멈추었던 남자의 구두 소리가 은하의 뒤에서 다시 들렸다. 남자는 구두 소리마저 반듯했다.

은하는 연구소 문 앞에서 멈추었다. 연구소에 들를 손님이라는 것을 알았는데 모른 척 먼저 들어가는 것도 예의가 아닌 것 같아서였다. 남자의 구두 소리가 멈추었다.

은하는 남자를 돌아보았다. 남자는 의아한 듯 은하를 빤히 바라보았다. 은하를 보던 그의 눈빛이 묘하게 점점 깊어질 무렵, 은하는 살며시 미소 지으며 문을 열어 주었다.

“들어가시죠.”

남자는 대답 없이 은하의 얼굴을 바라보았다. 무슨 할 말이라도 있는 걸까, 은하는 자신의 얼굴에서 무엇을 찾기라도 하는 듯 멍하니 바라보는 그가 이상하게 느껴졌다. 그때 남자가 비로소 정신이 든 듯 짧게 웃으며 고개를 끄덕였다.

“감사합니다.”

남자가 먼저 안으로 들어가고 은하가 뒤따라 들어갔다. 은하는 남자를 접수대로 안내하고 연구실로 들어가 제 자리에 앉았다.

“안녕하세요.”

“좋은 아침.”

바쁜 소장을 제외한 연구원들이 모두 자리에 있었다. 연구원들과 인사를 나누고 가방 정리를 하는데 옆자리의 문주가 불쑥 고개를 들이밀며 말했다.

"누구시래요?"

문주는 고개를 갸웃거리며 남자의 뒷모습을 보고 있었다.

"글쎄요."

은하는 무심하게 대답하며 서류를 꺼냈다. 그때 남자가 뒤를 돌아 연구실을 보았다. 마침 고개를 들었던 은하는 다시 남자와 눈이 마주쳤다. 남자는 역시나 은하를 빤히 바라보았다.

"어머, 여기 보는데요? 잘생겼다. 귀티도 흐르는 게…… 보통 남자가 아닌 것 같은데요."

그러자 인영도 불쑥 고개를 들어 밖을 내다보았다. 남자는 은하에게서 시선을 거두고 대기실 소파에 앉았다.

"어, 저 사람!"

인영이 놀란 듯 말했다. 일순 모두의 시선이 인영을 향했다.

"왜요? 아는 사람이에요?"

"손기우잖아. 그 세강차 장남!"

"네? 정말요? 그 사람이 여길 왜요?"

인영은 갑자기 눈치를 살피며 목소리를 낮추었다.

"엊그제 소장님이 세강 쪽이랑 통화를 하는 것 같아서 살짝 엿들었는데, 손기태 폭행사건 때문에 얘기하는 것 같더라구. 설마 했는데 진짜였네! 아무래도 너무 말들이 많으니까 폭력성 좀 치료해 보려는 거 아니겠어?"

"세상에. 그걸 왜 하필 여기서요?"

문주가 기겁을 하며 말했다. 은하도 무심한 척 서류를 보고 있었지만 그들의 얘기를 듣고 있었다.

"뭐, 그동안 온갖 치료 다 해 보지 않았겠어? 요즘 최면에 대한 사람들의 관심도 늘고.”

얼마 전 한 다큐멘터리가 최면 치료에 대해 그동안의 미신적인 접근 방법에서 벗어나 과학적이고 사실적인 시각으로 다루면서 대중들의 최면에 대한 관심이 늘어났다. 조근형 소장도 한국의 최면 치료사들을 대표하여 그 다큐멘터리에서 인터뷰를 했었다.

“당연히 소장님이 맡으시겠죠?”

문주가 약간 두려운 기색으로 인영에게 물었다.

“그렇겠지. 전화까지 하신 걸 보면.”

인영은 그렇게 말했지만 표정은 어두워져 있었다. 기현도 이 일에 얽히기 싫다는 듯 바로 고개를 숙이고 제 일에 몰두했다.

그때였다. 연구실 문이 열리고 보람이 들어왔다.

“고 선생님, 잠시만요.”

서류를 넘기던 은하의 손이 멈칫했다.

“왜요?”

“손님이 잠깐 뵙기를 청하시는데요.”

은하는 약간 당황했지만 조용히 대기실을 내다보았다. 남자는 어느새 서서 대기실을 둘러보고 있었다. 아니, 정확히 말하자면 대기실 벽에 붙어 있는 연구원들의 이력을 보고 있었다.

은하가 자리에서 일어섰다. 모두가 은하를 걱정스런 눈빛으로 쳐다보았다. 하지만 은하는 담담한 표정으로 연구실을 나왔다. 보람은 다시 접수대로 돌아갔고 은하는 대기실을 서성이는 남자에게 다가갔다.

“부르셨다고요.”

은하가 옆에 서서 말했지만 남자는 여전히 앞만 보고 있었다. 은하도 그가 보고 있는 곳으로 시선을 돌렸다.

낯익은 얼굴과 고은하라는 이름이 보였다. Y대학교 심리학과 학사,

D대학교대학원 자연치유학과 최면NLP 전공 석사, 국제심리연구원 수료 등의 학력이 보였고, ABH 국제 공인 최면전문가, 최면심리상담사, 국제 공인 NLP 프랙티셔너, NLP 마스터 프랙티셔너 등 은하가 가지고 있는 자격증들이 보였다.

"저기요."

기다리다 못한 은하가 다시 그를 부르자, 남자는 그제야 은하를 돌아보았다.

"젊으신 것 같은데, 이력이 화려하네요."

"저를 왜 부르셨는지 여쭤 봐도 될까요?"

그러자 남자는 입꼬리를 살짝 올리며 은하에게 손을 내밀었다.

"반갑습니다. 손기우라고 합니다."

은하는 그의 손을 잠시 바라보았다. 지금 그가 내민 손길이 무엇을 뜻하는지 알 수 없어서 무언가 마음에 걸리긴 했지만 거절할 수도 없어서 이윽고 조심스럽게 손을 내밀었다. 남자가 기다렸다는 듯 은하의 손을 잡았다.

순간 아주 잠깐이었지만 온몸에 전율이 흐르는 듯한 짜릿한 느낌이 스쳐 지났다. 은하는 흠칫 놀라 커진 눈으로 남자를 바라보았다. 남자는 어느새 웃음기가 사라진 얼굴로 은하를 보고 있었다.

그때 연구소 문이 열리는 소리가 들렸다. 남자의 손이 떨어졌다. 은하는 그의 손을 바라보았다. 손등에 굵은 핏줄이 얼핏 솟아 있는 평범한 남자의 손이었다. 분명 평범한 손이었는데, 그의 손을 잡았던 순간의 느낌은 결코 평범하지 않았다.

"아, 손기우 씨 오셨나요?"

조 소장의 중후한 목소리가 들렸다. 은하는 정신을 차리고 뒤를 돌아보았다.

"안녕하세요."

조 소장과 기우가 악수를 하며 인사를 나누었다.

"죄송합니다. 아침부터 일이 있어서요. 많이 기다리셨나요?"

"아니요. 저도 방금 왔습니다."

"그러시군요. 들어가서 얘기하실까요?"

"아니요. 그전에 드릴 말씀이 있습니다."

기우가 은하에게로 시선을 옮겼다. 은하는 아직 그에게서 느낀 묘한 기분에서 벗어나지 못한 상태였다.

"죄송하지만, 담당 선생님을 바꾸려고 합니다."

조 소장은 물론 은하도 놀란 눈으로 그를 보았다.

"고은하 선생님이 해 주셨으면 합니다."

기우는 슬며시 입꼬리를 올려 웃으며 말했다.

그의 미소는, 트랜스 상태만큼이나 신비롭고 몽환적이었다.

2.

벌써 몇 번째 커피를 마시고 있는데도 메마른 입술은 여전히 퍼석하기만 했다. 은하는 생각에 잠긴 채 조 소장과 기우가 하는 얘기를 듣고만 있었다.

"고은하 선생님."

은하는 잠시 뒤에야 고개를 들고 그를 보았다.

"네."

"어떻게 하시겠습니까?"

그는 차분하면서도 부드러운 어조로 물었다. 은하는 조 소장의 얼굴을 보았다. 조 소장은 작게 고개를 끄덕이며 그녀에게 눈짓을 주었다. 제안을 받아들이라는 뜻이었다. 하지만 은하는 쉽게 입을 열지 못했다.

은하는 평소 절대 환자를 가려서 받지 않았다. 마음의 병을 갖고 있는 사람이라면 누구나 진심을 다해 받아 주고 치료해 주었다. 그러나 이번만큼은 그럴 수가 없었다.

기우는 기태의 치료를 일주일에 세 번씩 한 달간, 방문 상담으로 해줄 것을 부탁했다. 그러나 문제는 시간이었다. 방문 상담이라고 해도 대개는 업무 시간 내에 행하는 것이 보통이었다. 그런데 그는 업무 시간이 훌쩍 지난 밤 아홉 시부터 열두 시까지를 상담 시간으로 부탁했다.

은하는 밤과 추위를 가장 싫어했다. 그래서 그토록 완벽주의를 추구하면서도 한 번도 야근한 적이 없었다. 필요한 일이 있다면 집에 가서 하곤 했다. 개인적인 약속을 잡아도 부득이한 경우를 제외하고는 밤늦게 나가지 않았다. 어둠공포증까지는 아니었지만 그녀는 정말로 어둠이 싫었다.

그런데 그 늦은 시간에, 그것도 남자 둘이 산다는 집에 가서 상담을 해야 한다는 것이 아무래도 꺼림칙하고 불편했다.

"반드시 그 시간이어야만 하는 건가요? 조금만 당길 순 없나요?"

은하가 고민 끝에 묻자 기우는 단칼에 대답했다.

"네. 그 시간이어야만 합니다."

"왜죠?"

"기태의 문제가 그 시간에 가장 잘 나타나기 때문입니다."

"좀 더 자세히 설명해 주시겠어요?"

은하도 지난번 폭행사건으로 그의 문제를 대강은 알고 있었지만 그것이 어떻게 시간과 연관되는 것인지 궁금했다.

"기태는 한밤중에, 특히 열한 시경에 상당히 예민해집니다. 그런데 그 시간에 누군가 자극하면 심리 상태가 더욱 불안해져 폭력성까지 보이는 겁니다. 귀국한 뒤로 간혹 보이긴 했는데 지난번 사건은 그 정도가 가장 심했습니다. 아무래도 문제가 더 커지기 전에 치료를 해야 할 것 같아서 찾아오게 됐습니다."

밤 열한 시. 그리고 누군가의 자극이라. 잠시 생각에 잠겨 굳어 있던 은하의 표정을 보고 기우가 짧게 웃으며 말을 덧붙였다.

"걱정 마세요. 선생님께 해를 끼칠 일은 없을 겁니다. 그 녀석이 폭력성을 보이는 대상은 오직 남자뿐이니까요. 그런 면에서도 조 소장님보다는 고은하 선생님이 더 적격이라는 생각이 드네요."

기우의 얘기를 가만히 듣던 은하가 용기 내어 입을 열었다.

"그런데, 반드시 문제가 일어나는 시간에만 치료를 해야 하는 것은 아닙니다. 최면 치료라는 것은, 언제 하는지와 관계없이 마음의 고통을 잘 덜어 주기만 하면 문제를 치료할 수 있습니다."

"알고 있습니다."

"그런데요?"

기태가 밤 열한 시에 유독 예민해지고 폭력성을 보인다는 것은 이해했다. 하지만 왜 굳이 치료까지 그 시간에 해야 하는지는 납득이 가지 않았다.

"기태는 그 시간이 아니면 볼 수 없습니다."

"네?"

"그 녀석은 10년 동안 가면을 쓰고 살았습니다. 지금도 그러고 있고요. 그 가면을 벗는 유일한 시간이 바로 밤 열한 시입니다. 오로지 그때만 진짜 손기태를 볼 수 있습니다. 그 시간이 아니고서, 그 녀석은 절대 자신의 진심을 내보이지 않습니다. 당연히 최면 치료도 소용이 없을 겁니다. 아무 말도 하지 않을 테니까요."

밤 열한 시. 꼭 그 시간에만 예민해지고, 또 그 시간에만 진짜 모습을 보인다.

은하는 기우의 말을 유심히 곱씹어 보았지만 무슨 말인지 잘 이해가 가지 않았다. 가면을 쓰고 산다는 것은 무슨 말이고, 그는 왜 그렇게 되었는지 밤 열한 시에는 무슨 사연이 있는 건지 궁금한 것투성이였지만 지금 물을 수는 없었다.

어쨌건 중요한 것은, 기우의 말이 사실이라면 시간을 옮길 수는 없다는 것이었다.

"사실 고 선생님 같은 젊은 여자 선생님들이 늦은 시간에 방문 상담을 하시는 게 쉽진 않습니다. 고 선생님은 특히 밤을 유독 싫어해서 저희랑 제대로 된 회식도 해 본 적이 없을 정도니까요."

어두운 표정의 은하가 걱정이 됐는지, 조 소장이 은하를 대신하여 말해 주었다. 기우는 천천히 고개를 끄덕였다. 잠시 정적이 흐른 뒤, 기우가 다시 입을 열어 말했다.

"그게 가장 큰 문제라면 여자 가드를 붙여 드리겠습니다. 상담을 오실 때와 가실 때 언제든 가드와 함께 차를 보낼 테니, 그걸 타고 오시면 어떻겠습니까?"

은하는 잠시 말문이 막혔다. 그가 이렇게까지 하면서 자신을 원하는 이유가 궁금했다.

"저, 그런데……."

그러나 기우는 그녀가 거절을 하려는 것이라 생각했는지 말을 자르며 나섰다.

"이천."

은하는 갑자기 튀어나온 그 숫자가 낯설어 처음엔 무엇을 말하는 것인지 몰랐으나 이윽고 그 숫자의 정체를 짐작할 수 있었다. 보통 최면 치료는 한 회에 15만 원에서 많으면 20만 원까지 받았다. 고작 열두 번의 최면 치료에 이천만 원이라니. 지나치게 넘치는 금액이었다.

"선후 천만 원씩 총 이천만 원을 지급하도록 하겠습니다. 워낙 특별하고 위험한 케이스인 만큼, 저희도 신경을 써 드리는 게 맞는 것 같아서요.”

이번 계약이 성사될 경우 조 소장은 은하에게도 1/4의 특별 수당을 주겠다고 했다. 수당 하나가 월급의 두 배를 넘는 것이었다. 하지만 은하에게 그런 것은 아무 상관 없었다. 그녀는 그다지 돈에 연연하는 성격이 아니었다.

경우에 따라 이번처럼 특별 수당이 있긴 했지만, 은하의 연구소는 월급제였다. 차라리 기우가 은하에게 사적으로 이런 제안을 해 왔다면 오히려 쉽게 거절할 수 있었을 것이다. 하지만 이 엄청난 치료비는 은하가 아닌 연구소에 들어가기 때문에 상황이 달라졌다.

기우는 치료가 잘될 경우 계약된 치료비 외에 주기적인 후원금도 줄 수 있다고 했다. 은하가 이 일을 맡기만 하면 연구소의 사정이 훨씬 좋아지고 연구원들의 월급도 오르는 것이었다. 아무리 조 소장이 편한 대로 하라고 말해도 은하는 이 일을 거부할 수가 없었다.

은하는 짧은 숨을 토해 낸 뒤 기우를 보았다.

“하죠.”

기우의 눈매가 부드럽게 휘었다.

“하겠습니다. 손기태 씨 치료.”

은하는 냉장고에서 찬물을 꺼내 마시며 시계를 보았다. 여덟 시가 조금 넘은 시간이었다. 창밖엔 벌써 깊은 어둠이 내려앉아 있었다. 찬물이 식도를 타고 내려가자 가슴에서 싸한 느낌이 피어올랐다. 은하는 크게 숨을 한 번 뱉은 뒤 가방을 챙기고 집을 나왔다.

코끝이 아릴 정도로 강한 찬바람이 불었다. 목도리를 올려 입을 가리는 순간 짧은 경적 소리가 들렸다. 회색의 고급 승용차 한 대가 은하의 옆에 있었다. 지난번 연구소 앞에서 보았던 기우의 차와 같은 종이었다.

은하는 그제야 오갈 때 가드와 함께 차를 보내겠다던 기우의 말이 떠올랐다. 은하는 그 말에 어떤 대답도 하지 않았기에 그 얘기는 스치듯 지나간 것이라고 생각했었다.

차 안에서 반듯한 정장을 차려입은 여자가 내렸다.

"손기우 상무님께서 보내셨습니다."

"아, 네……."

은하는 막상 이런 대접을 받으니 조금 부담스럽긴 했지만 한편으로는 불안하고 두렵던 마음이 조금 놓였다. 작은 약속도 놓치지 않고 지키는 기우의 모습에 약간의 신뢰와 안도감이 생긴 것이었다.

차 안은 따뜻했다. 은하는 목도리를 벗고 가방에서 기태와 관련된 서류를 꺼냈다. 일주일 전에 기우와 계약을 한 뒤 자세히 상담했던 내용들을 정리한 것이었다. 물론 기우는 기태에 대해 다 알려 주지는 않았다. 그저 중요한 정보와 객관적인 사실들만 말해 주었다. 그래도 없는 것보다야 많은 도움이 될 것 같았다. 은하는 그렇게 정리한 정보들을 복습하듯이 훑어보며 기억에 되새겼다.

기태는 서른 살로 은하와 동갑이었다. 그는 11년 전에 사랑했던 사람을 갑자기 잃었고, 그 충격으로 많은 심리적 병을 갖게 되어 거의 모든 종류의 심리 치료를 받으며 방황을 했다. 그렇게 1년 뒤, 돌연 마음을 잡고 공부를 하기 시작했고 병적인 증상들도 많이 완화되었다.

그는 곧 H대학교 경영학과에 입학하였고 1년 동안 성실히 학교생활을 하다가 2학년이 되어서 군 입대를 했다. 제대 후 바로 복학하여 우수한 성적으로 학교를 졸업하였고, 스물여덟에 미국으로 유학을 갔다가 한 달 전쯤 귀국하여 세강차에 입사, 이사의 직급으로 국내영업본부 CS추진실장을 맡게 되었다.

가족들은 물론 주변 지인들도 그가 훌륭한 실력을 갖추고 돌아온 것을 축하했지만, 그 기쁨은 그리 오래가지 못했다. 그는 일적으로는 세강의 후계자로서 흠잡을 데가 없었지만, 사적으로는 예기치 못했던 문제를 보이는 것이었다. 늦은 밤에 일어나는 불안한 심리 상태와 폭력적 성향이 그것이었다. 여기까지가 그가 그녀에게 알려 준 정보의 전부였다.

'그 녀석은 10년 동안 가면을 쓰고 살았습니다. 지금도 그러고 있고요.'

그렇다면 그가 쓰고 있다는 가면은 무엇일까? 은하는 문득 그것이 궁금해졌다.

문서를 보며 기태에 대한 생각에 잠겨 있는 동안 어느새 그의 집 앞에 도착했다. 직접 디자인을 주문하여 새로 지은 집인지, 주변의 다른 주택들과는 구조가 사뭇 달랐다. 본래 기우 혼자 사는 집이었는데, 2주 전 있었던 폭행사건 이후 기태가 들어와서 같이 살게 되었다고 했다.

"다 왔습니다."

"네."

"저도 같이 들어갈까요?"

"네?"

"손기우 상무님께서, 고 선생님이 원하시면 그렇게 하라고 하셨습니다."

은하는 얼핏 웃음을 흘렸다. 기우는, 늦은 시각 남자 둘이 사는 집에 홀로 방문하는 것이 껄끄러웠던 그녀의 마음을 읽은 모양이었다.

"괜찮습니다."

은하는 정중히 거절하고 차에서 내렸다.

대문 앞에 선 은하는 초인종을 향해 검지를 뻗었다. 순간 갑자기 숨이 차오르는 기분이 들어 크게 한 번 뱉어 내었다. 한 번도 이런 적이 없었는데, 그녀는 긴장해 있었다. 간신히 진정을 하고 덤덤한 가슴으로 초인종을 눌렀다. 잠시 후 문이 열렸다.

천천히 집으로 걸어가는데 현관문이 열리고 기우가 나왔다.

"오셨어요?"

"기태 씨는요?"

"지금 방에서 영화 보고 있어요."

"영화요?"

"네."

은하는 고개를 갸웃하며 그를 따라 들어갔다.

집은 대체로 블랙 앤 화이트로 심플하고 깔끔하게 꾸며져 있었다. 단정하고 반듯하지만 어딘지 모르게 차가운 느낌이 나는 기우와 닮아 있었다.

"이쪽이에요."

기우는 웃으며 은하를 기태의 방으로 안내했다. 방문은 꼭 닫혀 있었다. 은하는 닫힌 방문을 보며 약간 당황했다. 보통 최면 치료는 당사자가 자신의 마음을 치유하기 위해서 자진해서 신청을 하는 경우가 대부분이었다. 기태도 그럴 마음이 있었다면 기우처럼 마중을 나오지는 못하더라도 이렇게 방문을 닫고 영화를 보고 있진 않았을 것이었다.

문 앞에 멈춰 선 은하가 기우를 보며 물었다.

"기태 씨가 오늘 상담을 모르는 건 아니죠?"

"네, 알고 있어요."

기우는 약간 쓴 미소를 지으며 문으로 한 발 더 다가섰다.

"잠시만요."

기우는 방문을 똑똑 두드렸다. 그러나 안에선 대답 대신 갑자기 커다란 영화의 사운드가 들려왔다. 기태가 볼륨을 키운 것 같았다. 은하는 흠칫 놀라 한 발 뒤로 물러섰다. 긴장감 있고 공포스러운 고전 영화의 사운드였다. 은하는 평소 범죄 영화나 공포 영화는 잘 보지 않았지만 영화 자체는 좋아하는 편이어서 그 영화에서 히치콕 감독 특유의 느낌이 난다는 것은 알 수 있었다.

"기태야, 선생님 오셨어. 문 열어."

기우가 약간 강한 어조로 말했다. 그러나 영화의 사운드 소리가 너무 커서 기우의 말이 들리는지도 의문이었다. 예상치 못했던 난관에 은하는 난감해졌다. 내담자가 반감을 드러내는 경우에는 최면 치료는 물론 상담조차 힘들었다.

그러나 기우는 은하의 초조한 마음을 아는지 모르는지 묵묵히 서서 기다릴 뿐이었다. 왜인지, 그 시간이 너무도 길게 느껴졌다. 기다리다 못한 은하가 저기, 하고 다시 말문을 열려던 순간이었다.

덜컥. 방문이 열리는 소리가 들렸다. 하지만 은하도 기우도 선뜻 그 문을 잡고 열지 못했다. 멍하니 서 있는 은하에게 기우가 말했다.

"들어가세요. 괜찮아요."

은하는 혹여나 자신이 겁에 질린 것처럼 보였을까 봐 마음이 불편했다. 상대가 어떤 성격과 문제를 갖고 있든 치료사는 내담자에게 겁을 먹거나 반감을 가져선 안 됐다. 은하는 목청을 가다듬고 어깨를 폈다. 그리고 특유의 담담하고 침착한 표정으로 앞을 보았다. 기우는 그녀가 준비가 된 것을 알아챈 듯 작게 미소 지으며 말했다.

"거실에 있을게요. 그럴 일은 없겠지만 혹시라도 무슨 일이 생기면 바로 불러 주세요."

은하는 고개를 끄덕였다. 기우는 거실로 가서 소파에 앉아 차 한 잔을 마시며 느긋한 자세로 노트북을 두드렸다. 그의 그런 차분한 모습을 보니 왠지 조금 안심이 되고 의지가 되는 것 같았다.

잠시 호흡을 고르던 은하는, 이내 마음을 굳게 먹고 문을 열었다.

진회색 카디건을 걸친 남자의 뒷모습이 보였다. 그는 침대에 앉아 있다가 천천히 일어섰다. 하지만 은하를 돌아보지는 않았다. 그 자리에 선 채 영화만 보고 있을 뿐이었다.

마음을 그토록 굳게 다잡았건만, 그의 알 수 없는 태도를 보자 그녀는 왠지 모르게 몸이 굳고 입이 건조해지는 느낌을 받았다. 큰 키에 다부진 체격. 기우와는 다르게 무척 진한 검은 머리칼. 그 남자의 뒷모습에는 조용한 무게감과 위압감이 있었다.

어떻게 해야 할지 몰라 망설이다가 마침내 방 안으로 한 발 내디딘 순간이었다.

“저 파리도 죽이지 않을 거야.”

은하가 멈칫하고 섰다. 기태는 여전히 등을 보이고 선 채 낮고 차분한 목소리로 말했다.

“날 보고 있어야 하는데…….”

“…….”

“그들은 알게 될 거야. 그리고 말하겠지. 난 파리 한 마리도 해치지 못하는 사람이라고.”

은하는 그 자리에 몸이 얼어붙은 것처럼 서서 움직이지 못했다. 알 수 없는 떨림과 불안함이 등 뒤를 훑고 지났다.

어느새 영화는 끝났고 엔딩크레딧이 오르고 있었다. 기태는 리모컨을 들어 TV를 껐다. 뒤이어 기태의 짧은 웃음소리가 들렸다. 그는 말했다.

"히치콕의 영화 〈사이코〉의 마지막 대사죠."

"……."

"난 사이코가 아니에요."

기태가 몸을 옆으로 돌렸다.

"지금 방금 당신이 생각한 것처럼."

기태가 몸을 앞으로 돌렸다. 단, 고개는 숙이고 있어서 둘은 얼굴을 마주 볼 수 없었다.

"정신병자도 아니구요."

"……."

"그러니까 거기 그렇게 서 있을 필요 없어요."

기태가 은하를 향해서 천천히 걸어오기 시작했다. 은하는 그가 입을 연 순간부터 계속해서 이상한 떨림을 느꼈지만 더 이상 뒤로 도망치지 않았다.

기태가 은하를 약 세 걸음 정도 앞에 두고 멈추어 섰다. 두 사람은 서로를 바로 앞에 두고 서 있었다. 비로소 은하가 고개를 들어 그의 얼굴을 보았다.

처음으로 두 사람의 눈이 마주쳤다.

바로 그때, 은하는 보았다. 무엇이든 빨아들일 것만 같은 블랙홀을 닮은 그의 눈동자가, 흔들리는 것을. 마치 우주에 광대한 폭발이라도 일어난 것처럼, 그의 까만 블랙홀이 거세게 흔들리고 있었다.

거세게. 아주, 거세게.

3.

시간이 멈춘 것만 같았다. 두 사람은 아무런 말도 행동도 하지 않고 서로를 보고만 있었다. 흔들리는 그의 눈동자 안에서 그녀도 흔들리고 있었다. 왜일까. 두려울 정도로 위압적인 분위기로 걸어오던 그가 무엇 때문에 그녀를 보자마자 이렇듯 흔들리는 모습을 보이는 것일까. 은하는 그게 궁금했다.

그의 목젖이 달싹였다. 갈증이 나는 것은 은하도 마찬가지였다. 언제까지 이대로 있을 수만은 없어 은하가 한 발 내디뎠다.

그러나 그는 곧바로 한 발 물러섰다. 그리고 한 손을 살짝 들었다 내리며 거부의 의사를 표했다. 그가 한 발 더 뒤로 물러섰다. 백인에 가까울 정도로 새하얀 그의 피부가 더욱 하얗게 질려 가고 있었다.

"저……."

"오지 마."

그가 미간을 좁히며 들릴 듯 말 듯 작은 목소리를 뱉었다. 얼핏 보기에, 그는 반쯤 넋이 나간 것처럼 보였다. 그는 시선을 이리저리 옮기며 혼란스러워했다. 그러다 가슴을 움켜쥐었다. 그의 입에서 뜨거운 숨이 토해졌다. 그는 그녀로부터 도망치기라도 하듯 연신 발을 뒤로 물렸다. 그의 입에서 결국 얕은 신음 소리가 흘렀다.

그는 지금 고통스러워 보였고 그 고통은 서서히 가중되는 것 같았다.

"저기요."

이 상황이 당황스러운 것은 은하도 마찬가지였다. 하지만 놀람보다는 걱정이 먼저였다. 그녀가 다시 한 발 내디딘 순간, 그가 말했다.

"……손기우."

그가 갑자기 머리를 감싸 쥐며 소리쳤다.

"손기우!"

은하는 갑작스러운 그의 고함에 깜짝 놀라 멈추어 섰다. 그는 연신 기우의 이름을 소리쳐 불렀다. 그 목소리에는 원망과 분노가 다분히 섞여 있었다.

잠시 후, 기우가 방으로 들어왔다. 기태가 악을 쓰며 괴로워하는데도 기우는 작은 파동조차 허용하지 않는 호수처럼 고요하고 차분한 모습이었다. 기우를 보자 기태가 당장 달려가 그의 멱살을 잡았다.

"왜…… 왜!"

그가 알 수 없는 말을 뱉으며 기우를 벽으로 몰아붙였다. 은하는 놀랐지만 차가운 살기로 번뜩이는 기태를 차마 건드릴 수가 없었다. 기우는 기태의 눈을 바로 쏘아보았다. 그러고는 자신의 멱살을 쥐고 있는 기태의 손을 조용히 떼어 내었다. 얼마나 강한 힘이 맞붙었는지, 두 사람의 손이 파르르 떨리고 있었다. 그 와중에도 기우는 은하를 보며 엷은 미소를 띠고 말했다.

"잠깐 나가 있어요."

은하는 망설이는 눈빛으로 그를 보았다.

"괜찮아요."

"하지만……."

"잠깐이면 돼요."

은하는 기우가 걱정이 됐지만, 자신이 있는 것이 오히려 방해가 될 수 있다는 생각에 결국 무거운 발걸음을 옮겨 방을 나왔다.

은하가 나가자마자 방문이 닫히고 이윽고 쾅 하는 마찰 소리가 들렸다. 누군가 문에 부딪치는 소리였다. 은하는 다리에 힘이 풀려 그 앞에 주저앉았다. 엿들으려던 것은 아닌데 얼핏 그들의 대화가 들렸다.

"무슨 짓이야."

"왜 저 여잘 데려왔어, 왜!"

은하는 기태의 말에 호기심과 두려움이 동시에 일었다. 아직 그와 제대로 말도 한 번 섞어 보지 못했는데, 단순히 자신에 대한 반감 때문에 이럴 리는 없다고 생각했다. 그는 그녀의 얼굴을 보자마자 눈빛이 흔들렸고 혼란스러워했으며, 왜 저 여자를 데리고 왔냐고 기우를 향해 소리치고 있었다. 마치, 그녀를 알기라도 하는 듯이. 하지만 은하는 기태는 물론 기우도 생전 처음 보았다.

"저 여자가 왜."

"시침 떼지 마! 네 짓인 걸 내가 모를 줄 알아?"

"너야말로 알아듣게 말해."

그런데 한동안 다음 말이 들리지 않았다. 혹시 그들이 목소리를 낮추어서 안 들리는 것은 아닌지 문 앞에 바싹 붙어 귀를 세워 보았지만 아무 말도 들리지 않았다. 그런데 한참 후, 기태의 날 선 목소리가 은하의 귀에 화살처럼 와 박혔다.

“바꿔.”

“……뭐?”

“바꾸라고. 치료사.”

은하는 굳은 표정으로 문에 붙인 얼굴을 떼었다.

“그건 안 돼.”

“모르는 척 그만하고 당장 바꿔!”

“대체 무슨 얘길 하는 거야?”

은하는 심호흡을 한 번 한 뒤 자리에서 일어섰다.

“백 번 양보해서 네가 정말 모른다고 해도, 그래도 바꿔. 저 여잔 안 돼. 절대 안 돼!”

“왜 안 되는데.”

“손기우!”

“왜 안 되는데. 그 이유를 말해 봐.”

은하의 손끝에 문고리의 차가운 감촉이 닿았다.

“됐어. 네가 안 하면 내가 직접 바꿔.”

덜컥. 문이 열렸다. 뜨거운 열기로 서로를 바라보던 두 남자가 일순 그녀를 향해 시선을 돌렸다. 어쩐지 분위기가 달라져 있었다. 두려움을 애써 감추려던 좀 전과는 다르게 진심으로 당당해 보였다. 그녀는 두 사람 중 기태에게 시선을 꽂았다.

“왜죠?”

그녀가 시선을 피하지 않고 물었다. 그러자 기태의 검은 눈동자가 다시 흔들렸다.

“은하 씨.”

기우가 그녀를 불렀으나 그녀는 아랑곳 않고 말을 이었다.

“왜 난 안 되는 거죠?”

"……."

"왜 치료사를 바꾸려는 건지, 납득할 수 있게 설명해 주세요. 이유도 모르고 물러설 순 없어요."

은하는 일에 있어서만큼은 철저한 완벽주의자였다. 나이는 젊어도 경력과 실력은 누구에게 쉽게 뒤처지지 않았다. 환자들에게도 인기가 많았다. 그녀는 지금껏 단 한 번도 환자에게 거부당한 적이 없었다. 그런 그녀의 자존심이 기태의 손에서 한순간에 구겨지고 있었다.

기태는 아무 말도 하지 않고 은하를 보았다. 그는 무슨 말을 하려는지 입술을 미세하게 달싹였지만 끝내 아무 말도 뱉지 못했다. 그는 은하에게서 먼저 시선을 돌렸다. 그리고 고개를 숙이더니 다시 머리를 감싸 쥐고 바닥에 주저앉았다. 말하지 못하는 것이 괴로운 것일까, 아니면 다른 이유가 있는 것일까. 그는 또다시 고통에 휩싸인 것처럼 보였다.

"……나가."

"……."

"나가, 제발!"

은하는 나가고 싶지 않았다. 아까처럼 무서워서 도망치고 싶지 않았다. 지금은 오히려 아파하는 그가 안쓰럽게 느껴졌고 보듬어 주고 싶었다. 이유는 몰랐지만, 괜찮다고, 괜찮아질 거라고 최면이라도 걸어서 안정을 시켜 주고 싶었다.

하지만 기태는 점점 더 크게 악을 지르며 고통에 몸부림쳤다. 기우의 말대로 그가 여자는 건드리지 않았기에 망정이지, 그녀가 남자였다면 벌써 무슨 일이 일어났을지도 몰랐다. 기태는 그 정도로 위험해 보였다.

"나가요, 은하 씨."

"잠시만요."

"지금은 안 돼요."

기우가 결국 은하의 손을 잡아끌고 방을 나왔다. 문을 닫는 순간 기태의 울음 섞인 비명 소리가 들렸다. 고통스러워한다고만 생각했는데, 착각일지도 모른다는 생각이 들었다. 어쩌면 그것은 고통이 아니라 슬픔인지도 모른다는.

은하는 미련이라도 남은 듯 기태의 방문에서 시선을 떼지 못했다.

"미안해요."

기우가 말했다.

"오늘은 이만 가시는 게 좋을 것 같아요. 지금 저 녀석은 너무 위험해요. 왜 저러는지는 저도 통 모르겠어서……."

은하는 문득 오른손에서 느껴지는 온기에 시선을 내려 보았다. 기우가 아직 그녀의 손을 잡고 있었다. 그녀의 시선을 본 기우가, 놀란 듯 손을 놓았다. 잠시 어색한 기류가 흘렀다.

"상담도 못 해 드리고 가서 제가 더 죄송하죠."

"아닙니다. 많이 놀라셨을 텐데 차 타고 가시면서 좀 쉬세요."

은하는 하는 수 없이 고개를 끄덕였다.

"그리고 힘드시겠지만 치료는 앞으로도 은하 씨가 맡아 주셔야 할 겁니다."

은하는 문득 기우의 여유로운 미소를 보며 생각했다. 기우는 언제나 차분하고 덤덤했다. 마치 모든 일을 한 차원 위에서 보고 있는 사람처럼, 미래를 훤히 꿰뚫어보는 사람처럼, 그에게서는 보통 사람들과는 다른 여유가 보였다.

"왜 저렇게 저한테 반감을 가지는지, 혹시 알게 되면 말해 주세요."

"그러죠."

은하는 기우의 배웅을 받으며 집을 나와 차에 올랐다. 백미러 안에서 기우는 점점 작아졌다. 독특한 모양의 집도, 그 집 안 어딘가에서 그녀를 지켜보고 있을지 모르는 기태도, 점점 멀어졌다. 은하는 정면을 보았다. 가슴을 짓누르는 이상한 기분에 몸이 떨렸다.

몰려오는 피로에 잠을 청하고 싶었지만, 거세게 흔들리던 한 남자의 눈빛이 자꾸만 눈앞에 아른거려서 눈을 감을 수가 없었다.

기태는 창밖으로 멀어지는 차 한 대를 바라보고 있었다. 은하를 보는 순간 가슴이 찢기는 듯한 고통이 밀려들어 괴로웠지만, 은하를 보지 않을 수도 없었다. 저도 모르게 발이 창가로 향했고 기우와 얘기하는 은하의 모습을 보고 있었다.

닮았다. 분명히 닮았다. 기태는 한눈에 그것을 알아보았다. 이목구비를 하나씩 따져 보면 크고 선한 눈을 제외하고는 그리 닮은 곳이 없었지만, 분위기나 느낌이 분명히 닮아 있었다. 무어라 설명할 수 없는 묘한 기분이었다.

은하를 보는 순간 그녀가 생각났다. 11년간 잊고 살기 위해 필사적으로 발버둥 쳤던 그녀가. 차마 입 밖으로 한 번도 꺼내 놓지 못했던 그녀가.

임주미라는 여자가.

'왜죠? 왜 난 안 되는 거죠?'

그래서 그 물음에 답할 수 없었다.

너무 흥분한 나머지 기우에게 네가 일부러 벌인 짓이냐고 따져 물었지만, 그럴 일이 없다는 것도 잘 알고 있었다. 생김새가 쌍둥이나 자매처럼 닮았다면 모를까, 그저 분위기나 이미지가 묘하게 닮아 있을 뿐이었다. 기우는 주미를 11년 전에 딱 한 번 본 것이 전부였다. 기억도 나지 않을 사람의 흔적을 은하에게서 발견하고 데리고 왔을 리가 없었다.

하지만 기태는 은하를 계속 볼 자신이 없었다. 마치 주미가 다른 사람의 모습으로 살아 돌아온 것만 같은 느낌이 들었다. 그 말투, 그 목소리, 그 분위기. 모든 게 주미처럼 느껴졌다.

그때 현관문이 열리는 소리가 들렸고 뒤이어 발소리가 기태의 방으로 가까워져 왔다.

"손기태."

차가운 기우의 목소리가 들렸다. 기태는 여전히 창밖만 보고 서 있었다.

"어린애처럼 이게 무슨 짓이야."

"바꿔."

차는 이미 시야에서 사라진 지 오래였다. 이제야 진정이 되는 듯했지만 알 수 없는 공허함이 그의 가슴을 파고들었다.

"안 된다고 말했어."

"바꿔. 안 그러면 나 이거 못 해."

"이거 아버지 명령이야. 네 맘대로 할 수 있을 것 같아?"

"그러니까 치료받겠다고. 받을 테니까 치료사만 바꿔 달라고! 그게 그렇게 어려워?"

기태가 등을 돌려 기우를 보았다.

"아버진 무조건 한국최면치료연구소에서 데려오라고 했고, 그중에 너 같은 사이코를 맡겠다는 연구원은 고은하밖에 없어. 알아들어?"

기태는 허탈한 실소를 흘렸다. 저도 모르는 새 온 국민에게 무서운 사이코가 되어 있었다. 그러다 문득 생각했다. 고은하, 그 사람은 왜 자신을 맡으려 했을까.

"최면 치료로 끝나는 걸 다행으로 생각해. 아버지 너 정말 감방 보내려고 했어. 네 어머니랑 회장님이 간신히 말려 나온 거지. 아버진 그 무엇보다 회사 명예에 목숨 거는 분이야. 그걸 지키려면 너 따윈 아무것도 아니라고. 그러니까 치료라도 제대로 받아. 싫으면 받는 척이라도 해. 어린애 같은 사고 좀 치지 말고. 네가 고작 그딴 걸로 이렇게 쉽게 무너져 버리면 내가 너무 재미없잖아."

"나 위하는 척하지 마."

"……."

"네가 어떻게 알고 저 여자를 데려왔는진 모르지만, 아무것도 네가 원하는 대로 되진 않을 거야."

"그래?"

기우의 입꼬리가 매섭게 올라갔다.

"그럼 잘해 봐."

차가운 정적이 내려앉았다. 기우는 입가의 미소를 거두지 않고 방을 나갔다. 문이 닫힘과 동시에 기태는 파르르 떨리는 주먹을 움켜쥐고 침대에 걸터앉았다.

얼굴을 마주하고 있는 것만도 힘든 그와 같이 살게 된 것은 2주 전 폭행사건 때문이었다. 구치소에서 나온 기태는 낯선 남자 두 명에게 붙잡혀 본가로 가게 되었다. 집에 들어가자마자 커다란 캐리어 두 개가 보였다. 기태가 한 달 전 오피스텔에 들어갈 때 가지고 갔던 것이었다.

"들어와라."

아버지는 기태에게 집으로 들어오라고 했다. 그리고 가드 두 명을 붙여 주었으니 편하게 다니라고 했다. 하지만 그것은 24시간 보호의 명목 아래 감시를 당하는 것이었다. 어머니는 그에게 하루빨리 심리 치료를 다시 해 보자고 했다. 하지만 그는 11년 전의 악몽을 되살리고 싶지 않았다.

아버지는 이 모든 게 싫거든 기우의 집에 가서 함께 살라고 했다. 기태는 하는 수 없이 후자를 선택해야 했다. 기우가 아무리 싫어도 24시간 철통 감시 속에 숨 막히는 생활을 할 수는 없었다.

생각만 해도 구역질이 나오는 심리 치료도 피할 수 있을 거라 생각했다. 그런데 아니었다. 아버지와 기우가 미리 손을 써 놓았고, 기태는 오늘 아침에야 자신이 한 달간 최면 치료를 받아야 한다는 사실을 알게 되었다.

설상가상 그 상대는, 그가 가진 고질병의 근원과 꼭 닮은 사람이었다.

생각만으로도 가슴이 싸해졌다. 기우에게는 당당히 말했지만, 기태는 머릿속이 하얘지는 것 같았다. 도무지 어떻게 해야 할지 알 수가 없었다.

까마득한 밤이었다. 은하는 좁고 복잡한 미로를 걷는 기분으로 작고 허름한 동네를 헤매고 있었다. 큰길을 찾아야 하는데 아무리 걸어도 보이지 않았다. 깊은 어둠 때문에 어디가 어딘지 잘 분간도 되지 않았다.

은하의 걸음이 점점 빨라졌다. 마음이 초조하고 불안해질수록 골목의 집들이 더욱 흉물스럽고 위압적으로 보였다. 집들은 금방이라도 흙으로 무너져 내려 은하를 덮쳐 올 것만 같았다. 어디선가 스산한 바람 소리가 들렸다. 바람 소리는 점점 강해졌으나 바람은 느껴지지 않았다. 그저 싸늘하고 고통스러운 추위만 은하의 몸을 감쌀 뿐이었다.

그때, 어디선가 다른 발소리가 들렸다. 타인의 발소리가 은하의 발소리에 맞춰 빨라지기 시작했다. 그리고 가까워지기 시작했다. 발소리는 점점 더 가까이, 점점 더 크게 들렸다. 은하는 발소리로부터, 골목으로부터 도망치기 위해 필사적으로 달렸다. 그럼에도 발소리는 은하의 귓가에 가까이 와 닿았다. 은하가 눈을 질끈 감고 젖 먹던 힘까지 발을 내디딘 바로 그 순간이었다. 한 여자의 외마디 비명이 들렸고, 은하는 눈을 번뜩 떴다.

은하의 바로 앞에 한 여자의 시체가 보였다. 여자의 얼굴이 구르듯이 고개를 돌려 은하 쪽을 보았다. 그것은 바로, 고등학교 시절의 은하였다.

"악!"

은하가 비명을 지르며 잠에서 깼다. 악몽이었다. 몸은 온통 땀으로 범벅이 되어 있었는데, 주변에서는 서늘한 냉기가 훅 끼쳐 왔다. 한동안 이런 악몽은 꾸지 않았는데, 오랜만이었다.

은하는 깊은 한숨을 쉬며 마른세수를 하고 침대에서 일어났다. 그녀는 버릇처럼 '괜찮아. 다 괜찮아.' 라는 말을 수도 없이 반복하며 욕실로 갔다. 따뜻한 물로 한참 반신욕을 하고 나니 그제야 마음이 조금 안정되면서 몸이 편안해지는 것 같았다.

그런데 왜인지, 눈을 감으면 자꾸만 이틀 전 보았던 그의 얼굴이 떠올랐다. 새하얀 피부와 검은 머리카락. 기우보다 조금 날카로운 눈매와 잊을 수 없는 검은 눈동자. 아랫입술이 조금 도톰하고 붉은 입술. 그의 첫인상은 경계심이 많고 아주 강한 신비의 동물 같았다. 다가가기 두렵지만 자꾸만 호기심이 생기는, 그런 사람이었다.

오늘은 그를 다시 만나는 날이었다. 그가 자신을 거부하는 만큼 반드시 잘해 내고 싶다는 오기가 들었지만 한편으로는 걱정도 되었다. 내가 정말 잘할 수 있을까, 정말 해도 될까, 하는 의문들이 수시로 은하의 머릿속을 파고들었다. 이런 경험은 처음이었다. 은하는 그런 생각을 떨쳐 내려고 머리를 흔들며 물속으로 깊이 들어갔다. 버릇처럼 '괜찮아. 다 괜찮아.' 라는 말을 수도 없이 되뇌면서.

"좋은 아침."

기태는 싱긋 미소 지으며 팀원들에게 인사를 건넸다. 폭행사건 후로 그를 처음 보는 팀원들은 다들 어찌해야 할 바를 모르고 엉거주춤 인사를 했다. 기태는 개의치 않는 듯 다시 한 번 웃어 보인 뒤 실장실 안으로 들어갔다.

그는 아무 말 없이 그동안 밀린 업무를 시작했다. 점심시간이 될 때까지 자리에서 한 번도 일어나지 않고 일만 계속했다. 그는 한 번 집중하면 다른 것에는 전혀 신경을 쓰지 못했다. 여사원 한 명이 문을 열고 들어와 식사 안 하시냐고 묻는 말도 듣지 못했다. 여사원은 무안해하며 나갔고, 결국 팀원들은 모두 점심을 먹으러 밖으로 나갔다. 그는 뒤늦게 점심시간이 지난 것을 알았고 잠시 옥상에 가서 담배 한 대를 피우며 휴식을 취하고 들어와 다시 일을 시작했다. 그리고 퇴근 시간이 다 되어 갈 때까지 꼼짝도 하지 않았다.

"이사님."

그런 그가 처음으로 일을 놓고 정신을 차린 것은, 강 비서가 와서 문서 하나를 전해 주었을 때였다. 말없이 문서를 넘겨 보던 기태는 어느 순간 손을 멈추었다. 그의 눈매가 묘하게 가늘어졌다.

'예인 고등학교'

분명히 그렇게 적혀 있었다. 순간 짧은 떨림이 가슴을 치고 지났다. 예인 고등학교는 주미가 나온 고등학교였다. 단순히 우연의 일치인 것일까.

그녀는, 주미와 출신 고등학교가 같았다.

기태는 자리에서 벌떡 일어섰다. 한가득 쌓여 있던 서류들을 모두 정리하고 다급히 실장실을 나왔다.

"저 먼저 퇴근하겠습니다. 다들 적당히 하고 일찍 퇴근하세요."

그는 팀원들에게 인사 받을 시간도 없는 듯 제 할 말만 하고 나가버렸다.

기태는 차를 타고 곧바로 한국최면치료연구소로 향했다. 시간은 아직 다섯 시 반이었다. 연구원들의 퇴근 시간까지는 삼십 분이 남아 있었다. 차를 모는 속도가 점점 빨라지면서 그의 심장 소리도 점점 빨라졌다.

그는 그토록 급하게 차를 몰고 있으면서도, 자신이 정확히 무슨 목적으로 그녀를 만나러 가는지 알지 못했다. 다만 한 가지 떠오르는 것은, 묻고 싶다는 생각이었다. 그녀를 붙잡고 소리쳐 묻고 싶었다. 당신은 누구냐고. 그녀를 아냐고. 임주미라는 여자를 아냐고. 당신은 도대체 왜 갑자기 내 앞에 나타난 거냐고. 어쩌면 그는, 그녀를 앞에 두고 가슴속에 쌓여 있던 오랜 울분을 터뜨리고 싶었는지도 모른다.

그러나 그는 차가 멈춘 뒤에도 오랜 시간 내리지 못했다. 건물에서 사람들이 나왔고 그 사이에 그녀가 있었다. 무심한 표정으로 앞만 보며 걷는 그녀는, 사람들이 기태의 차를 흘긋거리며 보아도 그를 발견하지 못했다. 그녀는 옅은 미소를 지으며 사람들과 인사를 했고 횡단보도를 건넜고 버스 정류장으로 가서 버스를 기다렸다. 의자에 앉아 멍한 얼굴로 몇 대의 버스를 보내는 그녀를, 그는 가만히 바라보았다.

내릴 수가 없었다. 문고리를 잡은 손이 수전증이라도 걸린 것처럼 떨려 왔지만, 그 손에 힘을 줄 수가 없었다. 그녀의 얼굴을 본 순간 또 다시 밀려든 알 수 없는 고통 때문에, 그는 결국 차에서 내리지 못했다. 하지만 쓰린 가슴을 움켜쥐고도 그의 시선은 그녀를 좇고 있었다.

하염없이, 좇고 있었다.

4.

은하는 멍하니 앉아 앞을 보고 있었다. 버스 몇 대가 지나갔지만 느끼지 못했다. 차가운 칼바람이 귓불을 스치고 지났을 때야 그녀는 버스 안내판을 바라보았다. 타야 할 버스가 방금 지나가서 대기 시간이 10분이나 남아 있었다.

그녀는 새삼 자신이 왜 이렇게 넋을 놓고 있는지를 생각했다. 곰곰이 되짚어 보니 또다시 검은 눈동자의 남자가 떠올랐다. 그녀는 그를 생각하고 있었다. 몇 시간 후면 그를 볼 텐데, 오늘은 조금이라도 이야기를 나눠 볼 수 있을까, 어떻게 하면 그럴 수 있을까를 고민하고 있었다.

그러다 문득 뇌리를 스치고 지나는 어떤 생각에 가방에서 휴대폰을 꺼냈다. 전화번호부를 열어 손기우를 찾았다. 통화 버튼 옆에서 망설이던 엄지손가락이 이내 화면에 닿았다.

– 여보세요.

"아. 저…… 고은한데요."

- 네, 은하 씨.

은하는 잠시 멈칫했다. 그러고 보니 그는 언제부턴가 '고 선생님' 이라는 명칭 대신 그녀의 이름을 부르고 있었다.

"혹시 지금 잠깐 뵐 수 있을까요?"

- 왜요. 무슨 일 있어요?

"아니요. 그냥 좀 여쭤 볼 게 있어서요."

- 그래요. 어디시죠?

"지금 막 끝났어요."

- 그럼 거기 잠깐만 있을래요? 안 그래도 그 근처라, 제가 갈게요.

"네, 감사해요."

은하는 전화를 끊고 다시 앞을 보았다. 그렇잖아도 흐리던 날씨에 어둠이 내려앉기 시작하자, 도시가 점점 탁한 회색빛으로 물들어 가는 것만 같았다. 코끝이 시릴 정도로 추위가 몰려왔는데도 잠이 들 것만 같았다. 은하는 옷을 여미고 눈을 감았다. 하루 종일 긴장했던 탓인지 눈을 감자마자 피로가 몰려왔다.

정말 잠이 들 줄은 몰랐는데, 갑작스런 경적 소리에 눈을 뜨자 바로 앞에 익숙한 차 한 대가 서 있는 게 보였다. 시계를 보니 약 십 분 정도가 지나 있었다. 그때 뒷좌석의 창문이 천천히 내려가고 이제는 낯익은 한 남자의 얼굴이 보였다. 그의 갈색 머리칼이 바람에 흔들렸고, 그의 갈색 눈동자가 은은한 빛을 발하며 그녀를 보고 있었다. 은하가 자리에서 일어나 그에게 다가갔다. 그의 선한 눈매가 부드럽게 휘었다.

은하는 카모마일 차를 마셨고 기우는 에스프레소 더블샷이 들어간 진한 아메리카노를 마셨다. 향긋한 차향과 짙은 커피향이 묘한 조화를 이루며 테이블 위를 맴돌았다.

"배우요?"

은하가 의외라는 듯 물었다.

"네, 그래서 고등학교 3년 내내 학교에서 연극 동아리를 했어요. 부모님 몰래 학원도 다니고."

"근데 왜 연극 영화과를 안 가고……."

"우선은 부모님 반대가 너무 심했죠."

"그리고요?"

기우가 커피를 한 모금 마시더니 얼핏 웃었다.

"글쎄요. 그러곤 저도 잘…… 기억이 안 나네요."

"사고가 있고 1년 동안 방황하다가 돌연 마음을 잡고 공부를 했다고 했죠?"

기우가 고개를 끄덕였다. 은하는 고개를 갸웃하며 노트에 그의 말을 받아 적었다.

"그 이유는 정확히 모르시구요?"

"네."

은하는 벌써 삼십 분째 기태에 대한 얘기들을 전해 듣고 있었다. 첫 상담 때는 객관적이고 중요한 정보만 들었다면, 이번엔 좀 더 사소하고 구체적인 정보들이었다. 어떻게 하면 기태와 좀 더 가까워질 수 있을까 고민하다가, 그러기 위해서 가장 기본적인 것은 그에 대해 잘 알고 그와 공감대를 형성해서 자연스럽게 다가가는 것이라는 생각이 들었다. 은하는 최면 치료에 있어서 환자와 치료사 간의 라포* 형성만큼 중요한 것이 없다고 생각했다.

"그럼 기태 씨가 가장 좋아하는 음식은 뭐예요?"

"……음, 글쎄요."

*라포(rapport) : 신뢰와 친근감으로 이루어진 인간관계를 말한다. 상담, 치료, 교육 등에서 중요시된다.

기우는 미간을 약간 좁히고 곰곰이 생각하다가 자신을 빤히 바라보고 있는 은하와 눈이 마주치자 짧은 웃음을 터뜨렸다.

"왜요?"

은하가 그의 갑작스러운 웃음에 당황한 듯 물었다.

"그냥요. 은하 씨가 그렇게 똘망똘망한 눈동자로 쳐다보니까. 그냥 웃음이 나네요."

기우의 말에 은하도 얼핏 따라 웃었다.

"나한테 궁금한 건 없어요?"

"네?"

"보통은 예의상이라도 한두 개 정도 물어 줄 텐데, 은하 씬 너무 기태에 대한 것만 물으니까."

"아……."

은하는 그의 말이 순전히 농담처럼 느껴지지는 않아서, 그에게 무엇을 물어야 할지 생각하느라 잠시 시선을 내렸다. 그런데 또다시 그의 짧은 웃음소리가 들렸다. 은하가 영문을 모르는 표정으로 그를 보았다.

"장난이에요. 너무 당황하지 마요."

은하가 어색한 웃음을 흘렸다. 기우가 다시 커피잔을 들었다. 그 잔이 기우의 입술에 닿았다가 다시 테이블로 내려갈 때, 한층 진정된 그의 목소리가 들렸다.

"스파게티랑 오이 초밥이요."

은하가 고개를 들어 그와 눈을 마주했다.

"지금은 잘 모르겠지만 예전엔 좋아했어요."

"그렇군요. 스파게티는 어떤 거요?"

"토마토 스파게티요."

은하는 그제야 웬만한 궁금증이 다 해결된 듯 메모를 마무리하고 옆게 웃어 보였다.

"고마워요. 혹시 이따 제가 주방 좀 써도 될까요?"

"직접 하려고요?"

"네, 간단한 거니까요. 원래 요리하는 거 좋아하기도 하고."

"그래 주시면 감사하죠. 근데 아쉽네요. 전 오늘 일이 있어서 좀 늦을 것 같은데."

은하가 조금 놀란 얼굴로 그를 보았다.

"걱정 마세요. 저 대신 가드를 보내 놓을게요."

"아, 아니에요. 괜찮아요. 이미 붙여 주신 분도 계시고."

"기태랑 단둘이 있는 거, 괜찮아요?"

은하는 잠시 기우를 바라보다가 고개를 끄덕였다. 그리고 한 장을 빼곡히 적은 기태에 관한 정보를 다시 들추어 보며 말했다.

"이것도 궁극적으론 다 서로의 신뢰를 위한 건데. 제가 먼저 기태 씨를 믿어야, 기태 씨도 저를 믿겠죠."

기우는 어느새 미소가 사라진 얼굴로 은하를 빤히 바라보았다.

"그리고…… 나쁜 사람 같지 않아요, 기태 씨."

은하의 입가에 다시금 희미한 미소가 걸렸다.

"궁금해져요. 점점."

그날 은하는 근처 마트에서 토마토 스파게티와 오이 초밥을 할 재료를 사서 기태의 집으로 갔다. 초인종을 누르면서 집에 기태뿐이라서 혹시 문을 열어 주지 않으면 어쩌나 걱정을 했지만, 다행히 문은 열렸다. 물론 문이 열리기까지는 평소보다 두 배는 긴 시간이 걸렸다.

하지만 은하는 마치 기태의 마음의 문이 열리기라도 한 것처럼 기분이 들떴다. 은하는 당분간은 치료보다 그 문을 여는 데 집중해야겠다고 생각했다.

집 안으로 들어가자 역시 거실은 텅 비어 있었고 방문은 닫혀 있었다. 기태는 문만 열어 주고 다시 방에 들어간 모양이었다. 당연히 현관이나 거실까지 나와서 그녀를 마중해 줄 거라는 기대는 하지 않았기에 그리 섭섭하진 않았다.

그녀는 먼저 주방으로 들어가 장을 봐 온 봉지와 가방을 식탁 의자에 내려놓고 기태의 방으로 갔다. 문 앞에서 노크를 하기 위해 손을 들었지만 이내 도로 내려놓았다. 괜히 들어갔다가 그가 저번처럼 반응할까 봐 걱정이 되었다. 왠진 모르지만 그는 그녀를 보는 것 자체를 힘들어했으니까. 또다시 그가 고통스러워한다면 기우도 없이 혼자서 어떻게 해야 할지도 막막했고 준비해 온 것들도 할 수 없으니 아쉬웠다.

일단은 기태에게 그가 좋아하는 음식을 정성껏 해서 대접하고, 몇 마디라도 나누어 보고 싶었다. 그것이 오늘의 목표였다.

남자 둘이 사는 집이었지만, 오후엔 가정부가 있어서 그런지 주방은 깨끗했고 냉장고도 적당히 차 있었다. 기태는 입맛이 어린애 같은 구석이 있어서 햄이나 계란, 치즈 등을 좋아한다고 했다. 은하는 그것을 최대한 고려해서 스파게티를 만들었다. 달콤하면서도 매콤하게 잘 만들어진 붉은 소스에 미리 삶아 둔 면을 넣고 볶기 시작하자 맛있는 냄새가 온 집 안에 퍼졌다. 싱싱한 오이도 깨끗이 씻어서 자른 뒤 초밥을 만들고 게맛살과 옥수수콘을 올려 마무리했다. 은하는 다 된 음식들을 접시에 예쁘게 담아 식탁 위에 올렸다.

준비가 다 되자 긴장 때문인지 가슴이 두근거리며 뛰었다. 은하는 기태가 좋아해 주었으면 좋겠다는 간절한 마음으로 기태의 방 앞으로 갔다. 한참을 망설이다가 크게 심호흡을 한 뒤 용기를 내어 문을 두드렸다. 안에서는 아무 반응도 없었다. 저번처럼 영화 사운드가 들리지도 않았다.

"기태 씨, 잠깐 나와 봐요."

은하는 돌연 치료사를 바꾸라던 기태의 모습이 떠올랐다. 그가 혹시 자신에게 완전히 마음을 닫아 버린 것은 아닐까 두려운 마음이 들었다.

"기태 씨."

그렇게 세 번을 더 불러 보았지만 안에선 계속 대답이 없었다. 은하는 포기와 체념과 걱정이 뒤섞인 깊은 한숨을 내쉬며 벽에 기대어 섰다.

그때였다. 달칵, 문이 열렸다. 은하가 깜짝 놀라 몸을 세우고 방을 보았다. 무표정한 얼굴의 기태가 방에서 나와 그녀를 보았다. 두 사람의 눈이 마주쳤다. 은하는 그의 검은 눈동자 안에 들어 있는 자신을 보며 왠지 모를 안도를 느꼈다. 오늘은 그녀가 흔들려 보이지 않았다. 그저 곧게 서 있었다. 지난번처럼 그가 격하게 혼란스러워하지는 않는다는 뜻이었다.

"음식을 좀 해 봤어요. 같이 들어요."

기태는 아무 말 하지 않고 주방을 쳐다보았다. 은하는 마른침을 꿀꺽 삼켰다. 그가 어떻게 반응할지 조금도 짐작할 수가 없었다. 만일을 대비해서, 그가 혹시 거절을 하거나 주방에 가서 음식들을 죄다 뒤엎어 버리면 어쩌나 최악의 경우도 생각해 보았었다. 그래야 실로 그런 일이 일어난다고 해도 충격이 조금 덜할 것 같아서였다.

기태는 주방을 뚫어져라 보더니 마침내 그쪽으로 한 발 내디뎠다. 은하는 자꾸만 차오르는 손의 땀을 거두어 내며 그의 뒤를 따랐다.

그가 주방에 도착했다. 식탁을 내려다보았다. 바로 그때, 은하는 그의 검은 눈동자가 흔들리는 것을 보았다. 그 흔들림이 거세짐에 따라, 은하의 심장 소리도 커지는 것 같았다. 잠시 후, 기태가 의자를 빼더니 그 앞에 앉았다. 그것을 지켜본 은하도 기쁜 마음으로 그의 앞자리에 앉았다. 은하는 그의 표정을 유심히 살폈다. 하지만 아무것도 읽을 수가 없었다. 그는 시종일관 무표정한 얼굴을 하고 있었다. 은하의 시선을 느꼈던지, 그는 이윽고 그녀가 볼 수 없을 정도로 고개를 숙이고 젓가락을 들었다.

은하는 식탁 밑으로 넣은 두 손을 꼭 쥐고 그를 바라보았다. 그가 오이 초밥 한 개를 집더니 천천히 입에 넣었다. 은하는 일단 그가 음식을 하나라도 먹었다는 사실에 속으로 쾌재를 불렀다. 그가 음식을 씹는 소리마저도 너무 크고 섬세하게 들렸다. 초밥 하나를 다 먹은 그가 컵에 물을 조금 따라 마셨다. 하지만 그는 여전히 고개를 깊이 숙이고 있어서 표정을 볼 수 없었다.

"어때요?"

대답이 돌아올 리가 없다는 걸 알면서도 은하는 조심스레 물어보았다.

"기우 씨한테 물어봤더니 스파게티랑 오이 초밥을 좋아한대서 해 본 건데. 입에 맞아요?"

"……."

"안 맞나."

은하가 멋쩍게 웃으며 초밥 하나를 먹어 보았다. 제 입맛에는 간이 딱 맞았지만 기태에게는 맞지 않을까 봐 뒤늦은 염려가 되었다.

기태는 여전히 고개를 숙이고 아무 말도 하지 않았다. 하지만 그 정적이 저번처럼 숨 막히게 느껴지진 않았다. 잠시 후, 그는 대답 대신 초밥 하나를 더 집어서 먹었다. 은하는 너무 기쁜 나머지 절로 드리워지는 미소를 막을 수 없었다. 그는 스파게티도 한 입 먹고 맛을 오래 음미하더니 이후로는 크게 말아서 먹었다. 그는 계속해서 아무 말 없이 고개를 숙인 채 그녀가 해 준 음식을 열심히 먹었다.

그는 끝내 맛있다는 말 한 마디 없었지만 은하는 그가 접시를 깨끗이 비워 준 것만도 너무 고마워서 마음이 벅찼다.

기태가 젓가락을 내려놓고 물을 한 모금 마셨다.

"다 먹었어요?"

은하가 천천히 일어나 식기를 치우려 하자 그가 말했다.

"……내가."

"……."

"내가 무섭지 않아?"

은하가 그대로 멈추었다. 은하는 그의 검은 눈동자를 보고 싶었지만, 그는 여전히 고개를 푹 숙이고 있었다. 은하가 아무 말이 없자 그가 특유의 낮고 허스키한 목소리로 되물었다.

"당신은, 내가 무섭지 않아?"

은하는 다시 자리에 앉았다. 그리고 그가 보지 않아도 보고 있다는 생각으로 하얀 미소를 띠며 말했다.

"네."

"……."

"처음엔 조금 놀랐지만, 기태 씨 여자는 안 건드린다면서요."

분위기를 풀어 보려는 듯, 은하가 가벼운 톤으로 농담하듯 말했다. 기태의 입꼬리가 얼핏 올라갔다가 내려앉는 것이 보였다.

"기우 씨가 그러더군요. 당신은 이 시간에만 가면을 벗는다고."

"……."

"가면을 쓴 모습도 궁금하긴 하지만, 난 기태 씨의 진짜 모습을 볼 수 있어서 좋아요."

컵을 잡고 있는 기태의 손이 미미하게 흔들렸다.

"원래 사람은 비밀을 나눌 때 친구가 되잖아요."

"……."

"나는 당신의 친구가 되고 싶어요."

기태는 컵에서 손을 놓았다. 손의 떨림이 점점 더 커져서 그녀가 느낄까 두려웠다. 기태는 천천히 고개를 들었다. 맑은 눈동자의 그녀가 자신을 보며 엷게 웃고 있는 것이 보였다. 그는 순간 다시 느꼈다. 바람처럼 갑자기 가슴을 치고 드는 불쾌한 떨림을.

그는 몇 시간 전 연구소 앞에 차를 대고 그녀를 지켜보다가 그녀가 버스 정류장에서 잠이 드는 모습을 보았다. 설마 했는데 십여 분이 다 되도록 움직이지 않고 고개를 주억거리는 모습에 그는 깜짝 놀랐다. 얼마나 피곤하면 이 추위에 정류장에 앉아 잠이 들 수 있을까 싶었다. 다가가서 깨우고 차에 태워야 하나 고민을 하던 그가 막 핸들에 손을 갖다 댔을 무렵, 정류장 앞에 서는 낯익은 차 한 대를 보았다. 기우였다.

기우가 그녀를 깨웠고 그녀는 그 차에 탔다. 순간, 왠지 모르게 허탈하면서도 이상한 기분이 들었다. 두 사람이 왜 따로 만나는지 불안한 예감도 들었다. 기우가 무슨 생각인지도 궁금했다. 그는 그만 돌아가려다가 기우의 차를 멀리서 미행했다.

두 사람은 함께 카페에 들어갔다. 창가에 앉은 그들이 얘기를 나누는 모습이 보였다. 기태는 바깥에 차를 대고 그들을 잠시 지켜보았다. 멀리서 보아도, 그녀가 웃는 게 보였다. 은하는 기우를 보며 연신 다정한 미소를 지어 보였다. 기우도 마찬가지였다. 기태는 그가 그렇게 웃는 모습을 처음 보았다.

어째서.

기태는 그들의 모습을 더 보고 있을 수가 없었다. 그는 왔을 때보다 좀 더 거칠게 차를 몰아 돌아갔다. 가만히 보면 볼수록 은하는 주미와 비슷하면서도 달랐다. 그녀는 주미가 아니었다. 그걸 아는데도 왠지 모르게 계속 신경이 쓰였다.

그녀가 집에 왔을 때, 기태는 그녀를 저번보다 더 강하게 거부할 생각이었다. 무서운 모습으로 상처도 주고 최면 치료 따위 스스로 때려치게 해 주고 싶었다. 그녀를 더 보고 싶지 않았으니까.

그런데 그녀는 한 시간이 다 되도록 그의 방에 들어오지 않았다. 대신 분주한 도마 소리가 들렸다. 그는 그녀가 무엇을 하고 있는 건지 궁금했지만 나가지 않고 침대에 앉아 기다렸다.

잠시 후, 내심 기다리던 그녀의 노크 소리가 들렸다. 기태는 그 짧은 순간 그녀를 어떻게 맞이해야 할지 심한 내적 갈등을 했다. 그러다 결국 처음 마음먹었던 것처럼 그녀를 내쫓아야겠다고 마음먹고 문을 열었다. 그런데 문을 열자마자 달콤한 향기가 그의 코를 찔렀다. 그는 주방을 보았다. 설마 했는데, 그녀는 정말 요리를 해 놓았다.

정갈하게 차려진 스파게티와 오이 초밥을 보는 순간, 그는 코끝이 시큰해지는 느낌을 받았다. 자신이 워낙 좋아해서, 주미가 자주 차려 주던 음식이었다. 주미와의 추억이 가득 담긴 음식이었다.

그는 어느 순간 처음의 다짐도 잊고 주방으로 가서 식탁에 앉았다. 보기만 해도 눈물이 날 것 같았지만 꾹 참고 젓가락을 들었다. 대신 그 나약한 표정을 보이고 싶진 않아 고개를 푹 숙이고 초밥 하나를 먹어 보았다.

기태는 그것을 먹는 순간 목이 메어 하마터면 삼키지 못할 뻔했다.

맛이…… 달랐다.

예전에 그녀가 해 주었던 오이 초밥의 맛이 아니었다. 스파게티도 마찬가지였다. 혹시나 익숙한 그 맛이 나지 않을까 기대를 하고 신중하게 음미해 보았지만, 달랐다.

'기우 씨한테 물어봤더니 스파게티랑 오이 초밥을 좋아한대서 해 본 건데. 입에 맞아요?'

기태는 그제야 그녀가 자신에 대한 것들을 묻기 위해 기우를 만났음을 알게 되었다. 그녀의 목소리에는 진솔함과 어떤 간절함이 묻어 있었다.

그는 기억했다. 11년 전, 주미를 잃고 나서 어머니에게 끌려 다니며 강제로 받았던 무수히 많은 심리 치료들. 그는 1년간 온갖 치료들을 받으면서 매번 끝나자마자 화장실로 달려가 구역질을 했다.

모두가 친절하고 다정한 말투로 그를 대해 주었지만 그들의 미소는 가짜였다. 그들은 하나같이 입은 웃고 있으면서 눈은 굳어 있었다. 그들은 마치 공무원들이 책상에 가득 쌓인 서류를 처리하듯이 그를 대했다. 그들은 기태에게 자신들이 원하는 대답을 강요했고 그렇게 함으로써 일을 빨리 끝내고 싶어 했다. 그들은 그를 아프게 하는 기억을 어떻게든 끄집어내려고 갖은 애를 썼다. 다시 떠올리는 것조차 괴로운 그 기억을, 그들은 정작 기태에 대한 배려는 조금도 없이 자꾸만 들추어내려고 했다.

기태는 그게 싫었다. 못 견딜 만큼 싫었다. 아픔의 원인을 알아야만 아픔을 치료할 수 있다는 이유로, 모든 사람들이 기태에게 그 기억을 뱉어 내라고 심장을 들쑤셨다.

그 무렵 기우와 있었던 일이 그의 갑작스런 변화에 가장 결정적인 역할을 하긴 했지만, 그가 가면을 쓴 이유 중 하나는 그 무수히 많은 치료들 때문이었다.

기태는 쓰디쓴 기억들을 뱉어 내느라 내장이 뒤틀리는 구역질을 견디고 싶지 않았다. 더 아프더라도, 그 기억들을 되새기지 않아도 된다면 차라리 삼켜서 영원히 간직하고 살고 싶었다. 그래서 괜찮은 척했다. 다시는 아무도 자신의 아픔을 건드리지 못하게 최선을 다해 괜찮은 척하며 살았다.

'당신은, 내가 무섭지 않아?'

이번에도 마찬가지일 거라고 생각했다. 주미와 많은 부분이 닮아 있는 그녀도, 결국은 다른 사람들과 똑같을 것이라고 생각했다.

그런데 그녀는 달랐다. 적어도 미소만큼은 남들과 달랐다. 하얀 겨울을 닮은 그녀의 미소는, 가짜가 아니었다. 그녀가 미소를 지을 때, 그녀의 맑은 눈도 함께 웃었다. 지금까지 겪었던 숱한 사람들처럼 굳은 눈동자가 아니었다. 그녀는 어딘지 모르게 차갑고 어두운 분위기가 있었지만 웃을 때만큼은 누구보다 따뜻하고 밝았다.

"……친구."

그래서 기태는, 그녀를 더 곁에 두고 싶지가 않았다.

"난 싫은데."

그녀는, 그녀만은, 끝끝내 언젠가 자신의 아픔을 끄집어낼 수 있을 것 같았다.

그는 자리에서 일어섰다. 그리고 큰 보폭으로 자신의 방을 향해 걸었다. 은하가 그의 뒤를 따라오는 소리가 들렸다.

"기태 씨."

그 작은 발소리가, 그 작은 목소리가, 자꾸만 그의 발목을 붙잡았다.

"고마워요."

그 짧은 한마디가, 결국 그의 발을 멈추게 만들었다.

"……맛있게 다 먹어 줘서. 고마워요."

'맛있게 먹어 줘서 고마워. 다음에 또 해 줄게.'

순간 그녀의 목소리가 주미의 목소리와 겹쳐 들렸다. 어느새 흐려진 눈앞에, 예쁜 눈웃음을 짓고 서 있는 주미가 보였다. 기태는 두 주먹을 꼭 움켜쥐었다. 머리부터 발끝까지 온몸이 떨려 오기 시작했다. 그는 앞으로도 그녀와 함께라면 수도 없이 느껴야 할 이 기분을 도저히 감내할 자신이 없었다.

그는 뒤를 돌아 거친 걸음으로 은하에게 다가갔다. 그리고 여린 그녀의 손목을 잡아 벽에 밀쳤다. 놀라서 짧은 비명을 지르는 그녀의 붉고 작은 입술을 삼켜 버리고 싶었다. 그는 그녀에게 바싹 다가갔다.

"왜 이래요."

당황한 그녀가 그를 밀쳐 내려 했지만 그는 힘주어 그녀의 양팔을 잡았다. 그녀의 가느다란 팔목이 떨리는 게 느껴졌다.

그가, 그녀의 입술에 가까이 다가갔다. 그녀의 굳게 다문 입술이 보였다. 어느새 그와 그녀의 입술은 닿을 듯 말 듯 가까이 닿아 있었다.

무거운 정적이 내려앉았다. 그토록 가까이 있었는데, 그는 끝내 그녀의 입술에 침범하지 못했다. 그는 지금 자신의 감정이 몹시 낯설었다. 떨치고 싶은데 떨칠 수 없었다. 못되게 해치고 싶은데, 해칠 수가 없었다. 보고 싶지 않은데, 보지 않을 수 없었다.

그는 그녀에게만은 절대 마음대로 할 수가 없었다.

"여자, 안 건드린다고 한 적 없어."

한참을 매서운 눈으로 그녀를 바라보던 그가, 이내 낮은 목소리로 속삭이듯 말했다.

"난 그럴 자신 없어."

"……."

"그러니까 네가 그만둬."

나는 할 수 없으니, 네가 나를 끊어 줘.

기태는 가슴속에서부터 들끓고 있던 그 말을 끝내 내뱉지 못했다.

5.

그의 검은 눈동자가 대답을 기다리는 듯 그녀의 입술에 머물러 있었다. 하지만 은하는 아직도 자신의 입가를 맴도는 듯한 그의 뜨거운 숨결에 입술을 달싹일 수가 없었다. 그때, 현관문이 열리는 소리가 들렸다. 한참 동안 은하의 팔을 압박하고 있던 힘이 천천히 풀렸다. 기태가 그녀에게서 한 발 뒤로 물러났다. 은하는 현관으로 시선을 돌렸다.

어느새 들어온 기우가 그들을 보고 있었다. 잠시, 묘한 정적이 내려앉았다. 기태가 먼저 그 정적을 피해 방으로 들어갔다. 은하는 자신을 스쳐 지나가는 기태에게서 차가운 냉기를 느꼈다. 처음 느낀 것도 아닌데, 순간 왠지 가슴이 덜컹 내려앉는 듯한 기분이 들었다. 방문이 세게 닫히는 소리는 내려앉은 가슴을 진동하게 만들었다.

"은하 씨."

기우가 은하에게 다가왔다.

"괜찮아요? 무슨 일 있었어요?"

"……괜찮아요."

"무슨 일 있었군요."

기우가 그녀의 표정을 예리하게 살피며 말했다.

"아무 일도 없었어요. 같이 밥도 먹었는걸요."

"미안해요. 제가 자리를 비워서."

"아니에요. 아무 일도 없었다니까요."

기우는 그녀의 말이 거짓임을 훤히 꿰뚫고 있는 것처럼 얕은 한숨을 쉬며 기태의 방을 쳐다보았다.

"안 나올 것 같은데."

"그래도…… 기다리죠, 뭐."

은하는 기우를 향해 힘없는 미소를 지어 보인 뒤 주방으로 갔다. 식탁을 정리하려는 모양이었다. 기우가 다가가 도와줄까 물었지만 그녀는 얼마 되지 않는다며 정중히 거절했다.

기우는 고무장갑을 끼고 설거지를 하는 그녀의 뒷모습을 잠시 바라보았다. 다소 차가웠던 첫인상과는 달리 단아하면서도 친근한 분위기가 풍겼다. 본래 사람이라는 게 한 가지 모습만 있는 것이 아니지만, 그녀는 유독 볼 때마다 색다른 분위기를 풍겼다. 그녀의 모습을 가만히 바라보던 기우가 이내 고개를 떨치며 실웃음을 뱉었다.

"그럼 전 거실에 있을게요."

"들어가서 쉬셔도 돼요. 피곤하실 텐데."

"아니에요. 같이 있어요."

기우는 저번처럼 테이블에 노트북과 서류들을 펼쳐 놓고 일을 시작했다. 은하는 그의 배려가 고맙게 느껴졌다.

설거지를 마친 뒤 다시 마음을 진정시키고 기태의 방을 찾았다. 노크를 해 보았지만 역시 대답이 없었다. 문도 잠겨 있었다. 은하는 하는 수 없이 나올 때까지 기다린다고 말한 뒤 거실로 가서 기우의 앞에 마주 앉았다. 은하는 서운한 마음을 감추지 못하고 한결 어두워진 표정으로 말했다.

"제가, 정말 싫은가 봐요."

기우가 노트북에서 손을 놓고 은하를 보았다.

"……자신이 없네요."

"은하 씨."

"그래도 할 수 있는 데까진 해 보려구요."

은하는 애써 웃으며 말했다.

'여자, 안 건드린다고 한 적 없어.'

아까 전 기태의 행동이 두렵지 않다면 거짓말이었다. 하지만 은하는 그의 말을 믿지 않기로 했다. 그의 말이 정말 사실이었다면, 그는 그녀의 작은 입술쯤이야 아무렇지 않게 삼킬 수 있었을 것이다. 그녀의 연약한 몸쯤이야 얼마든지 건드릴 수 있었을 것이다. 하지만 그는 그러지 못했다.

그녀는 느꼈다. 그것은 분명 안 하는 게 아니라 못 하는 것이었다. 그의 흔들리던 검은 눈동자가 그것을 말해 주었다. 그녀의 입술에 닿지 못하고 미미하게 떨리던 그의 입술이, 그 숨결이, 그것을 말해 주었다.

그래서 은하는 그가 점점 더 궁금해졌다. 그리고 그에게 믿음을 주고 싶었다. 그가 무슨 말을 하든, 그녀는 그를 믿는다는 것을 보여 주고 싶었다. 그 선택이 설사 그녀를 위험에 빠뜨린다고 해도, 그녀는 그에게 믿음이란 것을 선물해 주고 싶었다. 믿음이 바탕이 되지 않고서 최면 치료는 절대 불가능했다. 그녀는 그의 아픔을 진심으로 치료해 주고 싶었다.

열두 시가 되도록 기태는 결국 방에서 나오지 않았다. 은하는 가방을 챙기고 자리에서 일어났다. 기우가 배웅해 주겠다며 따라나섰다. 은하는 나가기 전에 마지막으로 기태의 방으로 갔다.

"기태 씨, 저 갈게요."

그는 지금 잠들어 있을지도 몰랐지만, 그녀는 그가 듣는다고 생각하고 씩씩한 목소리로 말했다.

"그리고…… 다시 올게요."

"……."

"기태 씨가 자신 없어도, 내가 있어요."

당신은 나쁜 사람이 아닐 거예요. 은하는 속으로 말했다.

"잘 자요."

안에서는 아무 말도 들리지 않았다. 은하는 무거운 발걸음을 떼어 현관으로 걸어갔다. 기우가 알 수 없는 표정으로 그녀를 보고 있다가 눈이 마주치자 얼핏 미소를 지었다. 기우가 먼저 밖으로 나갔고 은하도 뒤이어 나갔다.

"밤엔 너무 쌀쌀하네요. 옷 잘 입고 다녀요."

기우가 말했지만 은하는 듣지 못했다. 그녀는 다른 생각에 잠긴 채 멍하니 앞만 보며 걷고 있었다. 현관에서 대문까지 가는 길은 다소 경사가 있어서 희고 커다란 돌들이 계단처럼 듬성듬성 놓여 있었다. 그런데 넋을 놓고 앞만 보며 걷고 있는 은하를 보며 기우는 순간 불안함을 느꼈다. 역시나 은하는 몇 걸음 가다 말고 발을 잘못 디뎌 휘청거렸다. 앗, 하는 짧은 비명이 나올 새도 없이 기우가 그녀를 붙잡아 주었다.

바로 그때, 은하는 또 한 번 온몸을 훑고 지나는 이상한 전율을 느꼈다. 처음 그와 악수를 했을 때 느꼈던 그 기분이었다. 은하는 흠칫 놀라 그를 돌아보았다. 기우의 얼굴에 평소와는 다른 어둠이 드리워져 있었다. 은하의 시선을 느낀 그가 다시 표정을 풀며 말했다.

“조심해야죠. 여기서 넘어지면 위험해요.”

“……네, 고마워요.”

말로는 설명할 수 없는 이 느낌. 도대체 무엇일까. 잘못 느낀 것일까. 그저 기분 탓일까. 은하는 답을 구하기라도 하는 듯 그의 갈색 눈동자를 빤히 쳐다보았지만 그의 눈동자는 기태의 검은 눈동자처럼 쉬이 흔들리지 않았다. 그는 부드럽게 웃으며 은하에게 먼저 가라고 손을 내밀었다. 은하가 의아한 마음을 삭이며 한 발 내디뎠을 때였다.

“잘 때 옆으로 누워서 자요.”

“네?”

은하는 갑자기 들려온 기우의 뜬금없는 말에 고개를 돌려서 그를 보았다.

“그럼 가위에 덜 눌린다고 하더라구요.”

그는 태연하게 말했지만 은하는 순간 혈관이 굳기라도 한 듯 몸이 뻣뻣해졌다. 그가 어떻게 알았는지는 모르지만, 그녀는 다른 사람들보다 가위에 잘 눌리는 편이었다. 오늘도 꽤 오랫동안 꾸지 않았던 악몽을 꾸면서 몇 번씩이나 가위에 눌렸다. 그녀는 그가 마치 그 사실을 알고 말하는 것 같아서 등골이 서늘해졌다.

“어떻게 알았어요? 저 가위에 잘 눌리는 거.”

“아, 그래요? 전 그냥 은하 씨 오늘 많이 피곤해 보여서 해 본 말인데. 제가 피곤하면 가위에 잘 눌리거든요.”

“그렇군요.”

은하가 맥이 빠진 듯 헛웃음을 흘렸다. 기우도 따라 웃으며 농담조로 말했다.

“왜요. 제가 신기라도 있어 보여요?”

“아니요. 그런 게 아니라…….”

두 사람은 한결 편안해진 분위기에서 웃고 얘기하며 대문을 나갔다.

은하는 밤길이라면 아주 짧은 거리도 혼자 걷는 걸 싫어했는데, 차 앞까지 친절하게 배웅해 주는 기우가 있어 든든했다. 은하는 기우와 인사를 나눈 뒤 차에 타기 직전에 그를 보며 물었다.

“기우 씨는 좋아하는 음식이 뭐예요?”

“네?”

기우가 약간 놀란 듯 되물었다. 은하가 특유의 새하얀 미소를 지으며 대답했다.

“좋아하는 음식이 뭐냐구요. 오늘 같이 식사 못해서 아쉬웠어요. 다음에 기회가 되면 기우 씨한테도 꼭 대접해 드릴게요.”

언제나 여유로운 모습으로 대화를 잘 이어 나가던 그가, 그 순간에는 잠시 말을 잃은 듯 멈칫했다. 그러다 왠지 한층 작아진 목소리로 대답했다.

“김치찌개요.”

“…….”

“돼지고기 김치찌개.”

그는 다시 미소를 되찾았지만 어쩐지 평소와 다르게 쓸쓸함이 깃들어 있는 것처럼 보였다.

돼지고기 김치찌개. 왠지 우아한 정장을 입고 고급 레스토랑에서 스테이크를 써는 모습이 가장 잘 어울릴 것 같은 그와 상반되는 음식이었다. 그래도 은하가 가장 좋아하고 자신 있어 하는 요리 중 하나였다.

“그렇군요. 다음에 꼭 해 드릴게요. 추운데 얼른 들어가세요. 가 볼게요.”

“네.”

은하는 그와 미소를 나눈 뒤 차에 올랐다. 기우는 저번처럼 그녀가 사라질 때까지 그 자리에 서서 지켜봐 주었다. 은하는 문득 자신의 왼팔을 만져 보았다. 은하는 가위가 눌릴 때마다 왼팔을 움직여 푸는 습관이 있었다. 오늘은 그가 말해 준 대로 모로 누워서 잠을 청해 보아야겠다고 생각하며 눈을 감았다.

이상하게 이 집을 떠날 때마다 최면에 빠질 것만 같은 멍하고 몽롱한 기분이 들었다.

다음 날, 은하는 문주와 인영에게 둘러싸여 온갖 질문 공세에 시달려야 했다. 기태의 첫 상담 후에도 그랬지만 그날은 별 수확이 없었기에 싱거워하며 물러갔었다. 은하는 자신이 꼭 취재진에 둘러싸인 연예인 매니저라도 된 기분이었다.

"그렇게 궁금하시면 저 대신 맡으시지 그러셨어요."

그러자 인영이 진저리를 치며 말했다.

"은하 씨도 참. 우리만 궁금해하는 줄 알아? 손기태가 폭행사건 때문에 워낙 유명해졌어야 말이지. 벌써 우리 연구소에서 최면 치료받는다는 얘기가 퍼져서 기자들한테도 전화 오고 하는 것 같던데. 소장님이 자기 스트레스 안 받게 알아서 다 쳐 내시는 거지."

"그래요?"

은하는 몰랐던 얘기에 내심 신경이 쓰여서 곧 오기로 한 내담자의 페이퍼에서 손을 떼었다.

"은하 씨한테는 아직 연락 안 왔어? 좀 있으면 귀찮아질걸."

"뭘 그렇게 알고 싶어서 그러는 거래요?"

"그야 뭐, 무슨 정보든 알고 싶겠지. 진짜 사이코패스인지 아닌지부터, 최면 치료를 해 봤으면 진짜 폭행 원인이 뭐였는지, 심리 상태는 어떤지 등등. 사람들이 궁금해하는 것들이겠지."

은하의 미간이 좁혀졌다. 그녀는 왠지 대중들이 기태에게 갖는 관심과 궁금증들이 불편하게 느껴졌다.

그때, 연구실 문이 열리고 보람이 들어왔다. 밖에는 말끔한 차림의 건장해 보이는 남자 한 명이 서 있었다. 은하는 아까 보던 내담자 페이퍼로 잠시 시선을 내렸다. 페이퍼에 적혀 있는 것이라고 해 봐야 내담자에 대한 간단한 정보들이 전부였지만, 은하는 사소한 정보 하나도 몹시 중요하게 생각하는 편이었다.

"고 선생님, 상담이요."

"네."

은하는 페이퍼를 다 보지 못했지만 하는 수 없이 자리에서 일어나 연구실 밖으로 나갔다.

"안녕하세요."

그녀는 어김없이 부드러운 미소로 내담자에게 인사를 건네며 상담실로 자리를 옮겼다.

삼십 대 중반인 남자의 이름은 이현식이었다. 현식은 약 십 년 전부터 음식을 먹으려고 할 때마다 생기는 수전증 때문에 고생을 하고 있었다. 그러나 병으로 인한 증상이 아니라 순전히 심리적인 이유라서 여태 치료하지 못하고 있었다. 그는 중요한 자리에서도 수전증 때문에 곤욕을 치르곤 해서 스트레스를 많이 받았다. 그래서 최면 치료를 통해 수전증이 갑자기 생긴 정확한 원인을 알고 싶고, 가능하다면 꼭 치료하고 싶다고 했다.

그는 치료하고 싶은 의지가 워낙 강했기 때문에 상담을 오래 하지 않고 바로 최면 치료실로 들어갔다.

은하는 치료실의 조명을 낮춘 뒤 현식을 안락의자에 눕히고 그 옆에 있는 작은 의자에 앉았다. 그녀는 최면 치료에 들어가기 전에 주의사항부터 꼼꼼히 알려 주었다.

"최면 시 본인이 잊고 있던 고통스러운 기억에 노출될 수 있구요. 치료받으시고 며칠 후에, 치료 당시 느낀 감정들이 다시 생겨날 수 있어요. 몸이 피로해지셔서 하루 정도 잠이 많아지실 수 있구요. 간혹 있는 경우지만 열이 나거나 설사, 구토 등이 있을 수 있어요. 치료하시고 나서 바로 운전하시면 안 되구요. 하루 동안은 술이나 약을 삼가시고 물 많이 드세요. 운동도 가벼운 산책 정도로만 하시구요. 아셨죠?"

"네."

"준비되셨으면 심호흡을 크게 한 번 하세요. 크게 들이마시고…… 다시 내쉬고…… 그렇죠. 다시 마시고 내쉬고…… 몸에 힘을 빼시고 몸이 완전히 가벼워질 때까지 다시 마시고 내쉬고…… 네, 좋아요. 이제 점점 더 편안하고 나른한 상태가 되실 거예요. 잠이 올 듯 말 듯 나른하고 몽롱한 상태가 되면서…… 초점이 흐려질 거예요. 그렇죠?"

은하는 나긋한 목소리와 느리고 부드러운 말투로 최면을 시도해 나갔다.

"자, 이제 저 앞을 보시겠어요? 벽에 조약돌이 많이 붙어 있죠. 그중에 마음에 드는 걸 하나만 고르시고 계속 바라보세요. 눈이 점점 따가워지면서…… 자꾸만 졸음이 밀려오고 감고 싶어질 거예요. 이제 눈을 감으면, 아주 편안하고 가벼운 상태가 되실 거예요."

그가 자신의 문제를 치료하려는 의지가 강했던 만큼, 최면 치료는 수월하게 진행되었다. 그는 금방 최면 상태에 빠져들었고 은하는 문제가 생긴 과거의 시간으로 그를 유도해 보았다.

그는 스물세 살 가을의 어느 날로 돌아갔다. 아버지가 회사에서 강제 정리 해고 통보를 받고 파업에 가담한 지 일주일이 되던 날이었다.

현식은 집에서 엄마와 동생과 함께 있었다. 엄마는 밥 생각이 없다고 했고, 현식은 여동생과 컵라면을 먹기 위해 물을 끓였다. 다 끓은 물을 막 컵라면에 붓고 있는데 엄마의 통화 소리가 들렸다. 엄마가 경악을 하며 울부짖는 소리가 들렸다.

그 소리에 집중하던 현식은 물이 넘치는 줄도 모르고 있다가 깜짝 놀라 뜨거운 물에 손을 데었다. 찬물에 급하게 손을 씻었지만 떨리는 손은 멈추지 않았다. 현식은 그때 아버지가 자살했음을 알게 되었다.

은하는 그가 뜨거운 물에 손을 데었을 때 아무 전화도 걸려오지 않았고 데인 후에도 엄마의 따뜻한 손길을 받으며 응급치료를 마쳤으며, 여동생과 함께 컵라면을 맛있게 먹었다고 기억을 적당히 편집해 주었다. 물론 전화는 그 뒤에라도 올 수밖에 없었고 현식은 그때를 기억하며 고통스러워했지만, 당시의 충격과 불안함으로 인해 생겨났던 수전증은 치료될 수 있었다. 치료를 마치고 대기실에 나와 함께 차를 마셨는데 그는 손을 떨지 않았다.

그는 은하에게 무척 고마워하며, 초면에 실례인 것은 알지만 밥이라도 한 끼 대접할 수 있게 해 달라고 간곡히 청했다. 은하는 그의 제안이 부담스러운 것은 사실이었지만, 마침 시간도 점심시간이었고 최면을 통해 그의 아픈 기억을 보게 된 까닭에 결국 승낙하고 함께 밥을 먹으러 나갔다.

현식이 은하를 데려간 곳은 생각지도 못한 고급 이탈리안 레스토랑이었다. 단순히 감사의 표시로 받기에는 너무 부담스러운 식사였다. 은하는 자리를 옮기고 싶다고 말했지만 그는 기어코 이곳 음식을 대접하고 싶다며 자리를 잡고 앉았다.

은하는 마음이 불편했지만 성의를 계속 거절할 수도 없어 하는 수 없이 음식을 주문했다.

음식이 나오고 그들은 이런저런 대화를 하며 차분히 식사를 했다. 어느 정도 대화가 무르익었을 즈음, 현식이 넌지시 말을 꺼냈다.

"참. 여기 손기태 씨도 자주 오던데. 아시죠? 이번에 한국최면치료연구소에서 손기태 씨 치료를 맡았다던데."

스테이크를 썰던 은하의 손이 멈추었다. 그 얘기가 일반인도 알 정도로 널리 퍼졌나 싶었다. 은하는 고개를 들어 현식을 보았다.

"손기태 씨 치료도 고 선생님이 맡으셨나요?"

"……그런데요."

현식의 얼굴에 웃음이 걸렸다.

"아, 그러시군요. 이것 참 우연이네요."

그때 레스토랑의 문이 열렸다. 무심코 시선을 돌렸던 은하의 눈동자가 그대로 굳었다. 문을 열고 들어오던 남자도 그녀와 눈이 마주치자 잠시 멈칫하고 섰다가, 이윽고 함께 온 일행에게로 몸을 돌렸다. 그와 함께 온 중년의 남녀는 외국인이었고 얼핏 보아도 사업상 몹시 중요한 자리인 듯했다. 그는 일행을 정중한 태도로 챙기며 그녀의 근처에 자리를 잡고 앉았다.

"호랑이도 제 말 하면 온다더니. 손기태 씨네요."

현식이 재미있다는 듯 웃으며 말했다.

조금 떨어진 곳이긴 했지만 기태는 은하와 얼굴을 마주할 수 있는 위치에 앉아 있었다. 은하는 그에게서 좀처럼 시선을 떼지 못했다. 그는 검은 머리카락, 검은 눈동자와 잘 어울리는 검은 슈트를 입고 있었다. 은하는 그가 그렇게 차려입은 모습을, 그리고 밖에서 사람들을 만나는 모습을 처음 보았다.

그는 언뜻 보기에 정말 다른 사람처럼 보였다. 그의 중후하지만 호탕

한 웃음소리가 은하의 테이블에까지 와 닿았다. 그는 유창한 영어 실력과 자상한 말솜씨로 테이블의 분위기를 띄웠고 일행들을 웃게 만들었다.

은하는 몰랐다. 밖에서 만난 그는 너무도 환하고 밝은 인상의 소유자였다. 은하는 그때 생각했다. 어쩌면 이것이, 기우가 말한 그의 가면일지도 모른다고.

그때 기태가 은하 쪽을 보다가 은하와 눈이 마주쳤다. 기태는 그 짧은 사이에 현식도 살피는 것 같았다. 잠시 후, 기태가 일행에게 양해를 구하고 잠시 밖으로 나갔다. 은하는 낯설면서도 반가운 그가 계속 신경이 쓰였다.

"고 선생님, 제 말 안 들려요?"

은하는 현식이 계속 자신을 부르고 있었다는 것도 몰랐다.

"죄송해요. 말씀하세요."

"손기태 씨 말이에요. 어때요?"

"어떻다니. 뭐가요?"

"치료 맡으셨다면서요. 별일은 없었나요? 최면 치료는 해 보셨어요?"

은하는 포크와 나이프를 내려놓고 굳은 표정으로 그를 보았다. 문득 오전에 인영이 했던 말이 떠올랐다.

"실례지만, 무슨 일을 하시는지 여쭤 봐도 될까요?"

"왜요? 무슨 일 할 것 같은데요?"

은하는 무표정한 얼굴로 그를 계속 쳐다보았다.

"너무 정색하지 마세요. 맞아요. 기자예요."

"……손기태 씨에 대해 물어보려고 여기 오신 건가요?"

현식은 태연하게 스테이크를 썰어 먹더니 웃으며 말했다.

"그럴 리가요. 이것 보세요. 몇 년 만에 처음 안 떨고 식사를 하게 됐는데 감사해서 그렇죠."

은하는 그의 너스레가 더욱 언짢게 느껴졌다.

"저는 손기태 씨에 대해 할 말 없어요. 그 때문이라면 그만 가 볼게요."

"그쪽에서 꽤 넉넉히 챙겨 주던가요? 치료에 대해선 절대 함구하라고?"

"이봐요."

은하는 점점 화가 나서 저도 모르게 언성을 높였다. 현식은 처음 연구소에 왔을 때와는 완전히 달라진 차가운 눈빛으로 은하를 보며 말했다.

"아쉽네요. 그런 게 아니라면 고 선생님도 분명 할 말이 많을 거라고 생각했는데. 아무렴 사이코패스를 데리고 치료를 한다는 게 쉬운 일이겠어요? 다 얘기해 보세요. 저도 원하시는 만큼은 드릴 수 있어요."

"저야말로 안타깝네요. 고작 기사 하나가 뭐라고 기자님은 이렇게까지 하시는 거죠? 그 사람에 대해 잘 알지도 못하면서 단정 지어 말하지 마세요. 저는, 그 어떤 이유 때문도 아니고, 다만 제 환자에 대한 예의를 지키려는 것뿐이에요. 손기태 씨도 제가 맡은, 제 도움이 필요한 분이에요. 저는 그분을 최선을 다해 치료할 거고, 그 과정에서 무슨 일이 일어나든 돈 따위에 팔지 않을 거예요."

현식이 헛웃음을 흘렸다.

"고 선생님이 훌륭한 치료사인 건 알겠지만, 조심하셔야 될 거예요."

"……."

"고 선생님에겐 아무리 다 똑같은 환자라도, 손기태는 달라요. 세강의 아들이에요. 그런 큰 사람들을 위해 일하는 거, 아주 위험한 거거든요. 정 주고 몸 바치다가 뒤통수 맞기 십상이에요."

은하는 갑자기 감정적으로 변한 현식의 말투를 보며 불안한 감이 스쳤다. 그의 말투에는 어떤 울분과 분노가 섞여 있었다. 그녀는 설마, 하고 생각했다. 현식의 아버지가 정리 해고를 당하고 파업을 했던 회사가 세강이라면, 현식은 생각보다 더욱 위험한 존재였다. 그렇게 되면 그는 그냥 기자가 아니라 세강에 원한을 갖고 어떻게든 흠집을 내려는 기자였다. 현식의 사정도 안됐지만, 은하는 저도 모르게 자꾸만 기태의 편에 서고 있었다.

은하는 자리에서 일어섰다. 더는 그와 말을 섞으면 안 될 것 같았다. 기태가 은하와 그가 함께 있는 것을 보고 어떻게 생각했을지 걱정도 되었다.

"저는 더 할 말이 없으니 그만 가 보겠습니다."

"차라리 그만두고 다른 연구원에게 넘기는 게 좋을 거예요."

은하가 가려다 멈추고 뒤를 돌아보았다.

"이건 진심으로, 고 선생님을 위해 하는 말이에요."

은하는 아무런 말도 하지 않고 그 자리를 떠나 레스토랑을 나왔다. 엘리베이터를 타려다가 왠지 기태를 마주칠 것 같아 계단으로 가기 위해 몸을 틀었을 때, 복도 한쪽에서 걸어오고 있는 기태를 보았다. 무엇 때문인지 그녀는 온몸이 바싹 굳어 버렸다.

말끔한 차림새의 그가 집에서 봤을 때와 마찬가지로 무표정한 얼굴로 그녀를 보며 다가왔다. 무슨 말을 해야 할지 몰라 마른침을 꿀꺽 삼켰을 때, 그녀의 코끝에 옅은 향수 냄새가 스쳤다.

향기는 머물지 않고, 그렇게 스쳐 갔다. 그는 그녀에게 한 마디 말도 걸지 않고 마치 모르는 사람처럼 스쳐 가고 있었다.

그녀는 일순 섭섭하기도 하고 두렵기도 한 묘한 감정에 북받쳐서 저도 모르게 목소리를 냈다.

"대체 이유가 뭔데요?"

그가 발을 멈추었다.

"대체 그 대단한 이유가 뭐길래, 날 자꾸 밀어내는 건데요?"

"……."

"난, 그래도 최선을 다하려고……."

"최선을 다하려고, 이현식 기자를 만났나?"

기태가 천천히 뒤를 돌아 그녀를 보았다. 복도를 울리는 맑은 구두 소리가 그녀에게 가까이 다가왔다. 구두 소리가 그녀의 코앞에서 멈추었다.

"그건…… 몰랐어요. 난 정말."

"미안한 표정 할 거 없어. 애초에 난 당신을 믿은 적이 없으니까."

"……."

"내 편이라 생각한 적도 없고 뭘 기대한 적도 없으니까."

"……."

"그러니까 실망할 일도 없지."

그렇게 말하는 기태의 입가에 얕은 조소가 흘렀다. 그 서늘한 미소를 본 순간, 그를 믿었기 때문일까, 은하는 가슴이 싸하게 아려 오는 것을 느꼈다.

"……그렇군요."

은하는 그를 바라보던 시선을 먼저 거두었다.

"고맙네요."

그녀는 고개를 떨구고 더는 할 말이 없다는 듯 등을 돌렸다.

기태의 검은 눈동자가 흔들렸다. 그는 흔들리는 눈동자로 또다시 그녀의 뒷모습을 좇았다. 그녀가 천천히, 그러나 차가운 걸음으로 그를 지나쳐 갔다. 계단을 내려가는 그녀의 모습이, 이윽고 그의 시야에서 사라졌다. 그는 왠지 가슴 한쪽이 허해지는 기분을 느꼈다.

잠시 급한 전화를 받고 오겠다고 나온 것인데, 이제 그만 들어가야 할 때가 되었는데, 무엇 때문인지 쉽게 발이 떨어지지 않았다. 기태는 여전히 그녀가 사라진 계단만 바라보고 있었다. 그때 문이 열리고 낯익은 남자가 모습을 드러냈다. 현식이었다. 기태가 날 선 눈빛으로 그를 쏘아보며 말했다.

"이젠 치료사까지 건드려서 뭘 알아내려고 하나?"

"그러려고 했는데. 치료사랑 연애라도 하시나 보죠?"

"뭐?"

현식은 입꼬리를 길게 올리며 말했다.

"필사적이더라구요, 그 여자."

"……."

"좀 이상할 정도로."

현식은 짧은 눈인사를 한 뒤 엘리베이터를 타고 내려갔다.

기태는 그 자리에 선 채 움직이지 못했다. 이상할 정도로 필사적이었다는 현식의 말이 바늘처럼 가슴을 쿡쿡 찔러 댔다. 마음과는 다르게 자꾸만 엇나갔던 자신의 말도 부메랑처럼 돌아와 가슴을 찔러 댔다.

허해진 가슴에 너무 많은 따가움이 밀려들었기 때문일까. 심장이 감당하지 못한 듯 조금씩 빠르게 뛰기 시작했다. 그리고 기태는, 아프다고 요동치는 제 심장을 진정시키지 못했다. 아니, 어쩌면 그러고 싶지 않았던 건지도 모른다.

그는 11년 만에 비로소 자신이 살아 있음을 절실히 느끼고 있었으니까.

6.

엘리베이터의 숫자가 어느새 1을 가리키고 있었다. 기태는 그 숫자를 빤히 바라보다가 이윽고 몸을 틀어 계단을 내려가기 시작했다. 그 걸음이 조금씩 빨라졌다. 레스토랑 밖으로 나온 기태는 저 앞에서 택시를 잡고 있는 현식을 발견했다.

어느새 땀이 고인 손바닥을 꼭 말아 쥐며, 그는 현식에게로 향했다. 인기척을 느낀 현식이 기태를 돌아보았다.

"무슨 일이시죠?"

기태는 그에게 한 발 다가갔다.

"어떻게 된 건지 말해."

기태가 다시 한 발 다가갔다. 현식은 저도 모르게 움찔했지만 물러서지 않으려 애썼다.

"하나도 빠짐없이, 다."

현식이 실소를 뱉으며 그를 보았다. 이내 그의 입에서 재밌네, 라는 한마디가 툭 굴러 나왔다. 기태가 더는 참지 못하고 현식의 멱살을 잡아챘다. 그의 무표정한 얼굴에서 살기 어린 눈빛만 매섭게 번뜩이고 있었다.

"그만두라고 했죠."

"……."

"고 선생을 위해서. 그게 좋을 거라고."

현식은 기태가 누구에게 무슨 치료를 받는 것인지 알기 위해 직접 은하를 찾아가 최면 치료를 받아 보았다. 평소에 최면이라는 것에 대해 편견을 가지고 있던 그는 자신의 아픔이 진정으로 드러나고 치유되는 것을 경험하면서, 이것이 매우 신비한 잠재의식의 영역임을 깨달았다. 그리고 괜히 은하가 기태를 맡은 게 아니라는 것을 알게 되었다.

그녀는 젊고 여려 보이는 여자이긴 했어도, 사람의 마음을 다루는 데 있어서만큼은 누구보다 능숙했다. 그녀의 부드럽고 따스한 마법에 걸려들지 않을 수 있는 사람은 없을 것 같았다.

"안됐잖아요. 그렇게 능력 있고 좋은 여자가 고작 당신 같은 사람한테 애쓰는 거. 사이코패스한테 무슨 일을 당할지도 모르는데. 그 여잔 상관없다고 하더라고요. 무슨 일이 일어나든, 돈 따위에 팔지 않을 거라고."

기태의 눈빛이 흔들렸다.

"자기 혼자만 진심일 때만큼, 억울한 게 없거든."

기태의 손에서 천천히 힘이 빠졌다. 그는 묵묵히 현식의 옷깃을 놓아주었다. 현식은 기태가 잡았던 부분을 당당히 털어 내고 옷매무새를 바로 했다.

"그럼 전 이만."

기태는 초점을 잃은 눈으로 앞만 바라보았다. 현식이 택시를 잡고 그 자리를 떠날 때까지도 그는 그 자리에 우두커니 서 있었다.

'난, 그래도 최선을 다하려고…….'

'미안한 표정 할 거 없어. 애초에 난 당신을 믿은 적이 없으니까.'

'내 편이라 생각한 적도 없고 뭘 기대한 적도 없으니까.'

실망한 눈으로 그를 바라보던 그녀의 얼굴이, 힘없이 계단을 내려가던 그 뒷모습이, 자꾸만 눈앞에 어른거려서, 움직일 수가 없었다.

은하는 연구소로 돌아가자마자 자리에 앉아 현식의 페이퍼를 찾았다. 기자라는 정보는 적혀 있었지만, 가족사에 대한 세부 사항까지는 없었다. 머리가 지끈거리며 아파 왔다.

'최선을 다하려고, 이현식 기자를 만났나?'

기태가 그토록 차가운 얼굴로 그의 이름까지 언급하며 말한 것을 보면 그녀의 추측이 얼추 맞은 것 같긴 했지만 아직 확실한 것은 아니었다. 은하는 왠지 쉽게 잊히지 않는 현식의 분노 어린 눈빛이 불안하게 느껴졌다. 그는 이렇게 쉽게 물러날 것 같지 않았다. 그렇다면 그에 대해서 정확히 알아 둘 필요가 있다고 생각했다.

은하는 고민 끝에 휴대폰을 꺼내 들었다. 신호음이 얼마 가지 않아 귀에 익은 남자의 목소리가 들려왔다.

– 네, 은하 씨.

그는 은하의 전화를 반갑게 맞아 주었다.

"갑자기 죄송해요. 뭐 좀 여쭤 보려는데, 괜찮으세요?"

– 그럼요. 뭔데요?

"다른 게 아니라…… 이현식 기자…… 잘 아세요?"

기우가 잠시 멈칫하는 게 느껴졌다.

– 그 사람은 왜요?

"혹…… 세강하고 어떤 관곈지 여쭤 봐도 될까요?"

– 별로 좋은 관곈 아니죠. 이 기자 아버지가 예전에 저희 회사에서 일을 하셨는데 안 좋은 문제가 있었어요. 그 일에 원한을 품은 건지 저희 회사에 유독 배타적이어서 이 기자랑은 불편한 일이 많았어요.

"그렇군요."

은하는 자신의 추측이 맞았다는 것이 결코 좋지 않았다. 아무것도 모르고 현식에게 말려들 뻔했던 자신이 바보 같았고 기태에게 미안했다. 하지만 정말 아무것도 몰랐던 만큼, 한편으로는 억울하고 서운한 마음도 들었다. 기태가 오해할 수밖에 없던 상황이라는 것은 이해하지만, 그가 앞뒤도 묻지 않고 자신을 그렇게 판단해 버린 것은 섭섭했다.

– 이현식 기자를 만났어요?

"아, 네……. 오늘 치료를 받으러 왔더라고요. 그래서……."

– 근데 기태에 관한 걸 물었군요.

은하는 그 한마디로 사태 파악을 다 해 버린 기우에게 딱히 무슨 말을 해야 할지 몰랐다.

"일단은 그래요. 다음에 만나면 자세히 말씀해 드릴게요."

– 놀랐겠어요, 은하 씨.

"……."

– 기태 치료를 맡았다는 이유로, 은하 씨가 피곤해질지도 모르겠어요. 미안해요.

은하는 뜻밖의 사과를 받아 약간 당황했다. 기태에게 미안한 처지였던 그녀에게, 그는 도리어 미안하다고 말했다.

"아니에요. 제가 아무것도 모르고 실수를 할 뻔했는데. 죄송하죠."

– 은하 씨 잘못 없어요. 그걸로 괜히 신경 쓰지 마요.

그의 말이 진심이든, 아니면 예의상 하는 말이든, 은하는 왠지 모르게 계속해서 쓰리던 가슴에 분명 위로를 받았다.

– 그럼 내일 봐요.

"……네."

전화를 끊고 나서 은하는 깍지 낀 손을 턱에 대고 생각에 잠겼다. 기우의 배려에 마음이 편안해진 것도 잠시, 눈을 감자마자 기태의 차가운 목소리가 들렸다.

'여자, 안 건드린다고 한 적 없어. 난 그럴 자신 없어. 그러니까 네가 그만둬.'

'차라리 그만두고 다른 연구원에게 넘기는 게 좋을 거예요.'

은하의 입에서 깊은 한숨이 새어 나왔다. 그녀에게 이 일을 그만두라고 말한 사람은 겨우 두 사람뿐이었지만, 그중 한 사람이 기태였기 때문일까. 그녀는 본인을 제외한 모두가 이 치료를 그만두라고 말하는 것만 같았다. 또다시 머리가 지끈거리며 울렸다. 설상가상 열까지 나는 거 같았다.

"고 선생님, 어디 아프세요?"

은하가 한참 동안 고개를 숙인 채 일어나지 않자, 앞자리에 있던 기현이 조심스레 물어왔다.

"괜찮아요."

말은 그렇게 했지만 은하는 온몸에 서서히 열이 퍼지는 것을 느꼈다.

"얼굴이 안 좋으신데."

기현의 말에 문주와 인영도 은하를 보더니 동조를 했다.

"그러게요. 낯빛이 창백한데. 점심 뭐 잘못 먹었어요?"

"밖에서 무슨 일 있었어?"

"아니에요, 그런 거. 그냥 조금 피곤한가 봐요."

"요즘 너무 무리한다 했더니, 몸살 오는 거 아니야?"

은하는 그저 멋쩍게 웃어 보였다. 조 소장도 일을 하다 말고 은하를 보았다. 은하는 괜찮은 척했지만 기태의 상담을 맡은 이후로 부쩍 피곤해 보였다.

조 소장은 한 번 맡은 일은 어떻게든 완벽히 해내려는 은하의 성격을 알고 있었기에, 그녀가 이번 일로도 신경을 많이 쓰고 있을 것이란 걸 알았다. 더군다나 상대가 보통 사람이 아니었기에 상담이 잘 진행되고 있는지 걱정이 많이 되었지만, 은하는 연구원들이 아무리 물어도 좀처럼 상담에 대한 얘기를 해 주지 않았다.

그래도 조 소장은 그녀가 지금 정신적 스트레스는 물론 육체적 스트레스도 많이 받고 있을 것임을 알 수 있었다. 은하는 그렇잖아도 몸이 약한 편인데, 이틀에 한 번꼴로 새벽까지 방문 상담을 하는 것이 쉬울 리가 없었다.

"고 선생, 괜찮아?"

조 소장으로서는, 어찌 됐건 자신 때문에 은하가 기태의 상담을 떠맡게 된 것 같아 미안한 마음이 있었다.

"네, 괜찮아요."

"많이 안 좋으면 조퇴하지 그래."

"아니에요. 아직 두 분이나 남았어요."

"내일도 상담 많나?"

"내일은 하나요."

"그래. 그럼 내일 더 심해지면 그냥 하루 쉬어. 상담은 내가 미루어 놓을 테니."

"심하면요."

은하는 애써 미소 지으며 다시 일을 하기 시작했다. 힘들긴 했지만 신경 써 주는 사람들이 있어 고마웠다.

버릇처럼 괜찮다는 말만 속으로 되뇌며 힘든 하루를 버틴 은하는 집에 돌아오자마자 씻지도 못 하고 침대 위에 쓰러졌다. 눈꺼풀을 들어 올리기만 해도 온 신경이 일순 감전이라도 된 듯 찌릿했고 누군가 행주를 짜듯 뇌를 쥐어짜기라도 하는 것처럼 머리가 조여 왔다. 온몸을 찌르듯이 몰려오는 추위도 너무 고통스러웠다. 하지만 이대로 잠들면 아픔만 더 심해질 것 같았다.

은하는 사력을 다해 일어나 욕실로 갔다. 어떤 정신으로 화장을 지우고 샤워를 했는지도 몰랐다. 그녀는 혼미한 정신을 달래기 위해 조금 뜨겁다 싶을 정도의 물을 받아 반신욕을 했다. 희뿌연 수증기가 가득 들어차는 욕실처럼, 그녀의 머릿속도 뿌옇게 흐려져 갔다. 은하는 짙은 안개 속에 홀로 서서 생각했다.

아픔은, 언제나 이렇듯 갑자기 닥쳐오는구나.

그녀는 완전히 정신을 잃기 전에 욕실에서 나왔다. 옷을 입을 겨를도 없었다. 평소 잘 입지도 않던 가운 하나를 걸치고 나와 곧바로 침대에 누웠다. 이불을 턱까지 올려 덮었지만 곳곳에서 찬바람이 기습해 오는 것처럼 추웠다.

은하는 몸이 약한 편이어서 환절기마다 감기를 걸리는 것은 물론이고 이런 갑작스런 몸살에도 자주 시달렸다. 그럴 때마다 은하는 혼자 견뎌 내야 했다. 처음엔 아픔보다 더한 외로움 때문에 힘이 들었지만, 나중엔 그마저도 익숙해졌다.

은하는 태어나고 한 달도 안 되어 어느 대형 마트의 화장실 변기 위에 버려졌다. 당시 그 사건은 신문에도 몇 번 실릴 정도로 꽤 이슈가 됐었다. 불행인지 다행인지, 은하는 덕분에 버려진 지 얼마 안 돼 새

부모를 만날 수 있었다. 은하의 새아버지는 S대학병원의 외과 의사였고 어머니는 유명한 피아니스트였다. 은하는 그 좋은 집에서 외동딸로 자랐다.

은하의 집은 겉으로 보기에 부족한 것이 없어 보였다. 하지만 은하의 집에는 가장 중요한 것이 없었다.

사랑. 그녀의 집에는 부부간의 사랑도, 부모 자식 간의 사랑도 없었다.

은하의 친구들은 부잣집 공주님으로 곱게 자라는 은하를 항상 부러워했다. 하지만 은하는 다른 친구들이 부러웠다. 비가 오는 날이면 많은 엄마들이 커다란 우산 하나를 쓰고 학교 밖에서 아이들을 기다렸다. 그러면 아이들은 그 수많은 엄마들 틈에서 제 엄마를 한눈에 알아보고 엄마! 하면서 달려가 품 안에 쏙 안겼다. 우산이 하나라 가방이 젖고 신발이 젖어도, 그들은 어디가 젖는지도 모르고 엄마 손을 꼭 잡고 집으로 돌아갔다.

그럴 때면 은하는 아이들의 부러움 가득한 시선을 받으며 검은 승용차에 올라탔다. 차 안엔 기사 아저씨 한 명이 전부였다. 차라리 우산 없이 비 내리는 거리를 걷고 싶을 만큼, 은하는 그 안의 정적과 고독이 끔찍하게 싫었다. 추적추적 비 내리는 소리가 듣고 싶었다. 첨벙첨벙 물웅덩이에 발장난 치는 소리가 듣고 싶었다. 그런 것 좀 하지 말라고 소리치는 누군가의 잔소리가 듣고 싶었다. 은하는 그런 것들이 필요했다.

부모님이 반대하던 최면 치료를 하겠다고 대학원에 들어간 순간부터 은하는 독립해서 혼자 살았다. 부모님과는 한집에 살 때도 몇 마디 주고받지 않았기에, 따로 살면서부터는 거의 남남처럼 연락을 끊고 살게 되었다. 그녀는 완전한 혼자가 되었지만, 차라리 마음은 전보다 편했다. 누구와 함께 있는데 외로운 것보다 혼자여서 외로운 편이 더 나았다.

'잘 때 옆으로 누워서 자요.'

'그럼 가위에 덜 눌린다고 하더라구요.'

하지만 왠지 오늘은 이 익숙한 고독을 견뎌 내는 것이 몹시 힘이 들었다. 은하는 그의 말대로 모로 누워 자지 못한 것을 후회했다. 새끼손가락에 온 힘을 주어 가위에서 벗어나 보려 했지만 쉽지 않았다.

은하는 가위를 눌리는 것은 반수면 상태에서 일어나는 일종의 심리적 공포 현상이라는 논리를 가장 신뢰했다. 피로에 잠긴 육체는 먼저 잠이 들었는데 정신이 따라서 잠들지 못함에 따라 자신이 잠들었음을 자각하면서 공포심이 드는 것이다. 하지만 그 이론을 알고 있으면서도 그녀는 가위에 눌리는 것이 두려웠다.

누군가, 그녀를 죽이기 위해 몸을 짓누르는 것 같다는 기분을 떨칠 수가 없었다.

육체적 고통과 정신적 고통에 잠 한숨 제대로 자지 못하고 아침이 왔다. 은하는 필사적으로 몸을 일으켰지만 가뭄 든 밭처럼 갈라져 버린 입술과 핏기 하나 없이 하얗게 질린 얼굴은 좀처럼 바깥에 내보일 것이 못 되었다. 몸을 움직이는 것만도 곤욕이었다.

은하는 얕은 숨을 토해 내며 휴대폰을 들었다. 어느새 시간은 열 시가 넘어 있었고 조 소장을 비롯한 연구원들에게 전화가 와 있었다. 은하는 조 소장에게 전화를 걸었다.

"죄송합니다, 소장님. 꼭 나가려고 했는데……."

미안해하는 은하에게 조 소장은 너그럽게 웃으며, 오늘 예약된 환자는 물론 기태의 상담도 자신이 다 잘 처리해 놓을 테니 걱정 말고 주말까지 푹 쉬라고 했다. 은하는 일단 알았다 하고 전화를 끊었지만 마음이 편치 않았다. 지난번 일로 더 틀어진 마당에 상담까지 펑크를 내면 관계는 더욱 악화될 것 같았다. 어쩌면 기태는 이번 기회에 잘됐다며 그녀를 아예 잘라 버릴지도 몰랐다. 그렇게 된다면 어떨까.

마음은 아프고 자존심에 상처도 받을 것 같았지만, 어쩔 도리 또한 없을 것 같았다. 그녀는 아직도 손기태라는 사람이 궁금했고 그를 진심으로 치료해 주고 싶었지만, 그렇게 자신을 밀어내는 사람에게 더 다가갈 힘은 없었다. 거기까지 생각을 하니, 문득 그의 차가운 눈빛과 냉담했던 태도가 생각나 다시금 마음이 아렸다.

은하는 얼른 병원에 갔다 오자는 생각으로 몸을 일으켰다. 그런데 한 발 내딛자마자 방 안이 빙그르 돌면서 머리에 강한 통증이 밀려왔다. 은하는 다시 침대에 풀썩 걸터앉았다. 몸에서 힘이 빠지고 부드러운 침대 시트의 감촉이 느껴졌다. 아무래도 지난밤에 잠을 설친 탓에 몸살이 더욱 심해진 것 같았다.

입가에서 실소가 툭툭 터져 나왔다. 그 작은 숨에서마저 뜨거운 열이 느껴졌다. 은하는 이 지경이 될 때까지 도움을 청할 사람이 하나도 없었다는 사실에 다시금 옅은 실소를 흘리며 눈을 감았다. 그리고 머지않아 힘들게 부여잡고 있던 의식의 끈을 툭 놓아 버렸다.

은하는 아주 까만 방 안에 홀로 갇혀 있었다. 위를 보아도 앞을 보아도 옆을 보아도, 그 어느 곳에도 빛 한 점 없는 아주 컴컴한 어둠이었다. 그곳에서 벗어나려고 필사적으로 벽을 두드리며 살려 달라고 소리치다가, 그녀는 문득 깨달았다. 그곳은 감옥이라는 것을.

쾅쾅쾅쾅. 그때였다. 그녀는 분명 허탈하게 두 손을 놓고 있었는데, 어디선가 벽을 두드리는 소리가 났다. 은하는 서둘러 소리가 나는 쪽으로 달려갔다. 누군가, 자신을 구하러 온 것만 같았다. 그런데 아무리 찾아도 그 소리가 정확히 어디서 나는 소리인지 알 수 없었다. 정체불명의 그 소리가 점점 더 커지기 시작했다.

쾅쾅쾅쾅.

그 소리와 동시에 은하의 눈이 번뜩 뜨였다. 어두웠다. 감옥처럼 어두운 밤이었다. 다만 오른쪽에 창문이 있었고, 그 틈으로 가녀린 달빛이 들어오고 있었다. 꿈이었구나, 안도한 순간 다시금 그 소리가 들렸다. 은하는 흠칫 놀라 몸을 일으켰다. 그 소리만은 꿈이 아니라 현실이었다. 분명 문에서 들려오고 있었다.

그녀는 너무 놀란 나머지 자신이 가운 차림이라는 것도 잊고 침대에서 일어나 거실로 나갔다. 불을 켜니 시계가 밤 열 시를 가리키고 있는 것이 보였다. 반나절 이상 쓰러져 있었다는 것도 놀라운데, 그보다 더 놀라운 것은 순간 은하의 귀를 때린 초인종 소리였다. 초인종 소리가 두어 번 들렸다가 다시 문을 두드리는 소리가 들렸다.

그녀는 혼자 살기 시작한 이래 무엇을 시켜 먹을 때를 제외하고는 초인종 소리를 거의 들어 본 일이 없었다. 누군가 이 집에 찾아온다는 것이, 있을 수 없는 일이었으니까.

긴장되고 두려운 가슴을 추스르며 인터폰을 확인한 은하는 깜짝 놀랐다.

"고은하!"

문밖에서 한 남자의 목소리가 들렸다. 고은하. 은하는 누군가 자신을 그렇게 온전한 이름으로 불러 주는 것을, 참으로 오랜만에 들어 보았다. 오랜 시간 친구가 없었던 만큼, 그렇게 불릴 일도 없었다.

은하는 어쩌면 이것 또한 꿈일지도 모른다는 생각을 했다. 정신이 너무 혼미한 나머지, 꿈과 현실도 제대로 구분하지 못하는 것이라고.

그녀가 어느새 문 앞에 섰다. 천천히 올리는 손가락이 미세하게 떨렸다. 망설이던 그녀가 마침내 잠금 장치의 해제 버튼을 눌렀다. 덜컥, 문이 열렸다. 아주 미약한 빛 정도만 간신히 들어올 수 있을 만큼 좁았던 그 틈이, 조금씩 더 벌어졌다.

이윽고 다소 상기된 얼굴로 거친 숨을 몰아쉬고 있는 한 남자의 모습이 보였다.

"……."

눈이 마주쳤다. 하지만 둘 중 누구도 선뜻 말을 뱉지 못했다. 그 침묵이 고통 속에 잠을 설쳤던 지난밤보다 더욱 길게 느껴졌다.

바로 그 순간, 남자가 한 발 내디뎌 집 안으로 들어왔다. 은하는 따라서 한 발 뒤로 물러섰다. 문이 닫혔다. 자동으로 잠기는 소리가 들렸다. 집 안에는 더욱 짙은 침묵이 내려앉았다. 은하의 숨에서, 그의 숨에서 피어오르는 뜨거운 열기만이 그 어색한 정적의 빈틈을 채웠다.

"……지 마."

"……."

"포기하지 마."

느닷없이 찾아온 그는, 다짜고짜 그렇게 말했다. 은하는 습관처럼 그의 눈동자를 보았다. 보고 있으면 이상하게 자꾸만 빨려 들어갈 것만 같은 그 매혹적인 검은 눈동자가, 여지없이 흔들리고 있었다.

"나, 포기하지 마."

7.

'그 여잔 상관없다고 하더라고요. 무슨 일이 일어나든, 돈 따위에 팔지 않을 거라고.'

기태는 그날 현식에게 얘기를 듣고 그녀를 오해하고 차갑게 보내 버린 것이 내내 마음에 걸렸다. 그만두라고 했다는 현식의 말도 신경이 쓰였다.

기태는 이미 여러 번 그녀에게 그만두라고 말했고, 그러길 바라는 마음도 분명 있었지만, 막상 그녀가 그럴지도 모르겠다는 생각이 들자 이상하게 마음이 심란해졌다. 그녀가 정말 그만두면 어쩌나 초조하고 불안해졌다. 자신이 그런 마음을 갖고 있다는 것을 인정하고 싶지 않았지만 걱정이 되는 것은 어쩔 수 없었다. 하루 종일 아무 일도 손에 잡히지 않았다.

미안했다. 솔직한 마음은 그랬다. 내일 그녀가 오면 사과는 못 하더라도 조금은 다정하게 대해 주고 싶은 마음도 있었다. 하지만 어떻게 다정하게 대해 주어야 할지가 막막했다. 너무 갑작스럽거나 부자연스럽지 않게 하고 싶었다. 그는 이런 감정이 너무 오랜만이라 자신의 마음을 어떤 식으로 표현해야 하는지도 몰랐다.

잠들기 전에 하루를 돌아보니 그것에 대해 생각한 일밖에 없었다. 그는 그렇게 내일을 기다리며 약간은 불안하고 긴장되는 마음으로 잠이 들었다.

그러나 다음 날 아홉 시에 그녀는 오지 않았다. 하루 종일 시계만 들여다보며 9라는 숫자에 시침이 가까이 가기를 내심 기다리고 있던 그는, 아홉 시 반이 되도록 아무도 오지 않자 방문을 열고 나갔다. 어떻게 된 일인가 싶었지만 그녀에게 물어볼 수도 없었다. 그러고 보니 그는 아직 그녀의 연락처도 몰랐다.

그때 멀리서 대문이 열리는 소리가 들렸다. 순간 기태는 온몸의 신경이 바짝 곤두서는 것을 느꼈다. 방으로 들어가야 하나 말아야 하나, 어쩌지도 못하고 앉아 있는데 현관문이 열렸다. 기우가 들어왔다. 잠시나마 활기로 일렁이던 기태의 눈동자가 금세 차게 식었다.

"웬일로 나와 있어?"

기우는 이윽고 무언가 생각난 듯 짧은 웃음을 터뜨린 뒤 말했다.

"아! 은하 씨."

"……."

"오늘 못 온대. 몸이 아파서."

기태는 순간 가슴이 툭 내려앉는 기분을 느꼈다.

"네가 기다릴 거란 생각은 못 해서 말 안 했는데. 기다렸나 보지?"

기태는 말없이 자리에서 일어섰다. 방으로 들어가려는데 다시 기우의 목소리가 들렸다.

"치료사, 바꾸고 싶으면 바꿔."

"……."

"출근까지 못 할 정도로 아픈 걸 보면, 은하 씨도 많이 힘든가 본데. 네 성격에 차이는 건 싫을 거 아니야."

기태는 묵묵히 주먹을 말아 쥐었다. 손등 위로 푸른 핏줄이 솟아올랐다.

"누가 너 같은 놈을 맡으려 할진 모르겠지만."

기태는 속에서부터 끓어오르는 떨림을 억누르며 방문을 열고 들어갔다. 그와 상대하고 싶지 않았다. 그리고 그의 질문에 무어라 답해야 할지도 몰랐다. 그는 침대에 앉아 멍하니 생각에 잠겼다.

설마 했던 불안이 현실로 다가올 것 같았다.

'차라리 잘됐어.'

그는 그렇게 생각하려 애쓰며 벌렁 뒤로 누웠다. 손등으로 눈을 가렸다. 검은 어둠이 밀려들었다. 그 위로 자꾸만 낯익은 얼굴이 떠올랐다. 그 얼굴이 그려지자마자 여지없이 불편한 떨림이 가슴을 스치고 지났다. 그는 낯익은 얼굴과 불편한 떨림을 떨쳐 내기 위해 갖은 애를 썼지만 소용이 없었다.

잠시 후, 기태는 결국 침대에서 몸을 일으켰다. 곧바로 코트 하나와 차 키를 챙겨 들고 방을 나왔다. 기우가 어딜 가냐고 물었지만 대답하지 않고 빠른 걸음으로 집을 나갔다. 그는 자신이 지금 무슨 행동을, 왜 하는지 생각하려 하지 않았다. 그런 것을 따지다 보면 그녀에게 가지 못할 것 같았다. 그는 그저 몸이 움직이는 대로 놔두었다.

그리고 얼마 후, 그는 낯선 아파트 단지에 도착했다. 주소는 연구소의 소장에게 전화를 해서 알아냈다. 아무 생각 없이 걷다 보니 어느새 그녀의 집 앞이었고, 그의 손은 초인종을 누르고 있었다. 안에서 아무 인기척이 없자 혹시 무슨 일이 생긴 것은 아닌지 걱정이 돼서 불안하고 초조해졌고 떨리는 손으로 문까지 두드리게 되었다.

그러다 어느 순간, 문이 열렸다.

하얗다 못해 얼핏 푸른빛까지 띨 정도로 창백해진 그녀가 모습을 드러냈다. 순간 기태는 두 가지 마음이 들었다. 일단 그녀가 너무 아파 보여서 마음이 쓰렸고, 한편으로는 그녀가 정말 아파서 못 나온 것이라는 생각에 안도감이 들었다.

"나, 포기하지 마."

저도 모르게 마음속에서부터 우러나온 그 말을, 기태는 참지 못했다. 예상치 못했던 그의 말에 놀란 듯 한동안 아무 말이 없던 그녀는, 이윽고 파리한 얼굴에 엷은 미소를 띠며 대답했다.

"포기 안 해요."

"……."

"안 해요, 절대."

그 한마디 말이 뭐라고, 기태는 코끝이 시큰해지는 것을 느꼈다.

그때였다. 위태로워 보이던 그녀가 한 발 뒤로 주춤하며 휘청거렸다. 놀란 기태가 재빨리 그녀의 팔을 잡아당겼다. 그러자 바로 다음 순간 향긋하면서도 은은한 비누향이 그의 코를 스쳤고 뜨거운 온기가 그의 가슴과 온몸에 닿았다. 미약한 힘조차 남아 있지 않던 그녀가 그가 당기는 대로 끌려가 그의 품 안에 쓰러지듯 안긴 것이었다.

심장이 고장 난 것처럼 덜컹거렸다.

"……미안해요."

은하가 애써 몸을 떼어 내며 말했다. 기태는 다시 그녀를 끌어당겼다. 그는 오른손을 그녀의 작은 이마 위에 대 보았다. 델 듯 뜨거운 온기가 전해졌다. 그는 짧은 한숨을 쉬며 그녀를 보았다. 그녀는 그와 눈이 마주치자 평소와 다르게 시선을 내리고는 어디에 둘지 몰라 했다.

기태는 그런 그녀를 가만히 보다가 돌연 양팔로 그녀를 번쩍 안아 들었다. 맘 같아서는 당장 문을 열고 응급실로 가고 싶었지만 그녀는 얇은 가운 하나만 걸친 상태였다. 그마저도 어깨 부분이 약간 흘러내려 가슴 굴곡이 보일 듯 말 듯 보이는 상태였다. 기태는 얼른 시선을 거두었지만 일순 그들의 사이에 내려앉은 어색한 분위기는 거두어낼 수 없었다. 은하도 그제야 자신의 차림새를 알아챈 듯, 내려간 옷을 조심스레 잡아 올렸다.

"……."

오묘한 정적이 그들 사이를 가로지르듯 내려왔다.

기태는 그녀를 안고 방으로 걸어가 침대 위에 내려주었다. 은하는 지금 이 상황이 너무도 낯설고 정신까지 혼미해서 무어라 말을 해야 할지 몰랐다. 그때 기태가 등을 돌리고 섰다. 이대로 가 버리는 것인가 싶어, 은하는 저도 모르게 손을 움직였다.

"……잠깐 기다려."

마침 그의 낮은 목소리가 들렸다. 은하는 멈칫한 상태로 그의 뒷모습을 보았다. 그는 오로지 그 말을 남기고 방을 나갔다. 잠시 후 현관문이 열리는 소리도 들렸다. 순식간에 집이 휑해지는 기분이 들었지만 괜찮았다.

그는 분명, 기다리라는 말을 했으니까.

은하는 기태가 나간 사이 편한 트레이닝복 차림으로 갈아입고 침대에 누워 있었다. 오늘 병원에 가서 약이라도 받아 왔어야 했는데, 약을 먹기는커녕 하루 종일 아무것도 먹지 못했다. 오랜 수면으로 육체적 피로가 풀리긴 했지만 아픈 것은 여전했다. 오히려 더 심해지는 것도 같았다.

그때, 짧은 초인종 소리가 은하의 귓전을 울렸다. 그 소리 하나에,

무거웠던 머리가 한결 가벼워지는 것 같았다. 은하는 힘겹게 몸을 일으켜 현관으로 나갔다. 문을 열자, 기다리던 사람이 보였다.

그는 무심한 척 들어와 주방으로 향했다. 그의 손에는 검은 봉투 하나가 들려 있었다.

"그게 뭐예요?"

은하가 아픈 몸을 이끌고 따라가서 물었지만 그는 대꾸하지 않고 봉투 안에서 양파, 당근, 애호박, 시금치, 참치캔 등을 꺼냈다. 마지막엔 하얀 약봉지도 보였다.

"들어가 있어."

그는 은하를 한 번도 쳐다보지 않고 차분한 손놀림으로 재료들을 정리하며 말했다. 은하는 이 상황이 도무지 믿기지 않아 확인 차원에서라도 '지금 죽 끓여 주려는 거예요?' 라고 묻고 싶었지만 참았다. 굳이 묻지 않아도 분명한 상황이었다. 하지만 은하는 낯선 집에서 낯선 이를 위해 요리를 해 주려는 그를 두고 선뜻 발이 떨어지지 않았다.

"다시 안아?"

은하가 아무 말이 없자 그가 뒤를 돌아보더니 정말 그녀를 안기라도 할 것처럼 다가왔다. 은하는 그제야 흠칫하며 한 발 뒤로 물러섰다.

"알았어요. 가요."

그는 아무 말 없이 은하를 보았다. 그녀가 방으로 들어갈 때까지 지켜보려는 것 같았다. 은하는 하는 수 없이 제 방으로 들어갔다. 그는 그제야 몸을 틀고 다시 요리를 시작했다.

방으로 들어온 은하는 넋이 나간 얼굴로 침대에 앉았다. 무뚝뚝한 듯 다정하게 대해 주는 그가 너무 낯설었지만, 아주 오랜 시간 간절히 바라온 것을 얻기라도 한 것처럼 기분이 들떴다. 아픈 것도 잊을 수 있을 만큼, 그의 존재는 너무 컸다.

한참 뒤, 그가 쟁반 하나를 들고 방으로 들어왔다. 그녀는 침대 헤드에 등을 기대고 앉았다. 그가 그녀의 앞으로 와서 쟁반을 내려놓았다. 쟁반 위에는 참치야채죽과 물, 그리고 약이 놓여 있었다. 그는 말없이 그녀에게 수저를 건넸다.

"……."

수저를 받아 든 그녀는 잠시 아무 말도 하지 못했다. 편의점에서 파는 인스턴트 죽도, 죽집에서 파는 죽도 아닌, 그가 직접 만든 죽이었다. 그의 정성과 마음과 손길이 담긴 죽이었다. 누군가, 아픈 자신을 위해 죽을 끓여 준 것이 언제였나 기억도 나지 않을 만큼 오래간만이었다.

"잘 먹을게요."

은하는 이상하게 뭉클한 가슴을 억누르며 죽을 한 수저 떠먹었다. 맛있었다. 간도 딱 맞았다. 은하의 입가에 옅은 미소가 번졌다.

"맛있다."

그녀가 작은 목소리로 말했다. 기태는 아무 말도 하지 않았다. 하지만 자리를 뜨지 않고 그녀의 앞에 계속 앉아 있었다. 죽을 한 입씩 넘길 때마다 왠지 모르게 목이 메었다. 오늘은 그녀가 그를 치료해 주어야 하는 날이었는데, 그녀가 대신 치료를 받고 있는 것만 같았다.

그녀가 죽을 다 비우자 그는 직접 약봉지를 뜯어서 알약 두 알을 그녀의 손 위에 올려 주었다.

"잘 몰라서 그냥 몸살 약으로 샀어."

"……고마워요."

은하는 약을 입에 넣고 물을 마시다가 잠시 멈칫했다. 미지근한 물이 식도를 타고 넘어갔다. 집에 미지근한 물은 없었다. 그가 일부러 물까지 끓여서 준비해 준 것 같았다. 은하는 그가 이토록 섬세한 사람이었는지 미처 몰랐다.

은하는 그에게 무슨 말이라도 하고 싶어서 입술을 달싹였다. 하지만 기태는 그녀가 말을 뱉을 새도 없이 쟁반을 들고 자리에서 일어섰다. 순간, 은하는 생각지도 못한 말을 뱉어 버렸다.

"가지 마요."

기태가 발을 멈추고 섰다. 은하는 본인이 말을 뱉고도 당황을 해서 어떻게 수습해야 할지 몰랐다.

"……잠깐만. 그냥, 잠깐만."

그녀는 혹시나 그가 다른 뜻으로 오해를 해서 자신을 이상하게 생각하지는 않을까 뒤늦은 걱정을 했지만, 다행히 그는 여전히 무심한 투로 말했다.

"아직 안 가."

"……."

"기다려."

그는 다시 그 말만 남겨 놓고 방을 나갔다. 은하는 문득 방에 걸린 시계를 보았다. 시간은 어느새 열한 시를 훌쩍 넘어 있었다. 열한 시. 기태가 유일하게 가면을 벗는다는 그 시간. 그러고 보니 그 시간에 함께 있는 것은 이번이 처음인 것 같았다.

잠시 후, 기태가 한 손에 머그잔을 들고 들어왔다. 그는 머그잔을 그녀의 침대 옆 테이블에 조용히 내려놓았다. 머그잔에는 흰 우유가 담겨 있었다. 은하는 그 머그잔을 들어 보았다. 따뜻한 온기가 양손 가득 퍼졌다. 그녀의 입가에 얇은 미소가 번졌다.

그는 그녀의 침대 밑에 다리를 뻗고 앉아 테이블에 등을 기대었다. 두 사람은 침대 위와 아래에 같은 자세로 앉아 있었다.

다시 찾아온 정적 속에, 시계의 초침 소리만 들렸다. 은하는 새삼 그

소리가 갑자기 끼어든 불청객처럼 느껴졌다. 열두 시가 되면 그가 가버릴까 봐 불안해졌다.

"……왜."

은하가 먼저 용기를 내어 그 정적을 깼다.

"왜 이렇게까지 해 준 거예요?"

예상은 했지만 그는 역시 대답이 없었다. 은하가 체념하듯 얼핏 웃음을 흘렸을 때였다.

"나는."

"……."

"사과 같은 거 잘 못 해."

그는 그렇게만 말했다. 더 이상의 부연 설명은 없었다. 하지만 은하는 알 수 있었다. 그가 어제 일을 미안해하고 있다는 것을.

또다시 한동안 침묵이 흘렀다. 은하는 테이블 위에 놓여 있던 자신의 지갑을 열었다. 그리고 그 안에서 아주 오래되어 보이는 열쇠고리 하나를 꺼냈다. 그것은 십자수로 되어 있었는데, 십자수에는 'hakuna matata' 라는 글자가 꽤 서툴고 투박한 모양으로 적혀 있었다.

은하는 그것을 잠시 바라보다 기태의 앞에 내밀었다. 기태가 그것을 받아 들고 이게 무엇이냐는 듯 은하를 쳐다보았다.

"괜찮아. 다 잘될 거야."

"……."

"그런 뜻이에요."

그는 여전히 은하를 쳐다보았다.

"가져요. 선물이에요."

"……."

"가끔, 마음을 다스리기가 너무 힘들면 그걸 손에 꼭 쥐어 보세요.

정말 괜찮아질 거예요."

기태는 무표정한 얼굴로 열쇠고리만 바라보다가 이내 짧은 실소를 흘렸다.

"진짜라니까요. 제가 여덟 살 때 만든 건데, 지금까지 갖고 다니잖아요. 이상하게 이게 있으면, 정말 다 괜찮은 것 같았거든요. 아니, 그랬어요."

"그럼 계속 갖고 다녀."

은하는 열쇠고리를 돌려주는 기태의 손을 밀어냈다.

"날 한 번만 믿어 봐요. 모양은 이래도, 정말 기태 씨를 지켜 줄 거예요."

기태는 열쇠고리를 가만히 보다가 주머니에 집어넣었다. 은하는 뿌듯한 얼굴로 그를 보았다. 다시 침묵이 흘렀지만, 은하는 그 침묵이 싫지 않았다. 그저 옆에 누군가 있다는 사실만으로도 마음이 든든했다. 기태는 정면만 보고 앉아 있었고, 은하는 기태를 보고 앉아 있었다.

약 기운 때문인지 천천히 졸음이 밀려왔다. 간만에 달콤한 숙면을 취할 수 있을 것 같았지만, 은하는 내려가는 눈꺼풀을 자꾸만 힘주어 들어 올렸다. 이대로 잠들어버리면, 그는 소리 없이 떠날 것 같았다. 하지만 그녀의 의지와는 상관없이 자꾸만 시야가 흐려졌고 정신이 몽롱해졌다.

어느새 눈앞에 까만 어둠이 내려앉고 그녀를 괴롭히던 시계의 초침 소리마저 안개처럼 뿌옇게 흐려졌을 무렵, 탁한 안개 사이로 얼핏 그의 목소리가 들렸다.

"……고마워."

고마워, 고은하.

그렇게 말했던 것 같다. 은하는 그 소리를 마지막으로 완전한 무의식의 상태로 빠져들었다.

새벽 여섯 시. 아침 운동을 나가려고 준비를 하고 나온 기우는 현관에 놓인 기태의 신발을 보고 멈추어 섰다. 새벽 세 시까지도 들어오지 않았던 그였다. 기우는 발을 틀어 기태의 방으로 향했다. 조용히 문고리를 돌려 보았다. 웬일로 문이 잠겨 있지 않았다.

기태는 침대에 누워 자고 있었다. 기태를 본 기우는 다시 나가려다가 발을 멈칫했다. 그는 다시 몸을 돌려 기태에게 천천히 다가갔다. 그의 시선은 한 곳을 응시하고 있었다. 기태의 손. 기태는 손에 웬 낯선 물건을 쥐고 잠이 들어 있었다. 어린아이도 아니고 무슨 물건을 손에 쥐고 자나 싶어 살펴보니 십자수로 된 열쇠고리였다. 그것도 아주 오래되고 낡아 군데군데 흠집이 난 것이었다.

기우는 기태의 손에서 조심스레 그것을 빼내어 들어 보았다. 그의 입술 사이로 작은 웃음이 새어 나왔다. 그는 열쇠고리를 이리저리 살펴보다가 손에 꼭 쥐고 눈을 감았다. 그리고 손에서 느껴지는 촉감에 가만히 신경을 집중해 보았다.

"……뭐야."

잠시 후, 차가운 목소리가 그의 신경을 자르듯 날카롭게 튀어나왔다. 기우가 눈을 뜨고 앞을 보았다. 기태가 몸을 일으키고 날카로운 눈빛으로 그를 쏘아보았다. 그의 매서운 눈동자가 기우의 손 위에 놓인 열쇠고리에 꽂혔다.

"뭐 하는 거야. 지금."

기태가 벌떡 일어나 그의 손에서 열쇠고리를 빼앗았다. 기우는 당황한 표정을 애써 감추며 입꼬리를 올렸다.

"애도 아니고. 뭐, 이런 걸 쥐고 자."

"나가."

기태는 경계의 가시를 바짝 세우고 말했다. 기우는 한결 더 여유로운 미소를 띠며 말했다.

"자라."

그는 아무렇지 않게 등을 돌렸다. 부드럽게 올라가 있던 그의 입꼬리가 차갑게 내려갔다. 하지만, 그는 그의 방을 나가면서 생각했다.

재밌다고. 일이 생각했던 대로, 아니 그 이상으로 잘 되어 가고 있다고.

8.

묵직하면서도 경쾌한 구두 소리가 복도를 울렸다. 평소보다 곱절은 가벼운 발걸음이었다. 기태는 스스로도 자신의 경쾌한 발소리를 낯설어하며 사무실 앞에 섰다. 그는 어울리지 않게 문 앞에서 숨을 한 번 고른 뒤 매무새를 가다듬었다. 평소처럼 억지로 입가에 미소를 띠며 가면을 고쳐 쓰는 일은 하지 않아도 되었다. 오늘은 웬일인지 진작부터 미소가 찾아와 그의 입가에 자리를 잡고 있었기 때문이다.

타인에게 자신의 진짜 모습을 보이는 것이 익숙하지 않은 그는, 오히려 평소와는 다르게 미소를 감추고 차분한 분위기를 유지하고자 노력하며 문고리를 잡았다.

"좋은 아……."

하지만 문을 여는 순간 그 노력은 수포로 돌아갔다. 좋은 아침, 이라는 그 짧은 인사를 끝내기도 전에 팀원들의 박수 소리와 환호 소리가 사무실을 가득 채웠다. 오늘따라 유독 붉고 생기 넘치는 그의 입술이 보기 좋게 가늘어졌다.

그가 속한 CS추진실은 한 개의 기획팀과 두 개의 추진팀으로 구성되어 있었는데, 각 팀의 규모가 그리 크지 않은 데다 업무 내용도 상호 보완적인 부분이 많아 큰 사무실 하나에 개방형으로 나누어져 있었다. 그래도 각 팀들은 항상 오묘한 기 싸움을 하며 서로 보이지 않는 벽을 세우고 지내 왔었다. 하지만 오늘만큼은 그 경계도 완전히 허물어져 있었다. 모두가 한데 어울려서 거의 축제 분위기였다. 그럴 만도 한 것이 오늘은 CS추진실이 회사에 큰 공을 세운 날이었다.

"수고하셨습니다, 실장님!"

"제가 뭘요. 다 여러분들 공이죠."

"무슨 말씀이세요. 실장님 아니었음 이 상도 없었습니다!"

기태는 오늘 아침 손 사장으로부터 문자 한 통을 받았다. 문자에는 '잘했다' 세 글자만 적혀 있었지만 기태는 그것만으로도 손 사장이 무슨 말을 하는지 알 수 있었다. 오늘은 K협회에서 주최하는 '올해의 경영대상' 결과 발표가 있는 날이었다. 설마 했는데 기쁜 소식을 들을 수 있었다. 세강차가 CS경영대상부문에서 대상을 수상했다는 소식이었다.

이는 근 3년간이나 '올해의 경영대상'에서 그렇다 할 성과를 얻지 못했던 세강에게 오랜 가뭄 끝에 내린 단비처럼 반가운 일이었다. 그리고 세강이 그 상을 수상하는 데 직접적인 역할을 한 CS추진실에게는 무어라 말할 수 없는 크나큰 기쁨이었다.

물론 CS추진실은 기태가 세강에 입사하기 훨씬 전에 이 대회에 응모를 하고 CS추진 활동을 해 왔지만 그것은 전과 다름없는 늘 똑같은 패턴의 활동이었다. 그런데 기태가 입사를 하고 CS추진실장으로 온 다음부터 변화가 생겼다. 기태는 새로 온 실장답게 새로운 일들을 만들어 냈다. 낡고 고정된 것들은 과감히 깨부수고, 불안정하더라도 새롭고 혁

신적인 것들을 추구했다.

그는 일단 세강의 CS 체계를 선진국형으로 바꾸는 것부터 시작하였고, 세강만의 독특한 CS 교육 매뉴얼을 만들어 처음으로 'CS 마스터 프로그램' 이란 것을 실시하였다. 이를 통해 전국에 있는 영업소 직원들에게 CS에 관해 기본적으로 통일된 교육을 받게 하고, 고객들에게 더 나은 서비스를 제공하도록 하였다. 이외에도 그가 새롭게 만들어 내거나 변경한 프로젝트가 한두 개가 아니었다.

덕분에 직원들은 그만큼 고생을 해야 했지만 기태가 주도한 이러한 변화와 시도들이 세강의 고객 만족 경영을 위한 노력으로 받아들여져서 수상에 큰 영향을 미친 것이 사실이었기에, 그의 능력은 인정할 수밖에 없었다. 그래서 그런지 다들 오늘만큼은 기태를 꺼려하거나 무서워하지 않았다. 그저 능력 있는 상사로서 인정해 주고 박수를 쳐 주었다. 기태로서는, 오늘 처음 공식적으로 인정을 받은 것이었다.

"실장님! 오늘 회식해요!"

곳곳에서 회식 얘기가 쏟아져 나왔다. 평소에는 회식도 각 팀마다 따로 하곤 했었는데 오늘은 오랜만에 다 같이 하자는 얘기였다. 기태는 아직 한 번도 회식에 참가하지 않았다. 심지어 실장으로 온 첫날에도 회식하자는 팀원들에게 회식비로 쓰라고 카드만 전해 주고 빠졌었다.

그는 잠시 망설였다. 기뻐하는 팀원들을 실망시키고 싶지도 않았고, 그동안 수고한 팀원들에게 나름대로 격려의 말이라도 직접 해 주고 싶었지만 회식 자리엔 가고 싶지 않았다. 그는 본래 사람들과 어울리는 것을 싫어하는 데다, 사람을 나약하게 만드는 술을 먹고 싶지 않았다. 그리고 밤이 싫었다. 밤에 누군가와 함께 있고 싶지 않았다. 여러 사람들과 술, 그리고 밤. 그런 것들 사이에 있다 보면 저도 모르게 가면을 벗게 되었고 자꾸만 문제가 생겼다.

"저도 너무 가고 싶지만……."

기태가 어렵게 거절의 말을 꺼내려는데 팀원들이 잽싸게 눈치를 채고 야유를 했다. 몇몇 어리고 자신감 넘치는 여직원들은 이때다 싶은지 살살 애교도 부렸다. 본래대로라면 내심 불편했는데 잘됐다 싶은 표정을 애써 감추며 그를 보내 주었을 사람들이 뜻밖의 행동을 하자 기태는 조금 당황했다.

"오늘 같은 날은 같이 가요, 실장님. 네?"

"맞아요. 실장님 공이 제일 큰데 빠지시면 안 되죠."

"바쁘시면 한두 시간만 있다 가셔도 돼요. 저녁이라도 같이 먹어요."

기태는 멋쩍게 웃어 보였다. 그들은 마치 기태가 아주 작은 빈틈이라도 보여 주기만을 기다렸던 것처럼, 그가 약간 당황하는 모습을 보이자 우르르 달려들며 다가섰다. 사실 기태에게 흑심을 갖고 있는 여직원이 꽤 있었다. 그의 멋진 외모와 잘난 배경을 보고도 흔들리지 않는다는 것은 힘든 일이었다. 다만, 그동안 기태가 가끔가다 한 번씩 예측할 수 없는 모습을 보여서 쉽게 다가가지 못한 것뿐이었다.

기태는 여직원들의 속내를 모르는 것은 아니었지만, 오늘만큼은 고민이 되었다. 상사로서의 책임감과 의무감 같은 것이 그를 흔들리게 하였다.

"잠깐 자리만이라도 빛내 주세요. 다들 이번 기회에 실장님이랑 말이나 한 번씩 섞어 보고 싶은 모양인데."

그는 결국 기획팀장의 말과 팀원들의 간곡한 표정에 고개를 끄덕였다. 오늘처럼 특별한 날에는 잠깐이나마 같이 자리하는 것이 예의인 것 같았다. 그는 저녁만 같이 먹고 은하가 오는 아홉 시 전에는 집에 들어가야겠다고 생각하며 입을 열었다.

"그래요, 그럼."

◈

"그래, 치료는 잘 되어 가고?"

손 사장이 소파에 앉으며 물었다. 기우는 커피잔을 집어 드는 그의 까무잡잡하고 두툼한 손가락만 바라보며 네, 하고 대답했다.

"네가 수고가 많다."

"아닙니다."

무거운 정적이 틈틈이 내려앉아 둘 사이의 대화를 갈라놓았다. 그들 사이에 흐르는 삭막한 분위기는, 부자지간보다는 상사와 부하 직원 사이에 더 어울렸다.

"그런데…… 치료사를 바꿨다고?"

기우는 마른침을 삼켰다. 기태의 치료는 숫제 기우에게 맡긴 것이었기에 그에게 보고하지 않았지만 뒷조사를 했을 거라는 예상은 했었다.

기태가 폭행사고를 일으키고 며칠 뒤 손 사장은 기우를 따로 불러 말했다.

'네가 기태 좀 맡아라.'

그가 왜 공공연한 천적인 기우와 기태를 붙여 놓으려 했는지는 모르나, 그는 기태를 기우에게 맡기기로 완전히 마음을 먹은 상태였다. 일부러 기태에게 가드를 붙이고 집으로 들어오라는 엄포를 놓아 그것보단 기우를 택하게 만들었다. 그리고 최면 치료도 기우에게 맡겼다. 단, 치료사는 손 사장이 미리 알아보고 컨택을 해 놓은 상태였다. 그는 바로 한국의 최면 치료 분야에서 가장 유능하고 권위 있기로 소문난 한국최면치료연구소 조근형 소장이었다. 기우는 그를 찾아가 직접 만나

보고 계약을 체결하기만 하면 되었다.

하지만 기우는 이 모든 일이 짐스럽게 느껴졌고 못마땅했다. 자신이 왜 그토록 상극인 기태를 떠맡아야 하는지 알 수 없었다. 손 사장이 그것을 모를 리가 없었다. 손 사장은 기우에게 한 가지 조건을 내걸었다. 그는 기태가 만일 한 달 안에 완전히 치료가 된다면, 제 부인이자 기태의 어머니인 한 여사의 지분의 반을 기우에게 떼어 줄 것을 약속했다. 제 아들의 출세와 성공에만 눈이 먼 한 여사가 그것에 동의했을 리는 없었지만, 그렇다고 손 사장이 약속을 어기는 사람도 아니었다.

어떻게든 기태를 꺾고 세강의 후계자가 되기로 마음을 먹었던 기우에게 이는 더없이 좋은 기회였다. 기태가 한 달 안에 치료가 되든 안 되든, 기우로서는 어느 쪽도 나쁠 게 없었다. 치료가 안 된다면 기태는 저번처럼 폭력성으로 인한 문제를 일으킬 게 뻔했고, 그럴 경우 기우는 굳이 아무런 힘을 들이지 않고도 원하는 자리를 차지할 수 있었다. 그는 일단 하겠다고 했지만 왠지 그다지 큰 기쁨이 생기진 않았다. 뭔지 모르게 시시하고 재미가 없었다.

그런데 최면치료연구소를 찾아간 날, 그는 놀랄 만한 일을 경험했다. 고은하라는 사람을 만나게 된 것이었다. 그깟 지분이나 사장 자리는 문제가 아니었다. 그는 어쩌면 그보다 더한 것을 얻을 수도 있었다. 그는 모처럼 강한 호기심과 두근거림을 느끼며 담당 치료사의 변경을 부탁했다.

"고은하 선생님도 평판이 좋습니다. 그리고 기태가 폭력성을 보이는 중년의 남자보다는, 아무래도 젊은 여자 선생이 더 나을 거라 판단했습니다."

"젊은 여자라면, 그 선생 말고도 또 있었을 텐데."

"……그렇긴 하지만, 기태의 소문이 워낙 안 좋아서 다들 피하는 분위기였습니다."

"그 여자는 선뜻 하겠다고 했고?"

"그건 아니지만……."

"이천을 줬다고."

기우는 한 번 더 마른침을 삼켰다. 손 사장은 생각보다 자세하게 뒷조사를 한 상태였다. 기우는 그의 말뜻을 곧바로 알아챘다. 아무리 손 사장이 돈은 원하는 만큼 지불하라고 했지만, 이천은 최면 치료 비용치고 상당히 큰돈이었다. 그 돈이 아무리 개인이 아닌 연구소에 들어가는 것이라 해도 치료사가 받게 되는 특별 수당도 엄청날 텐데, 그런 조건이었다면 고은하가 아니라 다른 여선생도 치료를 하려 하지 않았을 것이냐는 뜻이었다.

손 사장은 그가 특별히 은하를 담당 치료사로 선택한 이유를 궁금해하는 것 같았다. 그러나 기우는 어떤 대답도 쉬이 하지 못했다.

또다시 삭막한 정적이 내려앉았다. 손 사장은 여유로운 눈동자로 기우를 한참이나 응시한 뒤, 얼핏 웃으며 말했다.

"기태 얘기는 들었지?"

기우는 보일 듯 말 듯 작은 미소를 지었다. 그마저도 입가에 경련이 일어날 것처럼 불편한 느낌이 들었다. 세강이 CS경영대상을 받은 것은 예상치 못했던 일이었다.

"내일 기태랑 저녁 시간 비워 둬라. 회장님께서 다 같이 저녁 먹자고 하신다."

"……네."

"원래는 오늘 저녁을 같이 하고 싶었는데, 기태 그 녀석이 회식을 간다고 했다지 뭐냐."

손 사장이 웃으며 말했다. 기우는 미세하게 떨리는 손으로 커피를 들어 한 모금 마셨다.

“그 녀석이 그런 자릴 가다니. 확실히 그 치료가 효과가 있긴 한가 보구나.”

“……네.”

“그 선생도 데려오너라.”

찻잔을 내려놓으려던 기우의 손이 허공에서 잠시 멈추었다.

“네?”

“네 엄마가 꼭 한 번 봐야겠다고 성화구나. 기태 치료에는 예전부터 극성이지 않냐. 이번 치료를 너한테 맡겼다고 어찌나 원통해하던지. 치료사 얼굴이라도 봐야겠다는 건 들어줘야 그 속이 풀릴 게다. 나도 그 선생이 어떤 사람인지 궁금하기도 하고.”

“하지만 아버지. 그건 너무…… 고 선생이 부담스러워할 겁니다. 기태도 마찬가지고요.”

“그건 내가 알아서 할 테니 걱정 말거라.”

“아버지.”

기우는 처음으로 손 사장의 눈을 바로 쳐다보았다. 하지만 금세 시선을 돌릴 수밖에 없었다. 그는 손 사장의 눈을 제대로 보지 못했다. 기태와 꼭 닮은 그의 까만 눈동자에는 모든 것을 꿰뚫어보는 듯한 날카로움이 있었다.

“알겠습니다.”

그는 하는 수 없이 그렇게 대답하고 자리에서 일어섰다. 간단히 인사를 하고 사장실을 나가는데, 뒤에서 손 사장의 목소리가 들렸다.

“이번 분기 판매 실적은 기대해도 되겠지?”

그는 잠시 몸이 굳었지만, 이내 그를 돌아보고 짧게 웃으며 대답했다.

"그럼요."

그는 사장실을 나오자마자 벽에 몸을 기대었다. 뭉툭한 손톱이 살갗을 파헤칠 정도로 아주 세게 주먹을 쥐었다. 눈을 감자 자신을 바라보던 손 사장의 그 날 선 눈빛과 차가운 미소가 고스란히 떠올랐다. 수십 년간 겪어 와서 이미 무뎌질 대로 무뎌졌다고 생각했는데, 그게 아니었다. 아픔이란 것은, 결코 익숙해지지 않았다.

그는 넓은 복도를 홀로 걸어가며 다시금 주먹을 움켜쥐었다.

손기태. 그가 아무리 문제를 일으켜도 가까운 사람들은 모두 기태의 편을 들어주었다. 그러나 기우는 아무리 용을 쓰고 노력을 해도 누군가의 따뜻한 시선이나 격려를 받을 수 없었다.

가족이란 잃어버린 지 오래라고 생각했는데, 그는 자꾸만 잃어버린 것들 속에서 혼자가 되었다. 내가 버렸다고 생각했는데, 자꾸만 버려지는 기분을 느꼈다. 오늘따라 그 고통이 참을 수 없이 크게 느껴졌다.

"고 선생님, 아직 몸도 안 좋은데, 방문 상담까지 괜찮겠어요?"

퇴근 준비를 하고 있는 은하에게 문주가 걱정스러운 표정으로 물었다.

"괜찮아요. 많이 좋아졌어요."

"그러게. 어째 컨디션은 더 좋아 보이네?"

인영이 불쑥 끼어들며 말했다. 은하는 가볍게 웃었다. 인영의 말이 맞았다. 감기 기운은 아직 조금 남아 있었지만 정신은 훨씬 맑아진 것 같았다. 결근과 더불어 주말까지 푹 쉬었기 때문이다. 게다가 기태의 돌봄까지.

그날 새벽 얼핏 잠에서 깼을 때, 은하는 방을 나가는 기태의 뒷모습을 보았다. 은하의 머리에는 차가운 물수건이 올려져 있었다. 그를 붙잡고 싶었지만 잠결이라 정신이 없어서 그 순간이 꿈인지 현실인지 분간이 잘 가지 않았다.

그가 나가는 현관문 소리를 듣고 나서야 은하는 정신이 완전히 들었다. 시계를 보니 새벽 세 시가 넘어 있었다. 그녀는 방금 짠 듯 차가운 물기가 남아 있는 물수건을 떼어 내고 이마를 만져 보았다. 열이 많이 내려 있었고 두통도 없었다. 그녀는 그제야 기태가 자신의 몸에서 열이 내릴 때까지 물수건을 갈아 주며 간호를 해 주다가 방금 간 것임을 알게 되었다.

그는 갔지만, 방 안엔 계속 그의 따뜻한 온기가 남아 있는 것 같았다. 그때 고맙다는 인사도 제대로 못 했는데, 오늘 그를 볼 수 있어 좋았다.

"저 먼저 가 볼게요."

"그래요. 조심히 가요."

가벼운 걸음으로 연구소를 나온 은하는 낯익은 차 한 대가 서 있는 것을 보았다. 차 창문이 부드럽게 내려가고 익숙한 얼굴이 그녀를 향해 미소를 지었다.

"기우 씨."

은하가 의아한 표정을 지으며 그에게 다가갔다.

"몸은 괜찮아요?"

"네. 그런데 여긴 무슨 일로……."

"타요. 집까지 바래다줄게요."

"네? 아, 전 괜찮은데……."

"어차피 지나가던 차에 들른 거예요. 은하 씨 아프다고 했던 것도 맘에 걸리고. 부담 갖지 말고 타요."

은하는 자신을 생각해서 들러 준 기우를 그냥 보낼 수도 없어서 옅은 미소를 지으며 차에 탔다. 타자마자 기우가 직접 벨트를 매 주었다. 은하는 갑자기 다가온 그를 보고 놀라서 저도 모르게 몸을 뒤로 뺐다.

"뭘 그렇게 놀라요."

기우가 웃으며 말했다. 그는 아무렇지 않게 다시 핸들을 잡고 차를 몰기 시작했지만, 은하는 왠지 어색한 기분이 들어 입을 꾹 닫았다. 기우는 잔잔한 뉴에이지 음악을 틀어 주었다. 그러고는 아무 말 없이 운전만 했다. 한동안 입을 닫고 있던 은하는 뭔가 이상한 느낌이 들어 기우의 옆모습을 슬쩍 살폈다.

평소 같았으면 이런저런 말을 걸며 편안한 분위기를 조성해 주려고 노력했을 그가, 오늘따라 아무 말이 없었다. 항상 보일 듯 말 듯 짓고 있던 은은한 미소도 오늘은 없었다. 그는 어쩐지 조금 어두워 보였다.

"기우 씨…… 무슨 일 있어요?"

사람들의 아픈 마음을 치료해 주는 게 일인지라, 그녀는 그에게서 풍기는 쓸쓸한 분위기를 못 본 척 넘어가지 못하고 물었다.

"아니요. 왜요?"

"그냥, 그래 보여서요."

"그랬어요? 아닌데…… 어제 잠을 잘 못 잤더니 좀 피곤해서 그런가 보네요."

"왜요? 어디 아팠어요?"

"아뇨. 그런 건 아니고……."

기우는 대답을 하고 나서 잠시 그녀를 보더니 짧은 웃음을 흘렸다. 은하는 그가 왜 웃는지 이해할 수 없다는 듯 눈을 동그랗게 뜨고 그를 보았다. 그의 입가에 조금 더 밝은 미소가 걸렸다.

"은하 씬 그런 게 직업병이에요?"

"뭐가요?"

"다른 사람 기분 신경 쓰고 생각하고 걱정하고……. 아, 나쁜 뜻은 아니에요. 그냥, 그런 것도 직업처럼 습관이 될 수 있다는 게 신기해서요."

"뭐, 그런 것도 없진 않겠지만 순전히 그 때문은 아니에요. 그냥, 정말 걱정이 돼서."

"……."

"기우 씨처럼 잘 웃는 사람이 안 웃으면, 어쩐지 더 쓸쓸해 보이거든요."

"……그렇구나. 앞으론 더 잘 웃어야겠네요."

"그렇다고 억지로 웃진 마세요. 힘들면 힘든 대로, 슬프면 슬픈 대로, 가끔은 자기 자신에게도 감정을 다 드러내 놓고 쉴 시간을 줘야 하니까."

기우의 눈동자가 잠시 굳었다. 그는 잠시 넋이 나간 것처럼 보였다. 그러다 이윽고 정신을 차린 듯 은하를 향해 살며시 미소를 지어 보이고는 다시 앞을 보았다. 그는 아무 말 없이 운전을 계속했다. 은하도 다시 창가로 시선을 돌렸다.

도로 한복판에 서 있는 나무들이 보였다. 형형색색의 단풍을 걸치고 우아하게 서 있던 게 엊그제 같은데, 어느새 나무들은 작은 잎 하나 없이 알몸이 되어 있었다. 죽어 가는 노인네의 새끼손가락처럼 가늘고 힘이 없는 나뭇가지들이 바람에 흔들리고 있었다.

은하는 새삼 도로 위의 나무들이 이질적으로 느껴지면서, 그 나무가 참 외로워 보였다. 도로 한복판은 본래 나무가 있어야 할 자리가 아니었다. 산속에 있는 나무는 아무리 잎을 모두 잃고 가녀린 몸으로 홀로

서 있어도 외로워 보인 적이 없었다.

어느새 차는 은하의 집 앞에 도착했다. 오는 내내 기우는 아무 말도 하지 않았다. 차를 멈추고도 그는 멍한 얼굴로 앞만 보고 있었다.

"데려다 주셔서 감사해요."

은하가 벨트를 풀고 가방을 챙기며 말했다. 웬일인지 그에게선 아무 대답이 없었다. 하지만 은하는 싱긋 미소를 지으며 말했다.

"이따 봬요."

그녀가 내리기 위해 차 문을 잡았을 때였다.

"은하 씨."

그가 그녀를 불렀다. 은하는 고개를 돌려 그를 보았다.

"……오늘 해 주면 안 돼요?"

"……."

"김치찌개, 먹고 싶은데."

기우는 웃으며 말했지만, 은하는 그의 눈동자에 평소와는 다른 빛이 담겨 있는 것을 보았다. 은하는 수많은 사람들의 눈동자를 읽어 왔던 버릇으로 그의 눈동자를 유심히 보았다. 기태와는 다른 갈색 눈동자.

그 눈동자를 빤히 바라보던 은하는 이윽고 그 다른 빛이 무엇인지 알 수 있었다. 그것은 분명 오랜 시간 쌓여 온 짙은 슬픔의 빛이자, 누군가를 향한,

"지금 해 줄래요?"

실낱같은 희망의 빛이었다.

9.

2차로 간 호프집은 고급스러운 바와 같은 분위기였다. 약간 어둡고 푸르스름한 조명과 곳곳에 놓인 독특한 모양의 양초 랜턴들이 은은하고 고풍스러운 분위기를 자아냈다. 팀원들은 처음엔 럭셔리한 분위기에 압도된 듯 비교적 차분하게 대화를 이어 나갔지만 이내 그들 스스로가 어색함을 견디지 못하고 열심히 술을 주고받았다. 결국은 평소보다 더욱 활기차고 요란스러운 분위기가 되었다.

기태는 긴 테이블의 가운데에 앉아 팀원들의 이야기에 장단을 맞추어 주며 자연스럽게 어울렸다. 기태는 시종일관 밝은 얼굴과 잦은 미소로 팀원들을 편안하게 해 주기 위해 노력했다. 많은 여직원들이 그 모습을 보며 들뜬 얼굴로 귓속말을 했다.

"나 방금 실장님이랑 눈 마주쳤어."

"오늘따라 더 잘 웃으시는 것 같지 않아?"

"그러게. 기분이 좋으신가 봐. 이따 말 한 번 걸어 볼까?"

기태는 분명 평소에도 잘 웃고 쾌활한 모습을 보였지만 다가가기는 어려운 존재였다. 저렇게 해맑게 웃다가도 어느 순간 갑자기 돌변할지 알 수 없었기 때문이다. 그는 가끔 야근을 할 때와 같은 늦은 밤에 유독 평소와는 다른 예민하고 싸늘한 모습을 보여 팀원들을 놀라게 하곤 했다. 하지만 간혹 있는 그런 경우를 제외하면 그는 몹시 밝고 신사적인 사람이었다. 주위에 소문이 다소 과장되게 나긴 했지만 CS추진실 팀원들은 그와 함께 일을 하면서 그가 얼마나 능력 있고 친절한 사람인지 알게 되었다. 그래서 남들보단 기태를 신뢰하는 편이었다.

지난번 폭행사건이 팀원들 사이에서도 논란이 되긴 했지만, 그가 전보다 여유 있고 밝은 모습을 보여 주는 요즘은 자연히 그 사건도 잊히고 그에 대한 경계심도 사라지고 있었다. 특히나 여직원들은 회사 밖에서 일상적인 얘기를 하며 웃는 그를 보며 더욱 호감을 느꼈다. 오늘따라 그는 꼭 한 번 말을 걸어 보고 싶을 만큼 매력적으로 보였다.

"실장님도 술 좀 드세요."

기태의 옆자리에 앉아 있던 추진1팀의 신 팀장이 용기를 내어 그에게 말을 붙였다. 그러자 서로 눈치만 보며 기회를 노리고 있던 여직원들이 너 나 할 것 없이 입을 떼었다.

"맞아요. 아까부터 봤는데 한 잔도 안 드셨어요."

"이런 날은 실장님이 건배 한 번 해 주셔야 하는 거 아니에요?"

그러자 기태는 너그럽게 웃으며 대답했다.

"죄송해요. 이따 약속이 있어서. 건배야 얼마든지 할 수 있어요."

"에이, 그래도 한 잔 정도는 괜찮지 않으세요?"

"제가 보기보다 술이 약해서. 먹을 수야 있지만 여러분한테 안 좋을 걸요? 감당할 수 있겠어요?"

기태의 농담 섞인 말에도 여직원들은 약간 흠칫하며 어색한 웃음을 흘렸다. 그러자 기태는 잔이 빈 팀원들에게 손수 술을 따라 주면서 부러 더욱 호탕하게 웃었다.

"농담이에요, 농담."

그제야 반쯤 얼어 있던 테이블의 분위기가 다시 풀렸다. 기태는 팀원들이 원하던 대로 건배도 들고 조금 더 적극적으로 행동하며 능수능란하게 분위기를 주도했다. 어느 정도 술이 들어가자 팀원들은 그동안 기태에게 궁금했던 것과 속에 있던 얘기들을 하기 시작했다. 많은 사람들이 그날의 폭행사고에 대해 물었다. 처음엔 그저 무서운 사람이구나, 하고 말았는데 점점 더 그 이유가 궁금해지더라는 것이었다.

"대답하기 곤란하시면……."

질문을 한 팀원이 기태의 눈치를 보며 말끝을 흐렸다. 기태는 싱긋 미소를 지으며 그를 보았다.

"일종의 트라우마 같은 것이었습니다. 하지만 분명한 제 실수였죠."

질문을 했던 여직원은 작게 고개를 끄덕였다. 기태는 그 이상의 말은 하지 않았다. 하지만 팀원들은 그렇게라도 얘기를 들은 것에 만족했다. 적어도 그가 아무 이유 없이 사람을 패고 자신이 잘못했다는 사실조차 모르는 것은 아니었기 때문이다. 트라우마. 그 한마디는 생각보다 많은 추측을 가능하게 했고 어느 정도의 이해를 불러왔다.

그런데 그때였다.

"트라우마."

기태의 옆쪽에서 한 남자의 비웃음 섞인 목소리가 들렸다. 그는 혼잣말하듯 읊조린 것이었지만 순식간에 테이블의 분위기가 싸늘하게 가라앉았다. 목소리의 주인공은 신 팀장 옆에 앉은 이 과장이었다. 그는 곧 마흔 줄을 앞두고 있는 중년으로, 축 늘어진 배와 자글자글한 주름을 가진 추진1팀의 대표 노총각이었다. 항상 어두운 얼굴로 비뚤어진 걸음을 걷는 그는 추진1팀에서도 가장 히스테리가 심하기로 이름난 사람이었다.

기태는 고개를 돌려 그쪽을 보았다. 목까지 벌겋게 달아오른 것을 보니 술이 많이 취한 모양이었다.

"트라우마 없는 사람도 있나."

그는 그렇게 중얼거리며 술을 한 잔 더 들이켰다. 신 팀장이 그의 옆구리를 툭 찌르며 눈치를 주었지만 그는 도리어 왜, 하고 성을 부리더니 목소리를 키웠다.

"그렇잖아. 트라우마 있다고 다 사람 패고 다니냐고. 다들 무슨 고개들을 그렇게 주억거려? 사람 죽였다고 해도 트라우마였다고 하면 되는 거냐고?"

모두가 얼어붙은 듯 굳은 표정으로 이 과장을 보거나 기태의 눈치를 살폈다.

기태는 조용히 바지 주머니에 손을 넣었다. 전체적으로 매끄럽지만 몇 군데는 흠집이 나서 까끌까끌한 아크릴의 촉감이 느껴졌다. 기태는 그녀가 선물해 준 십자수 열쇠고리를 차 키에 걸어서 주머니에 넣고 다녔다.

"하여간 우리나라 문제야. 무슨 잘못을 하든 돈만 있음 유죄도 무죄, 무죄도 유죄라니까."

기태가 아무 말도 하지 않자 이 과장은 한층 더 자신이 붙은 말투로 말했다.

"안 그래요, 신 팀장?"

이 과장이 신 팀장의 허벅지에 손을 올리며 물었다. 그 두툼하고 까무잡잡한 손이 기태의 눈에 들어왔다.

"이 과장님."

신 팀장이 그의 손을 밀어내며 작게 힘주어 말했지만, 이 과장은 다시 손을 올리더니 자연스럽게 허벅지를 어루만지며 헤픈 웃음을 흘렸다. 열쇠고리를 쥔 기태의 손에 힘이 들어갔다. 이 과장의 웃음소리가 커질수록 기태의 손등에 있는 푸른 핏줄도 더욱 빳빳하게 솟아올랐다.

'괜찮아. 다 잘될 거야. 그런 뜻이에요.'

'가끔, 마음을 다스리기가 너무 힘들면 그걸 손에 꼭 쥐어 보세요. 정말 괜찮아질 거예요.'

'모양은 이래도, 정말 기태 씨를 지켜 줄 거예요.'

기태는 잠시 고개를 숙이고 눈을 감았다. 심장이 걷잡을 수 없이 빠르게 뛰었고 열쇠고리를 쥔 손이 바들바들 떨려 왔지만 한 여자의 나긋하고 부드러운 목소리를 생각하며 최선을 다해 감정을 억눌렀다.

"이 과장님, 왜 이러세요. 많이 취하신 것 같네."

"누가 좀 집에 모셔다 드리지?"

"이거 왜 이래? 내가 취하긴 뭘 취해?"

다른 팀원들이 이 과장을 신 팀장에게서 떼어 내며 억지로 일으켜 세웠다. 기태는 천천히 눈을 뜨고 고개를 들었다. 그는 왼손에 차고 있던 손목시계를 보았다. 여덟 시 이십 분이 조금 넘어 있었다. 기태는 조용히 자리에서 일어섰다. 그리고 팀원들을 보며 옅은 미소를 지었다. 그의 오른손은 여전히 바지 주머니 속에 들어가 있었다.

"전 이만 가 봐야겠네요. 약속이 있어서."

"실장님……."

"특별한 날인데 오래 자리하지 못해 죄송합니다."

기태는 지갑에서 카드 하나를 꺼내 앞자리에 있던 기획팀장에게 건네며 말했다.

"이 팀장님이 저 대신 팀원들 좀 챙겨 주세요. 특히 여직원들, 불미스러운 일을 당하지 않도록요."

"아, 네."

"그럼 전 이만. 다들 내일 멀쩡한 상태로 봐요."

이 과장은 기태를 불만스러운 얼굴로 쏘아보았지만 기태는 이 과장에게는 눈길 한 번 주지 않고 팀원들과 밝은 얼굴로 인사를 나누었다. 여직원들은 기태가 문을 열고 나가는 모습을 안타깝게 바라보며 그에게서 한시도 시선을 떼지 못했다.

기태는 룸을 나온 뒤에야 힘겹게 걸고 있던 미소를 거두었다. 열쇠고리를 쥔 손은 아직도 미세하게 떨리고 있었다. 그는 눈을 감고 크게 숨을 내쉬었다. 다행이었다. 평소 같았으면 당장 이 과장의 멱살을 잡고 일으켜 주먹을 날리고도 남았을 테지만, 오늘은 참아 냈다. 최선을 다해 버텨 냈다.

'괜찮아. 다 잘될 거야.'

말도 안 된다고 생각하고 비웃었던 그 말이, 정말로 그를 괜찮게 만들었다.

그는 다시 시계를 보았다. 아홉 시까지 집에 가려면 시간이 그리 넉넉하지 않았다. 그녀의 얼굴이 떠올랐다. 그녀가 그를 보며 희미하게 미소 짓고 있었다. 마치 잘했다고, 잘 참아 냈다고, 그렇게 말해 주는 것 같았다.

복도를 걸어 나가는 그의 걸음이 조금씩 빨라졌다.

기우는 은하의 집 거실 소파에 앉아 있었다. TV라도 보고 있으라는 그녀의 말에도 괜찮다며 그저 멍하니 거실을 둘러보았다. 갑자기 손님이 올 거라는 생각을 못 했을 텐데도, 그녀의 집은 머리카락 한 올 없이 깨끗했다. 정리 정돈도 잘 되어 있었고, 디자인도 기우가 좋아하는 심플하고 깔끔한 스타일이었다. 다만, 그녀의 집은 따뜻한 온도와는 관계없이 차가운 분위기가 풍겼다.

큰집에 혼자 살던 기우에게는 아주 익숙한 것이었다. 아기자기한 장식품이나 물건들로는 채울 수 없는 허전함. 외롭고 쓸쓸한 분위기가, 그녀의 집을 가득 채우고 있었다.

주방에서는 그녀가 요리하는 소리가 들렸다. 기우는 얼핏 웃음이 났다. 생각지도 못한 말을 충동적으로 뱉어 버린 자신이 우스웠고, 그 갑작스런 제안을 받아들인 은하도 신기했다.

아무리 아는 사람이고 상황이 그럴 만했다고 하더라도 낯선 남자를 집에 들이기란 쉽지 않았을 텐데, 그녀는 때 묻지 않은 순수한 얼굴로 미소를 지으며 그래요, 라고 대답했다.

'마침 재료가 있어서 다행이네요.'

'…….'

'같이 먹어요, 저녁.'

기우는 소파에서 일어나 거실을 천천히 둘러보다가 베란다 쪽에 세워진 장식장으로 다가갔다. 장식장에는 온갖 장식품들이 칸별로 전시되어 있었다. 대부분이 미니어처들이었다. 슈퍼히어로들의 피규어도 보였고, 여러 종류의 음식 미니어처들도 보였고, 동물 미니어처는 물론 자동차 미니어처도 있었다.

자동차 미니어처를 하나하나 살펴보던 기우의 눈동자가 문득 한 곳에 멈추었다. 비행기였다. 푸른 비행기 모형 하나가 가장 끝에 자리 잡고 있었다.

기우는 저도 모르게 한 발 뒤로 물러섰다.

'아이 좀요! 저희 아이 좀요!'

순간적으로 기우의 머리를 치고 들어오는 한 여자의 목소리에 그는 심한 두통을 느끼며 한 발 더 뒤로 물러섰다. 그때의 끔찍한 기억이 되살아나는 것 같았다.

그는 여덟 살 이후로는 불가피한 경우를 제외하고는 비행기를 잘 타지 않았다. 여덟 살. 여덟 살은, 기우가 자신이 남들과는 다른 사람이라는 것을 처음 알게 된 나이이자, 많은 것을 잃어버린 나이였다.

아버지는 사업상 출장이라며 자주 해외에 나가곤 했다. 그때도 아버지는 사업 문제로 시애틀에 나가 있었다. 그런데 일이 생긴 것인지 예정보다 입국이 너무 늦어져서 기다리다 못한 엄마가 깜짝 방문을 하자며 기우를 데리고 집을 나섰다. 그날 엄마는 처음 보는 스카프를 하고 있었다. 기우는 비행기 안에서 엄마의 스카프를 빤히 쳐다보았다. 그러자 엄마가 웃으며 말했다.

'아빠가 지난번에 출장 갔다가 엄마 주려고 사 온 거래. 너무 예뻐서 아끼느라고 안 하던 건데 오늘 처음으로 했어. 어때, 엄마 예뻐?'

기우는 활짝 웃으며 열심히 고개를 끄덕였다. 엄마의 부드러운 갈색 머리와 잘 어울리는 아이보리색 실크 스카프였다. 그날따라 엄마는 무척 예뻤다. 아빠가 좋아할 거라는 생각에 기분도 좋아 보였다.

그런데, 오랜 비행 끝에 착륙을 하던 순간이었다. 비행기가 착륙 중에 갑자기 크게 휘청 하더니 엄청난 굉음을 내며 바닥에 쓸리는 소리가 났다. 이윽고 사고를 알리는 안내 방송이 나오고, 모든 승객들이 벌떡 일어나 어수선하게 움직이기 시작했다. 기우도 엄마와 함께 나가려고 했는데 하필 안전벨트에 옷이 끼어 잘 빠지지 않았다. 안전벨트를 풀려고 작은 손으로 애를 쓰던 바로 그때였다.

강한 바람과 함께 비행기 창문이 깨지면서 파편이 튀어 들어왔다. 그 날카로운 파편이 기우의 어깨를 스치고 지났다. 따끔한 고통을 느낄 새도 없이 피가 새어 나왔다. 기우가 엄마, 하며 울기 시작했다.

비행기 날개 한쪽이 큰 충격을 입어 곧 화재가 날 것이라며 빨리 대피하라는 안내 방송이 들려왔다. 승무원들이 빠르게 움직이며 승객들을 대피시켰다. 엄마는 놀란 기우를 안정시키려 연신 괜찮다고 다독이며 급한 대로 스카프를 빼서 기우의 어깨에 동여매 주었다. 그런데 마음이 너무 급했던 탓인지, 안전벨트가 고장이 난 것인지, 벨트가 풀리지도 않고 옷이 잘 빠지지도 않았다. 결국 엄마는 있는 힘을 다해 옷의 끝부분을 찢어 내고 기우를 안은 채 자리를 박차고 나왔다. 하지만 너무 늦은 바람에 거의 끝줄이었고 서둘러 나갈 수가 없었다.

비행기 안으로 타들어 갈 듯한 뜨거운 기운이 밀려들어오기 시작했다. 텁텁한 연기가 자욱하게 깔리면서 기우의 목구멍을 아프게 조여 왔다. 줄은 끝없이 늘어서 있었다. 이대로라면 화재가 나기 전에 나가기란 불가능해 보였다. 엄마는 다급히 주변을 살피다가 소리쳤다.

'아이 좀요! 저희 아이 좀요! 아이 좀 받아 주세요!'

그 소리에 앞에 있던 사람 몇 명이 뒤를 돌아보았고, 한 승무원이 기우를 안아 앞 사람에게 넘겨 주었다. 기우는 울부짖으며 엄마를 외쳤지만 엄마는 어느새 사람들 사이에 가려서 보이지 않았다. 기우를 안은 남자가 막 비행기 밖으로 탈출했을 때였다. 어디선가 뛰어! 하는 소리가 들렸다. 남자는 기우를 안고 온 힘을 다해 필사적으로 뛰었다.

그리고 어느 순간이었다. 땅이 울리고 하늘이 꺼지는 듯한 커다란 폭발음이 들렸다. 엄청난 크기의 붉은 꽃잎들이 하늘 높이 솟았다가 떨어지기를 반복했다. 기우는 흠뻑 젖은 얼굴로 끝없이 '엄마'를 외치며 그 붉은 꽃잎들을 쳐다보았다. 하지만 아무리 외쳐도 붉은 꽃잎 속에서 엄마는 나오지 않았다.

그것이, 기우와 엄마와의 마지막이었다.

"기우 씨, 다 됐어요!"

그녀의 목소리가 들렸다. 머리를 감싸 쥐고 두통을 참고 있던 기우는 힘겹게 고개를 들었다. 아무렇지 않은 척 고개를 털어 내고 습관처럼 미소를 띠었다. 그리고 천천히 뒤를 돌았다. 주방에서 나와 그를 보고 있는 그녀가 보였다. 아이보리색 앞치마가 무척 잘 어울리는 그녀가, 기우를 향해 싱긋 미소를 지었다.

김치찌개는, 여느 엄마들이 그렇듯 기우의 엄마가 생전에 가장 많이 해 주던 음식이었고.

"가요."

그가 여덟 살 이후로 한 번도 먹어 본 적 없는 음식이었다.

기우는 은하가 해 준 김치찌개를 맛있게 먹었다. 그는 정말 맛있네요, 한마디를 하고는 그 후로는 아무 말 없이 먹기만 했다. 그래도 밥 한 공기를 금세 비우고 한 공기를 더 달라고 했다. 은하는 묵묵히 밥 두 공기를 먹는 그에게 구태여 어떤 말을 걸지 않았다. 그저 조용하고 차분하게 같이 식사를 해 주었다.

은하도 자신의 집에서 누군가와 같이 밥을 먹는 것이 아주 오랜만이었다. 얼굴을 마주 보고 같이 식사를 한 것은 아니지만, 죽을 끓여 주고 그것을 다 먹을 때까지 앞에 있어 주었던 기태가 생각났다. 기태도 좋아했을 것 같은데, 함께 먹지 못한 것이 아쉬웠다.

은하는 기우와 저녁을 먹고 나서 시간이 남아 함께 책방에 들렀다. 지난번에 병간호를 해 준 것도 고맙고 기태에게 무언가를 해 주고 싶은 마음이 들어서였다. 은하는 기우의 도움을 받아 기태가 좋아할 만한 책 한 권을 골랐다.

미국의 유명한 극작가 아서 밀러의 희곡집이었다. 책에는 〈세일즈맨의 죽음〉, 〈시련〉 등을 비롯해 밀러의 대표작들이 담겨 있었다. 기태가 본래 배우가 꿈이었다고 해서 신경 써서 고른 것이었다. 은하는 그가 좋아해 주길 바라는 마음으로 책을 꼭 끌어안았다.

책을 사고도 시간이 남아 십 분 정도 일찍 도착했다. 은하가 먼저 차에서 내려 기태의 방 쪽을 올려다보았다. 불이 꺼져 있었다. 은하는 뒤이어 내린 기우를 보며 물었다.

"기태 씨 집에 있죠?"

"글쎄요. 오늘 회식이라고 하긴 했는데……."

"회식이요?"

"네. 그래도 늦은 시간까지 있을 놈은 아니니까 집에 왔을 거예요. 아니면 오고 있거나."

"아……."

은하의 얼굴에 설핏 근심이 서렸다. 그녀도 그가 사람이 많은 곳을 싫어한다는 것을 알고 있었다. 게다가 지금 시간은 그가 약해지는 한밤중이었다. 혹시나 또 무슨 문제가 생기진 않았을까 걱정이 되었다.

"참, 은하 씨."

"네."

기우가 약간 난감한 표정으로 은하를 보며 말을 머뭇거렸다.

"왜 그래요?"

"내일 저녁에…… 시간 돼요?"

"전 원래 저녁 약속은 잘 없으니까요. 왜요?"

기우는 미안한 눈빛으로 어렵게 말을 꺼냈다.

"내일, 본가에서 기태랑 가족들이랑 같이 저녁을 먹기로 했는데…… 부모님이 은하 씨도 초대하셔서요."

"네? 저를 왜……."

"다들 한번 보고 싶으신가 봐요. 아마 따로 연락이 갈 거예요. 그전에 말하는 게 예의인 것 같아서."

은하는 생각지도 못했던 말에 당황하여 잠시 아무 말도 하지 못했다.

"많이 부담스럽죠? 미안해요."

"아니에요. 이게 왜 미안할 일이에요. 전 괜찮아요. 제가 그런 자리에 가도 되는지가 의문이긴 하지만…… 불러 주셨다면 당연히 가야죠."

은하는 미안해하는 기우의 마음을 조금이라도 편하게 해 주기 위해 당황스러움을 감추고 애써 미소를 지었다. 기우도 그 마음을 읽었는지 따라서 웃었다.

"오늘 고마워요."

기우가 말했다.

"뭘요."

"그냥, 다요."

그는 진심인 것처럼 보였다. 은하는 오늘 그에게 무슨 일이 있었는지는 모르지만, 그의 기분이 확실히 처음보다 많이 나아진 것 같아 다행이라고 생각했다.

그때, 골목으로 차가 들어오는 소리가 들렸다. 은하는 소리가 나는 쪽으로 고개를 돌려 보았다. 차는 매끄럽게 들어오더니 천천히 속도를 줄여 기우의 집 대문 앞에 멈추어 섰다. 이윽고 차 문이 열리고 반들거리는 검은 구두와 길게 뻗은 다리가 밖으로 나왔다. 차에서 내린 남자가 은하와 기우가 있는 쪽으로 몸을 틀었다.

설마 했는데, 역시 그였다. 은하는 그의 얼굴을 보는 순간 왠지 모를 반가움에 저도 모르게 입꼬리가 올라갔다.

은하와 기태의 눈이 마주쳤다. 은하는 웃고 있었지만, 그는 무표정이었다. 기태의 시선이 은하 옆에 서 있는 기우에게로 꽂혔다. 그 눈빛이 다소 매섭고 날카로워서 은하는 순간 오늘 그에게 무슨 일이 있었던 것은 아닐지 다시 걱정이 되었다.

기태는 뚜벅뚜벅 반듯하고 느린 걸음으로 그들에게 다가왔다. 은하는 그의 얼굴을 유심히 살폈다. 직접 운전을 하고 온 것으로 보아 회식 자리에서도 술은 마시지 않은 것 같았지만 그의 얼굴은 묘하게 상기된 것처럼 보였다. 그의 구두 소리가 은하의 앞에서 멈추었다. 그는 자연스럽게 은하의 옆에 서서 기우를 바라보았다.

그는 은하에게 인사를 하는 대신, 기우에게 물었다.

"어떻게 같이 와?"

기우는 잠시 굳은 얼굴로 기태를 보다가, 이내 천천히 특유의 묘한 미소를 지으며 말했다.

"같이 있었으니까."

은하는 생각과는 다른 답변에 놀라 기우를 쳐다보았다. 그러나 기우는 조금의 동요도 없이 입꼬리를 한층 더 매섭게 올렸다. 순간이었지만, 그녀는 그가 방금 전까지의 그와 전혀 다른 사람 같다는 느낌을 받았다.

그 웃음에 자극이라도 받은 것일까. 웬만해선 웃는 모습을 잘 보이지 않던 기태가, 그를 보며 똑같은 미소를 지어 보였다.

두 사람 사이에 잠시 숨 막히는 정적이 흘렀다. 은하는 무슨 말이라도 하고 싶었지만 차마 그들 사이에 끼어들 수가 없었다. 서로를 바라보고 있는 두 남자의 눈동자가 무서운 냉기로 번뜩이고 있었다.

바로 그 순간, 은하는 자신의 손을 덮어 오는 낯선 온기를 느꼈다. 하얗고 긴 그의 손이, 작고 여린 그녀의 손을 꼭 잡고 있었다. 이윽고 그 손이 그녀의 손을 잡아끄는 힘이 느껴졌다. 그는 너무 놀라 얼어 있는 은하를 데리고 다짜고짜 그의 차를 향해 걷기 시작했다.

"손기태."

뒤에서 기우의 낮고 강한 목소리가 들렸다.

"지금 뭐 하는 거야?"

기태는 은하를 차에 먼저 태우고 기우를 돌아보며 말했다.

"네가 전에 말하지 않았나? 어떻게든 세 시간만 버티라고. 그럼 된다고. 꼭 집 안에서만 해야 한다는 말은 없었던 걸로 기억하는데."

"……."

"걱정 마."

기태는 차 키를 든 손을 꼭 말아 쥐며, 기우를 향해 다시금 날카로운 미소를 지어 보였다.

"어떻게든, 같이 있을 테니까."

10.

"어디 가는 거예요?"

은하는 무작정 차를 모는 기태에게 물었다. 그러나 기태는 앞만 볼 뿐 대답이 없었다.

"어디 가는 거냐니까요?"

"……."

"기태 씨."

은하는 들리지 않게 한숨을 내쉬었다. 경황이 없어서 일단 끌려오긴 했지만 마음이 불편했다. 은하는 원칙주의자였다. 애초에 방문 상담을 하기로 약속한 일이었는데 집을 벗어나 다른 곳으로 가려니 왠지 규칙을 어기는 듯한 느낌이 들었다. 도무지 무슨 생각을 하는지 알 수 없는 기태의 무표정한 얼굴도 불안했다.

그런 그녀의 마음을 읽은 것인지 기태가 한참 후에야 나지막한 목소리로 말했다.

"걱정 마."

"……."

"그냥 좀 쉬고 싶어서 그래."

기태는 한결 부드러워진 어조로 말했다. 그러고 보니 핸들을 잡은 그의 손은 힘이 없었고 어깨는 조금 처져 있었다. 사람을 싫어하는 사람인데, 회식 때문에 억지로 많은 사람들을 상대하느라 지쳤구나. 은하는 그제야 그의 얼굴에 피곤이 짙게 묻어 있는 것을 느꼈다. 혹시 회식 자리에서 무슨 일이 있었는지 묻고 싶었지만 그가 더 피곤해할까 봐 입을 다물었다.

그녀는 여전히 그가 어디로 가는지 알 수 없지만 불안한 마음은 어느새 사라지고 없었다. 이제는 그녀도, 그를 푹 쉬게 해 주고 싶었다.

오랜 운전 끝에 도착한 곳은 양평의 한 별장이었다. 별장은 산속에 숨은 듯이 자리하고 있었는데, 그 위치가 더할 나위 없이 좋았다. 뒤로는 한겨울에도 싱그러운 푸른빛을 자랑하는 소나무가 빼곡한 야산이 있었고, 앞으로는 맑은 물이 흐르는 계곡이 있었다. 넓은 정원에는 여러 종류의 야생화와 나무들이 조화를 이루며 산 한 가운데 홀로 서 있는 별장을 외롭지 않게 지켜 주고 있었다.

은하는 왠지 기태를 닮은 듯한 별장이 마음에 들었다. 하지만 선뜻 내릴 수가 없었다. 그와 많이 가까워졌다고 생각했고, 그를 믿는 마음도 있었지만, 아무리 그래도 이렇게 늦은 시간에 단둘이 별장에 가려니 이상한 기분이 들었다.

"안 내려?"

기태가 벨트도 풀지 않고 멍하니 있는 은하를 보며 물었다.

"내가 무슨 짓 할까 봐 겁나?"

"아뇨? 내가 왜……."

은하는 갑작스런 그의 질문에 당황하여 저도 모르게 목소리를 높였다. 그러자 기태가 그녀를 보며 얼핏 웃는 것이 보였다. 그녀는 놀라서 더욱 또렷해진 눈으로 그를 보았다. 여태껏 그녀를 보면서 한 번도, 실수로라도 웃은 적이 없던 그였다.

"솔직히 말해 봐."

"뭘요?"

기태가 갑자기 그녀에게 바싹 다가왔다. 은하는 깜짝 놀라 숨을 헉 들이켰다. 기태는 한 손으로 그녀의 의자 시트를 잡더니 더욱 가까이 다가왔다.

"내가, 널 건드릴까 봐, 겁나지?"

그는 속삭이듯 작은 목소리로 물었다. 그러나 그녀는 그의 목소리가 평소보다 몇 배는 더 크게 들렸다. 얼음처럼 차가운 바람이 스쳐 지난 것처럼 피부가 오돌토돌 솟아오르는 것 같았다.

"아니요."

하지만 은하는 기죽지 않으려 애쓰며, 턱을 빳빳이 치켜들고 말했다.

"솔직히 말해서, 겁나지 않아요."

"……."

"다만 궁금해요. 왜 여기까지 왔는지."

기태는 은하의 눈을 빤히 바라보았다. 은하는 그의 눈을 피하지 않았다.

그녀는 정말 궁금했다. 궁금할 뿐이었다. 아직 기태를 잘 알지는 못하지만, 그녀가 아는 그는, 피곤하고 쉬고 싶으면 어떻게든 그녀를 돌려보내고 일찍 자거나, 아니면 그녀를 앞에 두고 그냥 자 버릴 사람이었다. 내일 출근도 해야 하는데, 그가 왜 굳이 피곤한 몸을 이끌고 이 먼 별장까지 왔는지가 궁금했다. 단순히 기우에 대한 반감이나 반항심에서 우러나온 즉흥적인 행동인 것일까?

"말했잖아. 쉬고 싶다고."

"……."

"난 사람이 싫어. 아무도 없는 데서, 잠깐이라도 조용히 있고 싶어."

툭. 벨트가 풀리는 소리가 들렸다. 기태는 그녀의 벨트를 직접 풀어 주고 다시 본래의 자리로 돌아갔다. 잠깐이나마 그녀를 감싸 주던 온기가 사라졌다.

"그뿐이야."

기태가 먼저 문을 열고 내렸다. 기태는 밖에서 등을 보이고 선 채 천천히 경치를 둘러보는 것 같았다. 은하는 그 익숙한 등을 가만히 바라보다, 문득 손을 들어 시계를 보았다.

시계가 10시 59분에서 막 11시로 변해 가고 있었다.

전통적인 목재 건물 같은 외관과는 다르게 별장의 내부는 굉장히 세련되고 우아했다. 은하는 느린 걸음으로 별장 안을 천천히 둘러보았다. 기태는 가만히 선 채 그런 은하를 지켜보았다. 기태의 시선을 느낀 은하가 그를 돌아보며 물었다.

"왜 그러고 서 있어요?"

"……."

"한 시간밖에 안 남았는데, 상담은 할 거죠? 오늘은 꼭 해야 돼요."

"……."

"여긴 좋긴 한데 좀 쌀쌀하네요. 2층은 어때요?"

기태는 깊은 눈동자로 그녀를 응시할 뿐 대답이 없었다. 은하는 고개를 살짝 갸웃하며 그를 쳐다보았다. 왠지 낯이 익은 눈빛이었다. 그녀에게서 무언가를 찾기라도 하는 듯, 어딘지 집요하고 간절한 눈빛.

"왜 그래요?"

그 눈빛이 씁쓸히 거두어졌다.

"아니."

그는 2층으로 올라가는 계단이 있는 쪽으로 몸을 틀었다.

"……아무것도."

계단을 올라가는 그 뒷모습이 어쩐지 초라해 보여서, 은하는 서둘러 그의 뒤를 따랐다.

기태의 방은 1층의 거실만큼이나 넓었다. 기태는 들어서자마자 피곤한지 침대에 걸터앉았고 은하는 신기한 듯 방을 구경하며 창가로 다가갔다. 한쪽 벽면 자체가 통유리로 되어 있어서 바깥의 경치가 한눈에 들어왔다.

밤이었다. 분명 은하가 두려워하는 밤이었지만, 이상하게 오늘은 그 밤을 보는 것이 두렵지 않았다. 그저 달빛에 은은히 빛나는 숲의 모습이, 얼음이 반짝이는 계곡물이 너무 아름답게 보였다. 넋이 나간 듯 경치를 바라보고 있는데, 뒤에서 그의 목소리가 들렸다.

"뭐해."

은하는 여전히 앞을 보고 말했다.

"달을 제대로 본 적이 없어요."

"……."

"어릴 때 이후로 한 번도 제대로 본 적이 없는데…… 그런데, 오늘은 달이 보이네요."

그녀의 말을 듣고 따라서 달을 보던 기태는, 이윽고 다시 그녀에게로 시선을 옮겼다.

"난 싫어. 달도, 숲도."

"……."

"상담하자며. 커튼 치고 이리 와."

아닌 걸 알면서도 자꾸 혹시나, 하는 마음을 갖게 됐다. 이 별장은 그가 주미와 자주 오던 별장이었다. 그녀가 정말 주미라면 별장에 들어서는 순간부터 색다른 반응을 보일 것이라 생각했다. 그러나 은하가 보인 반응은 그저 처음 보는 것에 대한 호기심, 호감, 그 이상도 이하도 아니었다. 당연한 일인 것을 알면서도 내심 서운한 마음이 들었는데, 그녀가 창가로 갔다. 주미도 저 창을 가장 좋아했다. 그녀도 여기 올 때마다 지금 은하가 있는 자리에 서서 멍하니 경치를 내다보곤 했다.

가슴이 떨려서, 그는 그녀의 뒷모습을 더는 볼 수가 없었다.

은하가 어렴풋이 미소 지으며 그를 돌아보았다.

"정말이에요? 상담할 거예요?"

그녀는 가벼운 걸음으로 그에게 다가가, 약간 거리를 두고 앉았다. 그가 처음으로 상담을 하겠다는 의사를 보여서 너무 기쁜 마음에 자칫 바로 옆에 붙어 앉을 뻔했다. 기태는 쑥스러운 듯 대답 대신 고개를 돌렸다.

"고마워요. 아, 줄 거 있는데."

은하는 가방에서 아까 샀던 아서 밀러의 희곡집을 꺼내 기태에게 내밀었다. 기태는 책을 받아 들고 가만히 보았다. 은하는 그가 기뻐하는지 싫어하는지 알 수가 없어서 연신 그의 표정을 살피며 조심스레 물었다.

"그냥, 저번에 간호해 준 것도 고맙고, 기태 씨가 연극을 좋아한다고 해서 산 건데…… 마음에 안 들어요?"

"……."

"혹시 있는 책이에요?"

기태는 말이 끝나기 무섭게 은하에게 책을 돌려주었다.

"아, 진짜요?"

"읽어."

"네?"

기태는 은하에게서 한 뼘 더 떨어져 앉더니 다짜고짜 그녀의 다리를 베고 누웠다. 은하는 너무 놀라 몸을 움찔할 뿐 어찌해야 할 바를 몰랐다.

"지, 지금 이게……."

"읽어 줘. 그 책."

"네?"

이 상황을 채 받아들이기도 전에 또 다른 요구 사항이 그녀를 당황케 했다. 그녀는 얼어붙은 얼굴로 책을 펼쳐 보았다. 그것은 분명 희곡집이었다. 동화책이나 소설책이라면 모를까, 연극의 대본은 소리 내서 읽어 본 적이 없었다. 연기의 '연' 자도 모르는데, 연기를 전공하려던 그가 비웃을 게 뻔했다. 하지만 그는 그녀의 심중 따윈 아랑곳 않고 상당히 편안한 자세로 눈을 감고 말했다.

"세일즈맨의 죽음."

그는 희곡집에 들어 있는 여러 작품 중 그녀가 읽어야 할 작품도 친히 지정해 주었다.

"얼른."

그녀는 어떻게든 이 난관을 벗어나기 위해 열심히 머리를 굴려 가며 입을 열었다.

"오늘은 상담한다면서요. 시간도 없는데 얼른 해야죠."

"열두 시 땡 치면 집에 가게? 차도 없고 길도 모르는데 어떻게?"

"안 데려다 줄 거예요?"

"내가 한 시간 쉬러 이 먼 데까지 왔겠어?"

은하도 애초에 너무 늦은 시각이라 그가 데려다주기 힘들 거란 생각은 했지만, 이렇게 당당히 나올 줄은 몰랐다. 그가 피곤한 듯 몸을 움직이자 허벅지에서 느껴지는 그의 얼굴에 순간 아찔한 느낌이 들었다. 동시에 묘한 불안감이 엄습했다.

'내가, 널 건드릴까 봐, 겁나지?'

그 은밀한 목소리가 다시 귓가에서 아른거리는 것 같았다. 그를 못 믿는 것은 아니었지만, 어찌 됐건 오늘 그와 함께 이 낯선 별장에서 밤을 보내야 한다는 사실이 명확해지자 아까와는 또 다른 기분이 들었다.

"얼었네."

눈을 감은 채로도 그녀의 모습이 보이는 것일까. 그가 피식 웃으며 말했다.

"아, 아니에요."

"겁나는 게 맞는 것 같은데."

"아니라니까요. 조금 당황스러워서 그래요."

"뭐가?"

"제 의사는 묻지도 않고 이렇게 먼 델 데려오더니 피곤하니까 내일 가라고……. 저도 내일 출근해야 한다구요."

말하다 보니 저도 모르게 서운한 마음이 드러났지만, 은하는 혹여나 그의 기분이 상할까 봐 최대한 나긋나긋한 목소리로 말했다. 기태가 천천히 눈을 떴다. 은하는 그의 검은 눈동자를 보는 순간 시선을 돌렸다. 왠지 모르게 이런 자세로 눈을 마주하려니 민망한 기분이 들었다. 하지만 그는 끝까지 몸을 일으키지 않고 그녀의 다리를 베고 누운 채로 입을 열었다.

"걱정 마. 안 늦게 데려다 줄 테니까."

그는 다소 부드러워진 말투로 다독이듯 말했다. 그의 심기를 건드린 것은 아닐까 걱정하던 은하는 생각지도 못했던 그의 자상한 말투에 마음이 조금은 풀리는 것 같았다. 그런 은하의 마음을 읽은 것인지 그는 다시 눈을 감고 뒤척이며 말했다.

"다음엔 꼭 할게. 상담."

"……."

"오늘은 그거 읽어 줘. 듣고 싶어."

은하도 약 2주 정도는 그와의 라포 형성을 목표로 잡고 있던 터라, 사실 상담이 급한 것은 아니었다. 처음에는 최면 치료를 계속할 수 있을지도 의문이었는데, 그가 제 입으로 다음부턴 상담을 하겠다고 한 것만으로도 큰 발전이었다. 그리고 은하도 하루 종일 피곤했을 그를 좀 쉬게 해 주고 싶었다. 그녀는 긍정적으로 생각하기로 하고 손에 든 책을 펼쳤다.

"잘 못 읽는다고 놀리지 마요."

기태는 얼핏 웃으며 고개를 끄덕였다.

은하는 크게 목청을 다듬은 뒤 책을 잡은 손에 힘을 바짝 주고 읽기 시작했다. 일부러 연기를 하려고 노력하기보단 드라이 리딩을 하듯이 담담하고 차분하게 읽어 나갔다. 그녀의 목소리는 너무 높지도 낮지도 않았고 여성스러우면서 고급스러운 기품이 있었다. 그 목소리를 듣는 기태의 얼굴은 그 어느 때보다 평온해 보였다.

1막의 중후반에 다다랐을 즈음, 그녀는 그의 얼굴을 내려다보았다. 그는 다소 느리고 일정하게 호흡하고 있었다. 은하는 책을 읽던 것을 멈추어 보았다. 그는 아무 말이 없었다. 한 손을 그의 눈 위에서 움직여 보았지만 역시 마찬가지였다. 그는 잠이 든 것 같았다.

은하는 조용히 책을 덮고 옆에 내려놓았다. 다리가 조금 저린 것도 같았지만 그를 깨우기가 미안해서 일어날 수가 없었다. 그녀는 침대의 이불을 살짝 걷어 그의 몸 위에 덮어 주었다. 그의 얼굴을 빤히 바라보는데, 저도 모르게 미소가 번졌다. 곤히 잠든 그의 모습은 마치 어린아이 같았다. 첫 만남 때 느꼈던 무서운 야생마 같던 모습은 찾아볼 수 없었다.

잡티 하나 없이 깨끗하고 하얀 피부. 높게 솟은 콧날. 아랫입술이 조금 두툼하고 붉은 입술. 짙은 눈썹과 가늘고 긴 속눈썹. 그리고 검은 머리카락. 그녀는 새삼 그의 이목구비를 하나하나 자세히 보게 되었다. 무언가에 홀린 듯 그의 얼굴을 뚫어져라 응시하고 있던 그녀는 이내 자신의 행동을 인식하고는 재빨리 고개를 흔들었다. 내가 지금 뭘 하고 있는 건가 싶었다.

그녀는 침대 옆 서랍장으로 시선을 돌렸다. 그런데 그 위에 그녀의 눈길을 끄는 물건이 하나 있었다.

'액자?'

그것은 분명 액자였는데, 액자 본연의 노릇을 하지 못하고 엎어져 있었다. 은하는 아무 생각 없이 그 액자를 향해 손을 뻗었다. 그저 무슨 사진인지가 궁금했을 뿐이었다. 그런데 거리가 애매해서 손이 액자에 닿지 못했다. 조금만 더 뻗으면 될 것 같았다. 은하는 허리를 살짝 굽혀서 팔을 더 길게 뻗었다. 마침내 액자가 손에 닿았다. 그런데 바로 그 순간이었다.

그녀의 오른팔이 어떤 강한 힘에 의해 당겨졌다. 덩달아 그녀의 상체도 앞으로 굽혀졌다. 액자를 집으려던 왼손도 액자를 놓치고 같이 끌려갔다. 정말이지 찰나의 순간이었다. 정신을 차려 보니 그녀는 그의 얼굴을 코앞에 마주하고 있었다.

그의 검은 눈동자가 그녀의 눈동자를 흡수할 듯이 매섭게 빛나고 있었다.

"……뭐 하는 거야."

처음 만났던 그때처럼 위압감이 느껴지는 눈빛과 목소리였다. 은하는 너무 놀라서 시선 둘 곳을 찾지 못하고 방황하며 말했다.

"난 그냥……."

"……."

"미안해요. 그냥 아무 생각 없이……."

은하는 일단 그에게서 조금 떨어져야 할 것 같아서 몸을 일으키며 말했다. 그런데 그는 그녀의 손목을 놓지 않고 오히려 더 세게 잡아당겼다. 그녀의 얼굴이 다시 그의 얼굴에 가까이 닿았다.

"왜……."

놀라움과 당황스러움으로 달싹이는 그녀의 입술이 보였다. 기태는 탐스러운 앵두처럼 붉고 생기로운 그녀의 입술을 빤히 바라보았다.

아닌 걸 알면서도 자꾸만 혹시나, 혹시나, 하고 있는 자신이 죽도록 미웠다. 하지만 아무리 노력해도 그 은근한 기대를 버릴 수가 없었다. 머리는 기억하지 못해도, 눈은 기억하지 못해도, 어쩌면 입술은 기억하고 있을지도 모른다는, 몸은 기억하고 있을지도 모른다는, 그런 바보 같은 희망이 그를 흔들고 있었다.

약속했는데. 별장에 들어서는 순간부터, 그녀는 주미가 아니니까 절대 건드리지 않을 거라고. 적어도 이 별장에서만큼은 그럴 수 없다고. 그 자신에게도, 그녀에게도 굳게 약속했는데. 그녀와 함께 있는 시간이 길어질수록, 그는 점점 그 약속을 지킬 자신이 없어졌다.

"왜 이래요."

그녀가 그에게서 벗어나기 위해 몸을 움직였다. 하지만 그는 그녀를 놓아주고 싶지 않았다. 그는 한 손으로 그녀의 손목을 다시 잡아당기고, 다른 손으로는 그녀의 목덜미를 부드럽게 잡아당겼다. 그녀의 입술이 그의 입술에 닿을 정도로 가까이 다가왔다.

맛보고 싶었다. 그녀의 입술이. 단 한 번만이라도 좋으니, 아주 잠시라도 좋으니, 그녀의 입술을 느껴 보고 싶었다.

그것이 정말 주미인지 확인하고 싶은 마음에서 비롯된 것이든, 순전히 고은하라는 사람이 끌리는 마음에서 비롯된 것이든, 어떤 감정에서부터 비롯된 것이든 상관없었다.

모든 것이 불명확하지만 단 한 가지 분명한 것은, 지금 이 순간,

그는, 그녀를, 갖고 싶다는 것이었다.

11.

"왜 이래요."

그녀가 그에게서 벗어나기 위해 몸을 움직였다. 하지만 기태는 한 손으로 그녀의 손목을 다시 잡아당기고, 다른 손으로는 그녀의 목덜미를 부드럽게 잡아당겼다. 그녀의 얼굴이 그의 얼굴에 무척 가까이 닿았다. 놀란 그녀가 눈을 크게 뜨고 그를 보았다. 아주 잠시, 그의 눈빛이 흔들리는 것이 보였다. 하지만 이윽고 그는 그녀의 얼굴을 더욱 끌어당겼고, 주저 없이 그녀의 입술을 삼켰다.

은하는 갑작스럽게 느껴지는 타인의 온기가 당황스러웠다. 하지만 그의 뜨거운 숨결과 미끄러운 촉감은 순식간에 그녀의 입 속으로 밀려들어왔다. 그녀는 그를 밀어내기 위해 애를 썼지만, 그럴수록 그녀의 목덜미를 잡고 있는 그의 손에는 더욱 힘이 들어갔다. 그녀가 거부하고 물러날수록 그의 키스는 점점 더 깊고 강렬해졌다. 은하는 자칫 그 뜨거움에 녹아내릴 뻔했다. 하지만 그녀는 금세 정신을 차리고 마지막으로 있는 힘을 다해 그를 밀쳐 냈다.

마침내 그의 입술이 그녀의 입술에서 떨어졌다. 두 사람의 거친 숨소리가 방 안을 채웠다. 둘은 잠시 동안 말없이 서로의 눈을 쳐다보았다. 속을 알 수 없는 그의 검은 눈동자. 그리고 그 안에 비친 그녀의 얼굴. 그녀의 얼굴에는 원망과 혼란을 비롯한 온갖 복잡한 감정들이 스며들어 있었다.

그 얼굴을 빤히 바라보던 기태가 그녀의 다리 위에서 몸을 일으켰다. 그와 동시에 그녀도 침대에서 벌떡 일어섰다. 그는 손으로 머리를 쓸어 넘기며 짧은 숨을 내쉬었다. 그녀는 좀처럼 흥분이 가라앉지 않는 듯 상기된 얼굴로 숨을 가다듬었다.

그렇게 잠시 후, 그녀는 방 한구석에 두었던 가방을 들고 문으로 다가갔다. 그 모습을 지켜보던 기태가 곧바로 일어나 그녀를 따라갔다. 그가 그녀를 돌려세우자 그녀는 기태의 손을 냉정하게 뿌리쳤다.

"어딜 가려는 건데?"

숨 막히던 정적을 깨고 그가 처음으로 꺼낸 말이었다. 은하는 여태껏 한 번도 보인 적 없는 차가운 얼굴로 실소를 흘리며 말했다.

"지금, 그 말부터 나와요?"

"……."

"내가 당신한테 다 맞춰 주고 절절매는 것 같으니까 우스워 보여요?"

"그런 거 아니야."

기태의 말투는 강하고 단호했다. 하지만 은하는 그의 어떤 말도 진심으로 들리지 않았다. 그녀는 차오르는 감정을 힘겹게 억누르며 다시 입을 열었다.

"나는 당신을 믿었어요."

"……."

"내가 지금껏 최선을 다한 이유는, 손기태 씨를 믿기 때문이었어요. 누가 뭐라든 당신은 좋은 사람일 거라고. 나는 그 좋은 사람을 더 좋은 사람이 될 수 있게 치료해 주어야 하니까. 그런데 당신은 내 진심을 너무 쉽게 취급했어요."

"……나는."

"알아요. 충동이었고 실수였겠죠. 하지만 이유야 어찌 됐건 결과는 같아요. 나는, 당신한테, 이 정도의 사람인 거예요. 원한다면 마음대로 별장에 데려오고, 같이 밤을 보내고, 입을 맞춰도 되는."

"고은하!"

"당신의 아픔을 치료해 줄 사람이 아니라, 그냥, 그 정도의 여자."

"그런 거 아니라잖아!"

기태가 목청을 높여 소리쳤다. 은하는 흔들림 없는 눈동자로 그를 쳐다보았다.

은하는 생각했다. 어쩌면 그는 고작 키스 한 번에 유별나게 구는 그녀를 촌스럽다고 생각할지도 모른다고. 하지만 그녀에게 키스라는 것은 '고작' 이라는 말을 붙일 수 있을 정도로 가벼운 것이 아니었다. 그녀는 대학에 입학한 후로 지금까지 숱한 남자들의 대시를 받았지만 연애는 단 두 번밖에 하지 않았다. 그것도 모두 1년이 되기 전에 끝이 났다. 이유는 간단명료했다. 그녀가, 스킨십을 두려워했기 때문이었다.

은하는 아무 말 없이 그를 지나쳐 방문을 열었다. 그리고 덤덤한 걸음으로 계단을 내려갔다. 뒤이어 기태의 발소리가 들렸다. 기태는 어느새 그녀의 앞에 와 섰다. 그가 한 계단 밑에 서자, 두 사람의 눈높이가 얼추 맞았다.

"비켜요."

"지금 어딜 가겠다는 거야, 대체?"

"내가 알아서 해요."

"여기 산속이야. 한밤중이고. 감정적으로 굴지 마."

"산만 내려가면 어떻게든 되겠죠."

은하가 그를 지나쳐 내려가려고 하자 그가 다시 그녀를 붙잡았다.

"이거 놔요!"

은하는 그의 손을 거칠게 뿌리쳤다. 그녀의 눈에서는 냉기가 흘러넘쳤다. 기태는 그 생경한 눈빛에 할 말을 잃은 듯 그녀를 가만히 보기만 했다.

"함부로 손대지 마요."

그녀는 결국 그를 지나쳐 한 발 내디뎠다. 그는 그녀를 다시 잡지 않았다. 어떤 말도 하지 않았다.

은하는 부러 더욱 당찬 걸음으로 별장을 나왔다. 별장을 나오자마자 막연한 두려움이 그녀의 발등 위를 무겁게 짓눌렀다. 날카로운 칼바람이 귓불을 스쳐 지났다. 산 아래서 차를 타고 별장까지 올라올 때 그리 멀다는 생각이 들지는 않았지만, 이토록 짙은 어둠 속에서 혼자 잘 내려갈 수 있을지는 의문이었다.

그때 별장 문이 열리고 그가 걸어오는 소리가 들렸다. 그 소리가 점점 더 빨라지고 커졌다. 이내 그녀의 손에서 익숙한 온기가 느껴졌다.

"손대지 말라니까요."

은하는 그의 손을 놓으려고 했지만 그는 그녀의 손을 꼭 잡고 차 앞으로 끌고 갔다. 그러고는 무작정 그녀를 차 안으로 밀어 넣고 빠르게 운전석에 올랐다. 은하가 차 문을 열려고 하자 그가 먼저 문을 잠갔다.

"제발 좀."

그는 높아지려는 언성을 다시 낮추며 말했다.

"그냥 있어. 데려다 줄 테니까."

"……."

"……안 건드려. 다시는."

그는 시동을 걸고 핸들을 잡았다. 무심코 그의 손을 보고 있던 은하는 잡고 있던 문고리에서 천천히 손을 놓았다. 몰랐는데, 차 키에는 익숙한 물건이 달려 있었다. 촌스럽고 오래된 물건이라 어딘가에 처박아 두었을지도 모른다고 생각했는데, 그녀가 주었던 십자수 열쇠고리가 거기 있었다.

'나는 사과 같은 거 잘 못 해.'

알고 있었다. 미안하다는 말 같은 것은 절대 못 하는 사람이란 것을. 그럼에도 오늘은, 답지 않게 서운한 마음이 들었다. 그 짧은 한마디가 뭐라고. 그 한마디면 됐을 텐데. 하지만 왠지 핸들 옆에 꽂힌 차 키를 보면서, 그 말을 대신 들은 것 같은 기분이 들었다. 문득 그런 생각이 들었다.

어쩌면. 정말 만에 하나의 경우지만, 혹시 어쩌면. 그는, 진심이었는지도 모른다고.

새벽 두 시경 은하를 집에 데려다 주고 늦게서야 집에 돌아온 기태는 아침이 될 때까지 한숨도 자지 못하고 출근을 했다.

팀 내 분위기는 전보다 훨씬 좋아 보였다. 다들 밝은 얼굴로 기태에게 인사를 건넸다. 이 과장도 어제는 죄송했다며 커피와 함께 사과의 뜻을 전했다. 기태는 너그럽게 웃으며 사과를 받아 주고 실장실로 들어왔다.

하지만 문을 닫는 순간 표정이 굳었다. 오늘따라 웃음이라는 가면이 유독 무겁게 느껴졌다. 커피를 한 모금 마셨지만 쓴맛만 감돌았다. 일이 눈에 들어오지 않았다.

'나는 당신을 믿었어요.'

'그런데 당신은 내 진심을 너무 쉽게 취급했어요.'

'나는, 당신한테, 이 정도의 사람인 거예요.'

'당신의 아픔을 치료해 줄 사람이 아니라, 그냥, 그 정도의 여자.'

그는 마른세수를 하며 깊은 한숨을 내쉬었다. 얼음장처럼 차갑던 그녀의 얼굴이 떠올랐다. 그리고 그와는 정반대로 뜨겁던 그녀의 입술도 떠올랐다.

사실, 그는 그녀의 입술을 삼키는 순간 느꼈다. 입술은 기억하고 있을지도 모른다는 자신의 생각이 얼마나 큰 오만이고 착각이었는지를. 그는 그녀의 입술을 맛보았지만, 그것이 주미와 같은 느낌인지 아닌지 따위는 전혀 알 수 없었다. 슬프게도, 그 느낌이라는 것 자체가 이미 잊힌 지 오래였다. 그럼에도 불구하고 그는 멀어지려는 그녀를 붙잡았다. 더 깊고 강렬하게. 저도 모르게 그녀를 잡은 손에 힘을 주고 있었다.

그것은 그녀에게서 무언가를 찾고 싶은 욕구도 아니었고 대리만족도 아니었다. 그저 그녀를 갖고 싶었다. 순전히 그녀의 입술을 더 맛보고 싶었다. 그 정도로, 그녀의 입술은 달콤했다.

깍지 낀 손을 이마에 대고 멍하니 생각에 잠겨 있던 기태는 전화벨 소리에 정신이 들었다. 그는 받을지 말지 한참을 고민하다가 통화 버튼을 눌렀다.

"네, 어머니."

– 아들!

한 여사의 목소리는 언제나처럼 호들갑스러웠다. 기태는 반사적으로 눈살을 찌푸렸다.

– 어제 왜 이렇게 전화를 안 받았어. 많이 바빴어?

"조금요."

– 우리 아들 너무 대견해서 칭찬해 주려고 전화했는데.

CS경영대상을 그녀가 그냥 지나칠 리는 없었다. 기태는 형식적인 웃음을 흘렸다.

– 오늘 일곱 시에 오는 거 맞지? 뭐 먹고 싶은 건 없고?

"네?"

기태는 순간 자신의 귀를 의심했다. 한 여사가 하는 말이 무엇인지 이해할 수 없었다.

"그게 무슨 소리예요? 일곱 시에 어딜 가요?"

– 어디긴, 집이지. 오늘 기우랑 같이 저녁 먹으러 온다며.

"네?"

– 할아버지가 보고 싶어 하셔서. 네 아버지가 기우한테 말했다던데. 아직 못 들었니?

기태는 잠시 말을 멈추고 감정을 삭였다.

"……네, 알겠어요."

– 기우 애는 하여간. 뭘 맡아도 제대로 하는 게 없다니까. 못 미더워. 너 잘 지내고 있는 거야? 구박받고 그러는 건 아니고?

"제가 애예요? 그런 걱정을 하게."

– 걱정돼서 그렇지.

"잘 지내요. 걱정하지 마세요."

– 그래야지. 치료는 잘 받고 있고?

기태는 드디어 나올 말이 나왔다 싶어 체념하듯 눈을 감았다. 그는 그녀의 입에서 나오는 치료라는 단어만 들어도 숨통이 조이고 속이 울렁거렸다. 그런데 다음에 이어지는 그녀의 말은 더욱 가관이었다.

– 그 치료사 어떤 사람인지 정말 궁금했는데 드디어 보네. 젊은 여자라던데, 너한테 막 들이대고 그러진 않지?

기태는 눈을 번쩍 뜨고 허리를 곧추세웠다.

"뭐라고요?"

– 치료를 핑계 삼아서 막 여자로서 다가오거나 그럼 네가 딱 잘라야 돼. 뭐, 알아보니 집안이 나쁘진 않더라만…….

"지금 무슨 말씀을 하시는 거예요. 그 사람을 본다니요?"

– 너 정말 하나도 못 들은 거야? 오늘 그 치료사도 같이 온다며.

"그 사람이 왜요?"

– 그야, 내가 워낙 보고 싶어 하니까 너희 아버지가…….

"어머니!"

기태가 참다못해 버럭 소리를 질렀다. 미국에서 돌아온 이후로 가족들 앞에선 더욱 처신을 조심하려고 했는데, 오늘은 도무지 참을 수가 없었다.

"대체 왜 그러세요? 이번엔 제가 알아서 한댔잖아요. 도대체 언제까지 이러실 건데요? 전 더 이상 애가 아니에요. 어머니가 사사건건 터치하실 나이는 지났다고요! 그 사람이 왜 그런 불편한 자리에 와야 하는데요? 왜 아무 상관도 없는 어머니한테 평가를 받아야 하는데요? 불러다 놓고 대체 무슨 말씀을 하시려고요?"

– 기태, 너…….

"그 사람은 저한테 아무 관심도 없어요. 직업 정신 투철하고 프로다운 사람이에요. 괜히 헛다리 짚어서 건드리지 마세요. 부탁이에요."

– 너 혹시 정말 그 여자한테 마음 있는 거니?

기태는 지친 얼굴로 깊게 한숨을 내쉬었다.

"……그만 끊어요."

– 기태야!

기태는 더 이상 그녀의 말을 듣지 않고 전화를 끊었다. 정확한 이유는 모르겠지만 너무 화가 나고 가슴이 답답했다. 그는 잠시 고민하다가 다시 휴대폰을 들었다. 곧이어 익숙한 목소리의 남자가 어, 라는 짧은 한 마디로 전화를 받았다.

"가족 모임은 그렇다 쳐. 고은하는 어떻게 된 거야."

기태는 다짜고짜 용건부터 말했다.

– 아버지 명령이었어. 어쩔 수 없었어.

당연히 비웃으며 어떤 식으로든 그를 조롱할 줄 알았는데, 기우는 평소와 다르게 진지한 말투로 대답했다.

"그래서? 온다고?"

– 응, 오겠다고 했어.

"……그 사람이?"

– 응.

따질 말이 많을 줄 알았는데, 막상 할 수 있는 말이 별로 없었다.

– 넌 끝나고 바로 가. 내가 데리고 갈 테니까.

기태는 자신이 데려가겠다고 말하고 싶었지만 입이 굳었다. 오늘 새벽까지도 싸늘했던 그녀의 모습이 떠올랐다. 당장은, 그녀를 볼 자신이 없었다.

"알았어."

기태는 전화를 끊고 나서 더욱 복잡한 심경에 빠졌다. 그녀를 생각하면 어딘가 답답하고 막막하면서도 걱정되고 미안한 마음이 들었다. 11년 전 이후로 잘 느껴 보지 못했던 감정이었다. 그 감정 때문에 머리가 지끈거리며 아파 오기도 하고 갑자기 기분이 훅 가라앉기도 했다. 하지만 한 가지 싫지 않은 것이 있었다.

불편한 떨림.

그는 그녀를 생각할 때마다 불편한 떨림을 느꼈고 지금도 마찬가지였다. 그토록 혼란스러운 감정 속에서도, 그는 그녀가 보고 싶었다.

보고 싶었다.

은하는 귀에 이어폰을 꽂고 버스 정류장에 앉아 있었다. 세상이 어둠에 물들어 가고 있었고 강한 바람이 불었다. 은하는 목도리를 올려 코와 입을 가렸다. 추위도 싫은데, 겨울은 어둠도 너무 빨리 몰고 왔다. 하지만 그녀는 자신이 싫어하는 추위와 어둠 속에서도 버스를 바로 타지 못했다. 어디로 가야 할지, 아직 길을 정하지 못한 것이었다.

오늘 새벽 그렇게 헤어지고 나서 그에게서는 아무 연락이 없었다. 당연한 일이었지만, 무엇을 기대한 것도 아니었지만, 그녀는 생각이 많아졌다. 그 생각이란 것은 아주 작고 사소한 것에서부터 최면 치료를 계속할 수 있을지에 대한 큰 문제까지 이르렀다.

어느 순간 음악 소리가 뚝 끊기면서 벨소리가 들렸다. 발신자를 보니 손기우라는 이름 세 글자가 적혀 있었다. 은하는 잠시 망설이다가 전화를 받았다.

"네, 기우 씨."

– 어디예요?

"버스 정류장이요."

– 다행이다. 조금만 기다려요. 지금 데리러 가는 중이에요.

은하는 선뜻 고마워요, 라고 대답하지 못했다.

– 여보세요?

"네."

– 추울 텐데 어디 들어가 있어요. 금방 갈게요.

"……아니에요. 천천히 오세요. 운전 조심해서."

하루 종일 고민했지만, 그녀는 결국 저녁 약속을 거절하지 못했다. 기태가 아무리 불편해도 이미 약속된 일이니 그 주변 사람들에게까지 피해를 주지 않으려면 가야 할 것 같았다.

– 그래요. 이따 봐요.

은하는 끊긴 전화를 바라보다 다시 목도리에 코를 묻었다. 잠을 못 자서 그런지 부르트고 까슬까슬한 입술 위로 목도리가 닿았다. 또다시 어젯밤 일이 떠올랐다. 다소 거칠었지만 사람의 넋을 빼놓을 만큼 뜨거웠던 키스. 그만의 향기, 그만의 느낌. 너무 생소했다.

그녀는 스킨십을 싫어했다. 아니, 싫어한다고 생각했다. 그런데 그때만큼은 아주 잠시지만 이성을 놓을 뻔도 했다. 그 느낌이 다시 생생하게 살아나는 것 같아서 아찔했다. 그녀는 몸을 부르르 떨고 정신을 차리기 위해 애썼다.

하지만 떨친다고 떨어낼 수 있는 것이 아니었다. 은하는 그 장면이 생각날 때마다 점점 더 궁금해졌다.

그는 도대체, 어떤 마음이었을까.

저도 모르게 그의 생각을 하며 음악을 네 곡 정도 들었을 무렵, 익숙한 은빛의 차가 그녀의 앞에 멈추어 섰다. 이제는 창문을 내리지 않아도 그임을 알 수 있었다. 은하는 그의 친절에 감사를 표하며 차에 올라탔다. 다행히도 기우는 어제보다 얼굴이 좋아 보였다.

"은하 씨, 어디 아파요?"

그는 운전을 하다 말고 불쑥 물었다.

"아니요. 그래 보여요?"

"조금요."

"잠을 잘 못 자서 그런가 봐요."

기우가 얼핏 웃으며 말했다.

"어째 어제랑 상황이 바뀐 것 같네요."

"그러네요."

"많이 불편하죠? 저희 집 가는 거."

"아니에요, 그런 거. 정말 괜찮아요."

그녀는 애써 웃으며 연신 괜찮다고 말했지만 기우는 믿지 않는 듯했다. 다시 한참 정적이 흐르다가 차가 신호에 걸렸을 때 기우가 넌지시 말을 꺼냈다.

"어젠 어디 갔어요? 기태, 늦게까지 안 들어오던데."

"아…… 별장이요."

은하는 말하면서도 왠지 난감한 기분이 들었다.

"양평에?"

"네."

기우는 잠시 말이 없었다. 은하는 그의 표정을 유심히 살폈다. 그는 의외라는 듯 고개를 살짝 꺾었다. 얼핏 미소를 띤 것도 같고 아닌 것도 같았다. 은하는 그가 오해할까 봐 먼저 입을 열었다.

"많이 피곤했나 봐요. 사람이 없는 데 가서 쉬고 싶다고."

"……그랬군요. 잘 쉬었어요?"

"금방 나왔어요."

"왜요? 너무 늦은 시간이었을 텐데."

"그냥…… 그렇게 됐어요."

그에게 자세한 얘기를 할 수는 없었다. 그러고 싶지도 않았다. 그도 그런 은하의 마음을 읽은 듯 더는 묻지 않았다. 그는 일부러 화제를 돌리며 말했다.

“오늘 별일은 없었어요? 환자 중에 이상한 사람이 있었다던가.”

“그런 사람은 없어요. 더 아프고 덜 아픈 사람이 있을 뿐이지.”

기우는 문득 고개를 돌려 그녀를 보았다. 그녀는 언제나처럼 진실되고 진중한 눈빛을 띠고 있었지만 그 순간은 유독 더 빛나 보였다. 맑고 영롱하면서도 냉정하고 이성적인 눈빛.

“그래도 가끔 힘들 때 있지 않아요?”

그가 묻자, 그녀는 어렴풋이 웃으며 대답했다.

“누군가의 기억을 본다는 게, 마냥 좋은 일은 아니니까요.”

핸들을 돌리던 기우의 손이 순간 멈칫했다.

“아픈 기억일수록 힘들죠.”

“…….”

“그래도 좋아요. 기억을 공유한다는 건, 마음을 나누는 일이니까요.”

마음을 나눈다.

기우는 멍한 눈으로 도로를 응시하며 그 말을 곱씹었다. 그런 생각 같은 건, 한 번도 해 본 적 없었다. 해 보지, 못했다.

“그러니까, 괜찮아요.”

……한 번도.

어느새 그의 집 앞에 도착했다. 차에서 내린 그녀는 그의 집을 가만히 올려다보았다. 그녀의 키를 훌쩍 넘는 은색의 대문에서는 사람을 압도하는 광채가 흘렀다. 그 대문 뒤로 보이는 가옥은 그녀가 상상했던 것보다 훨씬 크고 으리으리했다. 정원의 크기만 해도 족히 백 평은 넘어 보였다.

“저예요.”

기우가 말을 뱉자마자 대문이 열렸다. 은하는 그의 에스코트를 받으며 천천히 정원을 걸었다. 긴장하지 않으려고 애썼지만 뜻대로 되지 않았다. 결국 그녀는 현관 앞에서 심호흡을 세 번 정도 한 뒤에야 기우를 보며 고개를 끄덕였다. 기우는 그녀를 안정시키려는 듯 부드럽게 웃으며 문을 열었다. 그가 먼저 안으로 들어갔고 그녀는 그를 뒤따라 들어갔다.

현관 앞에는 연보라빛 홈드레스를 차려입은 중년의 여자가 서 있었다. 큰 키에 처녀처럼 마른 몸매. 쌍꺼풀진 큰 눈과 도도하게 솟은 코, 아랫입술이 두툼한 선홍빛 입술. 차분하게 내려 묶은 짙은 갈색 머리와 간소한 듯 화려한 액세서리. 첫눈에 보기에도 아름답다는 생각을 하게 만드는 그녀는, 어딘지 모르게 서양적이고 차가운 분위기가 기태와 꼭 닮아 있었다.

"어서 와요."

그녀가 은하를 향해 살짝 입꼬리를 올려 웃으며 말했다. 은하도 정중히 목례를 하고 차분한 미소로 답했다.

"안녕하세요, 고은하입니다."

그런데 눈이 마주치고 몇 초 정도 지났을까. 여자의 얼굴에서 미소가 천천히 거두어지고 어쩐지 의문스러운 듯한 눈빛이 떠올랐다. 그것을 느낀 은하도 웃음을 거두고 의아한 얼굴로 그녀를 보았다. 두 여자의 서로를 향한 묘한 시선을 느낀 것인지, 기우가 나서서 은하를 데리고 거실 쪽으로 향하며 말했다.

"아버지랑 할아버지도 뵈어야죠. 거실에 계시죠?"

"……어, 응."

"기태는요?"

"오고 있는 중이야."

"가서 인사해요, 은하 씨."

"저, 잠깐만."

한 여사가 은하를 데리고 가려는 기우를 붙잡았다. 기우는 은하에게 먼저 가라는 듯한 눈짓을 주었다. 은하는 뭔가 석연찮은 기분이 들었지만 천천히 걸음을 떼어 거실 쪽으로 향했다. 그런데 가는 도중 여자의 작은 목소리가 들렸다.

"나만 그렇게 느끼는 거니?"

굳이 듣고 싶지는 않았지만 그 은밀한 목소리는 그녀의 귀를 날카롭게 파고들었다.

"……닮은 것 같아, 저 여자."

닮았다니. 누구를 말하는 것일까? 은하는 잠시 발을 멈추고 섰다.

"그때 그 애……"

"……."

"기태의 그 애 말이야."

12.

"음식은 입에 맞아요?"

식사를 시작하고 나서 한 여사가 은하에게 처음으로 건넨 말이었다. 한 여사는 처음과는 다르게 자상한 미소를 띠며 물었지만, 은하는 그녀가 자신을 미심쩍게 보고 있음을 느꼈다. 그래서 은하도 그녀와 비슷한 미소로 답하며 속을 감추었다.

"네, 맛있습니다."

시선을 돌리다가 앞자리에 있던 기태와 눈이 마주쳤다. 그의 짙은 검정 눈동자는 무언가 하고 싶은 말이 있는 듯 미미하게 흔들리며 은하를 담고 있었지만, 그녀는 먼저 시선을 피해 버렸다. 그럼에도 그녀에게 닿아서 떨어질 줄 모르는 그의 시선이 온몸으로 느껴졌다.

'그때 그 애…… 기태의 그 애 말이야.'

문득 한 여사가 했던 말이 떠올랐다. 그 애란 누구를 말하는 것일까. 누군지는 모르지만 '기태의' 라고 표현할 정도면 그에게 있어 상당히 중요한 사람이었을 것이다. 그 중요한 사람을, 내가 닮았다는 것일까. 은하는 속으로 많은 생각을 하며 저도 모르게 그들의 대화에 귀를 기울였었다.

'무슨 말씀이신지 모르겠네요. 일단 들어가요.'

하지만 기우는 그녀를 의식한 때문인지 대화를 간단히 마무리하고 자리를 떴었다.

"기태 때문에 고생이 많을 텐데. 많이 들어요."

굵고 중후한 손 회장의 목소리가 들렸다. 그는 얼핏 보기에도 여든은 훌쩍 넘어 보였지만 떡 벌어진 어깨와 곧은 허리에서 정정한 기운이 흘러넘쳤다. 깊고도 날카로운 눈빛은 세월의 흔적으로 곳곳에 피어 있는 주름도 무색하게 만들었다.

손 사장도 손 회장 못지않은 위엄을 갖고 있긴 했지만, 어쩐지 손 회장만큼 고매하고 청개한 느낌은 없었다.

"여보, 우리 기태 축하해 주는 자린데 무슨 말이라도 좀 해 줘요."

그러자 손 사장은 너털웃음을 흘리며 기태의 잔에 와인을 따라 주었다.

"앞으로도 기대하마."

"……네."

"아버님도요."

한 여사는 칭찬을 갈구하는 어린아이처럼 손 회장을 보며 웃어 보였다. 그녀는 우아한 외형과는 다르게, 다른 식구들에 비해 내면적 기품이 다소 부족해 보였다. 하지만 그런 그녀만의 분위기가 삭막하고 무거운 손씨 집안의 분위기를 조금이나마 풀어 주는 역할을 했다.

"그래, 잘했다."

"아닙니다. 뭐 대단한 일이라고."

그로부터 한동안 식탁 위에는 경영 대상과 기태의 실적에 관한 이야기가 돌았다. 은하는 그제야 기태의 공이 큰 역할을 해서 세강이 CS경영대상을 받은 것을 알게 되었다. 그 분야에 대해 잘 아는 바가 없어 축하해 주지 못한 것이 아쉬웠지만 어제 일을 생각하면 또 금세 마음이 불편해졌다.

수상의 기쁨은 자연스럽게 은하에 대한 얘기로 이어졌다. 손 사장은 직접 은하에게 감사의 인사를 표했다.

"이게 다 고 선생님 덕분입니다. 모자란 녀석을 잘 맡아 주셔서 감사합니다."

"아닙니다. 치료를 시작한 지 얼마 되지도 않았는 걸요. 다 기태 씨가 평소에 잘해 낸 결과죠."

"그래도 행실이 나쁘면 어떤 성과도 다 물거품이 되는 법이죠. 기태가 고 선생님 덕분에 사회성도 생기고 조금씩 나아지는 것 같다고 들었습니다. 앞으로도 이 녀석이 별문제 없이 일에만 전념할 수 있도록 잘 부탁드립니다."

"아, 네……."

은하는 어쩐지 그의 말이 의미심장하게 느껴졌다. 손 사장의 말을 냉정히 분석해 보자면, 결국 그는 지금까지의 치료에 대한 감사를 표하는 게 아니라 앞으로의 일에 대해 당부를 하는 것 같았다.

줄곧 은하를 흘긋거리고 있던 한 여사는 손 사장이 만들어 낸 그 오묘한 분위기의 여세를 타고 은근슬쩍 말을 건넸다.

"그런데 고 선생은 만나는 사람 있어요?"

은하는 약간 당황하여 물을 마시다 말고 컵을 내려놓았다. 기태도 스테이크를 썰다 말고 굳은 얼굴로 한 여사를 보았다.

"아니, 너무 참하고 예뻐서. 실례되는 질문인가요?"

"아닙니다. 아직 없습니다."

"의외네. 그럼 좀 불편하겠어요. 남자 둘만 사는 집에 밤늦게 가서 상담하는 게."

"괜찮습니다. 기태 씨를 위한 일이니까요."

"듣던 대로 프로다운 분이네요. 참, 부모님도 상당히 유명하신 분들이던데. 본가가 연구소랑 그렇게 멀지도 않고…… 왜 나와 살아요? 혹시, 사이가 안 좋아요?"

"네?"

"하하. 아니, 난 그냥 궁금해서. 우리도 그렇게 썩 좋지는 않아요."

"어머니."

기태의 단호한 말투가 한 여사의 목소리를 막았다.

방금 물을 마셨는데도 불구하고 목에서 텁텁하고 건조한 느낌이 들었다. 은하는 점점 자신이 이 집에 치료사가 아니라 다른 존재로 불려온 듯한 기분이 들었다. 뒷조사를 한 것까지는 이해하지만 본가와 연구소 사이의 거리를 알 만큼 상세하게 했다는 것은 기분이 이상했다. 그리고 그 정도로 조사를 했다면 자신이 입양아라는 사실은 모를 리가 없을 것 같았다. 그렇다면 그녀가 궁금해하는 것은 무엇일까. 무슨 말을 듣고 싶은 것일까.

"나도 어릴 때 그 동네 살았는데…… 쭉 그 집에서, 아니 그 동네에서 살았어요?"

"……네."

"학교는 어디 나왔어요? 고등학교."

"그만하세요."

기태가 나이프를 탁 소리 나게 내려놓으며 말했다. 일순 모든 가족들의 시선이 기태에게 집중되었다.

"왜 이렇게 사적인 것들을 물으세요."
"아니, 내가 뭘……."
"실례잖아요. 이렇게까지 하시는 건."
"전 괜찮아요."
은하는 자신 때문에 식사 자리의 분위기가 악화될까 염려하여 일단 나서며 말했다.
"궁금하실 수도 있죠. 전, 예인 고등학교 나왔어요."
순간 이상하리만치 어색한 정적이 흘렀다. 시간이 멈추기라도 한 것처럼 기태는 미동도 하지 않았고 한 여사는 하얗게 질린 얼굴로 눈을 크게 뜨고 그녀를 보았다. 손 사장은 알 수 없는 표정을 하고 있었고 손 회장은 그저 이런 식탁의 분위기에 심기가 불편해 보였다. 그리고 기우는 마치 이 사람들과는 전혀 상관없는 제3자인 것처럼 태연한 얼굴로 앞에 있는 샐러드를 먹고 있었다.
식사를 시작한 지 얼마 되지 않았지만 은하는 왠지 그들 틈에 있는 것이 숨 막히게 느껴졌다. 본가를 나왔던 스무 살 이후부터는 느껴 본 적 없는 기분이었다.
"은하 씨는 야채 별로 안 좋아해요?"
숨 막히는 정적을 깬 것은 기우의 그 한마디였다.
"네?"
"샐러드를 잘 안 먹길래. 맛있으니 먹어 봐요. 그러다 체하겠어요."
그는 체하겠다는 말에 약간의 강조를 두며 웃었다. 그 말은 모두 은하를 그만 불편하게 하라는 뜻이었다. 한 여사는 그제야 괜스레 헛기침을 하며 시선을 돌렸다.
기태는 홀로 와인을 들이켜며 감정을 삭이려고 애썼다.
"정말 맛있네요."

"스테이크가 좀 느끼해서 더 맛있을 거예요. 그러게 셰프 부르시라니까 왜 직접 하신다고 해서. 저희 어머니가 요리엔 별로 일가견이 없으시거든요."

"얘는. 기태가 내가 해 준 스테이크를 얼마나 좋아하는지 아니?"

"아마 스테이크가 아니라 그 옆에 곁들여 주시는 샐러드를 더 좋아했을걸요?"

기우의 능청스러운 장난에 식탁 위에 짧게나마 웃음이 돌았다. 그는 이후로도 자잘한 농담과 사소한 이야기들로 분위기를 한결 편안하게 만들어 주었다. 그리고 웬만해서는 화제가 은하에게 옮겨 가지 않도록 대화를 이끌었다. 덕분에 은하는 숨통이 조금 트이는 것 같았지만, 마음 한구석이 찝찝한 것은 어쩔 수가 없었다.

식탁의 분위기가 나빠지든 좋아지든 기태는 한결같이 어두운 얼굴을 하고 있었다. 은하는 그런 그에게서 좀처럼 시선을 떼어 내지 못했다.

식사 후에는 거실에서 짧은 다과 시간을 갖기로 했다. 손씨 집안의 남자들은 이미 거실에서 차를 한 잔씩 하고 있었고 은하는 한 여사와 함께 주방에서 과일을 깎았다. 본래는 도우미 아주머니가 두 명 있는데, 기태가 낯선 사람들을 불편해하기도 하고 한 여사도 오랜만에 보는 아들을 직접 챙겨 주고 싶어서 일찍 보냈다고 했다.

"과일을 참 잘 깎네요."

"아니에요. 서툴러요. 아기자기하게 모양내는 것도 잘 못하고."

"충분히 야무진데, 뭐."

은하는 예상치 못했던 한 여사의 살가운 태도에 그저 어설프게 웃어 보였다.

"아깐 미안했어요. 너무 사적인 질문들을 해서."

"아니에요."

"실은 고 선생을 처음 딱 보는데, 누굴 닮은 것 같다 싶은 거예요. 하하. 그런 사람이 세상에 한둘도 아닌데 내가 넘 주책이었지. 이해해요. 내가 특히 우리 아들 일엔 극성맞거든요."

"네……."

은하는 사과를 깎는 데 집중하며 대답했다. 그 사람이 누군지 묻고 싶었지만 입이 떨어지지 않았다.

"근데 학교까지 같다 그래서 얼마나 놀랐는지 몰라요. 이게 보통 우연은 아니잖아요?"

길게 이어지던 사과 껍질이 툭 끊겼다. 은하는 멍하니 끊긴 부분을 바라보았다.

"……저랑, 학교가 같다구요?"

은하는 다시 사과를 깎으며 조심스럽게 물었다.

"신기하죠? 그러고 보니 올해 나이가 서른이라고 했죠? 나이도 같겠네."

노력했지만, 반듯하게 깎이던 사과 껍질이 울퉁불퉁하게 변하고 있었다. 은하는 제 손에서 일어나는 미세한 떨림을 죽이기 위해 과도를 쥔 손에 힘을 바싹 주었다.

"그 사람이…… 누군데요?"

은하는 내내 주제넘는다는 생각 때문에 하지 못했던 질문을 던져 보았다. 그러자 한 여사는 갑자기 어색한 미소를 지으며 대답했다.

"그냥, 기태가 고등학교 때 알던 친구요."

"……."

"나도 참, 묻고 싶은 게 한두 개가 아니었는데. 우리 기태, 치료할 때 별문제는 없던가요? 고 선생 말은 잘 들어요?"

"……."

"치료는 어디까지 진행된 거예요? 최면은 걸어 봤나요?"

은하는 한 여사의 어떤 말도 귀에 들어오지 않았다. 그저 손이 너무 떨려서 더 이상 사과를 깎을 수가 없었다.

처음 기태에 대한 이야기를 들었을 때가 생각났다. 그는 11년 전에 사랑했던 사람을 갑자기 잃었고, 그 충격으로 많은 심리적 병을 갖게 되었다고 했다.

처음 기태를 보았을 때도 생각이 났다. 여유만만한 목소리로 〈사이코〉의 대사를 읊던 그는, 그녀와 눈을 마주하자마자 몹시 괴로워하며 당장 치료사를 바꾸라고 소리를 쳤었다. 이후로도 그는 계속 그녀에게 치료사를 그만두라고 말했었다. 그러더니 어느 순간 자신을 포기하지 말라며 그녀를 붙잡았고, 아픈 그녀를 간호해 주며 다정하게 대해 주었다. 그리고 어제는, 그녀에게 입을 맞추었다.

'기태의 그 애 말이야.'

그동안 조금도 이해할 수 없었던 그의 행동들이, 단 하나의 가정 아래에서는 완벽히 이해가 되었다. 만일 그녀가 닮았다는 그 사람이, 그가 11년 전에 사랑했던 사람이라면.

그러나 문제는 거기서 끝이 아니었다.

'근데 학교까지 같다 그래서 얼마나 놀랐는지 몰라요.'

거기까지 생각이 미쳤을 때였다.

"앗."

"어머, 괜찮아요?"

은하는 붉은 피가 흐르는 자신의 엄지손가락을 낯선 듯 바라보았다.

"그러게 무슨 생각을 그렇게 해요. 구급상자가 어디 있더라."

"아니에요. 괜찮아요."

은하는 식탁 위에 있던 티슈갑에서 휴지를 한 장 뽑아 지혈을 하며 말했다.

"그냥 조금 벤 건데요, 뭐. 금방 나아요."

"그래도 피가 많이 나는데."

"정말 괜찮아요."

은하는 그렇게 말했지만 이마에서는 식은땀이 흐르고 있었다. 가슴이 답답하고 속이 울렁거렸다. 심한 멀미를 하는 기분이었다.

"상태가 많이 안 좋아 보이는데, 어디 아파요?"

"그냥…… 속이 좀 안 좋은가 봐요."

"식은땀까지 나는데?"

한 여사가 호들갑을 떨며 은하의 상태를 살폈다. 그때 어느 발소리가 주방으로 가까워지더니 기태가 모습을 드러냈다.

"무슨 일이에요?"

기태는 은하의 손에서 피가 나는 것을 보고 황급히 그녀의 곁으로 다가갔다. 그리고 곧바로 그녀의 손을 가져가 살폈다.

"뭐야, 왜 이래?"

"그냥 과일 깎다 살짝 벤 거예요."

은하는 한 여사의 시선을 의식하며 그에게서 손을 빼냈다. 하지만 기태는 다른 것들은 보이지도 않는지 미간을 좁히고 목청을 높였다.

"조심했어야지. 피가 너무 많이 나잖아."

"괜찮다니까요."

"따라와. 밴드 있어."

"괜찮다구요!"

은하는 그에게서 한 발 멀어지며 소리쳤다. 그러고는 스스로가 놀라 시선을 내렸다. 그렇게까지 할 필요는 없었는데, 저도 모르게 그렇게 됐다. 자꾸만 기태에게서 멀어지고 있었다. 그가 다가올수록 멀미가 심해졌다. 가슴이 뜨거워지고 머리가 아팠다. 지진이라도 일어난 것처럼 모든 것이 흔들렸고 어지럽게 보였다. 도망치고 싶었다.

그에게서, 도망치고 싶었다.

"죄송합니다."

그녀는 결국 그 한마디만 남기고 도망치듯 주방을 벗어났다. 무슨 정신이었는지 알 수도 없었다. 그녀는 손 회장과 손 사장에게도 사정을 말한 뒤 허리 숙여 인사를 하고는 서둘러 그 집을 빠져나왔다.

"고은하!"

뒤이어 기태가 따라 나왔다. 하지만 은하는 뒤를 돌아보지 않고 무작정 걸었다. 빠른 걸음으로 걸었다. 막 대문을 열고 나왔을 때, 기태가 그녀를 잡아 돌렸다.

"왜 이러는 건데?"

그는 약간 상기된 얼굴로 소리쳤다. 그녀는 있는 힘껏 그에게서 손목을 떼어 냈다. 짧은 순간이었지만 얼마나 힘을 주었는지 손목에는 붉은 물이 들어 있었다.

"아프면 아프다고 말을 하면 되지, 왜 도망가?"

"상관하지 마요. 난 할 만큼 했어요."

"어제 일 때문에 이러는 거야?"

은하는 돌아서다 말고 멈추어 섰다.

"그런 거라면 내가……."

은하가 갑자기 웃음을 터뜨렸다. 그녀는 점점 더 큰 소리를 내며 웃다가 웃음이 사그라질 즈음 기태를 돌아보았다.

"신파 드라마를 좋아하나 봐요?"

"……뭐?"

"첫사랑이랑 닮았다는 이유로 그러는 거, 너무 진부하지 않아요?"

혹시나 하는 마음으로 던져 보았지만 기태는 부인하지 않았다. 대신 그의 눈빛이 심하게 흔들렸다. 은하는 가슴이 더욱 세차게 뛰는 것을 느꼈다.

설마 했는데, 진짜였다. 그녀가 닮았다는 그 사람은, 단순한 고등학교 때 친구가 아니라 그가 사랑했던 여자였다. 그리고, 문제의 그 여자는…….

"어디서 무슨 말을 들은 거야."

"생각보다 순진한가 보네요, 손기태 씨."

"……."

"내가 그 사람을 얼마나 닮았는지는 모르겠지만, 나는 그 사람이 아니에요."

은하의 차가운 목소리가 그의 심장까지 얼어붙게 만드는 것 같았다.

"고작 닮았다는 이유로 사람 갖고 놀면 재밌어요?"

"뭐?"

"얼마나 대단한 사랑이었건, 당신은 나한테 그래선 안 됐어요. 닮은 사람은, 인격도 없고 삶도 없어요? 나는 나 자체로 존중받아야 할 권리가 있는 사람이에요. 누군가의 그림자로, 대용으로 여겨질 이유가 조금도 없다구요!"

"……."

"나는 나예요. 고은하예요. 난 당신의 그 사람이랑 인격도 다르고 살아온 삶도 달라요. 내가 어떻게 살아왔는지 말해 줘요? 난, 태어나자마자……."

은하는 나약해 보이지 않기 위해 최선을 다했지만 코끝이 시려 오는 것을 막지 못했다.

"난 태어나자마자 마트 화장실 변기 위에 버려졌어요. 그리고 5년 뒤에 어느 좋은 집에 입양이 됐죠. 사랑 때문이 아니라 단순히 대외적 이미지와 필요에 의해서요. 나는 그 집에서 혼자 공주처럼 먹고, 입고, 배우며 자랐어요. 친구 하나 없이. 아, 당신이 가장 궁금해할 고등학교 땐 친구가 딱 한 명 있었는데 그마저도 잃지 않으려고 갖은 애를 쓰면서 살았어요. 그래서 난 항상 불안에 떨었고 까칠했어요. 그 사람도 그랬어요? 나처럼 어두웠어요?"

기태는 좀 전보다 깊어진 눈빛으로 그녀를 응시할 뿐, 아무 말도 하지 않았다. 그녀도 한동안 말없이 그 눈을 바로 쳐다보았다.

저 검은 눈동자. 어딘지 모르게 마음이 가던, 슬퍼 보이던 저 검은 눈동자. 저 검은 눈동자가 보고 있는 사람이, 나인 줄 알았다. 저 검은 눈동자를 흔들게 하는 사람이, 나인 줄 알았다.

"도대체 얼마나 더, 내 진심을 짓밟을 거죠?"

그의 검은 눈동자가 다시 흔들렸다. 부디 이번에는 순전히 그녀로 인한 것이기를 바라며, 그녀는 천천히 뒤를 돌았다.

"……이었어."

그때, 그의 낮은 목소리가 들렸다. 하지만 너무 작아서 제대로 듣지 못했다. 은하가 그를 돌아보려던 찰나, 대문이 열리는 소리가 들렸다.

"나도……."

그는 한 번 더 말했지만, 문이 열리는 소리와 겹쳐 잘 들리지 않았다.

느리고 일정한 걸음걸이. 반듯하고 차가운 구두 소리. 그 소리가 어느새 그녀의 옆에서 멈추었다.

"내가 데려다줄게."

"……."

"가요, 은하 씨."

그는 은하의 손을 잡고 자신의 차로 이끌었다. 은하는 그의 손을 놓지 못하고 차에 올랐다. 기우가 운전석에 올라타고 차 문이 닫혔다. 시동이 켜졌다. 은하는 창밖을 내다보았지만 짙은 어둠 때문에 그의 얼굴이 잘 보이지 않았다. 잠시 후 헤드라이트가 켜졌고, 그의 모습이 불빛을 받아 잠시 빛나 보였다. 그의 검은 눈동자도 별이 박힌 것처럼 순간 반짝, 하고 빛나는 것 같았다.

그 모습이 멀어졌다. 점점 멀어졌다. 백미러 속에 담긴 그는 혼자였다. 그토록 싫어하는 어둠 속에 홀로 서 있었다. 그러나 그는 움직이지 않았다. 그 자리에 꿋꿋이 서서 그녀가 길을 벗어날 때까지 바라보고 있었다.

'……이었어.'

은하는 백미러에서 그가 완전히 사라지고 난 뒤에야 문득 그가 했던 말을 기억해 냈다.

'……나도, 진심이었어.'

13.

침묵 속에 운전만 하던 기우가 갑자기 도로변에 차를 세웠다. 은하가 의아한 얼굴로 그를 보았다.

"잠깐만요."

기우가 차에서 내렸다. 가만히 그의 뒷모습을 좇던 은하는 그제야 그가 차를 세운 곳이 약국 앞이라는 것을 알게 되었다.

잠시 후, 기우가 약봉지를 들고 차에 올랐다. 은하는 어느새 피가 굳어 있는 자신의 손가락을 바라보았다.

"손 이리 줘 봐요."

"괜찮은데……."

"내가 안 괜찮아요."

기우가 은하의 손을 부드럽게 잡아당겼다. 그녀는 더 이상 거부하지 않고 그에게 손을 맡겼다. 그는 물티슈를 꺼내 그녀의 손가락에 굳어 있는 피를 꼼꼼히 닦아 주었다.

"어머니랑 무슨 일 있었어요?"

그는 조심스러운 손길로 연고를 발라 주며 물었다. 은하는 선뜻 대답하지 못했다.

"어머니가 혹시 안 좋은 말씀이라도……."

"아니에요. 그런 건."

그는 은하의 눈을 쳐다보았다. 은하는 시선을 돌리며 흔들리는 눈빛으로 말했다.

"아까 대문 앞에서 한 얘기…… 다 들었죠?"

은하는 기우가 대문 뒤에서 꽤 오래 서 있었던 것을 알았다. 그녀가 기태와 얘기를 시작할 즈음 현관문이 열리는 소리를 들었었기 때문이다.

"미안해요. 일부러 들으려던 건 아니었는데……."

"괜찮아요."

끈적거리면서도 포근한 안정감이 그녀의 엄지를 감쌌다. 밴드까지 다 붙인 뒤에야 기우는 그녀의 손을 놓아주었다.

"저랑 많이 닮았고, 같은 고등학교를 나왔다고 들었어요."

"……."

"기태 씨의 그 여자."

다시 핸들을 잡은 기우가 그녀를 보았다. 은하는 그의 눈동자를 빤히 들여다보며 물었다.

"혹시…… 누군지 알 수 있을까요?"

그러자 기우는 희미하게 웃으며 시선을 앞으로 돌렸다. 차가 다시 움직이기 시작했다.

"글쎄요. 전 그 친구를 한 번밖에 본 적이 없고, 너무 오래전 일이라서…… 이름은커녕 얼굴도 잘 기억이 안 나네요."

"……그렇군요."

"알아봐 드릴까요?"

"아니요. 괜찮아요."

왜였을까. 그 여자가 누군지 그토록 궁금했으면서도, 알아봐 줄까 묻는 기우의 한마디에 심장이 철렁 내려앉았다. 어둠을 닮은 두려움이 몰려와, 내려앉은 심장을 흑색으로 물들이는 것 같았다.

"그런데……."

멍하니 앞을 보고 있던 은하는 그의 목소리에 고개를 돌렸다.

"많이 아팠겠어요."

"……."

"은하 씨."

기우는 더 이상 말하지 않았기 때문에 은하는 그가 무엇을 말하는지 몰랐다. 다친 손가락을 말하는 것인지, 기태에게 받은 상처를 말하는 것인지, 아니면 지나온 삶에 대해 말하는 것인지.

하지만 그 어느 것을 말하는 것이든 상관은 없었다. 그 한마디에, 까맣게 물들어 가던 심장이 다시 붉은색을 되찾는 것 같았기 때문이다.

"은하 씨, 또 아파? 얼굴이 안 좋네."

"아니에요. 잠을 좀 못 자서."

은하는 인영을 보며 힘없이 웃어 보이고 자리에 앉았다.

기태와 그 여자에 대한 생각으로 뒤척이다가 어젯밤도 어김없이 가위에 눌렸다. 차라리 가위만 눌렸으면 나았을 것을, 지난번과 비슷한 악몽도 함께 찾아왔다.

까마득한 밤. 허름한 동네. 좁은 골목길. 은하는 뛰고 있었다. 어디선가 다른 발소리가 들렸다. 타인의 발소리가 은하의 발소리에 맞춰 빨라지기 시작했다. 그리고 가까워지기 시작했다. 발소리는 점점 더 가까이, 점점 더 크게 들렸다.

은하는 발소리로부터, 골목으로부터 도망치기 위해 필사적으로 달렸다. 그럼에도 발소리는 은하의 귓가에 가까이 와 닿았다. 은하가 눈을 질끈 감고 젖 먹던 힘까지 내어 발을 내디딘 바로 그 순간이었다. 한 여자의 외마디 비명이 들렸고, 은하는 눈을 번뜩 떴다.

은하의 바로 앞에 한 여자의 시체가 보였다. 그 여자의 손목에서 무언가 별처럼 반짝 빛났다. 팔찌였다. 은색의 팔찌. 은하는 그 팔찌를 자세히 들여다보았다. 팔찌에는 짧은 글자가 적혀 있었다.

……JM

그때였다. 여자의 손가락이 움직였다. 여자의 몸이 움찔하는 것이 보였다. 은하는 깜짝 놀라 뒤로 물러섰다. 여자가 은하 쪽으로 고개를 돌리던 순간, 은하는 짧은 비명 소리와 함께 잠에서 깼다.

그때를 생각하니 다시 머리가 아파 오는 것 같았다. 은하는 집에서 챙겨 온 유자차를 마시며 숨을 골랐다.

"참, 오늘 밤에 눈 온다는 거 들으셨어요?"

문주가 들뜬 목소리로 말했다.

"정말? 그럼 화이트 크리스마스 되는 거야?"

"그건 모르죠. 내일은 안 올 수도 있으니까."

"내일까지 이어져야 될 텐데…… 고 선생님은 내일 뭐 하세요?"

기현이 은하를 보며 물었다. 은하는 차를 한 모금 마시며 글쎄요, 하고 웃었다. 크리스마스, 라. 은하는 내일이 크리스마스라는 사실도 잊고 있었다. 오늘이 크리스마스이브라는 것도.

"은하 씨는 오늘도 방문 가는 거야?"

"……네."

"안됐다. 오늘 같은 날."

"괜찮아요. 이브라고 특별히 보내 본 적도 없는데요."

"그야 은하 씨나 그렇지. 그쪽은 다를걸? 아무렴 잘나가는 재벌가 아들인데 데이트 약속이 없겠어? 그쪽에서 먼저 취소하자고 연락 올지도 몰라."

은하는 인영의 얄궂은 말투에 왠지 모르게 기분이 상했지만 애써 미소를 지었다.

"그럼 좋겠네요."

은하는 자연스럽게 대화에서 빠진 뒤 일에 집중하려고 애썼다. 그런데 자꾸만 다른 생각들이 머릿속을 비집고 들어와 집중하기가 힘들었다.

인영의 말이 맞았다. 크리스마스를 특별하게 여기지 않는 것은 은하뿐이었다. 인영을 비롯한 다른 연구원들은 아직도 크리스마스에 대해 이야기하고 있었다. 예수의 탄신일이라는 것을 넘어 이제는 사랑하는 사람들의 날이 된 크리스마스. 밤 아홉 시부터 열두 시까지면, 이브는 물론 크리스마스도 함께하는 것이었다. 기태는 과연 이런 중요한 날을, 상담이나 하면서 보내고 싶을까. 그것도 어제 일로 더욱 불편해져 버린 사람과.

은하는 꼬리에 꼬리를 물고 뻗어 가는 생각을 접기 위해 머리를 흔들었다.

'함께하고 싶지 않다면 먼저 연락이 오겠지.'

하지만 아무리 가볍게 생각하려 해도 마음은 점점 무거워져만 갔다.

그날 밤, 여덟 시가 넘을 때까지 기태에게서는 연락이 없었다. 혹시라도 그에게서 부정적인 내용의 연락이 올까 봐 그전에 먼저 선수를 칠까 생각도 해 봤지만 차마 연락을 할 수가 없었다. 확실히 아직 그에게 서운하고 불편한 마음이 있기는 했지만, 어젯밤 그가 했던 말이 연신 귀에 맴돌았던 것이다.

'……나도 진심이었어.'

집을 나오자 언제나처럼 익숙한 차가 그녀를 기다리고 있었다. 은하는 가드에게 짧게 인사를 하고 차에 올랐다.

깊은 밤, 도시는 아름다웠다. 오늘만큼은 별도 하늘의 소유가 아니었다. 곳곳에 크리스마스를 알리는 트리와 불빛들이 보였다. 어떤 건물에서는 별이 폭포수처럼 쏟아져 내리고 있었다. 해가 뜨면 가장 삭막한 곳이, 해가 지면 눈부시게 빛나는 곳이 되었다. 은하는 그 아이러니한 아름다움을 멍하니 바라보다가 문득 무언가를 깨닫고 정신을 차렸다.

"저, 이쪽 방향이 아닌 것 같은데요?"

"손기태 이사님께서 오늘은 별장으로 모셔 오라고 하셨습니다."

"네?"

은하는 허탈한 웃음을 잠시 흘릴 뿐 아무 말도 할 수가 없었다.

별장에서의 일은 그리 좋은 기억이 아니었다. 어찌 보면 지금 그들의 관계가 어긋나 버린 가장 결정적인 계기이기도 했다. 어제 그가 진심이었다는 말을 뱉긴 했지만, 그것이 정확히 무엇을 의미하는지는 불명확했다.

그는 무슨 생각으로 그녀를 별장으로 부른 것일까. 아직 그날의 입맞춤에 대한, 어제 알게 된 사실에 대한, 그 어떤 공식적인 변명도 듣지 못했는데, 부른다고 순순히 별장에 가도 되는 것일까. 갑자기 온갖 생각들이 밀려들면서 머리가 복잡해졌다. 그런데 그 순간, 한 가지 떠오르는 것이 있었다.

'……뭐 하는 거야.'

침대 옆 서랍장에 있던 액자. 제 기능을 하지 못하고 엎어져 있던 액자. 그녀가 손을 뻗자, 그가 보지 못하게 했던 액자. 왠지, 그녀와 닮았다는 그 아이의 얼굴이 있을 것만 같은 액자.

가슴이 떨렸다. 그 액자 속에 담긴 사진이 무엇인지 보고 싶으면서도, 보고 싶지 않은 마음이 들었다. 혹시나, 정말 만에 하나, 사진 속의 사람이 그녀가 아는 사람이면 어쩌나 하는 두려움이 들었다.

하지만 그녀는 결국 방향을 돌려 달라고 말하지 못했다.

별장에 도착했을 때, 은하는 마음을 굳게 먹고 차에서 내렸다. 어떻게 알았는지, 그는 정원에서 그녀를 기다리고 있었다. 그녀는 차분한 걸음으로 그에게 다가갔다.

"왔어?"

그녀가 말을 꺼내기 전에 그가 먼저 물었다. 그답지 않게 부드러운 목소리였다.

"왜 또 여기예요?"

"……일단 들어가. 추워."

은하는 한 발 앞서 가는 그의 뒷모습을 보았다. 귀는 물론 손까지 벌겋게 얼어 있었다. 은하는 그 손에서 시선을 떼지 못한 채 별장 안으로 들어갔다.

"먼저 올라가 있어."

"왜요?"

"잠깐 몸 좀 녹이고 올라갈게."

그는 거실에 있는 벽난로 쪽으로 다가가며 말했다. 그 모습이 어쩐지 뻣뻣하고 어설프게 느껴졌다. 바깥에 얼마나 오래 있었던 건지 몸이 얼어 버린 모양이었다. 은하는 같이 있자고 말을 하려다가 관두고 계단 쪽으로 몸을 틀었다.

그녀는 오늘부터는 그를 순전히 내담자로만 대할 것이라고 마음을 먹었었다. 사실 그것이 상담 시의 원칙이기도 했다. 내담자와 치료사 간에 인간적인 신뢰감은 반드시 형성되어야 하지만 그 이상의 이성적인 감정은 불필요했다. 아니, 있어서는 안 됐다.

"알았어요."

은하는 다소 차가운 말투로 대답한 뒤 계단을 걸어 올라갔다. 계단을 한 칸씩 오를 때마다 묘한 떨림이 일었다. 그의 방, 그의 서랍장, 그의 액자가 떠오른 것이었다.

2층에 올라선 은하는 깊게 심호흡을 한 뒤 방 문고리를 잡았다. 문고리를 잡은 손이 미세하게 떨리는 것이 느껴졌다. 은하는 다시금 마음을 다잡고 문고리를 힘주어 쥐었다. 그리고 하나, 둘, 셋. 눈을 질끈 감았다 뜨며 문을 열었다.

그런데 은하는 문을 열고도 한 발 내디뎌 방 안으로 들어서지 못했다. 그럴 생각조차 하지 못했다.

어둡지만 푸르스름한 새벽 같은 조명이 방 안에 아름답게 퍼져 있었다. 한쪽 벽면을 가득 채운 창문에는 하얗게 반짝이는 별들이 빼곡하게 박혀 있었다. 그 별들이 바깥의 야경을 더욱 눈부시게 만들었다. 그 별들은 서로 손에 손을 잡고 이어져 창가 오른쪽에 서 있는 커다란 트리까지 휘감고 있었다.

방 가운데 자리하고 있는 테이블 위에는 고급스러운 치즈 케이크와 샐러드, 와인이 놓여 있었고 접시와 포크까지 정갈하게 세팅되어 있었다.

잠시 후 어디선가 음악 소리가 들리기 시작했다. 별들이 서로 부딪치며 소리를 내는 것처럼 청아하고 깨끗한 오르골 소리였다. 자세히 들어 보니 그 오르골 소리가 만들어 내는 음악은 캐롤이었다. 크리스마스 캐롤.

은하는 넋이 나간 얼굴로 멍하니 앞을 보았다. 지금 자신이 보고 있는 것이 무엇인지 알 수가 없어서 당황스러웠다.

바로 그때, 은하의 뒤로 누군가의 인기척이 느껴졌다. 방 안의 모습에 넋이 빼앗겨 그가 올라오는 소리도 듣지 못한 모양이었다. 그녀가 뒤를 돌아보려 한 순간, 그의 팔이 그녀를 껴안듯이 둘렀다. 따뜻한 온기, 달콤한 향기가 그녀의 몸을 휘감았다. 하지만 그것도 잠시, 그의 손은 금세 그녀의 목 뒤로 빠졌다. 허전하던 목 위로 차갑고 낯선 금속이 닿는 느낌이 들었다.

별이 박힌 창문 위로 그녀의 모습이 비쳤다. 그녀의 목에도 어느새 별이 앉아 빛나고 있었다. 창밖으로 하얀 눈이 하나, 둘, 먼지처럼 흩날리다가 점점 더 많이, 부드럽게 쏟아지기 시작했다.

귀를 간질이는 오르골 소리와 방 안을 가득 채우고 있는 별들. 숲 속에 내리고 있는 하얀 눈. 푸르스름한 새벽빛. 모든 것이 꿈처럼 느껴졌다.

"……미안해."

은하는 그가 걸어 준 목걸이를 내려다보았다. 아주 작지만 둥근 행성 모양의 목걸이였다.

"너는 너야. 잊지 않아. 않을 거야."

"……."

"사과의 의미로 준비한 거니까 부담 갖지 마."

은하는 천천히 고개를 돌려 그를 보았다. 은하와 눈이 마주치자 그가 부드럽게 입꼬리를 올려 웃었다. 그가 웃어 주었다. 가식적인 미소도, 형식적인 미소도, 비웃는 미소도 아닌, 그저 다정한 미소로, 진심 어린 미소로 그녀를 보며 웃어 주었다. 그 웃음이 너무 아름다워서 그녀는 순간 정말 꿈속에 있는 것 같은 착각이 들었다.

"메리 크리스마스, 고은하."

메리 크리스마스라는 말. 좋은 집에 입양이 되고 공주처럼 자랐으면서도 한 번도 들어 보지 못했던 말이었다. 산타 할아버지를 보는 게 꿈이었던 어린 소녀에게, 작은 양말 하나 받아 보는 게 소원이었던 어린 소녀에게 어머니는 메리 크리스마스라는 말 대신 이렇게 말했었다.

'산타 같은 건 없단다. 그런 건 다 어른들이 만들어 낸 속임수야. 어리광 그만 부리고 얼른 들어가서 공부하렴.'

은하에게 크리스마스는 눈이 내리고 캐롤이 흐르는 축제의 날이 아니라, 어두운 밤이었다. 혼자 인형을 껴안고 울어야 하는 어두운 밤. 그 어느 때보다 외로운 날.

"……메리 크리스마스."

은하의 입가에도 마침내 별빛을 닮은 하얀 미소가 걸렸다.

그가 준비한 케이크와 샐러드를 먹으며 간단한 담소를 나누었다. 은하는 상담을 위해서 와인은 한 모금 이상 마시지 않았다. 하지만 이야기가 점점 깊어지면서 상담에 가까워지자 기태는 와인 한 잔을 다 마시고 또 따르고 있었다.

"그만 마셔요."

은하가 말리려 하자 기태가 그녀의 손을 잡았다. 그러다 얼핏 웃으며 손을 놓아주었다.

"……미안."

"그것만 마셔요."

기태는 고개를 끄덕이며 웃었다.

이런저런 얘기가 오고 간 뒤 은하는 조심스럽게 지난 폭행사건에 대해 말을 꺼냈다. 처음엔 단순히 치료 때문에 그 사건이 궁금했다면 지금은 아니었다. 그를 알면 알수록, 그를 더 많이 알기 위해 사건의 진상이 궁금해졌다. 은하가 아는 그는 그렇게 막무가내로 모르는 사람에게 해를 가할 사람이 아니었다. 그것도 단순히 시선이 불순했다는 납득하기 힘든 이유로.

"말하기 힘들면 괜찮아요."

은하는 사건의 진짜 이유를 물었지만 기태는 선뜻 대답하지 못하고 와인만 마셨다.

"안 되겠어요. 너무 많이 마시면……."

은하가 잔을 빼앗으려 하자 기태가 다시 잡았다. 그의 손이 그녀의 손 위에 겹쳐졌다. 은하는 머뭇거리다 손을 빼냈다. 기태가 그런 그녀를 보며 슬픈 듯 미소 지었다.

"……생각이 났어."

답을 들을 수 있을 거라는 기대를 접은 순간, 그의 목소리가 다시 들렸다.

"여자를 따라가는 남자를 봤을 때, 그 애 생각이 나서…… 착각을 한 거야."

그 애라는 말에 은하의 몸이 잠시 굳었다. 그의 아픔을 치료하기 위해서도 그 근본 원인을 찾아야 했다. 때문에 그녀는 앞으로도 계속 그 여자에 대한 이야기를 들어야만 했다. 익숙해져야 했다. 막연한 두려움 따위는 떨쳐 내야 했다.

은하는 잠시 침대 옆 서랍장을 보았다. 액자는 없었다. 그가 치워 둔 것 같았다. 그 액자만 볼 수 있다면, 그 액자 속에 있는 사람이 그녀가 아는 사람만 아니면, 그럼 모든 게 한결 나아질 것 같았다. 이런 불안한 마음 없이 그를 정성껏 치료해 줄 수 있을 것 같았다.

"착각이라는 게 어떤 건지…… 말해 줄 수 있어요?"

"내가, 내가 아닌 것 같을 때가 있어. 남도 남이 아닌 것 같을 때가. 그때가 되면 가끔 나도 모르게 이성을 잃어버려."

은하는 잠시 그의 말을 되새겨 보다가 긴장한 얼굴로 물었다.

"……그게 언제인가요?"

그가 와인을 마시려다 말고 은하를 보았다. 가만히 보았다. 은하는 갑자기 다가온 그의 눈빛이 당황스러웠지만 피하지 않고 마주 보았다. 그리고 보았다. 그의 눈시울이, 조금씩 붉어지는 것을.

"……기태 씨."

"……밤 11시."

"……."

"지금."

시간이 멈춘 것 같았다. 청아하던 오르골 소리도, 반짝이던 전구들도, 춤추듯 내리던 눈도, 모두 멈추어 버린 듯 머릿속이 새하얘졌다. 아무것도 들리지도 보이지도 않는데, 단 하나 그의 눈만 또렷이 보였다. 눈물이 차올라 떨어질 것처럼 위태롭던 그의 눈.

"그 애가 떠나던 이 시간에, 나는 아무것도 하지 못했어."

"……."

"……아무것도."

그가 문득 고개를 숙이고 자리에서 일어섰다. 그리고 뒤를 돌았다. 은하는 알았다. 그는, 그녀의 앞에서 눈물을 보이고 싶어 하지 않는다는 것을.

"……아니에요."

은하는 돌아선 그의 쓸쓸한 뒷모습에 대고 말했다.

"기태 씨는 아무것도 하지 못한 게 아니에요."

"……."

"사랑, 했잖아요."

"……."

"그분이 떠나던 순간까지. 떠난 지금까지도, 이 세상 누구보다 사랑해 주고 있잖아요."

그 여자가 어떻게 떠났는지 알지 못하지만, 은하는 새삼 그 여자가 부럽다는 생각이 들었다.

"운명을 미리 알고 막을 수 있는 사람은 아무도 없어요. 기태 씨 잘못이 아니에요."

"……."

"그분은 오히려 기태 씨한테 고마워하고 있을지도 몰라요."

"……."

"사랑해 줘서 고맙다고, 아직까지 잊지 않아 줘서 고맙다고……."

기태는 더 이상 듣지 못하고 한 발 움직였다. 그는 최대한 아닌 척하려 애썼지만, 은하는 그가 지금 울고 있다는 것을 알았다.

"……잠깐."

그는 힘겹게 걸음을 떼어 방을 나갔다. 잠시 마음을 추스를 시간이 필요한 것 같았다.

왠지 가슴 한구석이 텅 비어 버리는 느낌이 들었다. 아파하는 그의 모습이 그녀를 그렇게 만들었다. 얼마나 사랑했으면 저렇게 아플 수 있을까. 무슨 일이 있었기에 저렇게 아픈 걸까. 그의 아픔을 짐작만 해도 가슴이 시렸다.

은하는 덩달아 촉촉이 젖은 눈으로 방문을 바라보다가 고개를 돌렸다.

그런데 무심코 고개를 돌린 곳에 서랍장이 있는 것이 보였다.

'그 애 생각이 나서…… 착각을 한 거야.'

서랍장. 그가 아픔을 접어서 넣어 두었을지도 모르는 곳. 그녀의 사진이 있을지도 모르는 곳.

가슴이 두근거렸다. 점점 더 세게, 더 빠르게 두근거리기 시작했다. 은하는 잠시 망설이다가 결국 자리에서 일어섰다. 그리고 천천히 서랍장을 향해 다가갔다. 이러면 안 된다는 생각과 동시에 봐야만 한다는 생각이 교차하면서 머리가 아파 왔다. 두려움을 떨쳐 내고 싶은 작은 희망이, 마침내 불안한 마음을 억누르고 그녀의 몸을 움직였다.

그녀는 조심스럽게 첫 번째 서랍을 열어 보았다. 아무것도 없었다. 다시 마음을 가다듬고 두 번째 서랍을 열어 보았다. 종이와 펜 몇 가지를 제외하곤 역시 아무것도 없었다. 마지막 서랍을 앞두고, 심장이 처음보다 더 빠르게 뛰기 시작했다.

'아닐 거야…… 아닐 거야…….'

그 생각으로 눈을 질끈 감고 마지막 서랍장을 열었다. 눈꺼풀이 차마 들리지 않았다. 파르르 떨리는 속눈썹이 느껴졌다. 그와 동시에 손이 심하게 떨려서 서랍장이 흔들리는 소리까지 들렸다.

은하는 서랍장에서 손을 떼고 숨을 가다듬었다. 기태가 오기 전에 보아야 했다. 마지막 서랍이라고 반드시 액자가 있으리란 보장도 없었다. 그래, 마음을 편하게 가져. 괜찮아. 괜찮아. 은하는 평소처럼 스스로에게 자기최면을 걸며 천천히, 아주 천천히 눈꺼풀을 들어 올렸다.

그리고 바로 다음 순간이었다. 한곳에 꽂힌 은하의 눈동자가 완전히 얼어버린 듯 움직이지 못했다. 시선은 그곳에 둔 채, 은하는 저도 모르게 한 발, 두 발 천천히 뒷걸음질 쳤다. 머릿속에 벼락이 내리친 것처럼 따가운 진통이 몰려왔다. 심장이 바닥까지 내려앉아 검게 타들어 가고 있었다.

뜨거웠다. 가슴이 너무 뜨거워서 숨을 쉴 수가 없었다.

'거짓말. 거짓말…….'

그 순간 든 생각이라곤 그것뿐이었다.

……JM

그의 마지막 서랍엔 녹슨 은색 팔찌 하나와 액자가 들어 있었다. 그 팔찌는 오늘 아침 그녀를 괴롭혔던 악몽 속에서 보았던 그 팔찌였고, 팔찌에는 'GT♥JM' 이라는 글자가 박혀 있었다. 그리고 그녀가 그토록 궁금해하던 액자는, 그 액자에 담긴 여자는, 그녀가 맞았다.

임주미.

그녀를 11년이 넘게 따라다니며 괴롭히던…… 그녀가 맞았다.

14.

하얀 눈이 가득 쌓인 공원을 배경으로 환하게 웃고 있는 여자. 은하는 사진 속 그 여자를 빤히 들여다보았다. 하필이면 그 모습은 은하의 마지막 기억 속의 그녀와 같았다. 긴 생머리에 베이지색 더플코트. 검은 스타킹과 굽이 낮은 구두.

11년 전 그녀의 모습이자, 은하의 모습이었다.

"주미야!"

한 여학생이 복도를 걸어가던 은하에게 달려와 어깨를 툭 치며 그 이름을 불렀다. 은하는 무덤덤한 표정으로 학생을 보았다. 학생은 그제야 놀란 얼굴로 손을 떼어 내며 말했다.

"앗, 미안. 아니구나."

은하는 익숙한 듯 고개를 돌리고 가던 길을 마저 걸었다.

임주미. 졸업을 앞둔 3학년이 될 때까지 은하는 그녀의 이름을 귀가 닮도록 들었다. 지금처럼 복도를 지나가다가 듣기도 하고 수업 시간에 선생님에게 듣기도 하고 주변 사람들에게 듣기도 했다. 하지만 그녀와 같은 반이 된 적은 없었다.

처음 그녀를 본 것은 1학년 1학기 어느 점심시간이었다. 어느 날처럼 제 자리에서 홀로 밥을 먹으려는데 그날 짝이 되었던 세연이 친구들에게 가다 말고 멈춰 서서 말했다.

"은하야, 밥 같이 먹을래?"

은하가 멀뚱히 쳐다만 보자 세연이 픽 웃더니 친구 두 명을 데리고 은하의 주위로 왔다. 아주 얼결에 은하는 처음으로 친구들과 함께 밥을 먹게 되었다. 다른 두 명은 은하를 어색해하는 듯했지만, 당차고 활발한 성격의 세연은 재밌는 이야기로 분위기를 띄우며 은하가 자연스럽게 섞일 수 있도록 도와주었다.

"세연아!"

그때 누군가 세연을 부르는 소리가 들렸다. 은하는 세연을 따라 고개를 들어 보았다. 뒷문에 처음 보는, 하지만 왠지 익숙한 이미지의 여자가 서 있었다. 은하는 뭔가에 끌리듯 그녀를 뚫어져라 쳐다보았고 그쪽에서도 은하를 한 번 보더니 좀처럼 시선을 떼지 않았다.

"아, 쟤야. 임주미. 너랑 닮았다는 애."

세연은 그렇게 말하곤 사물함에서 체육복을 꺼내 주미에게 건네주었다. 주미는 고맙다며 세연을 향해 환하게 웃어 보였다. 은하는 밝은 얼굴로 인사를 하며 사라지는 주미를 계속 바라보았다.

"저 애랑 친해?"

"응. 중학교 같이 나왔어. 같은 동네 살구. 그래서 첨에 너 봤을 때 얼마나 놀랐는지 몰라."

닮았다. 모두가 그렇게 말했지만 은하는 그렇게 생각하지 않았다.

달랐다. 그녀는 자신과 너무도 달랐다. 차림새나 체형, 이미지가 비슷하긴 했지만 쌍꺼풀진 크고 선한 눈을 제외하고는 생김새도 그리 닮은 곳이 없었다. 그리고 무엇보다, 분위기가 달랐다. 어딘가 차분하고 여성스러운 분위기는 묘하게 닮은 듯도 했지만, 그녀에게서는 따뜻함이 느껴졌다. 밝고 화사한 햇살 같은 기운이 느껴졌다. 은하에게는 절대 없던 것.

은하는 그 후로도 주미를 몇 번 보기는 했지만 오다가다 마주치는 정도였다. 두 사람은 서로의 얼굴과 이름을 자연스레 알게 되었지만 그 이상 가까워지지는 않았다. 말도 한 번 섞어 보지 않았다.

그렇게 시간이 지나고 3학년이 되었다. 수능이 끝나고 겨울방학만 앞두고 있던 11월의 마지막 날, 은하는 다시 그녀를 보았다.

"야, 임주미!"

은하에게 실수를 했던 여학생의 목소리가 들렸다. 은하는 무심코 살짝 뒤를 돌아보았다. 학생은 주미의 팔짱을 끼고 투덜거리고 있었고 주미는 온화한 미소를 띤 채 그녀의 얘기를 받아 주고 있었다.

"진짜 넌 줄 알았다니까."

그해 겨울도 지난해와 다름없이 더플코트가 유행이었다. 주미는 베이지색 더플코트에 고동색 가죽 가방을 메고 검은 스타킹과 검은 구두를 신고 있었다. 가슴까지 오는 긴 생머리가 부드럽게 찰랑거렸다.

은하는 문득 자신을 내려다보았다. 가슴까지 오는 긴 생머리. 베이지색 더플코트. 검은 스타킹과 검은 구두. 겨울에 들어서 주미와 닮았다는 얘기를 더욱 많이 듣는 이유를 알 것도 같았다. 대부분의 여고생들이 차림새가 비슷해졌고 은하와 주미도 예외는 아니었다.

'왜 하필 베이지색이야.'

은하는 주미의 뒷모습을 바라보다 고개를 돌렸다. 앞모습도 헷갈리는데 뒷모습은 더 말할 것도 없었다. 마치 거울 속 자신을 보는 듯한 착각이 들 만큼, 인정하긴 싫지만 비슷했다. 은하는 그런 주미를 볼 때마다 기분이 좋지는 않았다.

"오늘도 끝나고 데이트야?"

"2주년이니까."

"정말? 벌써 그렇게 됐어?"

사람들이 헷갈려 할 만큼 외형이 닮았지만, 그녀는 언제나 밝았다. 언제나 따뜻했고 여유가 넘쳐 보였다. 그녀는 언제나, 행복해 보였다.

은하는 걸음을 재촉했다. 점점 더 빠르게 걸었다. 그녀의 목소리가 작아지도록. 얼른 더 멀어져서 다른 사람들의 목소리에 묻혀 버리도록. 더는 들리지 않도록.

"세연아, 오늘 너희 집 가서 놀면 안 돼?"

"어? 갑자기 왜?"

"그러자! 할머니 고모네 가셨다며. 너 혼자일 거 아냐."

"그렇긴 한데……."

종례를 마치고 하교 준비를 하고 있던 은하는 옆 분단에서 들리는 이야기에 귀를 기울였다. 은하는 운 좋게 3년 연속 세연과 같은 반이 되었고 그만큼 세연과 많이 가까워졌지만 한 번도 세연의 집에 가 본 적은 없었다. 이상하게 세연은 집 얘기만 나오면 방어적이 되었다. 2학년 때 은하가 세연을 집에 데려갔던 이후로 더욱 그런 것 같았다.

세연은 어릴 때 부모님이 모두 돌아가시고 할머니와 둘이 살고 있었다. 집안 형편이 그리 넉넉할 것이라 생각은 안 했지만 숨길 정도로 힘든 것인지는 의문이었다.

"간단히 장 봐 가서 떡볶이 같은 거 해 먹자. 응?"

"글쎄, 그게……."

"요즘 연쇄살인이다 뭐다 분위기 엄청 흉흉한 거 알지? 이런 때 혼자 있음 위험해."

"맞아. 나도 집에 전화해 보고 가능하면 너희 집에서 자고 갈게."

"……정말?"

세연이 흔들리는 모습을 보이자 친구들은 더욱 적극적으로 몰아붙였고, 결국 세연의 동의를 얻어 냈다. 은하는 이러지도 저러지도 못하고 그들을 보고 있었다. 그때 세연이 은하에게 다가오더니 조심스럽게 물었다.

"은하야, 애들이랑 오늘 우리 집 갈 건데…… 넌 학원 가야 돼서 안 되지?"

수능이 끝났어도 은하는 영어며 논술이며 가야 할 학원이 많았다. 그리고 세연 외에 다른 친구들과 그리 친하지도 않았다. 하지만 자신도 못 가 본 세연의 집을 다른 친구들이 먼저 가는 것은 싫었다.

"아니. 오늘은 안 가도 돼. 같이 가자. 나도."

은하는 빙긋 웃으며 조용히 휴대폰 전원을 껐다.

장까지 보고 나니 어느새 해는 지고 어둠이 내려앉아 있었다. 세연의 집은 생각보다 더욱 외진 곳에 있었다. 곳곳에 재개발 반대 현수막들이 붙어 있고 정체불명의 쓰레기들이 나뒹굴고 가로등은 켜지지도 않는 낡고 음침한 동네였다. 들쑥날쑥 줄지어 서 있는 빌라와 주택들은 하나같이 낡아서 금방이라도 허물어질 것만 같았다. 털을 바짝 세운 도둑고양이들이 기괴한 울음소리를 내며 눈빛을 번쩍이다 도망가곤 했다.

그런 동네가 처음인 은하는 사실 많이 놀라고 긴장한 상태였지만 티

내지 않으려고 애썼다. 세연이 왜 그토록 집에 데려가길 꺼려했는지 알 것 같았다.

좁고 굽이진 골목을 한참 돌아서야 세연의 집에 도착했다. 버스 정류장에서 내려 족히 15분은 걸어온 것 같았다. 집에 들어서자마자 친구들은 하나같이 숨을 몰아쉬었다. 은하도 힘든 길을 꽤 오래 긴장해서 걷다 보니 겨울인데도 몸에 열이 나는 것 같았다.

"너 매번 여길 혼자 다녔단 말이야?"

"밤엔 조심해. 정말 위험해 보인다."

"난 괜찮아. 익숙해서."

세연은 친구들의 말에 왠지 멋쩍은 듯 장을 본 봉투를 들고 부엌으로 갔다. 은하는 조용히 집을 둘러보며 세연을 따라 나갔다. 작은 방이 두 개 있었고 거실은 따로 없이 좁은 부엌과 화장실이 전부였다.

"같이 하자."

은하가 두 팔을 걷어붙이고 세연 옆에 섰다. 무엇 때문인지 은하의 눈을 잘 마주하지 못하는 세연을 보며 은하는 부러 더 환하게 웃어 보였다.

"뭐부터 할까?"

은하는 친구들과 함께 치즈떡볶이와 군만두, 라면을 해 먹었다. 집에서는 잘 먹기 힘든 음식이라 그런지 더욱 맛있게 느껴졌다. 좁은 공간에 부대껴서 먹고 떠드니 어색했던 친구들과도 더 가까워지는 것 같았다.

저녁을 먹은 뒤에는 다 같이 붙어 앉아 이불을 뒤집어쓰고 공포 영화를 보았다. 평소에 공포나 스릴러 장르는 잘 보지 않던 은하도 그날만큼은 아이들과 어울려 손을 꼭 붙잡고 소리도 지르고 깔깔 웃기도 하며 영화를 즐겼다. 그렇게 놀고 나자 어느새 시간이 훌쩍 지나서 한

밤중이 되어 있었다.

세연은 공포 영화까지 봤으니 절대 혼자 잘 수 없다며 약속을 지키라고 신신당부를 했다. 친구들은 하나둘 집에 전화를 해서 외박 허락을 얻어 냈다. 은하도 오늘은 집에 가고 싶지 않았다. 하지만 부모님에게 전화를 해 봐야, 학원을 빼먹고 휴대폰을 꺼 놓은 것에 대해 호되게 혼이 나면 모를까 친구들과의 외박을 허락받을 것 같진 않았다.

"은하, 너 안 가도 되는 거야?"

"……응, 괜찮아."

은하는 망설이다가 결국 휴대폰을 켜지 않기로 했다. 그렇잖아도 3학년이 된 후로 세연과 더욱 멀어진 기분이 들었는데, 지금 혼자만 집에 가 버린다면 다른 친구들에게 세연을 완전히 뺏겨 버릴 것 같았다. 은하는 그게 너무 두려웠다. 다시 혼자가 되고 싶지 않았다.

밤이 깊어지고 은하는 친구들과 치킨을 시켜서 맥주와 함께 먹었다. 다들 처음으로 맛보는 술에 취해서 정신없이 마셨다. 은하는 마음이 불편해서인지 술까지는 많이 마시지 못했다.

그런데 열한 시가 다 되어 갈 무렵, 세연에게 한 통의 전화가 왔다. 세연은 전화를 받더니 이내 사색이 되어 연신 죄송하다는 말만 반복하다가 은하를 바꾸어 주었다. 설마 했는데, 어머니였다. 어머니는 생전 처음 듣는 단호하고 매서운 말투로 지금 당장 들어오라는 말만 남기고 전화를 끊었다.

은하는 가고 싶지 않았지만 세연이 거의 울먹거리며 돌아가라고 말했다. 하는 수 없었다. 은하는 옷을 챙겨 입고 가방을 멨다.

"내가 버스 정류장까지 바래다줄게."

"아니야. 괜찮아."

"밤이라 무서울 거야. 혼자 위험해."

"너도 혼자 와야 되잖아."

은하는 다른 친구 두 명을 돌아보며 말했다. 친구 한 명은 잠이 들어 버렸고 다른 한 명은 너무 취해서 인사불성 상태였다.

"나 혼자 갈 수 있어. 너도 많이 마셨잖아."

"정말 괜찮겠어?"

"응. 나 길도 잘 외워. 걱정 마."

은하는 싱긋 웃으며 말했다. 맘 같아서는 같이 가고 싶었지만 친구들만큼 많이 취한 세연이 혼자 돌아가는 것도 위험할 것 같았다.

결국 은하는 세연의 배웅을 받으며 홀로 집을 나왔다. 동네가 조금 낯설 뿐이지 평소에 집에 가는 시간보다 이른 시간이었다. 은하는 무서워하지 말자고 스스로 마음을 다독이며 왔던 길을 차분히 되짚어 갔다.

그때 어디선가 사삭, 하고 무언가 빠르게 지나가는 소리가 들렸다. 은하는 흠칫 놀라 뒤를 돌아보았다. 고양이의 기다란 꼬리가 전봇대 뒤로 감추어지는 것이 보였다. 은하는 놀란 가슴을 쓸어내리며 다시 걸었다. 하지만 한 번 긴장한 몸은 쉽게 풀어지지 않았다. 술기운이 더해진 때문인지 길도 아까보다 더 복잡하게 느껴졌다.

휘잉. 허공을 가로지르는 바람 소리가 들렸다. 그 소리가 너무 스산해서 순간 등골에 서늘한 기운이 훅 끼치고 지났다. 은하는 몸을 움츠리고 빠른 걸음으로 길을 걸었다.

골목에는 더 이상 고양이 한 마리도 보이지 않았다. 그리 늦은 시간도 아닌데 대부분의 집들이 불이 꺼져 있었다. 동네는 조용했다. 괴이하게 일그러지는 고양이의 울음소리라도 듣고 싶을 만큼 숨 막히는 고요함이었다.

'요즘 연쇄살인이다 뭐다 분위기 엄청 흉흉한 거 알지? 이런 때 혼

자 있음 위험해.'

'밤엔 조심해. 정말 위험해 보인다.'

'정말 괜찮겠어?'

아무리 떨치려고 해도 그런 생각들이 불쑥불쑥 머리를 치고 들어왔다. 하필 요즘 10대 20대 여자를 상대로 범죄를 저지르고 있는 연쇄살인범이 잡히지 않아서 논란이었다. 아까 봤던 공포 영화도 간간이 떠올랐다. 은하는 밧줄에 꽁꽁 묶인 것처럼 굳은 몸을 움츠리고 더욱 빠르게 걸었다.

그때였다.

뚜벅, 뚜벅, 뚜벅. 어디선가 다른 발소리가 들렸다. 나 말고도 다른 사람이 있다는 생각에 안도감이 든 것도 잠시, 일순 공포심이 배가되어 밀려 올라왔다. 크고 묵직한 그 발소리가 점점 더 빠른 속도로 그녀에게 가까워지고 있었다.

은하는 슬쩍 뒤를 돌아보았다. 남자였다. 키가 크고 덩치가 있는 남자. 남자는 모자와 마스크를 쓰고 있었고 손은 점퍼 주머니에 찔러 넣고 있었다. 그 남자가 태연한 척 빠른 걸음으로 은하를 따라오고 있었다.

은하는 걸음을 더욱 재촉했다. 그러자 남자의 발소리도 더욱 빨라졌다. 혹시나 해서 걸음 속도를 낮추어 보아도 마찬가지였다. 남자는, 은하의 발에 맞추어 걷고 있었다.

심장이 덜컹거리는 소리가 제 귀에 들리는 것 같았다. 날은 추운데 몸에선 열이 나고 식은땀이 흘렀다. 긴장한 탓인지 길까지 헷갈렸다.

'괜찮아. 이 골목만 나가면 큰길이야. 조금만 더 가면 돼. 조금만…….'

가로등 하나 켜지지 않는 짙은 어둠 속에서 집들은 점점 더 흉측한 모양으로 변했다. 곳곳에 뜬금없이 솟아 있는 나무들은 날카로운 손톱을 길게 뻗으며 은하를 향해 다가오는 것 같았다. 공포라는 이름의 커다란 그림자가 은하의 몸을 집어삼킬 듯이 덮치고 있었다. 그럴수록 초점은 더욱 흐려지고 머리가 어지러워졌다. 잘 찾아가던 길이 갑자기 복잡한 미로처럼 막혀 버렸다.

은하는 주머니에서 휴대폰을 꺼냈다. 하필이면 배터리가 5퍼센트도 채 남아 있지 않았다. 은하는 바들바들 떨리는 손으로 세연에게 전화를 걸어 보았다. 하지만 세연은 받지 않았다. 여러 번 해도 마찬가지였다. 그새 잠이 들었거나 술을 마시고 있는 것 같았다. 아무 소용 없겠지만 어머니에게라도 전화를 해 보려고 한 순간, 휴대폰이 꺼졌다.

뚜벅. 뚜벅. 뚜벅.

남자의 발소리가 더욱 크고 빠르게 들렸다. 은하는 옆에 주차되어 있는 차 창문을 흘긋 바라보았다. 남자는 이제 은하와 다섯 보도 차이가 안 날 정도로 가까이 붙어 있었다. 은하는 거의 뛰다시피 빠르게 걷기 시작했다. 남자의 발소리도 똑같은 박자와 속도로 변했다.

'따라오지 마. 제발!'

주먹을 불끈 쥐고 도망치듯 뛰기 시작했을 때였다. 차창으로 남자가 멈칫하는 것이 보였다. 운동화 끈이 풀린 듯했다. 남자가 고민하다가 끈을 묶으려는 듯 허리를 숙였다. 은하는 그 틈을 타서 재빨리 주위를 둘러보았다. 오른쪽으로 아주 좁은 골목길이 두 개 나 있었다. 본래대로라면 직진을 해야 하지만 은하는 방향을 틀어 가까운 골목길로 들어갔다.

남자의 발소리가 다시 들리기 시작했다. 이대로라면 금방 마주칠 것 같았다. 어디로든 숨어야 했다. 은하는 주위를 두리번거리다가 어느 집 대문 앞에 바짝 붙어 섰다. 바로 옆에 전봇대가 있어서 보는 시각에 따라 가려질 수도, 훤히 드러날 수도 있는 상태였다.

저벅. 저벅. 저벅.

남자의 발소리가 은하가 있는 골목으로 가까워지더니 이내 그의 모습이 드러났다. 남자는 길게 찢어진 눈으로 무섭게 주변을 살피며 느리게 걸었다. 아닐 수도 있지만, 은하는 그가 자신을 찾는 것 같은 느낌을 강하게 받았다.

남자가 은하가 있는 쪽으로 걸어왔다. 점점 더 가까이 다가왔다. 이제 피할 길은 없었다. 은하는 눈을 질끈 감고 주먹을 쥐었다. 손에 땀이 얼마나 흘렀는지 미끄러울 정도였다.

'저리 가. 제발. 제발…….'

바로 그 순간이었다. 남자의 발소리가 멈추었다. 예감하건대 바로 앞이나 옆에서 멈춘 것 같았다. 눈을 뜨면 그가 무섭게 웃으며 자신을 보고 있을 것만 같았다. 그런데 그때, 예상치 못했던 누군가의 목소리가 들렸다.

"왜 이렇게 전화를 안 받아."

남자의 발소리가, 하나둘 조금씩 멀어지는 소리가 들렸다. 은하는 파르르 떨리는 눈꺼풀을 조심스럽게 들어 올려 보았다.

"메시지 들으면 연락해 줘."

바로 근처에 남자의 뒷모습이 보였다. 남자가 골목을 나가고 있었다. 그리고 골목 입구를 지나치는 한 여자가 보였다. 은하는 숨을 헉하고 들이켰다.

베이지색 더플코트에 고동색 가죽 가방. 검은 스타킹과 굽이 낮은 검은 구두. 그리고 부드럽게 찰랑거리는 긴 생머리. 그녀가 남자의 발소리를 들었는지 고개를 돌려 골목을 들여다보았다.

순간, 대문 앞에 숨어 있던 은하와 그녀의 눈이 마주쳤다.

임주미. 그녀가 맞았다. 그녀는 잠시 묘한 시선으로 은하를 보더니 다시 고개를 돌리고 앞으로 걸었다. 골목을 나간 남자도 그녀가 간 쪽으로 걸었다.

온몸이 얼음처럼 얼어붙어 버렸다. 은하는 순간 머리가 하얘져서 아무 말도, 행동도 할 수가 없었다. 잠시 후에야 비로소 상황이 인지되면서 그녀가 위험할 수 있다는 생각이 들었다. 은하는 대문에서 떨어져 나와 떨리는 가슴을 움켜쥐고 골목을 빠져나왔다. 하지만 골목에는 아무도 없었다. 은하는 불안한 마음에 연신 뒤를 돌아보며 골목을 살폈다.

그때였다. 쿵. 어디선가 둔탁한 마찰 소리가 들렸다. 아주 짧고 굵은 소리였다. 다른 소리는 없었다. 그 소리와 함께 은하의 심장도 쿵 내려앉았다. 설마. 은하는 여러 골목을 살피며 주미를 찾았지만 그녀도, 남자도 보이지 않았다.

마치 꿈을 꾸는 것 같았다. 아주 무섭고 어두침침한 악몽. 은하는 그 어느 때보다도 깊은 두려움과 외로움을 느끼며 다른 골목으로 들어섰다. 멍하니 허공을 보며 걷던 그녀의 발에 무언가 탁, 하고 걸리는 느낌이 들었다.

은하는 발을 치우고 그 바닥을 내려다보았다. 은빛의 무언가가 반짝, 하고 빛이 났다. 은하는 조심스럽게 그 물건을 집어 들었다. 팔찌였다. 은색의 팔찌. 손수 제작한 듯한 그 팔찌에는 짧은 문구가 적혀 있었다. 은하는 미간을 좁히고 그 문구를 유심히 들여다보았다.

GT♥JM

처음엔 뭔가 했는데, 이윽고 뒤에 있는 'JM'이라는 글자가 눈에 박히듯 들어왔다. 은하는 흠칫 놀라며 팔찌를 손에서 떨어뜨렸다.

'주미야!'

'2주년이니까.'

그녀의 것일 것만 같았다. 아니라고 믿고 싶었지만, 왠지 그녀가 흘린 물건일 것 같았다.

'……아니야. 아닐 거야. 아무 일 없을 거야. 집에 들어간 걸 거야.'

은하는 속으로 수도 없이 읊조리며 걸음을 재촉했다. 토할 것처럼 속이 울렁거리고 머리가 어지러웠다. 얼른 이 미로 같은 골목을 벗어나고 싶은 생각뿐이었다. 무슨 조치를 취하기에는 상황이 너무 애매했다. 휴대폰도 꺼진 상태라 마땅히 할 수 있는 일도 없었다.

은하는 부디 자신이 예민한 탓에 과민반응한 것이길 바라며 도망치듯 골목을 빠져나왔다. 하지만 마침내 큰길로 나오고 버스를 타고 집으로 가는 동안에도, 잠시나마 손에 쥐었던 그 은색 팔찌가 떠올라 마음이 불편했다. 그 팔찌를 그 자리에 버리고 온 것이, 마치 그녀를 버리고 온 것만 같은 기분이 들어서 찝찝했다.

만일 그녀에게 정말 무슨 일이 생긴 것이라면. 그렇다면. 생각만 해도 끔찍했다. 은하는 집에 가자마자 세연에게 전화를 걸었다. 주미에게 연락해서 안부를 확인해 보라고 묻고 싶었다. 하지만 세연은 깊은 잠에 빠진 듯 전화를 받지 않았다. 은하는 초조하고 불안한 마음으로 방 한 구석에 몸을 웅크리고 앉아 밤을 새웠다.

그리고 다음 날, 주미는 학교에 오지 않았다. 전날 집에도 들어오지 않았다고 했다. 며칠 사이에 주미는 실종 신고가 되었고, 형사들이 학교에 들락거렸다. 하지만 은하는 아무것도 할 수가 없었다. 은하는 두려움과 자괴감에 빠져 홀로 점점 더 깊은 어둠 속으로 빠져 들어갔다. 그러면서도 은하는 끝끝내 주미는 무사할 것이라는 실낱같은 희망을 놓지 않았다.

그러나 며칠 뒤, 은하는 세상이 무너지는 듯한 소식을 듣고 말았다.

"……주미, 찾았대."

주미는 하얀 눈이 소복한 인근 야산에서 발견되었다. 얼마 후, 주미를 살해한 남자도 잡혔지만 그는 지적장애를 갖고 있었고 초범이었다는 여러 가지 요소들이 작용하여 징역 십 년이라는 처벌을 받게 되었다.

"은하 너도 위험할 뻔했다. 진짜 소름 끼쳐."

누군가 그렇게 말했다. 은하는 조용히 교실에서 나와 다른 층 화장실에 들어갔다. 그리고 변기 위에 웅크리고 앉아 참았던 울음을 터뜨렸다. 마트 변기 위에 버려져서 홀로 울었던 어느 때처럼. 그녀는 세상에서 완전히 혼자가 되어 버린 기분이었다. 아무도 몰랐지만, 그녀는 알았다. 그리고 하늘도 알았다.

죽어야 했던 사람은, 그녀가 아니라는 것을.

그날 주미가 아니었다면 자신이 그런 끔찍한 일을 당했을 것이란 생각을 하면 친구 말처럼 온몸에 소름이 돋았다. 하지만 그녀가 대신 죽은 것이라는 생각이 들면, 차라리 내가 죽었으면 나았을 것이라는 마음마저 들었다. 그녀를 생각할 때마다 손에 피가 묻어 있는 것만 같아서 손이 떨렸다. 엄밀히 따지면 그녀가 죽인 것은 아니었지만, 자꾸 자신이 죽였다는 생각이 들어서 참을 수가 없었다.

그날 이후 그녀는 더욱더 차갑고 음울한 사람이 되었다. 사람을 만나는 것도, 관계를 맺는 것도 두려웠다. 그녀는 죄책감에 괴로워하다 최면 치료라는 것을 받았다. 그것은 마치 마약처럼 그녀의 고통스런 삶에 짧은 환상과 위안을 심어 주었다. 그녀는 정기적으로 최면 치료를 받았고 겉으로는 점점 더 나은 사람이 되어갔다. 하지만 아무리 많은 문제가 치료되었어도 한 가지 변치 않는 것이 있었다.

악몽.

잊을 만하면 한 번씩 그날의 기억을 되살려 주는 끔찍한 악몽. 은하는 임주미라는 여자의 악몽 속에서 11년을 살았다. 그리고 이제는 무슨 기막힌 운명인지, 당시 그녀를 잃고 망가진 또 한 사람을 치료해야 하는 임무를 맡게 되었다.

손기태, 라는 한 사람을.

뚜벅. 뚜벅. 뚜벅.

그의 발소리가 들렸다. 은하는 서둘러 서랍을 닫고 뒤로 물러났다. 하지만 떨리는 손과 마음은 어찌할 도리가 없었다. 참으려 해도 이 기막힌 운명이 너무 원망스러워 목이 메고 가슴이 메었다. 자꾸만 울컥하고 치밀어 오는 감정이 무엇인지, 그녀는 알 수 없었다.

"왜 서 있어."

어느새 그녀의 앞에 다가와 선 그가 물었다. 은하는 그의 눈을 바로 쳐다보지 못하고 시선을 이리저리 돌렸다. 다시 그때가 생각나서, 그때 그 기분이 떠올라서, 무슨 말을 해야 할지 무슨 행동을 해야 할지 하나도 떠오르지 않았다. 그저 두려웠다. 가슴이 너무 뛰었고 머리가 어지러웠고 속이 울렁거렸다.

도망치고 싶었다. 그 좁고 어두운 골목에, 다시 갇히고 싶지 않았다.

"……고은하."

기태는 얼핏 보기에도 크게 떨고 있는 은하를 보며 놀란 듯 그녀의 이름을 불렀다. 그가 다가오자 은하는 한 발 뒤로 물러섰다.

"왜 이래, 갑자기."

"……오지 마."

"뭐?"

은하는 고통스러운 듯 가슴을 움켜쥐고 계속해서 뒤로 물러났다.

"왜 이래! 어디 아픈 거야?"

기태가 걱정스러운 얼굴로 그녀에게 다가왔다. 공포에 질리기라도 한 듯 더욱 빠르게 물러나던 그녀가 발을 헛디뎌 바닥에 넘어지듯 주저앉았다.

"고은하!"

"오지 마. 오지 말라구!"

그녀가 버럭 소리를 질렀다. 기태가 놀란 얼굴로 그 자리에 굳어 섰다. 은하는 자신의 목에 있던 목걸이를 거칠게 떼어 내 그에게 던졌다. 그와 동시에 눈물이 터졌다. 그에게 보이고 싶지 않아서 고개를 숙였지만, 그런다고 감춰질 수 있는 슬픔이 아니었다. 그 순간 그녀가 느낀 슬픔과 고통의 무게는 너무 커서, 온몸으로 드러나고 있었다.

마치, 그들이 처음 만났던 날, 그가 그녀를 보고 그랬던 것처럼.

"……못 해."

"……뭐?"

"……못 해요, 나."

그녀는 볼을 타고 흐르는 눈물을 거두어 내며, 그렇게 말했다.

"못 한다구요, 당신 치료."

대신 살아난 사람이었다. 아무리 부인해도 그 사실은 변하지 않았다. 그저 닮았다는 이유 하나만으로, 그녀는 그가 사랑했던 사람에게 큰 죄를 지었다. 자신 대신 죽게 한 죄. 그녀는 그렇게 생각했다. 그래서, 그 앞에 설 수가 없었다. 치료라니. 가당치도 않은 말이었다. 감히 그녀가, 그에게 해 줄 수 없는 일이었다. 하늘에서 지켜볼 그녀가 비웃을 것만 같았다.

"……미안해요."

그 말을 마지막으로 은하는 자리에서 일어섰다. 그를 지나쳐 가려는 그녀를, 그가 붙잡았다.

"무슨 말이야, 그게."

"……."

"갑자기 왜 이러는 건데, 대체!"

은하는 끝없이 밀려오는 눈물을 억지로 누르며 그의 손을 떼어 냈다.

"다음에 다시 얘기해요. 미안해요."

"가지 마."

그 순간까지도 고막을 간질이는 오르골 소리. 아름다운 야경과 빛나는 트리. 빼곡한 별들. 메리 크리스마스. 애초에 그녀와 어울리는 것들이 아니었다. 그녀가 가질 수 없는 것들이었다.

"가지 마!"

그녀는 아랑곳 않고 발을 내디뎠다.

"이제야 보이는데!"

그녀의 발이 잠시 멈추었다. 그의 떨리는 목소리가, 그녀를 멈추게 만들었다.

"……이제서야, 네가 보이는데."

왜일까. 그 말을 듣는 순간, 꾸역꾸역 억누르던 눈물이 다시금 볼을 타고 흘러내렸다.

"……가지 마."

"……."

"가지 마, 고은하."

15.

'이제서야, 네가 보이는데.'

은하는 돌아서지도 가지도 못하고 그 자리에 선 채 한참 동안 그 말만 되뇌었다. 그러자 기다리다 못한 그가 그녀를 다시 돌려 세웠다. 그가 그녀를 보고 있었다. 매번 무언가를 찾는 듯한 집요한 눈빛으로 그녀를 보던 그가, 그저 슬프고 아련한 눈빛만으로 그녀를 보고 있었다. 그는 정말 다른 누구도 아닌, 그녀를 보고 있었다.

"내가, 뭘 잘못한 거야?"

그가 나지막한 목소리로 물었다.

"……그런 거 아니에요."

"그럼?"

은하가 대답을 못하고 고개를 떨구자 그가 은하의 얼굴을 부드럽게 잡아서 들어 올리며 시선을 맞추었다. 그리고 잠시 후, 어느 때보다 따뜻한 손길로 은하의 눈가를 어루만져 주었다.

"왜 우는 거야."

은하는 얼른 그의 손을 밀어내며 제 손으로 남은 눈물을 거두었다.

"나 보고 얘기해."

"나중에 얘기해요. 가고 싶어요."

"……꼭 가야 돼?"

너무도 간절히 가지 말라고 그녀를 붙잡았던 좀 전의 그의 모습이 떠올랐다. 하지만 은하는 좀처럼 그의 눈을 마주할 수가 없었다. 그의 눈을 마주할 때마다, 그녀의 눈이 떠올랐다. 어느 집 대문 앞에 숨어 있다가 문득 마주쳤던 그녀의 눈. 무어라 설명할 수 없을 만큼 묘했던 그 시선. 그 눈동자가, 자꾸만 그의 눈동자와 겹쳐 보였다.

"네. 가야 돼요."

그녀의 단호한 말투에, 그의 검은 눈동자가 균형을 잃은 듯 흔들렸다.

"지금은 아무것도 묻지 말고 그냥 보내 줘요. 부탁이에요."

그가 얼마나 당황스러울지 알고 있었다. 하지만 그녀는 어떤 말도 해 줄 수가 없었다.

'이제서야 네가 보이는데.'

차라리 그 말을 듣지 않았더라면, 좀 더 쉬웠을지도 몰랐다. 지독한 원망을 감당하고라도 사실대로 말할 수 있었을지도 몰랐다. 하지만, 이제 막 그녀에게 마음을 열어 준 그에게 차마 그 엄청난 비밀을 털어놓을 수가 없었다.

"난 네가 갑자기 이러는 이유를 알고 싶어."

"……."

"널 이해하고 싶어."

아니, 실은 그 어떤 이유보다 두려움이 더 컸다.

"네가 걱정돼."

너무도 다정하고 따뜻한 목소리. 애틋한 눈빛. 부드러운 손길. 오늘에서야 선물 받은 이 모든 것들을 순식간에 잃게 될까 봐, 그게 두려웠다. 잃고 싶지 않았다. 너무 좋았으니까. 그가 자신을 원망과 분노가 가득한 눈으로 바라보는 것이 싫었다. 그게 너무 두려웠다.

그녀는 아랫입술을 깨물며 힘겹게 말을 뱉었다.

"아파요."

"……."

"지금, 내가 너무 아파요."

기태가 놀라고 걱정스러운 눈빛으로 그녀를 보며 물었다.

"아파? 어디가 어떻게 아픈데?"

그가 한 발 더 다가서려 하자 그녀가 한 발 더 물러났다.

"그만 가게 해 줘요."

"……."

"미안해요."

은하가 그의 눈을 더 바라보지 못하고 돌아섰다. 기태의 손이 그녀를 향해 움찔했다. 하지만 그녀는 빠른 걸음으로 그를 스쳐 갔다. 이제는 익숙해진 그녀의 향기가 멀어졌다. 요즘 들어 그녀는 은은한 향기 대신 차가운 바람을 흘리고 떠나갔다. 그녀의 뒷모습을 보는 순간들이 잦아졌다. 그럴수록 그의 마음속에 왠지 모를 두려움이 조용히 스며들었다. 언젠가 저 뒷모습을 마지막으로 그녀가 완전히 떠나 버릴 것만 같았다.

별장 밖으로 나가자 그녀가 타고 온 차에 헤드라이트가 켜지는 것이 보였다. 운전석에 있던 가드가 기태를 향해 짧게 목례를 하고 차를 움직이기 시작했다. 기태는 은하만 빤히 바라보았지만, 그녀는 그에게 잠시도 시선을 내어 주지 않았다. 그저 멍하니 창밖만 보고 있었다. 느릿하게 움직이던 차가 천천히 속도를 내며 산속으로 사라졌다. 기태는 그 모습을 가만히 지켜보았다.

이상하게, 가슴이 싸하게 아려 왔다. 이제는 익숙해져 버린 그녀의 뒷모습이 미웠다. 다시는 그녀의 뒷모습을 보고 싶지 않았다. 땅 위에 옅게 새겨진 그녀의 발자국이 보였다. 기태는 그 발자국을 따라 한 발 내디뎠다. 그러다 고개를 들어 그녀가 사라진 산속을 바라보았다. 다시는 그녀의 뒷모습도, 그녀가 사라진 빈자리도 보고 싶지 않았다.

하지만, 만약 또다시 보게 된대도 그는 지금처럼 그녀의 발자국을 따라 걸을 것 같았다. 그렇게 따라가면 그녀도 언젠가 한 번은 다시 돌아봐 줄 테니까.

기태는 그녀가 지나간 자리를 조용히 되밟으며 생각했다.

다시는, 누구도, 잃고 싶지 않다고.

평소보다 일찍 출근을 한 은하는 홀로 연구실 창가에 서서 커피 한 잔을 들고 밖을 내다보고 있었다. 눈이 내리고 있었다. 그날 밤부터 내린 눈이 끊이지 않고 이어지고 있는 것이었다. 덕분에 어제는 많은 사람들에게 축제의 날이었다. 십 년 만에 찾아온 화이트 크리스마스였으니까. 그런 특별한 날, 은하는 행복하게 웃고 떠드는 수많은 사람들 속에서 혼자 걸었다. 혼자 밥을 먹었고, 혼자 버스를 탔고, 혼자 바다를 보았다.

은하는 겨울 바다를 좋아했다. 예전에도 마음이 어지럽거나 생각할 것이 많으면 줄곧 혼자 와서 보곤 했다. 사람들이 잘 찾지 않는 겨울 바다는, 어딘지 그녀와 닮아 보였다. 은하가 보기에 바다는, 어딘가 묶여 있는 것처럼 보였다. 밀려오는 파도는 사람들을 향해 내미는 바다의 외로운 손짓처럼 느껴졌다. 하지만 그 손짓은 아주 잠시 다가왔다가 다시 끌려가듯 물러났다. 닿고 싶지만 닿을 수 없는 안타까운 감정이 그 안에 있었다. 그래서 은하는 바다를 보고 있으면 왠지 모르게 위안이 되었다.

하지만 왜인지 어제는 달랐다. 전에는 보이지 않던 것들이 보였다. 다정하게 손을 잡고 거니는 연인들이 보였다. 그들이 서로를 바라보는 애틋한 눈길이 보였다. 그들이 나란히 찍어 내는 발자국이 보였다. 바다 곁에선 언제나 외롭지 않았는데, 처음으로 가슴이 텅 빈 듯한 허전함을 느꼈다. 바다의 손짓을 아무리 보고 있어도 생각이 정리되거나 마음이 안정되지 않았다.

'널 이해하고 싶어.'

'네가 걱정돼.'

타인과 늘 적당한 거리를 유지해 왔던 그녀에게, 자꾸만 가까이 다가오는 누군가가 있기 때문일까. 혼자라는 것. 이미 오랜 시간 겪어 와서 충분히 익숙해졌다고 생각했는데, 그녀는 어느 순간부터 혼자라는 것이 쓸쓸해졌다. 그리고 저도 모르게 그를 생각하는 시간이 많아졌다.

'그 애 생각이 나서…… 착각을 한 거야.'

'그때가 되면 가끔 나도 모르게 이성을 잃어버려.'

하지만 그녀는 그가 생각날 때마다 고개를 세차게 저어야 했다. 그는 더 이상 닿을 수 없는 사람이었다. 닿아서는 안 되는 사람이었다.

바다가 된 기분이었다.

은하는 물러가는 파도 위에 제 마음을 흘려보내며 억지로 마음을 정리했다. 아무리 생각해도 그것 외에 답은 없었다.

"고 선생, 일찍 왔네?"

은하는 조 소장의 목소리에 정신을 차리고 뒤를 보았다.

"오셨어요."

"어제 어디 갔었어? 하루 종일 전화도 꺼져 있고."

"무슨 일 있었나요?"

"아니, 손기태 씨한테 연락이 와서."

은하는 그날 별장을 떠나면서부터 전화를 꺼 두었었다. 아무에게도 방해받지 않고 혼자만의 시간을 갖고 싶어서였다. 그런데 오늘 아침 전화를 켜자 모르는 번호로부터 수십 통이 넘는 부재중 전화가 와 있었다. 혹시나 했는데, 그 번호가 기태의 번호일지도 모르겠다는 생각이 들었다.

"손기태 씨가, 왜요?"

"고 선생이 연락이 안 된다고. 혹시 무슨 일 있는지 묻더라고."

"아……."

"전에 고 선생 아파서 결근한 날도 집 주소를 묻더니. 그래도 많이 가까워진 모양이야?"

은하는 희미하게 웃어 보이며 말했다.

"아니에요. 어젠 혼자 여행 좀 다녀왔어요."

"정말 무슨 일 있는 거야?"

"그렇다기보단…… 드릴 말씀이 좀 있어요."

"그래? 잠시만."

조 소장은 외투를 벗고 자리에 앉았다. 은하도 제 자리에 가서 앉았다. 은하는 서랍에서 내담자 페이퍼를 꺼냈다. 여러 장을 넘겨 기태의 페이퍼를 찾았다. 휴대폰을 꺼내 부재중 전화의 번호와 페이퍼상에 있는 기태의 연락처를 비교해 보았다. 두 번호가 일치했다. 일순 짧은 떨림이 가슴을 치고 지났다.

은하는 휴대폰 속의 번호를 저장하려다가 손을 멈칫했다. 본래 내담자의 연락처를 개인 휴대폰에 저장해서 사적으로 연락하는 일은 거의 없었지만, 기태의 번호에는 저도 모르게 손이 갔다. 기우와는 진작부터 연락을 했는데 왜 이제야 기태의 번호를 알게 되었을까 생각한 순간, 이제 와 알아서 무슨 소용인가 하는 생각이 들어서 힘없는 실소가 났다.

"무슨 얘긴데?"

그때 조 소장이 은하를 향해 말을 건넸다.

"저, 그게……."

은하는 결국 그의 번호를 저장하지 않은 채 휴대폰을 내려놓았다.

"손기태 씨 치료…… 그만하고 싶습니다."

그날 오후, 기우가 연구소를 찾았다. 은하는 기우와 함께 상담실에 앉아 있었다. 기우에게서는 평소보다 무거운 분위기가 흘렀다. 하지만 그는 녹차를 한 모금 마신 뒤 여느 때처럼 차분한 목소리로 물었다.

"조 소장님이 대신 하신다구요."

"……네. 그랬으면 합니다. 죄송합니다."

은하는 차마 기우의 얼굴을 바로 볼 수가 없었다. 기태의 상담을 맡은 지, 오늘이 정확히 2주째 되는 날이었다. 은하는 조 소장에게 더 이상 기태의 치료를 하지 못할 것 같다고 말했다. 그럴 경우 방법은 두 가지였다. 연구소에서 아예 기태의 치료를 포기하든가 아니면 다른 치료사가 기태를 맡아서 남은 2주를 책임지는 것이었다. 전자의 경우 후금 천만 원도 포기해야 했고 계약상에 문제가 생기지만 후자의 경우 치료만 잘된다면 계약상에는 문제가 없었다.

은하는 특별 수당 같은 것은 애초에 관심이 없었던 만큼 안 받아도 좋으니 조 소장이 기태를 맡아 주었으면 했다. 그래야 연구소에도, 기태 쪽에도 피해가 덜 갈 것 같았다. 조 소장은 잠시 고민하다가 흔쾌히 그러겠다고 했다. 조 소장은 사실 처음부터 자신의 일을 은하가 대신 떠맡은 것 같아서 불편한 마음이 있었고, 혹여나 그녀에게 무슨 일이 생길까 봐 늘 불안했기 때문이다.

문제는 기우였다. 기우는 처음부터 은하가 기태의 치료를 맡아 주기를 바랐었다.

'고은하 선생님이 해 주셨으면 합니다.'

'그리고 힘드시겠지만 치료는 앞으로도 은하 씨가 맡아 주셔야 할 겁니다.'

왜였을까. 왜 굳이 나여야만 했을까. 별안간 그 질문이 다시 들었다. 처음에도 묻고 싶었지만 묻지 못하고 자연스레 잊어버렸던 질문이었다.

"고 선생님."

기우가 차를 내려놓으며 나긋한 목소리로 그녀를 불렀다. 은하는 문득 그에게서 듣는 고 선생이라는 호칭이 낯설게 느껴졌다. 오늘따라 그는 평소와는 다른 느낌을 풍겼다.

"네."

"지금껏 잘 해 오셨는데…… 갑자기 그만두시려는 이유를 여쭤 봐도 될까요? 그건 알아야 할 것 같아서요."

은하는 얕은 숨을 내쉬었다. 조 소장에게는 그저 너무 버겁고 힘들다고만 이야기했다. 체력적으로도, 정신적으로도 자신이 감당하기에는 무리가 있는 것 같다고. 이러다 자칫 다른 환자들에게도 영향을 줄까 봐 걱정이 된다고. 하지만 기우에게는 왠지 그렇게 말하기가 어려웠다.

"저도 한 가지 묻고 싶은 게 있는데……."

은하는 망설이다가 조심스럽게 얘기를 꺼냈다.

"뭐죠?"

"왜 하필…… 저였나요?"

"……."

"왜 그때, 갑자기 저를 선택하신 거죠?"

기우가 잠시, 속을 알 수 없는 무표정한 얼굴로 그녀를 보았다. 그의 눈동자는 흔들림이 없었다. 간혹 너무 견고해서 차가운 바위처럼 느껴지기도 했다. 하지만 그의 눈빛에는 형언할 수 없는 묘한 느낌이 있었다. 바라보는 사람을 몽롱하게 만드는 그런 힘.

기우가 말없이 그녀를 보다가 얼핏 웃음을 흘리며 입을 열었다.

"처음 연구소에 와서 대기실에서 조 소장님을 기다리면서 선생님들의 이력을 보았습니다. 문득 기태가 폭력성을 보이는 대상이 남자기 때문에 조 소장님보다는 여선생님이 나을 거란 생각이 들더군요. 그런데 연구소에 계신 여선생님들 중에서 고 선생님의 이력이 가장 눈에 띄었습니다. 그리고 고 선생님에게선 왠지 모를 믿음과 끌림이 느껴졌습니다. 그게 답니다."

그의 대답은 마치 미리 준비라도 한 듯 빈틈이 없었다. 하지만 은하는 그의 마지막 말을 유심히 생각했다. 돌연 기우를 처음 만났을 때가 떠올랐다. 은하의 얼굴을 주의 깊게 바라보던 그의 표정. 오묘한 눈빛. 그런 것들이 갑자기 떠올랐다. 왠지 모를 믿음과 끌림이라. 그건 무엇이었을까.

"대답이 됐으면, 고 선생님도 답해 주시겠습니까?"

그에게는, 어떻게 말해야 할까. 은하는 잠시 뜸을 들이다가 기우를 바라보았다.

"……저는."

은하는 기태의 닫힌 방문을 바라보며 서 있었다. 수십 통에 가까운 전화를 하고 은하를 걱정했으면서도, 기태는 평소와 마찬가지로 그녀를 마중 나오지 않았다. 그의 방문은 꼭 닫혀 있었다.

"거실에 있을게요."

기우는 언제나처럼 거실 소파로 가서 여유로운 자세로 앉아 책을 펼쳤다. 은하는 책을 넘기는 그의 손을 바라보았다. 희고 기다란 그의 손가락이 눈에 들어왔다.

저 평범해 보이는 손가락에서, 은하는 또 한 번 이상한 기분을 느꼈다. 아까 연구소에서 기태의 치료에 대한 이야기를 마무리하고 나오면서였다.

'그럼, 오늘이 마지막이겠군요.'

'……그러네요.'

'어쨌든, 그동안 수고 많으셨습니다.'

기우가 오른손을 내밀며 그녀에게 악수를 청했다. 너무 무미건조하고 깔끔했던 그의 말투에 약간의 서운함이 드는 것도 같았지만 그녀 또한 덤덤히 웃으며 손을 내밀었다. 그렇게 손을 맞잡은 순간이었다.

'반갑습니다. 손기우라고 합니다.'

'잘 때 옆으로 누워서 자요. 그럼 가위에 덜 눌린다고 하더라구요.'

그때와 같은 기분이 들었다. 아주 찰나였지만, 짜릿하면서도 몽롱한 기분이 은하의 온몸을 훑고 지났다. 악수 후에 기우의 표정이 잠시 굳는 것도 같았지만, 그는 금방 다시 옅은 미소를 띠며 말했다.

'그래도 왠지, 다시 보게 될 것 같아요. 은하 씨.'

다시 본다. 은하는 어설프게 웃었지만, 그럴 일은 없기를 바랐다. 기태를 만난 지난 2주의 기억이 너무 강렬해서 그를 비워 내고 나면 당분간 허전함이 밀려들 것 같았지만, 그래도 끊어 낼 수 있다면 최대한 빨리 이 독한 운명의 끈을 끊어 내고 싶었다. 한 사람이라도 덜 상처받아야 했으니까. 그 사실이 그에게 상처가 될지 아닐지는 몰랐지만, 그래도 이제 조금씩 평온을 되찾아 가는 그의 마음을 조금이라도 흐트러뜨리고 싶진 않았다.

은하는 크게 심호흡을 한 뒤 기태의 방문을 두드렸다. 안에서는 아무런 답이 없었다.

"저예요."

"……."

"들어갈게요."

은하는 떨리는 손으로 문고리를 돌렸다. 살며시 문을 열어 보았다. 조금 열린 문틈 사이로 침대에 앉아 있는 그의 뒷모습이 보였다. 처음과 같았다. 진회색 카디건을 입은 뒷모습. 은하는 숨을 죽이고 조심스레 발을 내디뎠다. 방 안으로 들어가서 문을 닫을 때까지도, 그는 은하를 돌아보지 않았다.

"……기태 씨."

대답이 없는 차가운 뒷모습. 왠지 모르게 그 뒷모습이 너무 낯설어서, 처음과 같은 두려움이 밀려들었다.

"저 왔어요."

그녀는 다시 한 번 용기 내서 말을 걸었다. 그는 여전히 대답이 없었다. 꽤 긴 정적이 흘렀다. 그 정적이 너무도 숨이 막혀서 1분이 10년처럼 길게 느껴졌다. 이제는 그를 많이 알았다고 생각했는데. 많이 가까워졌다고 생각했는데. 그녀는 아직도 그의 마음을, 행동을, 예측할 수가 없음을 느꼈다.

언제까지 눈치만 보고 가만히 있을 수는 없었다. 은하는 조용히 한 발 움직여 그에게 다가갔다. 그는 아무 반응이 없었다. 그런데 용기를 내어 다시 한 발 내디딘 순간이었다.

"똑같아."

그가 숨을 내쉬듯 얕은 목소리로 내뱉은 첫마디였다.

"너도 똑같아."

그 말을 듣는 순간, 시리도록 찬바람이 가슴을 뚫고 지나간 것처럼 싸늘한 아픔이 밀려왔다.

"아닌 척이라도 하지 말지."

"……."

"다른 척이라도 하지 말지."

그가 침대에서 조용히 일어섰다.

"왜 그랬어."

하지만 그 모습이, 처음처럼 무서워 보이지는 않았다. 그의 목소리가, 그의 말투가, 어젯밤 그녀를 향해 밀려오던 파도처럼 일렁이고 있었다. 거친 듯 부드럽게. 당당한 듯 쓸쓸하게.

그렇게, 그의 목소리는, 바다를 닮아 있었다.

"포기 안 한다며. 절대."

그가 몸을 돌려 그녀를 향해 섰다.

'……나 포기하지 마.'

'포기 안 해요.'

'……'

'안 해요, 절대.'

은하는 고개를 들었다. 그와 눈이 마주쳤다. 그 눈을 보는 순간 갑자기 코끝이 시려 왔다. 이유를 알 수 없었다. 아무리 이성적으로 자신의 감정을 되짚어 보려고 해도, 도무지 답이 나오지 않았다. 언제부턴가, 그의 눈을 보기만 해도 가슴이 먹먹해졌다.

"이유가 뭐야."

"……."

"갑자기 날 버리는 이유."

버린다. 그는 그렇게 말했다. 그녀가 세상에서 가장 싫어하는 말이었다. 가장 두려워하는 말.

"말해."

"……."

"제발 뭐라고 말 좀 해!"

뭐라고 말해야 할까.

조 소장에게는 거짓말을 했다. 그가 너무 버겁고 힘들다고. 그리고 기우에게는, 진심을 말했다.

'……저는.'

'…….'

'저는 두려워요.'

'뭐가, 두렵죠?'

'……기태 씨와 가까워지는 게 두려워요.'

'…….'

'더 이상은 가까워지고 싶지 않아요. 전, 그럴 자격이 없는 사람이니까요.'

'……잘 이해가 안 가는데, 조금 더 구체적으로 말해줄래요?'

'제가, 그 사람을 사랑하게 될까 봐 두렵다구요.'

그런데, 그에게는 뭐라고 말해야 할까.

"부탁이니까……."

"……."

"뭐라고 변명이라도 해 달란 말이야."

나를 닮고 바다를 닮은 이 사람에게는, 이 아픈 사람에게는, 도대체 뭐라고 말해야 할까.

16.

"고은하."

기태가 그녀를 잡으려는 듯 한 발 다가오며 말했다. 은하는 그의 손이 제 몸에 닿기 전에 옆으로 물러났다.

"오늘이 마지막이에요, 우리."

"……."

"상담부터 해요."

은하는 먼저 테이블에 앉아 정면만 응시하며 말했다. 뒤에서 그의 짧은 웃음소리가 들렸다.

"내가 네 진심을 짓밟는다더니."

"……."

"진심이 있기는 했어?"

은하는 테이블 밑으로 내린 손을 조용히 말아 쥐었다. 흔들리는 모습을 보여 주고 싶지는 않았다. 보여 주어서는 안 됐다. 한참 고민한 끝에, 그녀는 마음을 정했다. 최대한 냉정해지자고. 어떤 이별이든 냉정할수록 좋은 것이니까. 서로 미련이나 후회가 남지 않도록, 그녀는 최선을 다해 냉정해지고자 애썼다.

"안 할 거예요, 상담?"

"내가 묻는 말에 대답부터 해."

그의 목소리가 조금 차가워졌다.

"네가 갑자기 이러는 이유가 뭐냔 말이야."

"꼭 들어야겠어요?"

"들어야겠어."

"세상엔, 굳이 알아서 좋지 않은 것들도 있어요."

기태가 말없이 그녀의 눈을 들여다보았다. 은하는 주먹을 더욱 세게 말아 쥐며 고개를 들었다. 그리고 당당히 그의 눈을 쳐다보며 말했다.

"피차 좋을 게 없는 얘길, 꼭 꺼내야 하나요?"

그는 잠시 사이를 두고 대답했다.

"해."

"……."

"그래도 해."

은하의 입에서 바람이 빠지듯 힘없는 웃음이 터졌다.

"좋아요. 하죠."

순간, 은하는 보았다. 아무렇지 않은 척하는 그의 눈동자에 얼핏 어두운 그림자가 어리는 것을. 그것은 두려움이었다. 정체 모를 상처가 자신을 덮쳐 올 것이라는 불길한 예감에서 비롯된. 은하는 살갗이 해질 정도로 세게 주먹을 쥐었다.

"난 거짓말을 잘해요. 당신은 모르겠지만, 나는 지금껏 줄곧 거짓말을 해 왔어요."

"……."

"착한 척, 진심인 척, 당신이 무섭지 않은 척."

"……."

"당신의 치료를 잘 끝내야, 월급에 두 배가 넘는 특별 수당도 받을 수 있고 치료사로서 더 좋은 이력을 가질 수 있거든요."

기태는 아무 말 없이 그녀를 바라보기만 했다.

"근데 이젠, 그런 것들을 위해 많은 것들을 감수하기가 싫어졌어요. 너무 지치고 버거워졌거든요. 매번 상담할 때마다 당신이 무슨 짓을 하면 어떡하나 벌벌 떠는 것도 힘들고, 비위 맞춰 주는 것도 지겹고. 그날 별장에서는, 당신이 점점 이성적으로 다가오는 것 같아서 더 무서워졌어요. 이러다 정말 내가 무슨 일을 당할 수도 있겠구나 싶어서."

"……."

"갑자기 모든 게 다 지긋지긋해진 거예요. 두렵고 끔찍해서 도망치고 싶었어. 사실 난, 굉장히 감정적인 사람이거든요. 그래서 그런 거예요. 당신이 상상하는 게 무엇이든 별 대단한 이유 같은 건 없었어요."

은하는 말하는 동안 계속 붉어지는 눈시울을 감추기 위해 눈에 힘을 바짝 주며 참아 냈다. 그에게 자신의 감정을 들킬 것 같아서 두려웠다.

"이제 됐어요?"

기태는 말없이 그녀의 얼굴을 바라보다가 조용히 맞은편 의자를 빼서 앉았다. 불같이 화를 내거나 상처를 받을 것이라고 생각했는데, 그는 무덤덤한 표정을 짓고 있었다. 도무지 무슨 생각을 하는지 알 수가 없었다.

한참의 정적 끝에, 그가 붉은 입술을 떼어 말했다.

"……하자."

"……."

"마지막 치료."

바위처럼 단단하게 말아 쥐고 있던 주먹에서 스르륵 힘이 풀려 나갔다.

"마지막이니까, 상담 같은 거 말고 치료해 줘. 최면 치료."

그의 목소리는 차갑지도 따뜻하지도 않았다. 그의 눈빛도 마찬가지였다. 잠시 뒤 그의 입술 위로 흐리게 퍼진 미소도 마찬가지였다. 테이블 위로 미온의 정적이 흘렀다. 어쩌면 그것이 그가 선사하는 마지막 온기일 수 있다는 생각이 들어서, 그녀는 그 정적을 가르고 나설 용기가 서지 않았다.

왜일까. 가시 돋친 말들을 뱉어 낸 것은 자신이었는데, 떠나야 하는 것은 자신이었는데, 상처받은 것도, 버려진 것도, 자신인 것 같은 기분이 들었다.

"그래요."

힘겹게 꺼낸 말끝에 옅은 파동이 일었다.

기우는 책을 읽다 말고 기태의 방을 쳐다보았다. 길어야 삼십 분 정도 버틸 수 있을 거라 생각했는데, 한 시간이 지나도록 은하는 나오지 않았다.

은하가 오기 전, 기태에게 오늘이 마지막 치료라는 말을 했을 때, 그는 기우의 말을 믿지 않았다. 표 내지 않으려 눌러 참긴 했지만 그의 감정은 무척 격앙되어 보였다. 아주 오랜만에 마음을 내어 준 사람인 만큼, 배신감 비슷한 어떤 감정이 그를 아프게 하는 것 같았다. 그 감정이 그녀를 만나는 순간 터질 것 같았다. 그런데 생각보다 오랜 시간 그녀는 방에서 나오지 않았다. 큰 소리도 들리지 않았다.

둘은 무엇을 하고 있을까. 그 궁금증 때문에 아무리 책으로 시선을 돌려도 글자가 눈에 들어오지 않았다.

탁. 기우는 책을 덮어 두고 자리에서 일어섰다. 주방으로 가서 물을 한 잔 마시는데 문득 그의 귀에 익숙한 목소리가 들렸다.

'제가, 그 사람을 사랑하게 될까 봐 두렵다구요.'

왜 갑자기 그만두는 것이냐는 질문에 그녀는 그렇게 대답했다. 그렇다면, 기태에게는 무어라 대답했을까. 그에게 말했던 것처럼 말하진 않았을 것 같았다.

'그럼, 오늘이 마지막이겠군요.'

'……그러네요.'

'어쨌든, 그동안 수고 많으셨습니다.'

그는 기태를 사랑하게 될까 봐 두렵다는 은하의 말에 그녀를 이해하는 척 깔끔하게 인사를 건넸다. 하지만 실은 아니었다. 그는 그게 다가 아닐 거라고 생각했다. 그녀가 치료를 그만두려는 진짜 이유가 있을 것이라고. 그는 그게 궁금했다.

그런데 그녀와 마지막 악수를 한 뒤에, 그는 잠시 표정이 굳었다.

손끝에서 전해져 온 그녀의 아픔 때문이었다. 어째서일까. 그녀의 아픔이 그의 가슴에도 짧은 통증을 일으켰다. 자신은 타인의 아픔에 무감각하다고 생각하며 살아왔는데, 언제부턴가, 그녀가 신경 쓰이기 시작했다. 그녀의 아픔이, 마음에 걸리기 시작했다.

'그래도 왠지, 다시 보게 될 것 같아요. 은하 씨.'

하지만 그는 애써 다시 웃었다. 마음을 다잡고 싶었다. 사사로운 감정 따위는 느끼지 말자며, 그는 스스로를 다독거렸다. 그런데 왜. 대체 왜.

'제가, 그 사람을 사랑하게 될까 봐 두렵다구요.'

왜 자꾸 그 목소리가 들리는 것일까. 왜 자꾸 그녀는 그를 사랑하지 않았으면 하는 마음이 드는 것일까. 왜 자꾸, 상처받는 것은 기태뿐이었으면 좋겠다는 마음이 드는 것일까. 그런 이해할 수 없는 마음들이, 대체 왜 자꾸 드는 것일까.

기우는 다시 거실로 돌아와 기태의 방문을 바라보았다.

그녀는 지금, 무엇을 하고 있을까.

"뭐가 보이죠?"

기태는 침대에 편안한 자세로 누워 있었다. 은하는 그 옆에 걸터앉아 속삭이는 듯 낮고 차분한 목소리로 물었다. 기태는 잠시 숨을 고른 뒤 느리고 덤덤한 목소리로 대답했다.

"……물."

"물이요? 어떤 물이죠?"

"……수영장."

"기태 씬 수영장에 있나요? 지금 몇 살이죠?"

"……여덟."

은하는 기태가 가장 힘들었던 순간으로 돌아가도록 유도했다. 그런데 예상외의 대답이 나왔다. 당연히 주미를 잃던 순간으로 돌아갈 것이라고 생각했는데, 그는 여덟 살 때의 이야기를 하고 있었다. 은하는 의아해하며 조심스럽게 질문을 계속했다.

"기태 씨는 여덟 살이군요. 수영장에서 뭘 하고 있나요?"

"형이랑…… 수영."

"형이랑 같이 수영을 하고 있나요?"

기태는 고개를 끄덕였다. 은하는 잠시 말을 멈추고 기태의 감은 눈을 유심히 바라보다가 다시 말을 이었다.

"수영장이 어때요? 좀 얘기해 볼까요?"

"호텔 수영장…… 아무도 없어."

"형이랑 둘뿐이군요."

기태는 천천히 고개를 끄덕이며 말했다.

"……힘들어."

"왜 힘들까요? 수영이 잘 안 돼요?"

"……빠졌어. 물에."

"물에 빠졌다구요?"

은하는 천천히 되물었다. 기태는 여전히 느리고 덤덤한 어조로 말을 이었다.

"발이 안 닿아. 쥐가 났어."

"……그래서, 기태 씨는 어떻게 하고 있죠?"

"살려 달라고…… 형한테 말하고 있어."

"형이, 오고 있나요?"

"왔는데…… 내 손을 잡지 않아."

"……그럼 뭘 하고 있죠?"

기태는 싱겁게 웃더니 돌연 차가워진 목소리로 말했다.

"내가 널 왜 살려 줘야 돼?"

"……."

"난 네가 싫어. 네가 죽었으면 좋겠어. 그래야 너희 엄마가 죽을 만큼 힘들 테니까."

"……형이, 그렇게 말하고 있나요?"

"너희 엄마도, 가장 사랑하는 사람을 잃는 기분이 뭔지 알아야 하니까. 누가 그랬는데, 그게 자기가 죽는 것보다 더한 고통이래."

은하는 잠시 말을 멈추었다. 은하로서는, 그가 말하고 있는 기우의 모습이 잘 상상되지 않았다.

"그래서…… 기태 씬 어떻게 됐나요?"

"거의 가라앉았는데…… 왔어. 다시."

"형이 왔어요?"

"응."

"다행이네요. 기태 씬 괜찮아요?"

기태는 묵묵히 고개를 끄덕였다.

"그게…… 기태 씨 인생에서 가장 힘들었던 순간인가요?"

그는 말이 없었다. 고개를 끄덕이지도 않았다. 은하는 기태의 무표정한 얼굴을 가만히 들여다보았다. 잠시 정적이 흐르고, 그녀가 다소 건조해진 말투로 말했다.

"그만해요."

"……."

"이제 그만하고 일어나라구요."

잠시 후, 기태가 천천히 눈꺼풀을 들어 올렸다. 그는 자신을 내려다보고 있는 은하의 눈동자를 뚫어져라 바라보더니 이내 피식 웃으며 몸을 일으켜 앉았다.

"끝난 거야? 허무하네."

"……."

"무슨 치료가 됐다는 거야? 아무것도 변한 게 없는데."

"왜 이러는 거예요."

"뭐가?"

기태는 무슨 말인지 모르겠다는 듯 무심한 표정으로 그녀를 보며 되물었다. 은하는 깊은 한숨을 내쉬더니 별안간 그의 손을 잡아 올렸다.

"뭐 하는 거야? 네 몸에 손대지 말라더니."

"평소랑 똑같아요."

"뭐가."

"기태 씨 손 말이에요. 평소보다 차갑지도 뜨겁지도 않아. 평소랑 똑같이, 따뜻하다구요."

그녀를 보는 기태의 눈동자가 미세하게 흔들렸다. 은하는 잡았던 그의 손을 놓아주며 말했다.

"물에 빠졌다는 사람이 조금도 숨차 하지 않아요. 가장 힘든 순간이라면서 힘들어하지도 않고 슬퍼하지도 않아요. 몸은 나뭇가지처럼 뻣뻣하게 굳어 있고, 최면 한숨도, 안구운동도 없어요. 호흡이 깊거나 고르지도 않아요."

"……."

"내가 바보가 아닌 이상, 당신이 최면에 걸리지 않았다는 걸 어떻게 모를 수가 있겠어요?"

"그래서. 왜?"

"……네?"

"걸린 척하면 좀 어때서. 그게 왜, 화가 나는 거야?"

"지금 무슨 말을 하는 거예요?"

"그렇다고 내가 한 얘기가 거짓말은 아니야. 실제로 겪었던 일이니까."

두 사람은 서로의 눈을 보며 잠시 말을 멈추었다. 뜨거운 듯 차가운 묘한 시선이 부딪쳤다.

"뭐 하자는 거예요, 지금."

은하가 감정을 억누르는 듯한 어조로 말했다.

"보여 주는 거야. 내 감정."

"……."

"거짓말이라는 게 뻔히 보이는데 들어줘야 하는 기분이 어떤 건지.

너한테도 보여 주는 거라고."

은하는 순간 말문이 막혔다. 지겹고 힘들어서 그만두는 거라던 자신의 말이 거짓말이었음을, 그는 어떻게 확신할 수 있었을까. 어쩌면 확신하는 게 아니라 그렇게 믿으려는 것은 아닐까.

"적어도 난 널 아프게 하는 거짓말은 아니었다는 게, 차이겠지만."

"……맘대로 생각해요."

은하는 더 이상 무슨 말을 해야 할지 몰라 자리에서 일어섰다. 무슨 말을 하든, 그에게 자신의 감정을 들켜 버릴 것 같았다.

그런데 그때였다. 그녀의 손목이 뒤로 당겨지는 것이 느껴졌다. 뒤이어 그녀의 어깨 뒤로 그의 넓고 따뜻한 가슴이 닿았다. 그가 어느새 일어나 뒤에서 그녀를 끌어당겨 안은 것이었다. 그의 팔이 그녀의 몸을 꼭 둘러 감았고 그의 얼굴이 그녀의 어깨 위에 내려앉았다. 그의 뜨거운 숨결이 그녀의 목을 간질이면서 귓불까지 건드리고 있었다.

순간 가슴이 터질 것처럼 크게 부풀어 올랐다.

"이거 놔요."

놀란 그녀는 그에게서 벗어나려 했지만, 그는 그럴수록 더욱 세게 그녀를 끌어안았다.

"기태 씨."

"……아팠다고."

"……."

"……내가, 아팠다고. 너 때문에."

부푼 가슴 위로 저릿한 떨림이 스쳐 지났다.

"지금도 아파."

"……."

"다시는, 나한테 뒷모습 보이지 마."

그의 목소리가 너무 간절하고 애달파서, 그녀의 온몸에서도 힘이 빠져 버리는 것 같았다. 그의 손을 떼어 내려던 그녀의 손은, 어느새, 그의 손을 잡고 있었다.

"싫다. 너 가는 거."

"……."

"그냥 내 옆에 좀 있어 주라."

어쩌면 마지막일지도 모르는 그 따뜻한 손을, 가만히 잡고 있었다.

"……있어 주라, 제발."

17.

진실을 말해 볼까.

제발 옆에 있어 달라는 그의 목소리에 마음이 흔들려서, 은하는 그런 생각까지 했다. 모든 진실을 말하고, 그래도 괜찮다면 옆에 있겠다고. 하지만 그날의 기억을 떠올리는 것조차 힘들어하는 그에게 제 마음 하나 편하자고 그 엄청난 비밀을 쏟아 낼 수는 없었다. 그리고 무엇보다, 그녀는 그의 원망을 견뎌 낼 자신이 없었다.

물론 그가 사실을 안다고 해서 너 때문에 주미가 죽었다며 대놓고 책망할 사람은 아니었다. 하지만 그가 아무리 최선을 다해 모든 상황과 진실을 감내하려고 노력한다고 해도 '너만 아니었어도 주미는 살았을 텐데…….' 라는 생각은 어쩔 수 없이 하게 될 것이었다.

은하는 그 내적 원망이 너무도 두려웠다. 또한 은하는 주미의 사고 이후 자신의 행동에 대해서도 떳떳하지 못했다.

'은하야, 너 그즈음 우리 집에서 나갔었잖아. 혹시 주미 못 봤었어?'

'……어, 어.'

당시 형사들은 주미가 실종되던 당일 그녀를 만났던 사람들을 찾아 학교에도 몇 번 들렀지만, 그녀는 나서지 못했다. 고민 끝에 몇 번 경찰서까지 가서 기웃거리기도 했지만 차마 들어가지는 못했다. 내가 그날 그 골목에 함께 있던 사람이라고, 그녀를 납치한 사람으로 추정되는 사람도 보았다고, 그런 구체적인 말들을 할 수가 없었다. 이미 친구들에게 얼결에 못 봤다는 말을 해 버렸는데 뒤늦게 말을 바꿀 수도 없었고, 주미가 위험한 걸 보고서도 방관했다는 원망을 살까 두려웠다.

어쨌건 그 자리에 있었으면서 주미를 구하지 못했던 자신에게 책임이 돌아올 것 같아서 너무 두려웠다. 어린 나이에 감당하기에는 너무 큰 공포와 죄책감이 그녀를 짓눌렀다. 그렇게 처음 한 발을 내딛지 못하자 다음은 더 어려워졌다.

그때는 그녀의 몇 마디 말 따위가 도움이 되면 얼마나 될까 싶었다. 범인이 초범이었기 때문에 서투른 점이 많아 이미 용의자도 빠르게 추려졌고 수사도 잘 진행되고 있었다. 그녀가 나선다고 해서 크게 달라지는 것은 없었다. 하지만 그때 온갖 걱정과 두려움에 떨며 나서지 못했던 것은 아주 오랜 시간 동안 그녀의 발목을 잡았다.

그래도 내가 나섰다면 용의자를 좀 더 빨리 찾을 수 있었을 텐데, 좀 더 빨리 범인을 잡을 수 있었을 텐데, 그럼 혹시나 그녀가 살 수도 있었을 텐데…… 하는 온갖 생각들이 매 순간 그녀를 옥죄어 왔고 고통스럽게 했다. 하지만 결국 가장 중요한 것은, 양심의 문제였다. 그것은 분명 양심에 걸리는 행동이었다.

그래서 은하는, 어떤 변명을 해도 주미의 죽음에서 자유로울 수가 없었다.

"미안해요."

"……."

"난 더 이상 할 말이 없어요."

은하는 잡고 있던 그의 손에서 힘을 풀었다.

"나도 아파요. 당신 때문에."

"……."

"더 이상 아프기 싫어요. 그래서 그만두는 거예요. 그러니까 제발 나 좀, 그냥 보내 줘요."

그녀를 껴안고 있던 그의 팔에서도 힘이 풀렸다. 은하는 그의 품에서 빠져나와 그를 마주 보고 섰다.

"조 소장님은 훌륭하신 분이에요. 치료 잘되길 바랄게요."

은하는 말없이 서 있는 그에게 손을 내밀었다.

"그동안 수고 많았어요."

그러나 기태는 그녀의 손을 잡지 않았다. 그는 그저 그녀의 눈만 빤히 바라보고 있었다. 거센 태풍이라도 휘몰아친 것처럼 촉촉이 젖은 채 흔들리는 눈동자로. 그렇게 잠시 후, 기태는 그녀에게서 시선을 돌렸다.

허공에 홀로 놓인 손에 차가운 바람이 스쳐 지났다. 그의 향기도 스쳐 지났다. 그의 발소리가 멀어져 갔다. 그가, 그녀를 지나쳐 갔다. 그 순간이 어느 때보다도 짧게 느껴졌다. 그는 그렇게 먼저 등을 돌려 가 버렸다.

그래, 잘 가라는 그 흔한 인사도 없이. 끝내 아무 말도 없이.

"은하 씨."

그가 나간 뒤 기우가 방으로 들어왔다. 은하는 그제야 뒤를 돌아 그를 보았다.

"무슨 일 있었어요?"

"……아니요."

걱정스런 표정의 그에게, 그녀는 쓴웃음을 지으며 말했다.

"……이제 갈래요. 저도."

언제나 그렇듯 만남은 어렵고 이별은 쉬웠다. 그러나 그 무게를 저울로 잰다면 당연히 이별 쪽으로 기울 것 같았다. 은하는 그 이별의 저울 밑에 서 있는 기분이었다. 어두운 그림자와 감당하기 힘든 무게가 은하의 어깨를 으깰 듯이 짓눌렀다. 애써 웃지 않으면, 무너져 내릴 것만 같았다.

어린 시절 방 안에서 혼자 가짜 흙으로 쌓아 올리곤 했던 모래성처럼. 제대로 모양을 갖추어 볼 새도 없이, 그렇게 힘없이, 무너져 내릴 것만 같았다.

그녀가 떠났다. 끝내 이유를 말해 주지 않고 떠났다. 가시가 가득한 가짜 이유들로 그의 가슴을 아프게 쑤시고 떠났다.

할 만큼 했다고 생각했는데, 진심을 보이려고 나름대로 열심히 노력했다고 생각했는데, 그게 부족했던 것일까. 그녀는 결국 그에게 작별의 손을 내밀어 버렸다. 그 손이 너무 야속해서, 그는 아무 말 하지 않고 그 자리를 도망치듯 나와 버렸다.

'그동안 수고 많았어요.'

형식적인 작별 인사 따위는 하고 싶지 않았다. 그런 말을 입 밖으로 내뱉는 순간 정말 끝이 날 것 같았기 때문이다. 제대로 시작도 해 보지 못했는데 끝을 낼 수는 없었다.

그는 아직 은하가 궁금했다. 아니, 이제 궁금했다. 이제야 그녀가 보이기 시작하고 궁금해지기 시작했다. 그녀의 차가우면서도 아련한 눈동자가 더 보고 싶었고, 차분하면서도 달콤한 목소리가 더 듣고 싶었다. 그는 그녀를 놓치고 싶지 않았다.

"기태 씨."

기태는 멍하니 손에 쥔 십자수 고리만 만지작거리고 있었다.

"내 말 듣고 있어요?"

그제야 낯선 남자의 목소리가 귀에 들어왔다. 기태는 손가락을 멈추고 고개를 들었다. 눈앞엔 점잖아 보이는 중년의 남자가 앉아 있었다. 그는 습관적으로 안경을 한 번 들추어 올리고 기태를 향해 싱긋 웃어 보였다.

"적응이 안 되시죠? 갑자기 바뀌어서."

조 소장은 듣던 대로 좋은 치료사인 것 같았다. 다른 의사들처럼 억지로 웃지도 않았고 강한 위압감을 풍기며 대답을 강요하는 무언의 압박을 주지도 않았고 기계적인 태도를 보이지도 않았다. 그는 오히려 언제 치료를 하려는 것인가 싶을 정도로 일상적인 얘기들만 하고 있었다.

"시간이 필요할 겁니다. 당연히. 오늘 아침엔 집사람이 갑자기 안 하던 콩밥을 했는데, 그마저도 젓가락을 드는 데 시간이 필요했으니까요. 제가 워낙 콩밥을 싫어하거든요."

조 소장은 가벼운 웃음을 흘리며 차를 들었다. 기태는 그 웃음이 싫지 않았다. 그에게서 느껴지는 편안한 분위기도 싫지 않았다. 하지만, 아직까진 그에게 마음을 열 수가 없었다.

"기태 씨는 특별히 좋아하는 음식이 있나요?"

"……."

"왠지 일식을 좋아할 것 같은데, 어때요?"

좋아하는 음식이라. 오이 초밥과 토마토 스파게티를 해 주고 흐뭇한 얼굴로 그가 먹는 모습을 바라보던 그녀가 떠올랐다. 그의 얼굴에 아픈 미소가 어렴풋이 떠올랐다. 조 소장의 말대로 모든 변화에는 적응할 시간이 필요했다. 고작 2주였지만 항상 이 시간에 그의 앞에 있던 사람은 그녀였다. 갑자기, 가슴이 쓰렸다.

기태가 다시 십자수 고리를 만지작거렸다.

"잘못 짚었나?"

"……고 선생은요."

그는 상담을 시작하고 처음으로 입을 열어 말했다.

"네?"

"고은하 선생은, 뭘 제일 좋아하나요?"

새벽 한 시. 기태는 침대 헤드에 등을 기대고 책을 읽고 있었다. 지난번에 그녀가 선물해 주었던 아서 밀러의 희곡집이었다. 익숙한 대사와 지문들이었지만, 어쩐지 매번 읽을 때마다 다르게 느껴졌다. 사실 그 책은 기태가 이미 갖고 있는 책이었다. 배우가 되겠다는 꿈을 가지고 연극영화과를 준비할 때 아서 밀러의 작품은 필수였으니까.

하지만 그는 그녀의 목소리로 그 작품을 들어 보고 싶었다. 그녀는 언제나처럼 나긋나긋하고 부드러운 목소리로 책을 읽어 주었다. 어쩐지 마음이 편안하게 가라앉는 기분이 들었다. 그런데 그녀가 테이블 위에 있던 주미의 사진에 손을 뻗었고, 그 평온이 깨져 버렸다.

기태는 책을 덮고 몸을 바로 세웠다.

'……오지 마. 오지 말라구!'

처음 갔을 때 주미의 사진에 관심을 보였던 그녀. 이어서 두 번째로 별장에 갔을 때가 생각났다. 그러고 보니 그때도 그녀는 서랍장 앞에서 있었다. 주미의 죽음이 떠올라 감정을 추스르기 위해 잠시 밖에 나갔다 왔을 때, 그녀는 갑자기 다른 사람처럼 변해 있었다. 서랍장 앞에서 넋이 나간 듯, 겁에 질린 듯한 표정으로 가녀린 몸을 바들바들 떨다가 나중엔 눈물까지 흘리며 고통스러워했다. 그땐 아무리 생각해도 그녀가 왜 돌변했는지 이유를 알 수 없었는데, 지금 생각해 보니 자꾸만 액자가 마음에 걸렸다.

혹시, 서랍에서 액자를 본 것일까. 자신을 닮은 여자가 누구인지 궁금했을 수도 있다. 하지만 그 사진을 봤다고 한들, 그녀가 그렇게 반응할 이유는 없었다.

'궁금하실 수도 있죠. 전, 예인 고등학교 나왔어요.'

순간 그의 머리에 짧은 기억이 스치고 지났다. 그간 잊고 지냈지만, 그녀는 주미와 같은 고등학교를 나왔었다. 같은 학교, 같은 학년. 그리고 닮은 사람. 왜 두 사람이 서로를 알고 지냈을지도 모른다는 생각은 해 보지 못했을까.

그렇다면 혹시, 두 사람 사이에 무슨 관계가 있는 것은 아닐까?

거기까지 생각이 미치자 기태는 더 이상 침대에 앉아 있을 수가 없었다.

'설마. 그럴 리가 없어.'

헛된 망상일 수도 있다는 생각에 고개를 젓다가도 혹시 모른다는 생각에 가슴이 뛰었다. 당장 은하에게 전화를 해서 주미를 아는지, 안다면 어떻게 아는지, 혹시 갑자기 나를 떠난 것도 그와 관련된 것인지, 궁금한 것들을 모조리 묻고 싶었지만 그녀에게 연락을 할 수는 없었다.

만일 두 사람이 어떤 관계였고, 무슨 사정인진 모르지만 그것이 은하의 감정 변화에 영향을 미쳤다고 해도, 그녀가 거짓말까지 해 가며 그 사실을 감추고 떠나는 데는 그럴 만한 이유가 있을 것이기 때문이었다.

'꼭 들어야겠어요?'

'들어야겠어.'

'세상엔, 굳이 알아서 좋지 않은 것들도 있어요.'

왠지 모를 불안함이 밀려들었다. 하지만 한 번 의심을 품은 이상 그것을 삭이는 것도 쉬운 일은 아니었다.

기태는 한참을 망설이다가 휴대폰을 들어 어디론가 전화를 걸었다.

"난데. 좀 알아봐 줄 게 있어."

거실에서 영화를 보며 술을 마시고 있던 기우는 방문이 열리는 소리에 고개를 돌렸다. 기태가 외투를 입고 방에서 나왔다. 그는 손에 십자수 고리가 달린 차 키를 들고 있었다. 기우는 그 십자수 고리를 빤히 보다가 무심한 듯 영화로 시선을 돌리며 말했다.

"어디 가? 이 시간에."

"……."

"고 선생 만나러?"

하루 종일 그녀에 대한 생각만 하다 보니 저도 모르게 이성적 사고를 잃게 된 것은 아닌가 싶어 찬 바람이라도 쐬고 오려던 참이었다. 그는 상관 말라고 차갑게 말한 뒤 다시 걸음을 옮겼다.

"이유는 알았어?"

그런데 기우가 결국 그의 발을 멈추게 만들었다.

"고 선생이 갑자기 그만둔 이유."

기태가 미간을 찌푸렸다.

"괜한 소리 할 거면 집어 치워."

"난 아는데."

기우가 술잔을 내려놓고 미묘하게 웃으며 말했다. 기태는 다시 발을 내딛지 못하고 그를 보았다.

"고은하가 널 버린 진짜 이유."

"……함부로 말하지 마."

"촌스럽게 버린다는 말에 예민하게 굴지 마. 버려져 본 적도 없잖아, 너."

"……."

"버려진 게 아니라 남겨진 거야, 넌."

기태는 묵묵히 그를 바라보았다. 자세히 보니 그의 얼굴은 약간 상기되어 있었다. 그닥지 않게 취한 것 같았다.

"그런 주제에 버려진 척, 상처받은 척. 너나 나나 똑같아."

기우가 피식 웃으며 다시 술을 들이켰다. 그 눈빛이 평소와는 조금 달라서, 기태는 그를 더 마주하고 싶지 않았다.

"그만 마시고 들어가 잠이나 자."

다시 나가려고 발을 내디딘 순간, 기우가 말했다.

"사랑이냐?"

"……."

"그 여자, 좋아하냐고."

기태는 순간 말문이 턱 하고 막히는 기분을 느꼈다.

"좋아하냐니까. 왜 대답을 못 해?"

"그러는 넌. 그런 걸 왜 묻는데?"

기태가 역으로 질문하자 기우는 다시 술을 한 모금 마시며 얼핏 웃었다.

"웃기잖아. 형제끼리 치정."

"……뭐?"

"좋아하거든, 내가."

쿵. 아주 무거운 돌덩이가 가슴에 내려앉은 기분이 들었다.
“이제 네 치료도 끝났고, 잘해 볼까 하는 중이야.”
“……너 지금, 장난이야?”
기우는 소파 등받이에 몸을 푹 기대고 흐트러진 눈빛으로 기태를 보았다.
“왜, 안 돼?”
“…….”
“그러니까 내가 물었잖아. 먼저 기회를 주려고.”
“장난치지 마!”
“내가 여자 데리고 장난이나 칠 정도로 한가해 보여?”
기태는 주먹을 쥐고 그를 쏘아보았다. 지금 그의 표정과 말투는 여느 때와 달랐다. 그래서 더 그의 속을 읽을 수가 없었다.
“하지 마. 경고야.”
“뭘?”
“내 눈엔 지금 너 정상도, 진심도 아니야. 고은하 데리고 장난칠 생각하지 마.”
“……한심한 놈.”
“뭐?”
“네 맘 하나도 제대로 파악 못 하면서 어따 대고 충고야?”
기태는 다시 한 번 주먹을 세게 움켜쥐었다. 무슨 말이라도 내뱉고 싶은데, 어떤 말도 쉽게 나오지 않았다. 그때 기우가 티브이 전원을 끄더니 비틀거리며 자리에서 일어섰다. 그가 기태를 지나쳐 2층으로 가는 계단 앞에 멈추어 섰다.
“열두 시 지났으니까 오늘이 12월 30일이네.”
“…….”

"내일 저녁에 고백하려고. 연말에 하는 게 더 특별하잖아?"

기태가 놀란 눈으로 그를 보았다. 그러자 기우가 짧게 웃더니 이내 웃음기를 거두고 진지한 얼굴로 그를 보며 말했다.

"사랑까진 아니야, 난."

"……."

"지저분하게 치정 따위로 얽히고 싶지 않으니까 네가 먼저 확실히 해."

"지금 뭐 하자는 거야?"

"기회를 주는 거야, 너한테. 넌 그깟 사랑 때문에 울고불고 망가지는 놈이니까."

"……너."

"잘 선택해라."

기우는 그 말만 남기고 단호히 몸을 틀어 2층으로 올라갔다. 기태는 그를 다시 부르지 못했다. 불러서 무슨 말을 해야 할지도 몰랐으니까. 혼란스러웠다. 갑작스런 그의 고백도, 제안도 너무 당황스러웠다. 단순히 술에 취해서 장난을 치는 것이라고 생각하기에, 그의 눈빛은 꽤 날카롭고 진지했다.

사랑. 그 한 단어에 답답한 가슴이 터질 것처럼 부풀어 올랐다.

기태는 거칠게 현관문을 열어젖히고 밖으로 나갔다.

기태는 일이 도무지 손에 잡히지 않아 보고 있던 서류를 내던지고 의자 등받이에 몸을 기댔다. 그리고 강 비서에게 전화를 하기 위해 휴대폰을 들었다. 12월 30일 오후 다섯 시 반. 지금 날짜와 시간이 눈에 들어왔다.

'내일 저녁에 고백하려고. 연말에 하는 게 더 특별하잖아?'

내일 저녁. 그 생각을 할 때마다 가슴 가운데에 싸한 고통이 밀려오는 것 같았다. 기태는 주먹으로 가슴을 툭툭 치며 한숨을 내쉬었다.

그때 노크 소리가 들렸다.

"들어오세요."

문을 열고 들어온 사람은 강 비서였다. 기태가 긴장된 얼굴로 그를 보았다.

"알아봤어?"

"네. 그런데 고은하 씨와 임주미 씨는 3년 내내 한 반이었던 적도 없고, 서로 일면식 정도만 있을 뿐 그 이상의 안면은 없는 것 같습니다."

"……그래?"

"네."

기태는 의아한 한편 왠지 모르게 마음이 한결 가라앉는 것을 느꼈다.

"수고했어. 나가 봐."

역시 혼자 생각이 너무 깊어진 바람에 괜한 망상을 한 것 같다는 생각이 들었다. 하지만 그것이 아니라면, 은하가 왜 그날 그런 태도를 보였는지는 더욱 의문이었다. 기태는 골몰히 생각을 하다가 결국 더는 참지 못하고 자리에서 일어났다. 그는 서둘러 외투를 챙겨 입고 실장실을 나왔다.

"저 먼저 퇴근하겠습니다."

그는 팀원들에게 밝은 얼굴로 인사를 하고 빠른 걸음으로 자리를 떴다.

하루 종일 그녀 생각뿐이었다. 도무지 그녀가 머릿속에서 떠나지 않았다. 하지만 정리되는 것은 하나도 없었다. 머리는 여전히 복잡했고 마음은 여전히 답답했다. 홀로 꽉 막힌 미로에 갇혀 버린 기분이었다. 왜 갑자기 미로에 빠졌는지, 여기서 탈출하기 위해서는 어떻게 해야 하는지 그는 알 수가 없었다.

다만, 그녀가 예인 고등학교를 나왔다는 것을 알게 되었을 때처럼, 처음 그녀가 궁금해졌을 때처럼 그는 그녀가 보고 싶었다. 그녀를 만나서 무슨 말을 어떻게 해야 할지도 모르면서 무작정 그녀를 보고 싶었다.

그녀를 보지 못한 지 나흘밖에 되지 않았는데 이미 한 달은 지난 것처럼 길게 느껴졌다.

"강 비서."

그는 앞에 가던 강 비서를 불러 세워 차 키를 던졌다.

"이 근처에서 제일 유명한 케이크 전문점으로."

기태는 제 옆자리를 차지하고 있는 생크림 케이크를 보며 혼잣말로 중얼거렸다.

"이거 먹어."

"네?"

강 비서가 놀란 듯 물었다.

"강 비서한테 한 말 아니야."

"아, 네."

강 비서의 눈빛에 약간 실망이 어리는 듯했지만 기태는 애써 무시하고 다시 케이크로 시선을 돌렸다.

"지나가다가 맛있어 보이길래……."

그는 눈썹을 찡그리며 고개를 저었다.

"좋아한다며. 이거."

그는 다시 고개를 저었다.

"조 소장님 드시라고."

그는 이를 악물었다. 아무리 생각해도 그럴싸한 이유가 생각나지 않았다. 애초에 그녀를 보고 싶다는 마음 외에, 그녀가 가장 좋아한다던 음식을 사 주고 싶던 마음 외에, 다른 목적이 없었으니 당연했다. 하지만 며칠 전 그렇게 싸늘하게 헤어지고 갑자기 연구실까지 나타나 케이크를 건네는 표면상의 이유는 반드시 필요했다. 그는 답답한 마음에 머리를 헝클이다 이내 놀라서 거울을 내리고 제 모습을 살폈다.

"저, 이사님."

"왜."

"그냥, 연말이기도 하고 치료에 대한 감사의 의미로 연구소에 드리는 것이라고 하면 어떨까요?"

"……뭐?"

기태는 강 비서에게 언제 속을 들켰나 싶어 언짢았지만 덕분에 괜찮은 변명거리를 찾은 것 같아 금세 흡족해졌다.

"원래 그런 목적이었어."

기태는 멋쩍은 듯 고개를 돌리며 딴 곳을 보았다.

어느새 차는 연구소 앞에 도착했다. 그는 괜히 긴장되는 마음을 억누르며 케이크를 들었다.

"강 비서는 이만 들어가 봐."

"저, 그런데 이사님. 앞에……."

막 차 문을 열려고 하는데 연구소에서 나오고 있는 은하가 보였다. 퇴근하기 전에 연구실에 들러 주고 가려고 했는데, 타이밍이 조금 늦은 것 같았다. 어떻게 해야 하나 싶어 망설이고 있던 순간이었다. 기태의 시선이 한곳에 꽂혔다. 기태를 돌아본 강 비서는 그의 굳은 표정을 보고 다시 고개를 돌렸다.

기태는 그제야 자신의 앞쪽에 익숙한 번호의 차가 있다는 것을 알았다. 기우였다. 그가 하얀 목도리를 들고 차에서 내리더니 그녀에게 다가가 다정히 목도리를 둘러 주었다. 은하는 놀라고 당황스러워 보였지만 어색하게 웃고 있었다. 고맙다는 말도 하는 것 같았다.

내일 저녁에 만나겠다던 그가 왜 지금 그녀의 앞에 있는지 알 수 없었지만, 그런 것은 중요하지 않았다. 얼굴이 닿을 정도로 아주 가까운 거리에서 묘한 웃음을 지으며 은하에게 목도리를 둘러 주는 그 모습이, 그의 머리를 백지장으로 만들어 버렸다.

'사랑이냐?'

'…….'

'그 여자, 좋아하냐고.'

사랑이라는 걸 해 본 지가 너무 오래돼서, 그 단어 자체를 잊고 살아서, 11년 만에 찾아온 그 단어가 너무 낯설어서, 그는 쉽게 대답하지 못했었다. 그는 언제부턴가 매일 그녀가 보고 싶었고, 그녀를 잃고 싶지 않았고, 그녀를 생각하면 가슴이 떨렸고, 그녀와 함께 있으면 더 가까이 닿고 싶었다. 그녀가 웃으면 따뜻해졌고 그녀가 울면 마음이 저렸다. 그는 어느새 하루 중 가장 많은 시간을 그녀를 생각하는 데 쓰고 있었다. 그러나 그 감정이, 사랑이라는 엄청난 말을 쓸 정도로 대단한 감정인 것인지 확신이 서지 않았다.

'이제서야 네가 보이는데…….'

'가지 마, 고은하.'

'그냥 내 옆에 좀 있어 주라. 있어 주라, 제발.'

하지만 그는 이제 명확히 알게 되었다. 자신이 은하에게 갖고 있는 감정이, 날이 갈수록 점점 더 깊어지는 그 감정이 무엇인지를.

‘지저분하게 치정 따위로 얽히고 싶지 않으니까 네가 먼저 확실히 해.’

그래서 그는, 기우의 당혹스러운 제안을 받아들이기로 했다.

그는 힘주어 차 문을 열었다. 그리고 긴 다리를 밖으로 뻗었다. 그의 검은 구두가 차가운 아스팔트 바닥에 닿았다.

“고은하.”

차에서 내린 그가 은하를 보며 큰 소리로 그녀의 이름을 불렀다. 기우의 차에 올라타려던 그녀가 뒤를 돌아보았다. 기태는 그녀를 향해 열은 미소를 지어 보였다. 그리고 마침내 그녀를 향한 용기 있는 한 발을 내딛기 시작했다.

부디 그녀도, 함께 웃어 주길 바라면서.

18.

저물어 가는 해가 하늘에 붉은빛을 흩뿌렸다. 기우는 저녁노을을 볼 때마다 늘 죽음을 생각했다. 눈여겨 볼 새도 없이 사라져 버리는 것이 꼭 죽어 가는 사람의 마지막 숨처럼 쓸쓸하게 느껴졌으니까. 어쩌면 무의식중에 옛날 어느 순간 비행기에서 터져 나오던 붉은 꽃잎들을 생각한 것인지도 모른다.

그런데, 늘 그렇게만 생각해 왔던 저녁노을이 오늘은 왠지 다르게 보였다.

한 사람이 노을을 배경으로 서 있었다. 그 사람이, 노을빛을 받아 은은하게 빛나고 있었다. 적어도 그 순간만큼은, 노을은 죽음이 아니라 생명처럼 느껴졌다. 그것을 느낀 순간, 이유를 알 수 없는 두근거림이 일었다.

기우는 자신이 하고 있던 하얀 목도리를 벗어서 손에 들고 차에서 내렸다. 그리고 그 빛나는 사람에게로 다가갔다. 하얀 목도리를 하면,

그녀는 더 빛나 보일 것 같았다.

"기우 씨."

그녀가 놀란 듯 그의 이름을 불렀다. 지난주 금요일, 마지막 치료가 끝나고 그녀를 데려다 주면서 기우는 다음 만남을 기약했었다. 그건 한 해가 끝나는 날, 바로 내일 저녁이었다. 그것은 의도된 일이었다. 그런데 오늘 온 것은, 순전히 우연이었다.

뜻하지 않은 일이었다.

"약속은 내일 아니었나요?"

"맞아요. 지나는 길에 들른 거예요. 마침 퇴근 시간인 것 같아서 데려다 주려고."

그런 생각조차도 한 적 없었다. 그저 손이 움직이는 대로 운전을 해서 온 것뿐이었다.

"안 그러셔도 되는데. 버스 타고 가도 돼요."

"퇴근 시간이라 사람 많잖아요. 거절 말고 타요."

주저하는 은하의 얼굴을 보고 그는 더 틈을 주지 않으려고 다가섰다.

"왜 이렇게 춥게 입고 다녀요. 추위도 잘 타면서."

그리고 그녀에게 자신의 목도리를 둘러 주었다.

"괜찮아요. 금방 차 탈 건데요, 뭐."

"그래도 하고 있어요. 따뜻해서 나쁠 거 없잖아요."

목도리를 둘러 주는 동안 은하의 얼굴이 아주 가까이서 보였다. 기우는 새삼 그녀의 피부가 무척 하얗고 곱다는 생각을 했다. 만져 보고 싶을 만큼 보드라워 보이는 피부였다.

은하가 일부러 시선을 피하는 것이 느껴졌다. 그녀는 불편하고 당황스러운 기색을 잘 감추지 못했다. 기우는 그 표정을 보며 조용히 웃었다.

"고마워요."

"아니에요."

그때였다. 어디선가 고은하, 하고 그녀의 이름을 부르는 소리가 들렸다. 익숙한 목소리. 돌아본 곳에는 역시나 그가 있었다. 그는 오랜만에 보이는 진심 어린 미소로 그녀를 보고 있었다. 그는 은하를 향해 걸어오는 내내 그 미소를 거두지 않았다.

아주 잠시, 그 웃음이 노을빛을 받아 반짝거렸다.

"여기서 뭐해?"

어느새 기우와 은하의 앞에 다가온 기태가 그녀를 보며 물었다.

"그러는 기태 씨야말로 여긴 웬일이에요?"

"왜 왔겠어. 보려고 왔지."

"……네?"

"형이랑 약속 있었어?"

"아뇨, 그런 건 아닌데……."

은하가 머뭇거리자 기우가 나서며 말했다.

"가는 길에 데려다 드리려고 왔어. 넌 무슨 일이야?"

"할 말도 있고, 줄 것도 있어서. 그럼 내가 데려다 줄게. 그래도 되지?"

기우는 기태를 가만히 바라보다 얼핏 웃음을 흘리며 말했다.

"그렇게 해. 그럼."

은하가 난감한 얼굴로 기우를 보았다. 이제 다시는 기태를 보지 않아도 될 줄 알았는데, 이렇게 아무렇지 않게 만나게 된 것도 당황스러웠고, 먼저 자신을 데리러 와 주었던 기우에게도 미안한 마음이 들었다. 하지만 기우는 아무렇지도 않은 듯 편안한 기색으로 말했다.

“오늘은 내가 양보해야겠네. 잘 가고, 내일 봐요. 은하 씨.”

“……아.”

은하가 무슨 말을 내뱉으려는 순간, 기태가 그녀의 손목을 잡았다.

“가자, 그럼.”

은하는 잡힌 손목을 한 번 보고 기태를 올려다보았다. 그는 여전히 옅은 미소를 짓고 있었다. 은하는 그 미소에 잠시 넋을 잃을 뻔했다. 마지막에나 몇 번 보았던 그의 다정다감한 미소. 요 며칠, 그 미소가 그렇게나 많이 생각이 났었다. 그러나 그토록 그리던 그 미소를 눈앞에서 보는 순간에도, 그녀는 따라 웃을 수가 없었다.

“잘 부탁한다.”

기우가 기태의 어깨를 가볍게 한 번 치고 자신의 차로 돌아갔다.

“운전 조심해서 가세요.”

은하는 그제야 정신을 차리고 급하게 인사를 했다. 기우가 그녀를 향해 싱긋 웃어 보이고 차에 올랐다. 은색의 차가 천천히 멀어져 갔다. 멍하니 차가 사라지는 모습을 지켜보고 있던 그녀를, 그가 돌려 세웠다.

“가자니까.”

“……괜찮아요.”

은하는 고민하다 말고 그의 손을 놓았다.

“혼자 갈 수 있어요. 그게 편해요.”

“할 말 있다니까.”

“난 할 말도 들을 말도 없어요.”

은하의 차가운 태도에 그의 얼굴에서 미소가 거두어졌다. 그는 짧은 한숨을 내쉬며 은하를 보았다.

“그럼 그냥 타. 데려다만 줄게.”

"버스 타고 가면 돼요. 그만 가요."

은하가 그를 지나쳐 가기 위해 몸을 틀었다.

"왜 형은 되고 나는 안 되는데."

"……."

"나한테 대체 왜 이러는 건데."

"……."

"아니. 그래, 됐어. 안 물을게. 왜냐는 질문, 그게 널 아프게 하는 것 같으니까. 네가 싫으면 더 이상 안 물을게. 그러니까 그냥 타."

저녁노을이 사라지고 있었다. 깊은 어둠이 몰려오고 있었다. 은하는 노을을 좋아했지만, 그 순간만큼은 노을이 힘없이 느껴졌다. 아무리 아름다운 빛이라도 결국 어둠에 빨려 들어가는구나 싶었다.

"다시 치료해 달라고 부탁하려는 거 아니야. 불편하게도 안 해. 그냥 타기만 해. 데려다만 주게."

은하는 가만히 그의 얼굴을 보았다. 그의 검은 눈동자가 잔잔히 일렁이고 있었다.

"……타기만 해."

삼십 분이면 도착할 집을 한 시간이 걸려서 도착했다. 기태가 일부러 멀리 돌아온 것이었다. 그 긴 시간 동안 두 사람은 몇 마디 말도 나누지 못했다.

'히터도 세게 틀었는데. 안 더워?'

'네?'

'그 목도리 좀 벗으라고.'

'괜찮아요.'

'보는 내가 답답해.'

'난 따뜻해서 좋아요.'

그 후로 은하는 고개를 돌리고 창밖만 내다보며 갔다. 기태는 답답한 마음에 넥타이를 느슨하게 풀고 운전만 했다.

'왜 이렇게 안 풀리지?'

그렇잖아도 엉킨 실타래가, 풀어 보려고 노력할수록 더욱 엉켜 가는 기분이었다.

차가 멈춘 상태로 두 사람은 한동안 말없이 앉아만 있었다. 은하는 멍하니 창밖만 바라보고 있었다. 기태는 그녀의 옆모습을 보았다. 높고 매끄러운 콧날이 눈에 들어왔다. 옆모습이 참 예쁘다는 생각이 들었다. 그때 은하가 안전벨트를 풀더니 가방을 집어 들었다.

"데려다 줘서 고마워요."

"……잠깐만."

기태는 몸을 돌려서 뒷좌석에 두었던 케이크를 앞으로 가져왔다. 은하가 이게 뭐냐는 듯 눈을 크게 뜨고 그를 보았다.

"그러니까……."

기태가 다소 긴장한 표정으로 머뭇거리며 말을 꺼냈다.

"연말이기도 하고, 그동안 고마운 것도 있고 해서……."

기태는 말을 하면서도 어색하다는 것을 느끼고 미간을 좁히다가 고개를 가로저었다. 그리고 결국 툭 내뱉듯 한마디를 하며 케이크를 내밀었다.

"그냥 샀어."

은하는 큰 눈으로 기태를 빤히 바라보았다. 기태는 오늘따라 유독 반짝이는 그녀의 눈동자를 제대로 보지 못했다.

"안 받아?"

"……."

"혹시, 싫어해? 조 소장님은 네가 생크림 케이크를 제일 좋아한다고……."

기태는 말을 하다 말고 아차 싶어 헛기침을 하며 말끝을 삼켰다. 그냥 샀다는 처음의 말과 달라진 것도 민망했고 조 소장한테까지 물어서 샀다고 하면 그녀가 부담스러워할 것 같았기 때문이다.

은하가 말없이 케이크를 바라만 보는 그 시간이 한 시간처럼 길게 느껴졌다. 그는 마른침을 힘겹게 넘기며 은하의 손이 다가오기를 기다렸다. 그리고 잠시 후, 은하가 말없이 케이크를 받아 들었다. 기태의 입가에 보일 듯 말 듯 얕은 미소가 걸렸다.

은하는 케이크를 들고도 한동안 빤히 그 안을 바라보기만 했다. 묵직한 무게와 동시에 달콤한 향기가 느껴졌다. 조 소장의 말대로 은하는 생크림 케이크를 가장 좋아했다. 고등학교 1학년 은하의 생일에 세연이 친구들과 돈을 모아서 생크림 케이크를 사 준 적이 있었다. 그때가 처음으로 타인에게 생일 선물을 받아 본 때였다. 과일이라곤 딸기 두어 개가 전부였던 1호짜리 작은 케이크였지만, 태어나서 먹어 본 어떤 음식보다 맛있었다. 하얀 생크림이 그렇게 부드럽고 달콤할 수가 없었다.

은하는 그때 알았다. 누군가의 마음이 담긴 음식은 맛이 다르다는 것을.

"고마워요. 잘 먹을게요."

"……어, 어."

기태는 불쑥 나온 그녀의 감사 인사에 민망한 듯 시선을 돌리면서도 미소를 거두지 못했다.

"그럼, 조심히 가요."

"……아, 내일."

은하가 인사를 하고 내리려던 순간, 그의 목소리가 들렸다.

"형 만나기로 했어?"

"네. 왜요?"

기태는 잠시 말을 멈추고 그녀의 얼굴을 물끄러미 바라보았다.

"……안 가면 안 돼?"

아주 오랜 침묵 끝에 떨어진 말이었다. 그의 표정은 자못 진지했다.

"왜요?"

그녀도 꽤 오랜 후에 입을 열었다.

"왜 그러는 건데요?"

"나랑 있어."

"네?"

"나랑 있자고. 내일."

차분하게 내뱉는 그의 말끝이 가늘게 떨렸다.

"데이트하자, 나랑."

은하는 침대에 몸을 웅크리고 앉아 한 곳을 응시하고 있었다. 잘 개어 놓은 하얀 목도리와 그 옆에 있는 케이크가 눈에 들어왔다. 은하는 목도리를 계속 바라보다가 케이크로 시선을 옮겼다.

'내일 저녁 일곱 시에 올리앤에서 기다릴게. 할 말이 있어.'

올리앤이라면 지난번에 이현식 기자와 갔다가 기태를 마주쳤던 그 장소였다. 기태와는 그리 좋은 기억의 장소가 아니었다. 그럼에도 그는 다짜고짜 그렇게 말했다. 그녀가 선약이 있는 것을 알지만, 그래도 기다리겠다고 했다.

'꼭 할 말이 있어요.'

내일 저녁 약속을 잡으면서 기우도 그렇게 말했었다. 두 남자가 꼭 그날 해야 할 말이라는 게 무엇일까. 도무지 감이 잡히지 않았다. 하지만 왠지 모를 불안함은 들었다. 들어서 좋은 말일 것이라는 느낌은 오지 않았다. 하지만 은하는 어느 쪽이든, 가서 확실히 해야겠다는 생각이 들었다.

나는 더 이상, 당신들과 엮이고 싶지 않다고.

치료가 끝났는데도 이렇게 계속 마주쳐야 하고, 오히려 개인적인 인연이 더 깊어지게 된다면, 하는 수 없었다. 그녀는 연구소를 떠날 생각까지 있었다. 그들이 없는 곳으로 멀리, 멀리 도망치고 싶었다.

은하는 자리에서 일어나 주방 쪽으로 걸음을 옮겼다. 그녀는 수저 하나를 가져와 테이블 앞에 앉았다. 상자를 열고 케이크를 꺼냈다. 딸기만 가득 올라간 딸기 생크림 케이크였다. 은하는 새콤한 딸기향을 맡으며 칼로 케이크의 4분의 1을 자른 후 수저를 들었다. 한 수저 크게 잘라서 입에 넣었다. 빵이 워낙 촉촉하고 부드러워서 입에 넣자마자 사르르 녹아내렸다. 은하는 눈을 감고 그 맛을 깊게 음미하며 생각했다.

맛이 달랐다.

지금까지 맛본 무수히 많은 케이크와 맛이 달랐다. 그것을 느낀 순간 코끝이 찡해지면서 울컥 목이 메었다.

'그냥 내 옆에 좀 있어 주라.'

정말 오랜만에, 누군가 나를 특별하게 여겨 주는 사람이 생겼다.

'있어 주라, 제발.'

꼭 붙잡고 놓지 않으려는 사람이 생겼다.

'데이트하자, 나랑.'

그 사람이, 점점 남자로 다가오기 시작했다.

달콤한 생크림이 입 안 가득 퍼지면서 눈물이 맺혔다. 은하는 맺힌 눈물을 거두어내며 다시 한 수저 크게 떠서 입에 넣었다. 케이크를 다

삼키기도 전에 넣고, 또 넣었다. 자꾸 뜨겁게 메어 오는 목을 케이크로라도 억누르고 싶었다.

그렇게 끊임없이 억누르면, 제아무리 대단한 눈물이라도 솟구쳐 나오지 못하리라 생각했다. 그래서 은하는 아직 밖으로 나오지도 않은 눈물을 억누르려 용을 썼다.

갖은 애를 쓰고 있었다.

12월의 마지막 날은 겨울비가 맞이했다. 기태는 가냘픈 여인의 손짓처럼 차창을 두드리는 빗방울을 빤히 바라보았다. 그는 본래 비를 좋아하지 않았지만, 오늘처럼 한겨울에 내리는 비는 다소 반갑게 느껴지기도 했다. 그만큼 날씨가 평소보다 따뜻하다는 증거였으니까. 기태는 빗소리를 들으며 외투 안쪽에서 작은 보석 케이스를 꺼냈다.

아주 작은 행성 모양의 목걸이. 그녀가 갑자기 돌변해서 그를 떠나던 순간, 던져 버렸던 그 목걸이였다. 다른 액세서리보단 이것을 주고 싶었다. 그녀가 이 목걸이를 다시 받기만 한다면, 다른 어떤 말도 필요 없을 것 같았다. 그녀가 정말 다시 돌아왔다는 것을 실감할 수 있을 것 같았다.

그녀는 별이 잘 어울리는 사람이었다. 까만 밤하늘을 그저 암흑으로만 존재하지 않게 한 것은 별이었다. 어둠을 미지의 세계로 만들고 두렵지 않게 한 것은 별이었다. 그녀는 그에게, 암흑 같은 세상을 다르게 볼 수 있도록 도와주는 별 같은 존재였다.

그녀만 있다면, 세상이 다르게 보일 것도 같았다.

기태는 시계를 보았다. 아직 일곱 시가 되려면 삼십 분도 더 남아 있었다. 그는 오늘 그녀가 오든 안 오든 영업시간이 끝나는 시간까지 기다릴 생각이었다. 그러려면 오늘 있는 최면 치료를 뒤로 미루어야 했다. 그는 휴대폰을 꺼내 조 소장에게 전화를 걸었다.

"손기태입니다."

– 아, 네. 기태 씨.

조 소장은 자상한 목소리로 그를 맞아 주었다.

"다른 게 아니라, 오늘 일이 생겨서 상담을 못 할 것 같아서요. 주말이나 다른 날로 미룰 수 있을까요?"

– 그럼요. 괜찮습니다. 금요일에 뵐 테니 그때 자세히 얘기해 보도록 하죠.

"그래요. 연말 잘 보내시고요."

그러자 건너편에서 너털웃음을 흘리는 소리가 들렸다. 기태는 그가 왜 웃는지 영문을 몰라 물었다.

"왜 그러시죠?"

– 아닙니다. 그냥, 기태 씨가 그런 말도 해 주시니 좋네요.

"조 소장님도 저를 이상하게 생각하셨나 보군요."

– 그럴 리가요. 그랬다면 처음부터 제가 맡으려 하지도 않았을 겁니다.

기태는 잠시 텀을 두었다가 네? 하고 되물었다.

"조 소장님이 처음에 저를 맡으려 하셨다고요?"

– 네, 그랬죠. 처음에 기태 씨 아버님이 연락을 하셔서 제가 맡기로 했었는데. 모르셨나요?

기태는 의아함을 감출 수가 없었다.

"그런데 왜 고은하 선생이……."

– 아, 그건 기우 씨가 직접 와서 보시더니, 치료사를 바꾸고 싶다고 하셔서. 아무래도 남자인 저보다는 고 선생이 더 나을 테니까요. 동생을 생각하는 마음이 아주 애틋하시더군요.

조 소장은 진심으로 따뜻한 웃음을 흘리며 말했지만 기태는 표정이 굳었다.

"그렇군요. 아무튼 그때 뵙도록 하죠."

그는 간단하게 새해 인사를 주고받고 전화를 끊었다.

'아버진 무조건 한국최면치료연구소에서 데려오라고 했고. 그중에 너 같은 사이코를 맡겠다는 연구원은 고은하밖에 없어. 알아들어?'

처음 은하를 만났을 때, 기태가 기우에게 당장 치료사를 바꾸어 달라고 하자 기우는 그렇게 말했었다. 은하밖에 없었다고. 하지만 실은 애초에 아버지가 컨택을 해 두었던 상담사가 있었는데, 본인이 마음대로 바꾼 것이었다. 기우의 말과는 달랐다.

갑자기 심한 편두통이 밀려왔다. 동시에 온몸의 신경이 바싹 긴장을 한 듯 몸이 불편해졌다. 기태는 머리에 손을 얹고 눈을 감았다.

'왜, 도대체 왜…….'

처음엔 기우가 한 번밖에 본 적 없는 주미를 기억하고 일부러 그녀와 닮은 은하를 데려왔을 리가 없다고 생각했다. 그런데 어쩌면, 그랬을지도 모른다는 생각이 들었다. 내정자가 있었는데 굳이 은하로 바꾸어서 데리고 온 것도, 그러고 나선 처음부터 맡을 사람이 은하뿐이었다고 거짓말을 한 것도, 전부 이상했다.

필시 어떤 의도가 있을 것이라는 생각이 들었다.

'사랑까진 아니야.'

'기회를 주는 거야. 너한테.'

그가 먼저 한 걸음 물러서 주었기 때문에 페어플레이를 해 볼 생각이었다. 그녀가 아예 약속 장소에 가지 못하도록 할 수 있었음에도 불구하고, 그녀에게 선택의 기회를 준 것은 그 때문이었다. 그의 자리를 억지로 빼앗고 싶지는 않았다. 순전히 그녀의 선택에 맡기고 싶었다.

그런데 지금은, 기우에게 그런 기회를 준 자신의 행동이 후회스러웠다.

무슨 생각을 하는지 도무지 알 수 없는 눈동자. 그 서늘한 표정. 어둠으로 꽉 차 있는 그의 속내가 이제야 의심스럽기 시작했다.

'……가면 안 돼.'

손기우한테 가면 안 돼.

그 답을 내린 순간, 기태는 보석 케이스를 만지작거리던 손을 멈추고 다시 휴대폰을 들었다. 떨리는 손으로 단축번호 1번을 꾹 눌렀다. 하지만 신호음이 끝나기를 아무리 기다려도 그녀는 받지 않았다. 기태는 한숨을 쉬며 은하에게 문자를 보냈다. 안 와도 좋으니 답장을 해 달라는 것이었다.

초조한 마음으로 시계를 들여다보며 어찌할 바를 모르던 순간이었다. 휴대폰이 짧게 진동했다. 기태는 곧바로 휴대폰을 열어 보았다. 문자가 와 있었다.

'미안해.'

은하의 번호였다. 은하에게서 처음으로 온 연락이었다. 그는 그 세 글자를 뚫어져라 바라보다가 이내 고개를 들고 단호한 눈빛으로 앞을 보았다.

"강 비서."

"네."

"……차 돌려."

"네?"

그녀가 그를 선택하리라는 생각을 못 한 것은 아니었다. 그녀라면 당연히 그럴 것이라고 생각했었다. 그녀처럼 성실하고 배려심이 깊은 사람이, 미리 잡혀 있던 선약을 취소하고 막무가내로 잡은 약속을 지킬

리 없었으니까. 하지만, 그걸 알면서도 서운한 마음을 숨길 수가 없었다. 정정당당하게 물러날 수도 없었다. 기우에게서 뭔가 수상한 것을 느낀 지금으로서는 더욱 그랬다.

"잠실 한강 공원으로 가."

깔끔한 신사가 되는 것은 포기하더라도, 그녀를 포기할 수는 없었다.

기우가 그녀를 만나기로 한 곳은 잠실 한강 공원에 위치한 선상 레스토랑이었다. 시간은 일곱 시를 조금 넘겨 있었다. 기태는 차 안에서 선상에 들어서는 사람들을 한 명 한 명 지켜보며 다시 은하에게 전화를 걸어 보았다. 하지만 역시나, 그녀는 전화를 받지 않았다. 전화를 끊자마자 강 비서에게 전화가 왔다.

– 아직입니다.

"알았어."

그녀가 아직 선상 안에 들어가지 않았다는 얘기였다. 기태는 하는 수 없이 차에서 계속 그녀를 기다리기로 했다.

툭툭. 투둑. 툭. 빗방울이 조금 더 거세지기 시작했다. 비가 아까보다 조금 더 세게 창을 두드리기 시작했다. 와이퍼가 부지런히 움직이며 빗물을 닦아 냈지만 기태는 아주 잠시라도 시야가 가려지는 것이 불안하고 초조했다. 그 찰나 때문에 그녀를 영영 놓쳐 버릴 수도 있었기 때문이었다.

그녀가 기우와 함께 웃으면서 식사를 하고, 선물을 건네받고, 고백을 받고, 그리고 좀 더 특별한 사이가 되어서 선상을 나오는 상상을 하면 견딜 수가 없었다. 진심인지 아닌지도 알 수 없는 남자의 고백 앞에서 그녀가 홍조를 띠며 웃게 할 수는 없었다.

그는 우산을 들고 차에서 내렸다. 그리고 거침없이 선상 레스토랑 앞으로 걸어갔다. 연신 시계를 보며 주위를 둘러보았다. 거친 칼바람과 빗방울이 그를 때려도 상관없었다. 그녀를 놓치는 것보다야 그게 나았다. 우산을 든 그의 손이 추위에 점차 붉게 물들어 갔다.

그렇게 시간이 흘렀다. 거세게 내리던 비가 다시 이슬비처럼 가늘게 내리기 시작했고 그러다 차차 멎어갔다. 그러나 비가 완전히 그치고 더 이상 우산이 소용없게 됐을 때까지도 기태는 우산을 접지 못했다. 그 자리에 꼼짝 않고 선 채 은하를 기다렸다. 옷은 이미 반쯤 비에 젖어 있었고 몸은 꽁꽁 얼어 있었지만, 그는 아무것도 느끼지 못했다.

"……이사님."

강 비서가 조심스레 그를 불렀을 때, 레스토랑은 불이 꺼져 가고 있었다. 그리고 그즈음, 익숙한 얼굴이 선상 밖으로 나오는 것이 보였다. 기우였다. 그는 혼자였다. 그는 기태를 보지 못한 듯 지나쳐 갔다.

결국, 그녀는 오지 않았다.

'어째서…….'

기태는 다시 휴대폰을 꺼내 들었다. 얼어붙은 손으로 힘겹게 1번을 누르고 귀에 가져다 댔다. 전화기가 꺼져 있었다. 그래도 아까까진 연결은 됐었는데, 이제 아예 꺼져 있었다. 혹시 무슨 일이라도 있는 걸까.

바로 그 순간이었다. 기태는 가슴을 스치는 불길한 예감에 문자함을 열고 그녀에게 받았던 문자를 다시 보았다.

문자를 처음 받았을 때도 무언가 이상하다는 느낌이 들어 그 세 글자를 뚫어져라 바라보았지만, 알아차리지 못했었다. 그런데 그 문자가 왜 평소와 다르게 느껴졌는지, 그는 지금에야 알게 되었다.

'미안해.'

그녀는, 한 번도 그에게 말을 놓은 적이 없었다.

"……손기우."

거칠게 떨리는 그의 목소리가, 길을 잃은 그의 눈동자가 막연히 한 곳을 향해 꽂혔다.

"……손기우!"

19.

기우가 뒤를 돌아보았다. 이윽고 그의 얼굴이 놀란 듯 굳어졌다. 그는 영문을 모르는 표정으로 기태를 보았다.

"네가 왜 여기……."

"고은하, 어디 있어!"

기태는 그의 말이 끝나기도 전에 흥분된 어조로 물었다.

"뭐?"

"고은하, 어디 있냐고!"

"그걸 왜 나한테 물어. 너한테 간 거 아니야?"

"연락은 안 해 봤어?"

"왜 그러는데. 무슨 일 있는 거야?"

기우의 표정을 뚫어져라 바라보던 기태는 이내 고개를 돌리며 젠장, 하고 짧게 읊조렸다. 그런 기태를 보는 기우의 표정도 한층 더 어두워졌다.

“왜 그러냐니까.”

그가 조금 더 강한 어조로 물었다. 기태는 자못 진지한 그의 표정을 보며 입술을 깨물었다. 묻고 싶은 것이 많았다. 따지고 싶은 것도 많았다. 왜 하필 은하를 치료사로 선택했고, 거짓말까지 하면서 그녀를 고집했는지. 은하를 좋아한다는 말은 진심인지. 지금 그녀의 행방에 대해서는 정말 모르는 것인지.

그렇잖아도 기우에 대한 의심이 생긴 상태였기 때문에, 기태는 지금 이 사태도 왠지 그가 꾸민 일일 것만 같은 기분이 들었다. 하지만 그에게 무엇을 따지고 들기에는 상황이 애매했다.

단지 연락이 안 되고 평소와는 다른 반말의 문자가 왔다는 이유로 그녀에게 무슨 일이 생겼을 거라고 단정할 수도 없었고 ‘미안해’ 라는 그 문제의 문자도 기우가 보냈다는 증거는 없었다. 그것은 기우가 그녀의 휴대폰을 갖고 있지 않은 이상 그녀를 직접 만났어야 가능한 일인데, 기태가 쭉 지켜본 바로도 그녀는 오늘 이곳에 오지 않았기 때문이다.

그렇다면 그 문자는, 정말 그녀가 별 뜻 없이 보낸 것일까?

“은하 씨한테 무슨 일 생긴 거야?”

기우가 심각한 표정으로 다그치듯 물었다. 그 표정과 말투는 진심에서 우러난 것처럼 보였지만, 기태는 이제 그의 어떤 모습도 믿지 않기로 했다.

“아니, 됐어.”

지금으로선 기우에게서 얻어 낼 수 있는 것이 없었다. 기태는 얼른 은하부터 찾아야겠다고 생각했다.

“손기태.”

기우가 돌아서는 기태의 팔을 강한 힘으로 붙잡았다.

"무슨 일인지 말해. 나도 알아야 할 거 아니야."

기태는 크게 한숨을 내쉰 뒤 고민 끝에 그의 눈을 마주했다.

"계속 연락이 안 되더니 갑자기 문자가 왔어. 미안해, 라고. 평소에 말을 놓던 사람이 아닌데 갑자기 그러는 게 이상하다 싶었어. 어쨌건 너한테 갔을 거라 생각하고 여기 왔는데, 오지도 않았고 전화는 꺼져 있어. 혹시 무슨 일 있는 건가 싶어서, 넌 아나 해서 물은 거야."

"뭐?"

기우의 눈빛이 날카롭게 빛났다.

"그렇다고 여길 오면 어떡해? 넌 네 자리에서 계속 기다렸어야지."

"누가 그걸 몰라? 내가 여기 왜 왔는데?"

기태는 기우의 미심쩍은 행동에 대해서는 다음에 얘기하고 싶었지만, 순식간에 자신이 비겁한 사람이 된 기분이 들어서 참을 수가 없었다.

"무슨 소리야?"

기태는 시계를 들여다보았다. 그는 속에 쌓여 있던 말들을 힘겹게 삼키고 고개를 들었다.

"됐어. 나중에 얘기해."

"지금 해."

"시간 없어! 넌 걱정되지도 않아?"

순간 기우의 눈빛이 흔들렸다.

"혹시라도 연락되면 바로 전화 줘."

기태는 기우에게서 등을 돌리고 서둘러 걸음을 옮겼다. 그럴 일은 없지만, 만에 하나 그녀가 레스토랑에서 기다리고 있다면 이렇게 지체할 시간이 없었다. 그는 빠른 걸음으로 달려가 강 비서와 함께 차에 올랐다.

"레스토랑부터 가자."

기태는 차를 대기 무섭게 뛰어내려 건물 안으로 들어갔다. 레스토랑이 있는 층의 불이 모두 꺼져 있건 말건 그런 건 상관이 없었다. 기태는 잠긴 유리문 안을 들여다보며 연신 주먹으로 문을 두드렸다.

"아무도 없어요? 이봐요!"

유리문에 적힌 폐점 시간은 밤 열한 시였다. 지금 시각은 열한 시를 조금 넘긴 상태였다. 기태는 혹시나 하는 마음을 접을 수가 없었다. 그때였다. 복도 저편에서 누군가의 목소리가 들렸다.

"누구세요?"

낯선 남자가 의아한 얼굴로 기태를 향해 다가오며 물었다.

"여기 직원이세요?"

"네. 영업은 방금 전에 끝났는데요. 무슨 일이시죠?"

"아……."

기태는 가슴을 쓸어내리며 숨을 고른 후, 정돈된 모습으로 그를 향해 물었다.

"급한 일이라서 그런데…… 혹시 예약 고객 참석 여부 좀 알 수 있을까요?"

"아, 네. 그러세요."

남자는 흔쾌히 문을 열어 주었다. 기태는 긴장된 마음으로 그가 예약 고객 명단을 확인하는 것을 기다렸다.

"손기태 씨 이름으로 두 분…… 네, 오셨네요."

쿵. 가슴이 내려앉았다.

"……왔다구요?"

"네. 여자분이셨죠? 이분은 기억나네요. 저녁 시간에 오셔서 방금까지 혼자 있다 가셨거든요."

"방금이요?"

"네. 마감 준비 때문에 나가신 뒤에도 문 앞에 한참을 서 계시다가 방금 전에 폐점하고 나왔더니 그제야 가셨어요."

기태는 잠시 초점을 잃은 듯 허공을 보다가 곧이어 감사하다는 말을 남기고 다급히 가게를 뛰쳐나왔다.

엘리베이터를 기다릴 시간도 없었다. 그는 계단을 성큼 성큼 뛰어내려 건물 밖으로 나간 뒤 주위를 둘러보았다. 도로를 내달리는 차들과 껌뻑이는 신호등. 오가는 사람들이 어지럽게 흔들리며 그의 눈 안에 들어왔다. 그는 애타는 마음으로 그녀를 찾았지만, 어디에서도 그녀를 찾을 수 없었다. 그는 더 엇갈리기 전에 얼른 그녀의 집으로 가야겠다는 생각으로 차에 올랐다.

"강 비서는 이만 가 봐."

"네."

강 비서를 보내고 운전석에 오른 기태는 떨리는 손으로 핸들을 잡고 돌리기 시작했다. 그는 여전히 흔들리는 세상을 바로잡기 위해 고개를 흔들었다. 다행히 시야는 바로 잡혔지만 심장이 주체할 수 없을 정도로 빠르게 뛰는 것이 느껴졌다. 그는 도저히 안정을 찾을 수 있는 상태가 아니었다.

왔다. 그녀가 왔다. 기우가 아닌 그에게 왔다. 그것이 그를 미치도록 설레게 하는 동시에 괴롭게 만들었다. 왜, 그녀는 나를 선택했을까. 그리고 왜 그토록 오랜 시간 기다린 걸까. 레스토랑에 혼자 앉아, 오지 않는 그를 하염없이 기다렸을 그녀를 생각하면 가슴이 쓰려서 견딜 수가 없었다.

기태는 다시 그녀에게 전화를 걸어 보았지만, 역시 들려오는 소리라고는 전화기가 꺼져 있다는 안내뿐이었다.

'미안해.'

그렇다면 그 문자는 무엇일까. 그에게 올 것이면서, 그녀는 왜 그런 문자를 보냈을까. 그리고 왜 연락이 되지 않았던 걸까. 아직도 풀리지 않는 의문들이 너무 많았다. 그는 답답한 마음에 더욱 속도를 올렸다. 그녀를 만나고 싶었다. 여러 궁금증들은 뒤로하고라도, 그녀가 무사한 것을 두 눈으로 직접 확인하고 싶었다.

어쩌면 정말 별일이 아니었을지도 모르지만, 누군가 보기에 그가 아주 작은 일에 호들갑을 떠는 것처럼 보일 수도 있겠지만, 그는 그랬다. 지금 이 순간, 은하를 직접 만나지 않으면 불안함에 잠을 이룰 수 없을 것 같았다.

11시 20분. 시간을 보는 그의 눈동자가 심하게 흔들렸다.

잃는 것은 순간이었다. 무언가 이상하다는 것을 눈치챘을 때는 이미 늦은 뒤였다. 기태는, 죽는 한이 있어도 다시 그때의 악몽을 반복하고 싶지 않았다.

'제발 연락 좀 받아.'

엑셀을 밟는 그의 발에 더욱 강한 힘이 들어갔다.

"은하 씨, 안에 없어요?"

벌써 여러 번 초인종을 누르고 문도 두드려 보았지만 안에서는 아무런 기척이 없었다. 기우는 얕은 숨을 내쉬며 손을 내렸다.

'미안해, 라고. 평소에 말을 놓던 사람이 아닌데 갑자기 그러는 게 이상하다 싶었어.'

처음엔 별일 아닐 거라고 생각했는데, 기태의 말을 곰곰이 되짚어 볼수록 그의 말이 맞는 것 같았다. 평소 가까이 닿을 수 없는 벽이 느껴질 정도로 예의를 차리던 그녀가 갑자기 반말의 문자를 보냈다는 것도 이상했고, 문자는 보냈으면서 전화는 받지 않은 것도 이상했다.

사실 기우는 오늘 오후 그녀와 짧은 통화를 했었다.

'미안해요, 기우 씨. 오늘 약속 못 지킬 것 같아요.'

'아…… 그렇군요. 무슨 일 있어요?'

'그런 건 아니고…… 다른 약속이 생겨서요. 정말 미안해요.'

그녀는 그렇게 말했었다. 다른 약속.

'……아니에요. 괜찮아요. 어쩔 수 없죠.'

그리고 그는, 그 약속이 기태일 거라고 생각했었다.

'그래도…….'

순간, 그는 예정에도 없던 말을 뱉었다.

'기다려도 될까요?'

'……네?'

그는 말을 하면서도 자신이 왜 이런 말을 뱉고 있는지 알 수가 없어서 혼란스러웠다. 단순히 기태에게 밀렸다는 열등감 때문일까. 자존심 때문일까. 아니면 다른 무엇 때문일까. 그는 태어나서 지금까지 한 번도 해 본 적이 없는 일을 하고 있었다.

'혹시 모르니까, 약속이 일찍 끝나면 오라구요.'

누군가를 붙잡는 일.

'혼자 있진 않을 테니까 부담 갖지 말구요.'

누군가를 배려하는 일.

'오게 되면 연락 주면 돼요.'

그답지 않은 일이었다. 스스로 그렇게 생각했다. 누군가를 배려해서 거짓말을 하고, 그렇게까지 하면서 붙잡는 것은. 그런데 왠지 모르게 그녀에게는 그렇게 하고 있었다.

'사랑까진 아니야, 난.'

기태에게 했던 말처럼, 그는 아직 그녀를 사랑하진 않았다. 그렇게 믿었다. 사실 그는 사랑이 무엇인지도 몰랐다. 제대로 해 본 적도 없었으니까. 저녁노을이 죽음으로 보이기 시작한 후부터, 그는 누군가와 진심을 나누고 정을 통하는 일 따윈 해 본 적도, 해 보려 한 적도 없었다.

그는 이미 검게 타서 재만 남아 버린 마음을 되살릴 기운도, 여유도 없었다. 그저 누군가의 가슴도 이렇게 똑같이 재만 남았으면 좋겠다는 생각으로 평생을 살아왔다. 그럴수록 그의 마음은 더욱 더 검게 물들어 가는 것을 모르고.

그녀는 오지 않았다. 혹시나 해서 마감 시간까지 기다려 보았지만, 그녀에게선 연락이 오지 않았다.

'잘됐네.'

그는 그렇게 생각했다.

'잘된 거야.'

그러려고 노력했다.

애초에 그는 그녀에게 고백할 생각이 없었다. 그저 기태가 자신의 마음을 빨리 깨닫기를 바라는 마음으로 그를 들쑤신 것뿐이었다. 그래야 어긋나 버린 두 사람이 다시 가까워질 테니까. 그는 기태와 은하의 관계가 지금보다 더욱 깊어지길 바랐다. 그래야 후에 기태가 받는 상처가 더욱 클 것이었으니까. 다행히 기태는 그가 친 그물에 걸려들었고, 그에게 정면승부를 걸었다.

그런데 이상했다. 져야 했던 승부를 진 것뿐이었는데, 마음이 허했다. 이미 아무것도 남지 않은 마음이었는데, 그나마 남아 있던 검은 재까지 싸그리 사라져 버린 것처럼 참을 수 없는 공허함이 밀려왔다.

미안함 때문일 거라고, 그는 생각했다. 왜 답지 않게 그런 동정심이 드는지는 모르겠지만, 아주 오랜 시간 자신과 비슷한 감정을 공유하며 살아온 그녀이기에, 여러모로 나와 닮았다는 생각이 자꾸 드는 사람이기에, 마음이 쓰이는 것뿐이라고. 그녀는 아무런 죄가 없는데 기태와 같은 고통 속에 밀어 넣는 것 같아서, 그게 미안한 것뿐이라고.

- 전화기가 꺼져 있어 소리샘으로…….

기우는 전화를 끊고 닫힌 문을 가만히 바라보았다.

그때였다. 어디선가 아파트 복도를 울리는 묵직한 발소리가 들렸다. 기우는 고개를 돌려 보았다. 어렴풋이 기태가 보였다.

이상했다. 순간, 무언가를 들킨 기분이 들었다.

기우는 복도 끝으로 걸어가 벽 뒤에 몸을 숨겼다. 한 번도 그를 피해 본 적이 없는데, 그 순간만큼은 그를 마주하고 싶지가 않았다. 그는 주먹을 세게 말아 쥐었다. 이유를 알 수 없이 나약해져 버린 자신이 싫었다.

"고은하! 안에 없어? 고은하!"

쉴 틈 없이 그녀를 부르는 그의 목소리가 들렸다. 기우는 천천히 시선을 돌려 그를 보았다. 그는 다급하게 문을 두드려 댔다. 하지만 역시나 안에선 아무런 대답이 없었다. 기태가 깊은 숨을 내뱉으며 쓰러지듯 문 앞에 주저앉았다. 마른세수를 하고 거칠게 머리를 쓸어 넘기는 그의 모습에서 답답한 심정이 엿보였다.

그는 아예 바닥에 걸터앉은 뒤 손으로 이마를 짚었다. 그러곤 무슨 생각을 하는 듯 잠시 아무 행동도 하지 않았다.

우연이었을까. 그 순간, 11년 전 장례식장에서 힘없이 벽에 기대어 있던 기태의 모습이 스쳐 지났다.

마음이 불편해졌다. 설마, 아무 일도 없을 거라고 생각하면서도 기태의 심각한 분위기를 보자 덩달아 불안한 감정이 커지는 것 같았다. 어둠이 무서워서 저녁 이후론 밖에 나가질 않는다더니, 대체 이 시간까지 어디에 있는 건지 걱정이 되었다. 기우는 몸이 움찔하는 것을 느꼈다. 이럴 시간에 다른 곳에 가서 그녀를 찾아봐야겠다는 생각이 들었다.

그런데, 그가 결심 끝에 한 발 내디딘 순간이었다.

엘리베이터가 도착하고 문이 열리는 소리가 들렸다. 기태가 자리에서 벌떡 일어나 그쪽을 보았다. 기우의 시선도 그를 따라갔다.

"……고은하!"

그의 입에서 다시 한 번 그 이름이 터져 나왔다. 믿기지 않았지만, 그녀였다. 다행스럽게도, 그녀였다. 많이 지친 얼굴의 그녀가 기태를 향해 걸어오다 멈추어 섰다.

뚜벅, 뚜벅, 뚜벅. 복도를 울리는 그의 구두 소리가 점차 빨라지더니 한순간 뚝 멎었다. 동시에 그를 좇고 있던 기우의 눈동자도 죽은 듯이 멎었다.

그의 시선에는, 기태의 뒷모습만 보였다. 그녀의 가녀린 몸이 혹 부서지진 않을까 염려가 될 정도로 세게 끌어안고 있는 그의 뒷모습만. 그녀는 그를 밀쳐 내지 않았다. 그저 가만히 그의 품에 안겨 있었다.

왜인지, 꼭 쥐고 있던 주먹에 더욱 강한 힘이 들어갔다. 기우는 저도 모르게 시선을 돌렸다.

"미안해."

기태가 말했다.

"……하. 다행이다."

그녀는 아무 말도 하지 않았다. 한참이나 그녀를 끌어안고 있던 기태가 간신히 감정을 추스른 듯 그녀를 놓아주었다. 그리고 그녀의 얼굴을 물끄러미 바라보다 입술을 떼었다.

"네가 올 줄 몰랐었어. 연락도 안 되고, 미안하다는 문자가 와서. 형한테 간 줄 알고 그리 갔었어. 어떻게 된 거야?"

"……문자가 왔었다구요?"

"네가 보낸 거 아니야?"

"아니에요. 오늘 휴대폰 잃어버렸어요. 버스에서……."

"……뭐?"

"누가, 가져갔나 보네요."

당사자인 은하는 덤덤한 척 말했지만 기태의 표정은 창백해졌다.

"언제? 몇 번 버스였는데? 어떻게 잃어버린 거야? 주위에 누구 이상한 사람은 없었어?"

그는 은하의 어깨를 잡고 흥분해서 소리쳤다. 그의 힘이 얼마나 강했는지, 어깨에 통증이 밀려올 정도였다. 은하는 그의 손을 떼어 내려 했지만 대답을 갈구하는 듯 은하의 두 눈만 고집스럽게 보고 있는 그는, 아무것도 느끼지 못하는 듯했다.

"왜 이래요. 누가 주웠는지는 모르지만 그냥 장난이었겠죠."

"그렇게 쉽게 말하지 마. 쉽게 생각하지도 말고!"

"이것부터 놓고 말해요."

"잘 생각해 봐. 정말 이상한 거 없었어?"

"이것 좀 놓으라구요! 아파요!"

참다못한 은하가 결국 목청을 높였다. 바위처럼 굳어 있던 그의 눈동자가 그제야 흔들렸다. 잠시 이성을 잃었다가 되찾은 사람처럼, 그는 뒤늦게 은하의 몸에서 손을 떼었다.

"기태 씨가 그러면 내 맘이 편하겠어요? 나라고 정말 괜찮겠어요?"

"……."

"별일 아니겠죠. 그냥 어린애 장난이겠죠. 그렇게 생각하지 않으면 별수 있어요? 그렇게 말해야 나도 당신도 마음이 편할 테니까. 그러니까 그냥 그렇게 말하는 거죠. 근데 당신은 그런 말밖에 할 수 없어요?"

'내가 얼마나 겁이 많은데, 얼마나 사람을 무서워하는데…….'

은하는 마지막 말을 속으로 삭였다. 기태의 마음을 이해하지 못하는 것은 아니었다. 그가 주미를 얼마나 갑자기, 어떤 일로 잃었는지 알기 때문에, 그때의 트라우마가 얼마나 클지 알기 때문에, 이해할 수 있었다.

하지만, 그녀도 그만큼이나 아픈 사람이었다. 분명히 별일 아닐 수 있지만, 그 작은 일에 가장 두려움을 느끼고 있는 사람은 그가 아니라 그녀였다.

일이 끝나고 기태와의 약속 장소로 가기 위해 버스를 탔다. 퇴근 시간이라 북적대는 사람들 틈에 서서 휴대폰으로 음악을 들으며 가고 있었다. 그리고 내릴 무렵 이런저런 사람들에게 치였고, 내리고 나니 휴대폰은 손에서 사라지고 없었다. 버스를 다시 타기 위해 열심히 쫓아갔지만 따라잡을 수가 없었다. 그녀는 하는 수 없이 택시를 타고 다음 정거장에 먼저 가서 버스에 올랐지만 휴대폰은 어디에도 없었다.

왠지 모르게 묘한 기분이 들었다. 사람들과 부딪치는 과정에서 떨어졌을 확률이 높았지만, 누군가 고의로 가져간 것은 아닐까 하는 생각에 두려워졌다. 공중전화로 자신의 휴대폰에 전화를 해 보았지만 받지 않았다. 더는 무엇을 어떻게 해야 할지 생각도 나지 않았다. 이러다간 약속 시간에도 늦을 것 같았다. 그녀는 하는 수 없이 올리앤 레스토랑으로 향했다.

지나가다 누군가 뒤따라오는 소리만 들려도 온몸이 식은땀에 젖고 현기증이 나는 그녀였다. 내가 모르는 타인이 나를 본다는 것 자체가 소름 끼치게 싫었다. 그런데 내가 모르는 타인이 내 물건을 가져간 것도 모자라 그것으로 다른 사람에게 연락까지 했다니. 그 말을 듣는 순간 등골에 서늘한 바람이 훅 끼치고 지났다.

그녀의 사정을 전혀 모르는 그에게 무엇을 알아주길 바라는 것은 아니었지만, 그럼에도 조금은 서운한 마음이 들었다.

"……미안. 미안해."

기태가 한층 낮아진 목소리로 말하며 그녀를 다독이듯 감싸 안았다.

"이런 말을 하려던 게 아니었는데. 이게 아니었는데……."

그녀는 기태의 따뜻한 손길 하나에 또다시 마음이 녹아 버리는 것을 느꼈다. 이렇게 약해지면 안 되는데. 그에게 해야 하는 말이 있어서, 그렇게 오래 기다렸던 건데. 정작 꾹 닫힌 입술은 제 할 일을 못 하고 애먼 눈물샘만 달아오르고 있었다.

"……보고 싶었어."

"……."

"네가 너무 걱정돼서…… 힘들었어."

쿵. 쿵. 쿵. 쿵. 다소 빠른 박자로 뛰고 있는 그의 심장 소리가 들렸다. 한 번도 들어 보지 못한 어머니의 자장가처럼, 그 소리는 그녀의 마음을 차차 안정되게 해 주었다.

"……나한테 와 줘서 고마워."

째깍째깍. 그녀의 어깨를 감싸 안은 그의 손에서 누군가의 속삭임처럼 조곤조곤한 시계 소리도 들렸다.

"덕분에 지금 같이 있게 됐네."

10. 9. 8…… 아주 먼 어디선가, 여러 사람들이 목소리를 합쳐 숫자를 외치는 소리가 들렸다. 은하도 어느 순간 그 소리에 맞춰 숫자를 거꾸로 세고 있었다. 그리고 그제야 그가 말하는 '지금'이라는 게 무엇

을 뜻하는지 알 수 있었다.

“오늘 꼭 하고 싶은 말이 있었는데. 지금 할게.”

심장 소리. 시계 소리. 카운트다운 소리. 그리고 한 남자의 매력적인 중저음의 목소리까지. 마음을 녹이는 달콤한 소리들.

은하는 고개를 들어 그의 눈을 보며, 숨을 죽인 채 그 소리들에 귀를 기울이고 있었다.

그리고 그로부터

“네가 좋다. 나.”

3.

“절대로 잃기 싫을 만큼.”

2.

“……사랑인 것 같아.”

1.

“아니, 사랑이야.”

새로운 시작이 그들을 찾아왔고,

“……사랑해, 고은하.”

그녀는 결국 빨려 들어가서는 안 될 그의 검은 눈동자 속으로 한 발 한 발, 더 깊이 들어서고 있었다.

20.

1월 1일 새벽. 죄를 짓는 마음으로 몰래 바라보고 있던 사람에게 고백을 들었다. 그 고백으로 새해를 시작할 수 있음을 신께 감사히 여겼다. 혹시 꿈은 아닐까 싶을 정도로, 가슴이 벅차게 두근거렸다. 하지만 그녀는 그 고마운 마음에 미소로 화답할 수가 없었다. 그녀가 그의 마음에 보답할 수 있는 유일한 길은, 그를 거절하는 것뿐이었다.

"저도 오늘 꼭 하고 싶은 말이 있었는데. 지금 할게요."

그녀는 한참 만에 입을 열었다. 그 말이 무엇인지 이미 알고 있는 듯, 기태의 얼굴에 얕은 어둠이 드리워졌다.

"하지 마."

"……."

"지금 하지 마. 나중에 해."

"기태 씨."

"대답하라는 거 아니야. 뭘 바라는 것도 아니야. 그냥 내 마음이 그렇다고 말한 거야. 그러니까 넌 그냥,"

"욕해도 좋아요. 할 거면 맘껏 해요. 그래도 난 말해야겠어요."

"고은하."

기태가 깊은 한숨과 함께 눈을 지그시 감았다 떴다. 눈앞에 보이는 그녀의 붉고 탐스러운 입술이 두려웠다.

"괜한 희망이나 여지 두고 싶지 않아요. 그게 서로한테 좋아요."

항상 맑게만 보이던 그녀의 두 눈이 오늘따라 빛 한 점 없이 메말라 보였다. 그 억양과 말투가 어찌나 냉정하고 단호하던지, 그는 그녀가 잔인하다고까지 느껴졌다.

그는 몰랐다. 그녀가, 그렇게 보이기 위해 얼마나 필사적으로 노력하고 있는지. 그를 위해서 어떻게 반대로 말하고 있는지.

"난 당신이 싫어요."

'나도, 당신을 좋아해요.'

"도망치고 싶을 만큼."

'다 외면하고 곁에 있고 싶을 만큼.'

"그러니까 여기서 그만해요. 더 이상 다가오면 정말 도망쳐 버릴 테니까."

은하가 기태에게서 떨어져 뒤로 한 발 물러섰다. 둘 사이에 조금의 거리가 생겼다. 기태는 말없이 그 짧지만 먼 거리를 내려다보다가 한참 후에 입을 열어 말했다.

"너, 참 잔인하다."

그의 짧은 실소가 그녀의 가슴을 아프게 뚫고 지나는 줄도 모르고.

"사람을 이렇게 아프게 하네."

무엇이 문제일까. 그는 알 수가 없었다. 어디서부터, 왜 틀어진 것인지. 그녀에게도 진짜와 가짜의 모습이 있다면, 아무리 생각해도 별장

이후 돌변한 모습이 가짜 같았다. 닫혀 있던 방문을 끝없이 두드려 주고, 다정한 목소리로 책을 읽어 주고, 따뜻한 눈빛으로 웃어 주던 그 모습들이 진짜 같았다. 그때는 그가 그녀에게서 도망치려 애를 썼는데, 이젠 그녀가 그에게서 도망치려 하고 있었다. 그녀도 그때 이런 기분이었을까.

단 한 번이라도 좋으니, 기태는 그 눈빛과 미소를 다시 보고 싶었다.

"가끔 버스를 탈 때마다 그런 생각을 했어요."

은하는 섭섭할 정도로 덤덤한 표정과 말투로 이야기했다.

"난 사랑이 뭔지 잘 모르지만, 버스 옆자리 같은 게 아닐까, 하고."

"……."

"누군가 잠깐씩 앉았다 가는 거요. 내가 종점까지 간다고 해도, 내 옆사람은 어디까지 가는지 알 수 없는 거."

"……."

"옆사람이 내려 버리면 끝나는 거."

왠지 모르게 가슴이 내려앉는 기분이었다.

"나는 아주 잠깐 당신 옆자리에 앉았다 내린 사람이라고 생각해요. 빈자리의 허전함을 느끼기도 전에 또 다른 누군가, 그 자리를 메울 거예요."

은하가 희미한 미소를 지었다. 기태는 아무 말 없이, 아무 표정 없이 그녀를 바라보았다. 그녀가 천천히 문 쪽으로 몸을 틀었다.

"다시는 볼 일 없었으면 좋겠어요. 조심히 가요."

그녀가 비밀번호를 누르는 소리가 들렸다. 기태는 넋이 나간 사람처럼 그녀의 뒷모습을 바라보았다. 문이 열리고, 그녀가 들어가고, 다시 문이 닫히기까지 그는 아무것도 하지 못했다.

'옆사람이 내려 버리면 끝나는 거.'

그 한마디가 귓가에 끝없이 맴돌아서, 그는 그 자리에 못이 박힌 듯 서서 움직이지 못했다. 한 발짝도 움직이지 못했다.

끼익. 급브레이크를 밟는 동시에 기태의 몸이 앞으로 쏠렸다. 그는 놀란 얼굴로 고개를 들고 앞을 보았다. 횡단보도를 건너던 남자가 기태를 보며 욕을 하듯 구시렁거리고 있었다. 잠시도 곁을 떠나지 않는 은하의 목소리에 정신을 놓고 있다가 신호를 보지 못한 것이었다. 기태는 크게 숨을 고른 후 정신을 차리기 위해 고개를 흔들었다.

그런데 다시 앞을 본 순간이었다. 기태는 저도 모르게 제 손바닥을 할퀼 듯이 말아 쥐었다. 한 중년의 남자가 여자와 함께 횡단보도를 건너고 있었다. 둘은 모두 술에 많이 취한 듯이 보였다. 남자의 손이 여자의 허리와 엉덩이 사이를 음흉하게 오가는 것이 보였다. 주먹을 세게 움켜쥔 기태의 손등에 핏줄이 터질 것처럼 솟아올랐다. 그는 순간 참지 못하고 문에 손을 댔다가 무심코 차 키를 보게 되었다.

'괜찮아. 다 잘될 거야. 그런 뜻이에요.'

'가끔, 마음을 다스리기가 너무 힘들면 그걸 손에 꼭 쥐어 보세요. 정말 괜찮아질 거예요.'

기태는 떨리는 손을 문에서 떼어 내고 대신 클랙슨을 세게 내려쳤다. 갑작스런 경적 소리에 남자가 화들짝 놀라 여자의 몸에서 손을 떼어 내고 뭐냐는 듯이 기태 쪽을 쏘아보았다. 기태는 지지 않고 매서운 눈빛으로 그를 노려보았다. 그는 금세 기태에게 기가 눌린 듯 시선을 피하고는 다시 여자의 몸을 감싼 뒤 횡단보도를 마저 건넜다. 기태는 차 키에 달린 열쇠고리를 세게 움켜쥐었다.

'모양은 이래도, 정말 기태 씨를 지켜 줄 거예요.'

이 열쇠고리에 정말 그런 묘한 힘이 있는 것인지, 아니면 그녀를 실망시키고 싶지 않은 그의 마음이 작용한 것인지, 열쇠고리를 잡고 있는 힘껏 참아 내면 정말 버틸 수가 있었다. 하지만 그럼에도 부들부들 떨리는 손과 끓어오르는 분노는 쉽게 진정이 되지 않았다.

'죽여 버릴 거야.'

11년 전. 마침내 범인이 잡혔을 때, 기태는 거의 제정신이 아니었다. 범인은 당시 30대 초반의 건설 인부였고 이름은 이훈이었다.

'너 나오면 내 손에 죽어. 반드시 죽어. 죽여 버릴 거라고, 내가!'

기태는 이훈의 멱살을 잡고 벌겋게 달아오른 눈으로 죽일 듯이 쏘아보며 소리쳤다. 그러자 그는 우는 듯 웃는 듯 괴이한 웃음소리를 내더니 말했다.

'난…… 가만있을 것 같아?'

기태는 순간 간신히 잡고 있던 이성의 끈을 놓아 버렸다. 죄를 지은, 그것도 살인죄를 지은 사람이 감히 할 수 있는 말이 아니었다. 무기가 있었다면 그 자리에서 정말 그를 죽게 했을지도 몰랐다. 그러나 기태가 이훈에게 달려들자마자 형사들이 그를 뜯어말렸다.

기태는 붙잡힌 상태에서도 발버둥을 치며 짐승처럼 악을 질러 댔다. 그는 끝까지 이훈의 눈을 매섭게 쳐다보며 온갖 저주와 욕설을 퍼부어 댔다. 죽일 거라고. 반드시 죽일 거라고. 네가 나오는 날이 곧 죽음일 거라고. 산 채로 가죽을 벗겨 죽일 거라고. 인간이 느낄 수 있는 최대의 고통으로 널 죽게 할 거라고. 그러니 내 손에 죽기 싫거든 평생 감옥에서 얌전히 살라고. 그러자 이훈은 공포에 질린 듯 몸을 떨면서도 그 기괴한 웃음소리를 멈추지 않았다.

기태는 어떻게든 그가 법의 최대 형인 사형을 받도록 하고 싶었지만 그는 초범인 데다 지적장애 3급으로 심신미약자에 해당되어 기본적으로 형을 감경받는 법적 보호를 받았다. 또한 기태는 그가 분명 주미의 몸에도 손을 대었을 거라 생각했지만 시체에서 폭행 흔적이나 정액 등 뚜렷한 증거를 찾을 수 없어 성범죄도 성립되지 않았다.

이훈은 살인 행위에 대해서도, 골목을 지나다가 시비가 붙어 충동적으로 상해를 입혔는데 처벌이 두려워 데리고 있던 도중 피해자가 죽은 것이라고 말했다. 그의 말에 의하면 그가 범한 죄는 살인이 아닌 상해치사죄에 해당했다. 이는 기본 징역 3년 이상의 형으로, 살인죄에 비해서는 그 처벌 강도가 약했다. 기태는 절대로 그가 상해치사죄를 받게 할 수 없었다.

그가 아무리 건설 인부라고 하더라도 당시 망치를 소지하고 있었고 그것으로 상해를 입혔다는 것은 계획적, 고의적 살인으로 볼 여지가 충분했다. 또한 범인이 지적 장애가 있긴 하지만 일반적 사고와 판단이 가능한 3급인데도 불구하고 상해를 입힌 뒤 며칠 동안이나 피해자를 방치했다는 것은 살인미수의 혐의를 받을 수도 있었다. 시체를 야산에 유기한 것도, 그로부터 반증된 그의 무자비함과 함께 문제가 되었다.

기태는 자신이 할 수 있는 최선을 다해 그의 형량을 늘리고자 애썼다. 하지만 손 사장은 기태가 괜한 범죄 사건에 연루되는 것을 반대해서 적극적으로 도와주지는 않았다. 또한 이훈 측은 어린 시절 극심한 가정폭력에 시달리다 고아가 되었던 그의 불행한 성장 환경과, 평소 그의 바른 행실에 대한 주변 사람들의 증언, 지적 장애자로서의 힘든 삶 등을 들어 인정에 호소하였고, 결국 그는 최종적으로 징역 10년을 선고받게 되었다.

약 1년 전, 그가 감옥에서 나왔을 때 기태는 미국에 있었다. 기태는 두 달 전 한국으로 돌아오자마자 그를 찾았지만 좀처럼 그의 행적을 알 수가 없었다. 그때부터였다. 10년 동안 억눌러 왔던 감정들이 터져 나와 버린 것은. 그가 감옥에 있을 때와는 달랐다. 자신이 미국에 있을 때와는 달랐다. 같은 공간 아래 그가 살아 숨 쉬고 있다는 생각을 하면 참을 수가 없었다.

더욱이 젊은 여자들에게 치근대는 중년의 남자를 볼 때면 그때의 악몽이 떠올라 저도 모르게 이성을 잃었다. 그런 사람들이 모두 그로 보였다. 어딘가에서 그는 분명 멀쩡히 살아 숨 쉬고 있을 테니까. 그 불안함과 분노가 그를 미치게 만들었다.

'세강 손기태 이사 폭행 논란.'

결정적인 문제가 발생했던 그날은 11월 30일이었다. 그녀를 잃었던 그날 밤. 도저히 맨정신으로는 버틸 수 없을 것 같아서 혼자 술을 마신 기태는 거리를 걷다 말고 그 자리에 얼어 버렸다.

그였다. 분명히 그였다. 단 한 번밖에 본 적 없지만, 결코 잊을 수 없는 사람. 기태는 제 앞을 걸어가는 남자에게서 그를 보았다. 남자는 한 여자를 음흉한 눈빛으로 뒤따라가고 있었다. 그 걸음이 점점 더 빨라졌다. 분명히 여자에게 닿으려는 듯한 걸음이었다.

순간 그의 머릿속에 어두운 골목길이 스쳐 지났다. 좁고 어두운 골목길에서, 그녀의 뒤를 따라 걷고 있는 남자의 모습이 떠올랐다. 직접 보지도 못한 장면이 눈앞에 선명하게 그려졌다. 그녀의 걸음이 빨라지면 그의 걸음도 빨라지고, 느려지면 함께 느려졌다. 그는 주먹을 바싹 쥐고 남자를 따라갔다.

얼마나 무서웠을까. 얼마나 두려웠을까. 얼마나 힘들었을까.

그 생각을 하니 심장이 미친 듯이 빠르게 뛰었다. 남자가 여자의 뒤에 바짝 다가붙은 순간, 기태는 왼손으로 그의 어깨를 잡아 돌리고 오른손으로 그의 얼굴을 있는 힘껏 내려쳤다. 어떤 생각도 할 수 없었다. 무슨 생각을 하기도 전에 몸이 먼저 움직였다. 남자는 맥없이 바닥에 쓰러졌고 기태는 그 위에 올라타서 연신 주먹을 날렸다. 아무것도 보이지도, 들리지도 않았다.

죽이고 싶었다. 진심으로 그를 죽이고 싶었다. 오로지 그를 죽이고 싶다는 생각뿐이었다. 그가 이훈이 아니라는 것은, 몇 남자들이 다가와 그를 뜯어말렸을 때야 알 수 있었다.

기태는 거친 숨을 내쉬며 아래를 보았다. 남자는 거의 정신을 잃고 쓰러져 있었다. 그리고 주위에는 언제 몰려들었는지 모를 수많은 사람들이 그를 둘러싸고 있었다. 그들이 손에 들고 있는 휴대폰과 카메라가 보였을 때 머리가 욱신거리며 아파 왔다. 어지러웠다. 사람들이 웅성거리는 소리가 뭉개져서 들렸고 번화가의 밤을 빛내 주는 네온사인들이 흐릿하게 보였다. 그는 피가 묻은 자신의 주먹을 내려다보다 그 자리에 주저앉았다.

죽이고 싶다, 가 아니었다.

실은, 죽고 싶다, 였다.

딱 그 네 글자가 그의 가슴을 난도질하고 있었다.

빵빵. 격한 경적 소리가 들렸다. 어느새 신호가 바뀌고 차들이 지나가고 있는데도 그만 정지 상태였다. 그는 정신을 차리고 액셀을 밟았다.

'난…… 가만있을 것 같아?'

순간 그의 목소리가 들렸다. 그간 행방이 묘연하던 사람이 갑자기 다시 나타났을 리가 없다고 생각하면서도, 그는 괜한 불안감을 떨칠 수가 없었다. 은하의 휴대폰 일에 민감하게 반응하게 되는 것도 그 때문인 것 같았다. 늦은 시간이었지만, 그는 강 비서에게 전화를 걸었다. 생각났을 때 말해 두어야 할 것 같았다.

"내일 아침에 바로 고은하한테 가드 붙여. 절대 눈치채지 못하게. 그리고…… 한 번 더 알아봐 줘."

– 누구 말씀이시죠?

"……이훈 말이야. 그 살인자."

◈

토요일이었지만 은하는 평소보다 일찍 잠에서 깼다. 새해 첫날 그를 그렇게 보낸 뒤로 은하는 한순간도 깊이, 편히 잠들지 못했다. 그날로부터 족히 열흘은 지난 것 같았지만 날수로는 고작 이틀이었다. 그동안 한 일도 많은데 시간만은 변함없이, 아니 평소보다 더욱 느리게 갔다.

어제 저녁, 은하는 퇴근 전 조 소장과 따로 자리를 마련해서 사직 의사를 표명했다. 그녀는 멀리, 가능하다면 지방으로 내려가 살고 싶었다. 하지만 현재 맡고 있는 내담자들도 있었고 후임자를 구한 뒤 인수인계도 해야 했기 때문에 다음 주까지는 일을 하기로 했다. 실은, 다음 주가 기태의 상담이 끝나는 주였다. 비록 직접 맡지는 못했지만 그녀는 기태의 치료가 잘 마무리되는 것까지는 보고 떠나고 싶었다.

이미 집도 내놓은 상태였다. 목요일 새벽, 그에게 완전한 이별을 고하고 들어와 한참을 울었다. 혹시라도 그가 밖에 있을까 봐 베개를 끌어안고 숨죽여 울었다. 사실상 처음으로 찾아온 사랑이라는 이 벅찬 감정을, 조금 느껴 볼 새도 없이 밀어내야 하는 상황이 끔찍하게 싫었다. 힘들었다. 그를 옆에 두고는 도무지 견딜 수 없을 것 같았다. 그에게는 조금만 더 다가오면 도망쳐 버릴 거라고 했지만, 그녀는 그가 다가오기도 전에 도망치고 있었다.

그녀가 다가갈까 무서웠다. 이 마음을 견디다 못해 이기적으로 굴어 버리면 어떡하나 싶었다. 그의 생각은 하지도 않고 사실을 말해 버리거나, 혹은 사실을 감추고 그의 옆에 있겠다고 해 버릴까 봐 스스로가 두려웠다.

집은 시세보다 싸게 내놨기 때문에 금방 팔릴 것 같았다. 은하는 미리 짐을 싸 놓기 위해 큰 상자를 갖다 놓고 당장 필요한 것을 제외한 소품들을 정리하기 시작했다. 그런데 방의 서랍 구석구석을 살피던 은하의 손이 어느 순간 멈칫했다.

오랫동안 열어 보지 않았던 수납장의 가장 아래 칸에는 낡은 상자가 들어 있었다. 먼지 쌓인 그 상자를 열어 보니 까만 비디오테이프 여러 개가 보였다. 테이프에는 날짜가 적혀 있었다. 은하는 그중 2002년 12월 20일이라고 적힌 테이프를 꺼내 보았다. 그녀의 얼굴이 묘한 슬픔으로 일그러졌다. 은하는 잠시 동안 그 테이프를 바라보다가 이내 도로 집어넣고 낡은 상자를 통째로 꺼내 상자 속에 집어넣었다. 그것을 마지막으로 상자가 가득 채워졌다. 자리에서 일어나 손을 털던 은하는 무심코 테이블을 보았다가 곱게 개어져 있는 흰 목도리를 보았다.

'돌려줘야 하는데…….'

그간 너무 정신이 없어서 잊고 있었다. 그녀는 흰 목도리를 물끄러미 바라보며 오랜만에 기우를 생각했다. 그러고 보니 기우도 그날 할 말이 있다고 했는데. 기다릴 테니 올 수 있으면 연락 달라고 했는데. 휴대폰을 잃어버리는 바람에 결국 연락을 주지 못했다. 은하는 그날 약속을 갑자기 취소해 버려서 미안하다는 말과 함께 목도리도 돌려주어야겠다고 생각했다. 기우에게도 그간 고마운 일이 꽤 많았는데, 마지막 인사는 해야 할 것 같았다.

은하는 새로 산 휴대폰을 꺼내 들었다. 그녀는 조심스러운 손길로 기우의 이름을 찾아 통화 버튼을 눌렀다. 잠시 후, 기우가 약간 놀란 듯한 목소리로 전화를 받았다.

– 은하 씨?

해가 뉘엿뉘엿 지고 있는 초저녁. 기태는 조 소장과 함께 한강변을 느긋하게 뛰면서 대화를 나누고 있었다. 지난번에 미루었던 상담을 대신하는 것이었다. 오늘도 늦은 밤에 테이블 앞에 앉아 이야기만 주고받을 거라 생각했는데, 조 소장은 뜻밖의 제안을 했다. 그는 문제의 시간이 아닌 다른 시간의 기태와, 답답한 방이 아닌 다른 곳에서의 기태가 보고 싶었다고 했다. 그 정확한 뜻은 알 수 없었지만 어쨌건 기태는 그의 제안이 꽤 달가웠다. 춥더라도 이렇게 바깥 공기를 마시며 산책하는 기분으로 뛰고 있으니 마음이 한결 가볍고 편안해지는 것 같았다.

어쩔 수 없이 또 은하 생각이 났다. 은하와도 이런 추억이 있었다면 좋았을걸, 하는 아쉬움이 들었다. 그러나 아련한 표정도 잠시 금세 가슴에 쌔한 통증이 치밀면서 미간이 구겨졌다.

'난 당신이 싫어요.'

그날 밤, 그렇게 냉정하게 그를 거절했던 그녀의 목소리가 들렸기 때문이다.

'그러니까 여기서 그만해요. 더 이상 다가오면 정말 도망쳐 버릴 테니까.'

기태는 짧은 한숨을 내쉬며 머리를 가볍게 털었다.

"……싫다고 할 것까진 뭐야."

"네?"

기태가 작게 투덜거리는 것을 들었는지 조 소장이 그를 쳐다보았다.

"아, 아닙니다."

조 소장은 옅은 미소를 지었다. 그가 웃을 때 눈가에 지는 주름은 왠지 모르게 정감이 갔다. 참 인자하면서도 여유로워 보이는 미소였다. 그는 늘 한 발치 멀리 떨어진 곳에서 세상을 보는 것 같았다. 기태가 생각하는 이상적인 아버지형이었다. 그래서 그런지, 그에게는 왠지 거부감이나 반감이 들지 않았다.

"조 소장님은 아내분을 어떻게 만나셨나요?"

기태가 물었다. 조 소장이 허허허, 하고 소리 내어 웃으며 그를 보았다.

"이런 말 하긴 좀 그렇지만, 연구소에서 만났답니다. 제 첫 환자였어요."

"아, 그렇군요."

"원칙적으로는 내담자에게 이성적인 감정을 품으면 안 되지만, 사람 마음이란 게 본디 뜻대로 되는 게 아니니까요. 하하. 근데 갑자기 그건 왜 궁금하셨어요?"

"그냥…… 궁금해서요. 어떻게 종점까지 갈 사람을 만났는지."

"네?"

"누가 그러더라구요. 사랑은 버스 옆자리 같은 거라고. 누군가 잠깐씩 왔다 가는 거라고. 내가 종점까지 간다고 해도, 그 사람이 종점까지 갈지는 모르는 거라고. 그 사람이 내려 버리면, 끝나는 거라고."

그러자 조 소장은 가벼운 너털웃음을 흘리며 걸음을 늦추었다. 기태도 그에 맞추어 속도를 늦추었다.

"누가 그런 말을 했는진 모르지만, 참 가여운 사람이네요."

기태는 생각지 못한 그의 말에 의아한 얼굴로 되물었다.

"왜죠?"

"옆사람이 내린 뒤에, 뛰어서든 다른 버스를 타서든 다시 돌아와 준 경험이 없다는 거니까요. 혹은 본인이 옆사람을 따라서 내린 경험도."

"……."

"제 생각으로는, 결국은 그런 게 사랑인데 말이죠."

조 소장은 멋쩍은 웃음을 흘리며 다시 앞서 걸었다. 기태는 어느새 걸음을 멈추고 선 채 멍하니 앞을 보았다. 조 소장의 뒷모습을 보는데 짧은 미소가 새어 나왔다.

그때, 휴대폰이 울렸다. 기태는 조 소장을 따라 걸으며 전화를 받았다.

"뭐?"

전화를 받던 기태의 표정이 굳었다.

"일단 계속하라고 해."

강 비서의 전화였다. 은하에게 붙여 둔 가드에게서 연락이 왔는데, 방금 은하가 기우의 차를 타고 나갔다는 얘기였다. 기우는 가드의 존재를 금방 알아챌 것이었기에 어떻게 할지 방법을 물어온 것이었다. 기태는 전화를 끊은 뒤 감정을 삭이듯 아랫입술을 깨물었다.

아직 기우의 거짓말에 대해 제대로 이야기를 해 보지 못한 상황이라 마음이 더욱 복잡했다. 기우는 도대체 은하에게 무슨 생각인 것일까. 불안하고, 초조하고, 답답했다. 그리고 그는 그토록 냉정하게 거절하더니, 기우를 따로 만나는 그녀의 마음도 궁금했다. 혹시 기우에게 마음이 있는 것일까. 그 생각을 하자 갑자기 속이 뜨거워졌다.

"기태 씨?"

어느새 멀리까지 가서 기태를 부르는 조 소장이 보였다. 기태는 갈등했다.

다가오지 말라고 했는데. 더 다가오면 정말 도망쳐 버릴 거라고 했는데. 그래서 자존심 꺾고 연락하고 싶은 마음을 억지로 억지로 눌러가며 참았는데. 그녀가 기우와 단둘이 있을 생각을 하니 속이 쓰리고 화가 나서 도무지 참을 수가 없었다.

'안 돼. 너 뭐 하려는 거야. 설마 미행이라도 하려는 거야? 한심한

놈. 그게 말이 돼?'

라고 생각하면서도 기태의 발은 이미 뒤로 움직이고 있었다. 그는 시계를 한 번 들여다보고 조 소장을 향해 웃으며 말했다.

"세 시간 지난 것 같은데, 제가 일이 생겨서요. 죄송하지만 먼저 가 보겠습니다."

그러자 조 소장은 오히려 반가운 미소를 지으며 고개를 끄덕여 주었다.

"그러세요. 월요일에 봅시다."

기태는 조 소장에게 인사를 한 뒤 몸을 돌려 걷기 시작했다. 아니, 빠르게 걷기 시작했다. 아니, 가볍게 뛰기 시작했다. 아니, 빠르게 뛰기 시작했다.

'미친 놈. 정신 차려. 정신 차려라, 제발!'

라는 말을 끝없이 되뇌면서.

"죄송해요. 그날은 제가 정말 정신이 없어서……."

"괜찮아요. 일행 있었다고 했잖아요. 미안해할 것 없어요."

기우는 부드럽게 웃으며 스테이크를 썰었다.

"그 말 하려고 보자고 한 거예요?"

기우의 물음에 은하는 아, 하며 옆자리에 두었던 종이 가방을 기우에게 내밀었다. 기우는 종이 가방을 열어 보더니 짧은 웃음을 흘리며 말했다.

"가져도 되는데."

"아니에요."

"용건이 두 개나 있었네요. 난 또, 혹시 내가 보고 싶었나 하고 김칫국 마셨는데."

은하가 어색한 표정을 짓자 기우가 부러 소리 내어 웃었다.

"농담이에요."

"아, 네."

"어쨌든 고마워요. 목도리도, 그날 일도, 신경 써 줘서."

기우의 말이 어쩐지 쓸쓸하게 느껴졌다. 은하는 차마 떠나기 전 마지막으로 얼굴을 보려고 했다는 말은 할 수가 없었다. 그녀는 그저 말없이 스테이크를 써는 기우의 모습을 바라보았다. 그는 먹기 좋게 썬 스테이크 접시와 은하의 접시를 바꾸었다. 은하는 어렴풋이 미소 지어 보였다.

순간, 문득 기태의 목소리가 들렸다.

'내가 널 왜 살려 줘야 돼?'

'난 네가 싫어. 네가 죽었으면 좋겠어. 그래야 너희 엄마가 죽을 만큼 힘들 테니까.'

은하의 앞에선 너무도 다정하고 신사적인 사람인데, 그에게 그랬다는 것이 믿기지 않았다. 어린 기우가 그렇게 냉정한 말을 하는 것이 잘 상상되지 않았다. 하지만, 처음 기태의 집에 갔을 때 둘이 싸우던 모습도 그렇고, 두 사람의 관계가 그리 원만한 것 같지는 않았다. 기우가 '너희 엄마' 라고 한 것을 보면, 완전한 친형제는 아닌 것을 알 수 있었지만, 그래도 형제지간인데 무슨 일이 있었기에 그런 관계가 되어 버린 것인지 궁금했다.

'너희 엄마도, 가장 사랑하는 사람을 잃는 기분이 뭔지 알아야 하니까. 누가 그랬는데, 그게 자기가 죽는 것보다 더한 고통이래.'

언제나 느낀 것이지만, 기우는 속을 읽을 수 없는 묘한 눈빛을 갖고 있었다. 어쩌면 기우도 기태만큼이나 치료가 필요한 사람일지도 모르겠다고, 은하는 생각했다.

"기우 씨."

"네?"

"고마웠어요."

"……뭐가요?"

"그동안 이것저것…… 그냥 다요."

기우가 말없이 그녀를 보다가 얼핏 웃으며 말했다.

"치료 끝났다고 영영 안 볼 것처럼 말하네요."

"……."

"부인 안 해요?"

"내가 힘들 때마다 기우 씨가 늘 먼저 물어 줬잖아요. 괜찮냐고, 많이 힘드냐고. 그게 많은 힘이 됐어요. 매번 배려해 주고, 신경 써 줘서 정말 고마워요."

"……."

"기우 씨는 좋은 사람이에요."

순간 기우는 굳은 사람처럼 움직임을 멈추고 은하를 보았다.

"그렇게 믿어요."

그는 아무것도 할 수가 없었다. 아무 말도 할 수가 없었다.

심장이 뚝 하고 멈춰 버린 것처럼 가슴속에 짙은 고요가 밀려들었다. 생전 처음으로, 어디론가 도망치고 싶다는 생각을 했다. 당신을 지옥 속으로 밀어 넣은 사람이 누군데, 아무것도 모르면서 그런 말을 하냐고. 속으로 그렇게 외쳤다. 그런 말은 하지 말라고, 듣고 싶지 않다고, 할 수만 있다면 그렇게 말하고 싶었다.

"사람은 누구나 자기만의 아픔을 갖고 살죠. 난 그 아픔을 봐야 하는 사람이라서 그런지, 자꾸만 기우 씨한테서도 그런 아픔이 보여요. 안개처럼 희미하고 모호한. 그 뿌연 안개가 기우 씨를 가리고 있는 것처럼 보여요."

"……그만해요."

"그 안개가 걷혀야, 진짜 기우 씨가 보일 것 같은데……."

"그만하라구요."

기우는 포크와 나이프를 내려놓고 은하를 보았다. 쓸쓸한 눈빛으로 그를 보고 있는 은하의 모습이 보였다.

"그렇게 보지 말아요. 난 아픔 같은 거 없어요. 은하 씨가 잘못 봤어요."

그는 애써 웃으며 말했지만, 눈시울이 뜨거워지는 것을 느꼈다. 이유를 알 수 없었다. 동정 어린 눈빛의 은하를 보는 순간, 그녀가 떠올랐다. 붉은 꽃잎과 함께 사라져 버린 그녀, 만약 어딘가에서 그를 지켜보고 있다면, 꼭 그런 표정일 것만 같았다.

"혹 있다고 해도 은하 씨한텐 보이고 싶지 않아요."

그의 단호한 말투가 야속했던지, 은하의 얼굴에 살짝 그늘이 졌다.

"……미안해요. 내가 괜히."

어색한 정적이 흘렀다. 기우는 왠지 모르게 가슴이 저릿한 것을 느꼈다. 잠시 후, 은하가 백을 들고 자리에서 일어섰다.

"잠깐, 화장실 좀 갔다 올게요."

은하가 그의 곁을 지나치려던 순간이었다. 기우가 조용히 그녀의 손목을 잡았다. 그리고 이내 은하를 따라서 자리에서 일어섰다. 은하가 의아한 표정으로 그를 보았지만, 그는 묵묵히 그녀를 데리고 걸어갔다. 그는 빠르게 계산을 하고, 가게를 나왔다.

"기우 씨."

이런 기분은 처음이었다. 이미 들켜 버렸다는 생각 때문일까, 가면을 쓰고 있는 게 힘들었다. 그토록 불편하고 어색한 분위기 속에서 더는 가식적으로 있을 수가 없을 것 같았다. 그녀의 앞에선, 그게 안 될 것 같았다.

지하주차장까지 와서야 기우는 은하의 손을 놓아주었다.

"왜 이래요. 많이 화났어요?"

"일단 타요. 다른 데 가서 얘기해요."

"기우 씨."

기우는 차 문을 열어 주고 은하가 타기를 기다렸다.

"안 탈 거예요?"

은하는 그의 그런 모습을 처음 보았다. 낯설었다. 화를 내는 것은 아니었지만, 여전히 차분하고 부드러운 말투였지만, 목소리며 눈빛이 달랐다. 얼음장처럼 차가웠다.

"화났다면 미안해요. 하지만 난 기우 씨가 왜 이러는지 잘 모르겠어요. 난 그냥……."

"난 좋은 사람이 아니에요."

기우의 목소리가 한층 커졌다. 은하가 놀란 얼굴로 그를 보았다.

"난, 은하 씨가 생각하는 것처럼 좋은 사람이 아니라구요."

"……."

"그러니까 날 들여다보려고 하지 말아요. 안개가 걷히면 보일 것 같은 진짜 나를 궁금해하지 말라구요. 난, 나는……."

얼마나 썩어 문드러졌을지 모르는 그 진짜 모습을. 내 어둠을.

"당신한테만은 들키고 싶지 않으니까."

21.

시린 바람이 불었다. 그녀의 머리칼이 바람을 맞아 흔들렸다. 하지만 시린 바람도 그녀의 눈동자는 흔들지 못하는 듯, 그녀는 미동도 없는 눈동자로 강 건너 아주 먼 곳을 바라보고 있었다. 기우는 그녀의 옆모습을 가만히 바라보다 이내 자신의 옷을 벗어 은하에게 걸쳐 주었다.

"괜찮아요."

"입어요."

날씨가 많이 쌀쌀했지만, 그녀는 굳이 한강에 가자고 했다. 그것도 실은 바다를 보고 싶지만, 바다까지 갈 순 없으니 대신 선택한 것이었다.

"……아깐 미안했어요."

은하는 그의 마음을 다 안다는 듯, 너그러운 미소를 지어 보였다.

"내가 미안해요. 괜히 주제넘게 굴어서."

"아니에요. 내가 너무 감정적이었어요. 그런 모습 보이는 게 아니었는데.”

기우도 답답했다. 누군가의 앞에서 감정 조절을 하지 못한 것은 처음이었다.

“궁금한 게 있는데.”

기우가 조심스럽게 말을 꺼냈다. 은하는 말해 보라는 듯 그의 눈을 바라보았다.

“좀 괜찮아요?”

“뭐가요?”

“그때, 그랬잖아요. 기태를 사랑하게 될까 봐 두렵다고……. 그래서 치료도 그만두는 거라고.”

“…….”

“치료를 그만두고 나니까, 좀 괜찮아요?”

그 말은, 기태에 대한 마음을 묻는 것이었다. 은하는 뭐라고 대답해야 하나 생각하다가 이내 얼핏 웃어 버렸다. 이제는 기태의 이름만 들어도 가슴이 철렁하는데, 그냥 그 이름 자체에 설레고 마는데, 괜찮을 리가 없었다. 그에게서 벗어나려 하면 할수록 어쩐지 마음은 더 가까워지는 것 같았다.

“은하 씨.”

기우가 놀란 듯이 그녀의 이름을 불렀다. 은하의 눈시울이 어느새 붉어져 있었다. 하지만 은하는 아무렇지 않은 척 웃어 보이며 시선을 피했다.

기우는 당황했다. 단지 그의 이름만으로 그녀가 눈시울을 붉혔다. 그 정도의 마음일 줄은 몰랐다.

“저도 제가 왜 이러는지 모르겠네요.”

아무것도 모르고 계속해서 다가오던 기태만 생각하면, 끝없이 이유를 묻던 그만 생각하면, 너무 짠해져서 어느새 저도 모르게 눈물이 맺히곤 했다. 그는, 다른 사람에게 마음을 여는 게 누구보다 어려웠을 사람인데.

"그냥, 가끔은, 신이 원망스러울 때가 있어요."

"……."

"한 번도 운명이란 게 있단 생각을 못 했는데, 요즘 들어 그걸 느끼거든요. 아무리 벗어나려고 발버둥 쳐도 벗어날 수 없는, 그런 독한 힘이, 날 꽁꽁 묶고 있는 것 같은……."

그녀를 바라보는 기우의 눈빛이 흔들렸다.

"그냥 만나지 않았음 좋았을걸, 아니, 차라리 내가 태어나지 않았음 좋았을걸…… 그런 생각이 들어요. 요즘은."

그 말을 듣는 순간, 하고 싶은 말은 너무도 많았는데, 입이 얼어 버린 듯 아무 말도 나오지 않았다. 그러자 은하가 고개를 돌려 눈물을 거둔 뒤 헛웃음을 뱉으며 말했다.

"제가 정말 괜한 소릴 다 하네요."

"……."

"이런 얘길 할 수 있는 사람이 없어서, 저도 모르게 기우 씨한테 기댔나 봐요."

기댄다. 그녀는 그렇게 말했다.

"기우 씨는, 자신한테 너무 가혹해지지 마세요."

"……."

"기우 씨는 나처럼, 스스로를 원망하고 싫어하면서 살지 않았으면 좋겠어요."

자신은 좋은 사람이 아니라던 기우의 말이 내내 마음에 걸렸다. 그가 어떤 사람일까 궁금해서가 아니라, 스스로를 그렇게 생각하고 있는 기우의 모습이 안쓰러웠기 때문이다.

그녀의 두 눈만 가만히 바라보고 있던 기우는 이윽고 쓴웃음을 지으며 말했다.

"고마워요."

아무리 아니라고 말해도, 그녀는 그를 좋은 사람이라 생각하는 것 같았다. 아무리 아닌 척해도, 그녀는 그의 아픔을 들여다보고 있었다. 그녀는 그를 동정했다. 가여워했다. 자신에게 태어나지 말았어야 한다는 극한의 절망을 선사해 준 사람이 누군지도 모르고, 그녀는 그를 안쓰러워했다.

"날이 춥네요."

어쩌면 그녀는 이미 모든 것을 알고 있는 것은 아닐까 의심이 들 정도로,

"그만 가죠."

그의 얼어붙은 심장 앞에 끊임없이 불을 지피고 있었다.

"어디 갔다 와."

소파에 앉아 있던 기태가 보던 티브이를 끄고 현관 쪽을 보며 물었다. 기우는 다소 지친 기색으로 기태를 보았다.

"이미 알고 있는 것 같은데."

기우가 차갑게 말했다. 기태는 짧은 실소를 흘렸다.

두 사람이 갔다는 레스토랑으로 가서 주차장에 차를 대었을 무렵, 기우가 그녀를 끌다시피 데리고 오는 모습이 보였다. 기태는 그녀를 억지로 차에 태우려는 듯한 기우의 모습에 너무 화가 나서 순간 차 문을 열고 내리려다가 기우가 무어라 소리치는 모습에 동작을 멈추었다. 그는 창문을 내리고 그가 하는 말에 귀를 기울였다.

'난 좋은 사람이 아니에요.'

'난, 은하 씨가 생각하는 것처럼 좋은 사람이 아니라구요.'

'그러니까 날 들여다보려고 하지 말아요. 안개가 걷히면 보일 것 같은 진짜 나를 궁금해하지 말라구요. 난, 나는…….'

그게 무슨 뜻인지 정확히 알 수는 없었지만, 한 가지만은 분명히 알 수 있었다.

'당신한테만은 들키고 싶지 않으니까.'

그는 진심이었다.

웬만해선 다른 사람 앞에서 목청을 높이거나 흔들리는 눈빛을 보이는 사람이 아니었다. 어떨 땐 감정이 없는 기계처럼 느껴질 정도로, 그는 자신의 감정을 숨기는 데 능숙한 사람이었다. 그런 그가, 은하 앞에서만은, 속수무책으로 제 감정을 드러내고 있었다.

자신의 진짜 모습을 은하에게만은 들키고 싶지 않다던 그의 말을, 기태는 여러 번 곱씹고 또 곱씹었다.

'사랑까진 아니야, 난.'

하지만 생각하면 할수록 머리가 아팠다. 그의 진짜 마음을 알고 싶었다.

은하와 기우는 이내 차를 타고 어디론가 떠났다. 기태는 따라갈지 말지 고민하다가 결국 손에서 핸들을 놓았다.

미행을 눈치 못 챌 기우도 아니었고, 은하가 알면 괜히 더 복잡해질 것 같았다. 다가오면, 도망쳐 버린다고 했으니까. 그 말이 그의 행동 하나하나를 옭아매고 있었다.

은하가 멀리 떠나 버린다는 건, 상상도 하고 싶지 않았다.

"어디 갔다 왔는지가 궁금한 게 아니라, 은하 씨를 왜 만났는지가 궁금한 거겠지."

"알면 대답부터 하지 그래."

"별일 아니야."

기우가 방으로 올라가려는 듯 몸을 틀었다.

"왜 거짓말했어?"

기태는 하는 수 없이 용건부터 물었다. 그러자 기우가 굳은 표정으로 그를 돌아보았다.

"무슨 소리야?"

"아버진 한국최면치료연구소에서 치료사를 구하라고 했고, 나 같은 사이코를 맡겠다는 사람은 고은하밖에 없었다며."

"……."

"근데 알고 보니 그게 아니던데. 애초에 조 소장님이 하기로 되어 있던 걸 네가 바꾼 거라며. 고은하로."

그러자 기우는 아무 말 없이 탁한 듯 선명한 눈동자로 기태를 쳐다보았다. 저 표정은 무슨 의미일까. 기태는 그의 무표정을 읽어 내려 애썼지만, 그는 은하의 앞에서처럼 자신의 감정을 드러내지 않았다.

"왜 말이 없어."

기태가 힘주어 말했다.

"왜 거짓말까지 해 가면서 고은하를 치료사로 선택한 건지 말해 보라니까?"

"미안하지만."

기우가 마침내 입을 열었다.

"지금 네가 하고 있는 생각이 맞을 거야."

"……뭐?"

기태는 순간 자신의 귀를 의심했다. 예상은 했지만, 이렇게 순순히 인정할 줄은 몰랐다. 그게 그렇게, 쉽게 인정할 수 있을 만큼 간단한 일이 아니었다.

"임주미. 11년 전 그 애. 기억하고 있었어. 어떻게 잊겠어? 그렇게 간 애를."

"……손기우!"

기태가 떨리는 목소리로 소리치며 소파에서 일어섰다.

"네 말대로, 나 때문에 간 애를."

잠시 정적이 흘렀다. 처음이었다. 기우가 그렇게 말한 것은. 주미는 너 때문에 죽은 거라고 아무리 원망하고 욕해도, 그는 그건 자신과는 상관없는 일이라며 무서울 정도로 단호하게 말했었다.

2002년 11월 30일. 그 끔찍했던 날의 기억이 다시 떠올랐다.

수능이 끝나고 겨울방학만 앞두고 있던 어느 날. 기태는 수업이 끝나자마자 주미와 함께 일산의 호수 공원으로 갔다. 호수 공원은 그녀가 예전부터 가 보고 싶어 했던 곳이었다. 그날은 주미와 2주년이었기 때문에, 기태는 그녀가 하고 싶은 것은 무엇이든 해 주고 싶었고 아무에게도 방해받고 싶지 않았다.

'왜 다들 전화야.'

그런데 그날따라 집에서 수도 없이 전화가 왔다. 보나마나 왜 학원을 안 갔냐는 잔소리일 것이라고 생각했다. 기태는 신경질적으로 배터리를 빼 버렸다. 그래도 받아 보라는 주미에게 그는 웃으며 말했다.

'별거 아니야.'

하얀 눈이 가득 쌓인 공원은 정말 아름다웠다. 호수 가장 자리의 얼어 있는 부분들은 햇빛을 받아 눈부시게 빛났다. 기태는 벤치에 앉아 있는 주미의 사진을 찍어 주었다. 주미는 기태를 보며 환하게 웃었다. 얼음 호수보다 더욱 반짝이는 미소였다. 기태는 주미에게 2주년 선물로 'GT♥JM' 이라는 이니셜을 새긴 팔찌를 선물로 주었다. 그녀는 행복해했고, 그도 행복했다. 이대로 영원히 시간이 멈춰 버렸으면 싶을 정도로.

하지만 그 행복은 기우로 인해 깨져 버리고 말았다. 기태는 주미를 편하고 안전하게 데려다 주기 위해 기사를 불렀는데, 얼마 후 그의 앞에 나타난 것은 기사가 아니라 기우였다. 기우는 지금까지 그가 봐 왔던 것 중 가장 싸늘한 모습으로 그녀에게 말했다.

'미안하지만, 혼자 가야 할 것 같네요. 제가 이 녀석이랑 볼일이 좀 있어서요. 아직 막차 시간은 좀 남았는데, 전철역까지 태워다 드릴까요?'

'……아, 아니요. 괜찮습니다. 혼자 갈 수 있어요.'

기태는 지금 뭐 하는 짓이냐며 주미와 함께 가려고 했지만, 기우는 기태를 강제로 차에 태웠다. 기태는 그의 강압적인 힘을 이겨 낼 수가 없었다. 그의 눈빛은 분노를 넘어선 증오를 담고 있는 것 같았다. 기태는 몰랐다. 깜빡 잊고 있었다.

그날이, 기우 어머니의 기일이었다는 것을.

'사죄해.'

늦은 밤, 그는 기태를 어머니의 산소 앞에 데리고 가서 무릎을 꿇리고는 그렇게 말했다.

'당장 사죄하라고!'

'깜빡한 건 미안한데, 그렇다고 이렇게까지 할 건 없잖아.'

'깜빡한 게 미안해?'

기우는 살벌한 눈빛으로 기태의 옷깃을 잡고 일으켜 세웠다. 그에게 잡힌 옷깃이 떨렸다.

'우리 어머니가 그날 어떻게 돌아가셨는데. 누구 때문에 돌아가셨는데!'

기우는 나중에야, 아버지의 잦은 출장이 기태 어머니와의 밀회였음을 알게 되었다. 그날도 아버지는 출장에 가 있었다. 결국 어머니는, 아버지가 불륜을 저지르고 있는 것도 모르고 아버지를 만나기 위해 비행기를 탔다가 돌아가신 것이었다.

기우는, 기태가 끔찍했다. 제 어머니를 죽인 사람들의 자식이라는 것도 끔찍했는데, 그렇게 돌아가신 어머니를 조금도 개의치 않는 모습에 더 화가 났다.

'넌 웃어? 사람이 죽은 것도 잊고, 고작 여자 하나에 빠져서 히히덕거리며 웃어?'

그때 기태의 휴대폰이 울렸다. 주미의 전화였다. 벌써 몇 번째 온 전화였다. 기우는 기태에게서 휴대폰을 뺏더니 아예 배터리를 빼서 멀리 던져 버렸다.

'뭐 하는 거야!'

'이깟 일에 흥분하지 마. 앞으론 더 흥분할 일도 많을 테니까.'

기우는 기태의 옷깃을 더욱 세게 잡아당기며 말했다. 그 압박감에 목이 조일 것 같았다.

'너도 가엾다고 생각한 내가 어리석었어. 그 사랑이란 허울뿐인 감정에 정신 빠져서 사람 엿 먹이는 거, 너나 그 여자나 똑같아.'

'…….'

'구제불능이야, 넌.'

그날은 기태가 너무 괘씸해서 참을 수가 없었다. 그는 제 어머니를 죽인 기태의 어머니를 떠받들며 살아야 하는데, 기태는 기우의 어머니에게 조금의 예의도 보이지 않는 것이 견딜 수 없이 화가 났다.

하필 그날 주미가 그렇게 변을 당할 것이라곤 상상도 하지 못했다.

주미는 납치되기 전인 밤 11시경 기태에게 여러 번 전화를 했고, 마지막으로 그에게 음성 메시지를 남겼다고 했다.

'왜 이렇게 전화를 안 받아. 메시지 들으면 연락해 줘.'

왜 이렇게 전화를 안 받아. 원망 섞인 듯한 그 한마디는 그대로 화살이 되어 기우에게 꽂혔다.

기태는 그녀가 실종되던 때, 곁에 있어 주지 못했다는 죄책감으로 힘들어했다. 하지만 그가 그녀의 곁에 있어 주지 못한 이유는, 기우 때문이었다. 기우가 기태를 증오하듯, 어쩌면 그보다 더 기태는 기우를 원망하기 시작했다. 그럴 때마다 기우는 그녀의 죽음은 자신과 상관없는 일이라고 말했지만, 발등을 짓누르는 정체 모를 무게를 떼어 낼 수가 없었다. 아무리 부인해도, 그는 주미의 죽음으로부터 자유로울 수가 없었다.

모든 것은 그날부터 뒤틀려 버렸다.

주미를 잃은 뒤 기태는 약 1년간 방황을 했다. 끝없는 자학은 물론 타인에 대한 경계심과 공격적 성향이 심해졌고 대인기피증까지 생겼다. 기태는 어머니에게 끌려 다니며 온갖 심리 치료를 받았지만, 그럴수록 그의 증상은 더욱 악화되기만 했다. 그리고 11월 30일. 그녀가 떠난 지 딱 1년 되는 날, 기태는 옥상에서 자살 기도를 하려다 기우의 손에 붙잡혔다. 기우는 처음으로 그에게 주먹을 날렸다. 완전히 넋을 놓은 듯 멍한 눈빛의 그가 정신을 차릴 때까지, 그는 계속해서 기태를 때렸다. 그리고 마침내 기태가 붉은 눈으로 그를 쏘아보게 되었을 때, 그는 말했다.

'네가 이렇게 맥없이 죽어 버리면, 내가 너무 재미가 없잖아. 널 어떻게 망가뜨릴지만 생각하면서 살아온 난데.'

'…….'

'그러니까 살아. 나는 너를, 너는 나를, 우리 서로 죽도록 원망하면

서 그 힘으로 사는 거야.'

'…….'

'너도 날 죽이고 싶잖아. 나만 아니었어도 그 앤 안 죽었다며. 죽고 싶을 때마다 그 생각을 하란 말이야. 날 어떻게 망가뜨릴지, 어떻게 죽게 할지. 그 생각만 하면서 이를 악물고 살아. 그래야 나도, 죄책감 같은 거 안 갖고 널 죽일 수 있을 테니까.'

비릿한 피 맛이 입 안을 감돌았다. 기태는 그 피를 뱉지 않고 삼켰다. 꾸역꾸역 삼켜 냈다. 그와 동시에 그의 말도 삼켜 냈다. 죽을 힘이 아닌, 죽일 힘으로 살자던, 그의 말을.

다행히 그 말은, 어떤 심리 치료보다 효과가 있었다. 그는 죽일 힘을 다해 살았다. 그는 여전히 사람이 무서웠고 날이 갈수록 공격적 성향이 심해졌지만, 아닌 척 가면을 쓰며 살았다. 누구보다 독한 모습으로 잠 한숨 자지 않고 공부를 하며, 성공을 향해 달렸다. 기우와 같은 위치에 서서 경쟁하기 위해서였다. 밟히지 않기 위해서는 밟아야만 했다. 기우를 망가뜨려야 한다는 목표라도 있어서 그는 살 수 있었다.

기우는 그렇게, 그를 살게 했다.

"연구소에서 은하 씨를 만났고, 그 애를 닮았다는 걸 깨달았어. 이왕 하는 치료라면 그 애를 닮은 사람이 하는 게 더 재밌을 것 같다고 생각했어. 네가 힘들어할 모습이 눈에 보였으니까."

기태의 주먹이 파르르 떨렸다.

"우리 그렇게 살기로 했잖아."

"……."

"서로 원망하고, 증오하면서. 그 힘으로라도."

기우는 피도 눈물도 없는 냉혈한처럼 말했지만, 기태는 그의 눈빛이 흔들리는 것을 보았다.

"너, 그럼 고은하에 대한 마음은…… 그것도 거짓말이야?"

그 질문에 기우는 바로 대답하지 못했다.

"진심이야?"

기우의 대답을 기다리는 그 짧은 시간이 긴장되었다. 지난번 그의 말처럼, 기태도 그와 치정으로 얽히고 싶지는 않았다. 그래서 그는 기우가 그녀에게 갖고 있는 마음이 진심이어야 한다는 걸 알면서도, 거짓이길 바랐다.

"……진심."

기우가 바람을 흘리듯 웃었다.

"그런 것보다 네가 관심 가져야 할 건 따로 있는 것 같은데."

"……뭐?"

"더 신경 써야 할 것 같아. 은하 씨."

"그게 무슨 말이야?"

기우가 사뭇 진지한 표정으로 그를 바라보았다. 기태가 그게 무슨 말이냐며 대답을 재촉하자, 그는 고민 끝에 입을 열었다.

은하의 집 앞에 도착했을 때, 그는 차 안을 바라보고 있는 것 같은 이상한 시선을 느꼈다. 어두운 그림자가 슥 지나가는 기분이었다. 기우는 차에서 내려 곳곳을 둘러보았지만 수상한 사람을 찾지 못했다. 왜 그러냐는 은하의 질문에, 그는 그녀가 걱정할까 봐 별일 아니라고 말했다. 하지만 왠지 불안한 예감에 그녀를 문 앞까지 데려다 주고 무사히 들어가는 것을 확인한 뒤 돌아왔다. 돌아가는 길에도 세심하게 주위를 살폈지만 더는 이상한 낌새를 찾지 못했다. 그런데도 영 찝찝한 기분이 들어서, 기태에게 말을 해야 하나 고민하다가 결국 말하게 된 것이었다.

"지난번 문자 때문에 우리가 예민한 걸 수도 있어. 그러니까 일단은 좀 더 지켜보고…….”

기우가 말을 하는 와중에 기태는 현관으로 달려갔다.

“손기태!”

“따라오지 마. 내가 알아서 해.”

기태는 그가 더 무슨 말을 하기도 전에 현관문을 열고 나가 버렸다. 기우는 그가 나간 자리를 보며 깊은 한숨을 내쉬었다. 기태가 어떻게 행동할지 뻔히 알았으면서, 왜 그런 말을 했는지 본인도 이해가 가지 않았다.

그를 아프게 하는 것이 목표였는데, 점점 그녀가 아픈 것이 싫어지면서 처음의 목표마저 사라지는 기분이었다.

‘너, 그럼 고은하에 대한 마음은…… 그것도 거짓말이야?’

기태의 그 말이, 그의 머릿속에서 번식이라도 하듯 반복되어 들리기 시작했다.

‘그놈이야. 분명 그놈일 거야.’

기우의 말을 들은 순간부터 그는 이미 제정신이 아니었다. 이훈, 그가 기태의 주위를 맴돌다가 그에게 제일 가까운 사람인 그녀에게 접근한 것이라는 생각이 들었다. 그것은 순전히 두려움이 만들어 낸 상상이었지만, 그 상상은 이내 사실이 되었고 그 사실은 곧 확신이 되어 그의 머릿속에 단단히 박혀 있었다.

흥분한 상태로 은하의 집 앞에 도착한 기태는 무작정 초인종을 눌렀다. 그녀가 도망칠까 봐 주저하고, 망설이고, 한 발 물러서고, 그런 일 따윈 하지 않았다. 그럴 겨를이 없었다. 혹시 그새 그녀에게 무슨 일이 생겼을까 봐 불안해서 견딜 수가 없었다.

“문 열어. 고은하! 문 열어!”

초인종을 눌러도 아무 반응이 없자, 기태는 문을 두드리며 소리쳤다. 그러자 잠시 후 벌컥 문이 열렸다.

"이게 무슨 짓이에요?"

기태는 일단 그녀의 얼굴을 보자 안도감에 가슴이 내려앉았지만, 아직 방심할 수 없다는 생각에 문을 열고 들어가 집 안을 뒤지기 시작했다.

"뭐 하는 거예요, 지금."

은하는 다짜고짜 들어와 집을 뒤지는 기태를 보며 황당한 듯 물었다. 그러나 기태는 아무 대답 없이 온 방문을 열어젖히며 집 안을 샅샅이 살폈다. 방부터 주방, 욕실, 베란다까지 다 살핀 뒤에도 방 안의 침대 밑, 장롱 안, 문 뒤까지 자세히 들여다보았다.

"손기태 씨!"

한참을 뒤지고 나서, 적어도 이 집 안 어디에도 다른 사람은 없다는 것이 확실해진 뒤에야 그는 정신이 든 듯 은하를 돌아보았다.

그런데 그때, 방금 전까지는 보이지 않던 것이 보였다. 집 안 곳곳에 큰 상자들이 있었다. 상자들엔 물건이 담겨 있었다. 그리고 집은 대체적으로 깔끔하게 정리되어 있었다. 아니, 비워져 있었다.

"……이게 뭐야?"

그의 표정을 읽은 은하의 낯빛도 어두워졌다.

"……어디 가?"

그는 아까보다 더 넋이 빠진 듯한 얼굴로 물었다. 은하가 대답이 없자, 그가 은하에게 한 발 다가섰다. 그러자 은하가 반사적으로 한 발 물러섰다. 그녀는 그와 시선을 맞추지 못하고 힘겹게 입술을 떼었다.

"도망간다고 했잖아요."

"……뭐?"

"도망가요, 나."

그는 할 말을 잃은 듯 은하를 보다가 허탈한 웃음을 흘렸다.

"뭐라는 거야, 너."

"다가오지 말랬는데, 봐요. 기태 씨 이렇게 또 왔잖아요."

"……고은하."

"다음 주까지만 일하고 집 팔리는 대로 떠날 거예요."

"고은하!"

기태가 집이 떠나갈 듯 큰 소리로 그녀의 이름을 불렀다.

"대체 왜 이러는 거야. 왜 이렇게까지 하는 거야, 왜!"

도저히 이해할 수 없다는 표정으로 그가 소리쳤다. 그의 검은 눈동자는 어느새 슬픔과 분노로 가득 차 있었다.

"말했잖아요. 당신이 도망치고 싶을 만큼 싫다고."

"거짓말하지 마!"

그의 붉어진 눈가에 액체가 고여 들었다.

"내가 등신인 줄 알아? 누가 날 싫어하는지 좋아하는지도 모를 만큼, 바보 천치인 줄 알아?"

그가 그토록 화내는 모습을 처음 보았다. 그가 목소리를 높일 때마다, 그의 눈가에 눈물이 고여 들 때마다, 덩달아 눈물이 솟구쳐 오르고 가슴이 찢어질 듯 아파 왔다.

"사실을 말해. 내가 별 볼 일 없어 보여? 너 하나 지키지 못할 만큼 약해 보여?"

"그런 거 아니에요."

"그럼 뭔데? 내가 무섭고, 두려워서? 대체 내가 널 왜 두렵게 하는데? 나 땜에 아파서? 대체 내가 널 어떻게 아프게 하는데!"

은하는 입술을 깨물고 눈물을 삼켰다.

"고은하!"

"내가 두려워요."

"뭐?"

"내가 두렵고, 내가 무섭고, 내가 끔찍하다구요! 당신만 보면 밤이 되고 감옥이 되니까. 그것만으로 끝이라면 버티겠는데, 당신도 나 때문에 지옥일 테니까!"

"……그게 무슨 소리야?"

숨겨 보려고 했지만, 그를 위해서 어떻게든 감추려고 했지만, 더는 힘들다는 것을 깨달았다. 이제 더는 도망칠 곳이 없었다.

"그게 무슨 소리냐니까."

결국 더는 참지 못하고 그의 앞에서 눈물을 쏟아 버렸다. 기태는 무언가 불안하다는 것을 직감적으로 느낀 듯, 긴장된 얼굴로 그녀의 얼굴을 빤히 바라보았다. 그녀는 있는 힘껏 감정을 억누르며 눈물을 거두어 냈다. 그러고는 결심한 듯 옆에 있던 상자에서 무언가를 꺼냈다. 그녀의 손에 들려 나온 것은 검은 테이프였다. 2002년 12월 20일이라는 날짜가 적힌 검은 테이프.

"뭐 하는 거야?"

그녀는 말없이 그 테이프를 비디오 플레이어에 집어넣었다. 그리고 차마 보지 못하겠는 듯 고개를 돌렸다. 잠시 후, 지지직거리던 화면이 선명해지면서 어두운 방이 하나 나타났다. 그 방에는 두 사람이 있었다. 한 사람은 안락의자에 누워 있었고, 다른 한 사람은 그 앞에 놓인 작은 의자에 앉아 있었다. 기태는 누워 있는 사람의 얼굴을 자세히 보았다. 그러다 어느 순간, 숨이 턱 막혀 버렸다.

"……은하 양, 지금이 언제죠?"

화면 속에 누워 있는 여자는, 그녀였다. 고등학생 때의 그녀. 긴 생머리에 베이지색 더플코트를 입은, 지금보다 훨씬 주미를 닮아 있는, 앳된 모습의 그녀. 그녀는 깊은 잠에 빠진 듯 눈을 감고 있었다.

"……11월 30일이요."

11월 30일. 그녀가 그렇게 말했다.

"11월 30일. 아침인가요? 점심? 저녁?"

"……밤이요. 밤…… 열한 시경."

가슴이 덜컹, 쇳소리를 내며 내려앉았다.

"은하 양은 어디 있죠?"

그만, 그만. 기태가 한 발 주춤하며 뒤로 물러섰다. 아직 시작되지도 않은 이야기였는데, 그는 벌써부터 도망치고 있었다. 듣고 싶지 않았다. 왠지, 들어서는 안 될 이야기일 것만 같았다.

그러나 이윽고 그녀의 메마른 입술이 천천히 벌어졌고, 그는 결국 돌이킬 수 없는 과거의 골목으로 들어서게 되었다.

"……골목."

아주 좁고 어두운, 그녀의 골목 속으로.

22.

그녀의 시체가 발견된 날부터였다. 은하는 학원은 물론 학교도 맘대로 빠지기 시작했고 나중엔 아예 방 안에만 박혀서 문을 잠근 채 나오려 하지 않았다. 보다 못한 어머니가 방문을 열쇠로 따고 들어왔 때, 그녀는 수면제를 옆에 두고 쓰러져 있었다. 웬만해선 은하에게 관심을 갖지 않던 어머니였지만, 그즈음의 그녀는 그냥 두고 볼 수가 없었다.

어머니는 수소문 끝에 평판이 좋은 최면클리닉을 알아내 은하를 데리고 갔다. 그런데 당시 치료사는 은하의 상태가 워낙 심각하여 장기화가 될 것 같은데 괜찮냐며, 원한다면 치료 상황을 기록해서 보여 주겠다고 했다. 미성년자의 치료가 장기화될 경우 보호자들의 의심과 불안이 커지기 때문에 객관적인 치료 과정을 보여 주기 위해 간혹 있는 일이었다. 본래 철두철미한 성격이던 은하의 어머니는 당연 그러겠다고 했고, 최면 치료는 모두 기록되었다.

2002년 12월 20일은 그녀가 몇 번의 상담 끝에 처음으로 최면 치료를 받은 날이었다.

"……은하 양, 지금이 언제죠?"

"……11월 30일이요."

치료사는 은하를 가장 고통스러웠던 시점으로 돌아가도록 유도했고, 그녀는 어김없이 그날을 말했다.

"11월 30일. 아침인가요? 점심? 저녁?"

"……밤이요. 밤…… 열한 시경."

"은하 양은 어디 있죠?"

그날로 돌아간 은하는 두려운 듯 미간을 좁히며 몸을 조금씩 뒤척였다. 주위를 살피는 것이었다. 긴장한 듯 몸이 굳은 그녀가 이윽고 메마른 입술을 천천히 벌려 말했다.

"……골목."

"무슨 골목이죠?"

"친구네 동네요. 놀러 갔다가 혼자 집에 가는 중인데…… 그런데……."

은하가 불편한 표정으로 고개를 젓기 시작했다.

"왜 그러죠? 무슨 일이 있어요?"

"누가…… 뒤에 누가 있어요. 어떤 남잔데…… 하, 무서워요. 날 따라오는 것 같아……."

"누가 은하 양을 따라오고 있군요. 그래서 무섭군요."

"내가 빨리 걸으니까, 그 남자도 빨리 걸어요. 무서워. 너무 무서워……."

"주위엔 아무도 없나요?"

"아무도 없어요. 나랑 그 남자밖에 없어요. 무서워. 따라오지 마. 오지 마! 하아……."

은하의 숨소리가 조금 빨라지기 시작했다. 뛰기 시작한 것 같았다. 그녀의 얼굴에 작은 땀방울이 맺혔다. 그녀의 얼굴에는 불안하고 초조한 기색이 여실히 드러나 있었다.

"은하 양은 도망치려고 뛰고 있나요?"

"골목으로 숨었는데…… 그런데 이쪽으로 와요…… 그 사람이 이쪽으로…… 윽."

은하가 고통스러운 신음을 뱉으며 고개를 더욱 심하게 젓기 시작했다.

"왜 그러죠?"

은하의 신음 소리와 몸짓이 더욱 심해졌다.

"은하 양, 왜 그래요? 괜찮아요?"

"다른 여자애가, 다른 여자애가…… 이쪽을 보다가, 하아…… 나랑 눈이 마주쳤어요. 그 남자가, 그 여자앨 보고 따라가요. 난 줄 알았나 봐요. 난 줄 안 거예요…… 하아. 안 돼. 싫어. 못 하겠어. 그만. 그만……!"

은하가 최면에서 벗어나고 싶은 듯 몸을 마구 뒤척였다. 그녀는 그 끔찍했던 상황을 다시 보는 것이 괴로운 듯했다. 문제의 상황을 제대로 파악한 뒤 그것을 다른 기억으로 편집해 주어야 했지만, 은하가 너무 고통스러워하는 바람에 치료사는 일단 은하를 깨워 주었다. 그러나 은하는 현재로 돌아온 뒤에도 쉽게 눈을 뜨지 못하고 소리 내어 흐느끼기 시작했다. 그녀는 꽤 오랜 시간 몸을 떨며 고개를 가로저었다. 그것이 은하의 첫 최면 치료였다.

고통스러워하는 은하의 모습이 화면에서 사라졌다. 그러나 기태는 초점을 잃은 시선을 화면에서 떼지 못했다. 은하는 떨어지는 눈물을 힘겹게 거두어내며 말했다.

"뒤늦게 골목을 나가 봤지만…… 찾지 못했어요."

"……."

"근데 어디선가 쿵, 하는 소리가 들렸고…… 어느 골목에 팔찌 하나가 떨어져 있었어요."

기태가 눈을 질끈 감았다. 기다란 속눈썹이 파르르 떨리는 것이 보였다.

"GT, JM이라는 이니셜이 쓰인……."

"……그만."

그가 사실을 인정하기 힘든 듯 고개를 흔들며 말했다.

"그런데도 나는…… 아무것도 못 했어요."

"……그만해."

"아무 일 없을 거라 생각했어요. 집에 잘 들어갔을 거라고. 내가 눈으로 본 건 아무것도 없었으니까, 확신할 수 있는 게 아무것도 없었으니까."

"그만해, 제발…… 그만, 그만, 그만!"

"내가 그렇게 도망쳤다구요!"

은하가 절규하듯 소리쳤다.

"내가 무서워서, 내가 너무 무섭고 두려워서, 내가 거기서 그렇게 도망쳤다구요……."

"……."

"내가 거기 있었는데…… 그 애가 나 대신 그렇게 되는 동안…… 난 아무것도……."

"고은하!"

기태가 혼신의 힘을 다해 그녀의 이름을 길게 외쳤다. 그만하라는 듯, 제발 그만하라는 듯. 그는 핏발 선 눈으로 은하를 바라보며 조금씩, 조금씩 뒤로 물러났다. 그는 이 상황을 도저히 받아들일 수 없는 듯 보였다.

"……나 때문에 죽었어요."

은하가 그 자리에 쓰러지듯 주저앉으며 말했다.

"날 닮았다는 이유로……."

"……."

"기태 씨한테 가장 소중했던 사람이…… 죽었다구요……."

은하는 울었고, 기태는 한자리에 못 박힌 듯 서 있었다.

잠시 후 툭, 하는 소리가 들렸다. 그의 발밑에 한 방울의 액체가 떨어져 있었다. 그녀는 차마 고개를 들어 그의 얼굴을 볼 수 없었다. 그가 어떤 얼굴로 그녀를 보고 있을지 무서웠다. 자신이 없었다.

그는 아무 말도 하지 않았다. 무슨 말이라도 해 주길 바랐지만, 아무 말도 하지 않았다. 그래, 너 때문이라고. 너 때문에 주미가 죽었다고. 왜 그때 아무 일도 하지 않았냐고. 네가 조금만 행동을 달리 했어도 상황은 달라졌을 수도 있는데. 아니, 애초에 거긴 왜 있었냐고. 왜 숨었냐고. 그런 원망조차도, 그는 하지 않았다.

그렇게, 아주 오랜 시간이 흘렀다.

그는 끝내 한 마디도 하지 않고 몸을 돌렸다. 은하는 그의 발끝이 현관을 향하는 동시에 눈을 감았다. 영혼이 땅 위를 거닐듯 느리고 고요한 발걸음이 느껴졌다. 그러나 그 고요한 발걸음은 걸음걸음마다 그녀의 온몸에 날카로운 생채기를 남겼다. 생채기를 한참 동안 견뎌 내고 다시 눈을 떴을 때, 그는 없었다.

아주 작은 눈물 자국만 남아 있을 뿐이었다.

◈

하얀 눈이 햇빛에 반사되어 더욱 빛나 보였다. 며칠 동안 눈이 계속 내렸다. 녹을 만하면 내린 눈 때문에 도로는 구정물로, 인도는 얼음으로 덮여 야단이었다.

은하는 따뜻한 커피를 마시면서 창밖을 내다보았다. 미끄러운 길 위를 걷는 사람들이 눈에 들어왔다. 느리게 걷는 사람, 종종걸음으로 걷는 사람, 큰 보폭으로 뛰어가는 사람, 연인의 팔을 잡고 걸어가는 사람, 스케이트를 타듯 지나가는 아이까지. 각양각색의 사람들을 보던 은하의 입가에 작은 미소가 떴다.

기태라면, 얼음이 얼었건 말건 개의치 않고 평소처럼 걸을 것 같았다. 어딘가 당당하고 위엄 있는 발걸음. 그는 늘 그렇게 걸었다. 며칠 전, 그녀의 곁을 떠날 때만 빼곤.

“하아, 은하 씨.”

뛰어오기라도 한 듯, 다소 숨이 차 보이는 남자의 목소리가 들렸다.

“많이 기다렸어요?”

“아니요. 방금 왔어요.”

“내가 간다니까 왜 굳이 멀리까지 왔어요.”

은하가 있는 카페는 기우의 회사 앞이었다. 도로를 잇는 큰 횡단보도 하나만 건너면 회사가 있었다. 은하는 틈틈이 그곳을 바라보았다. 저도 모르게 자꾸 시선이 그쪽으로 갔다. 오늘 기우가 물어볼 게 있다면서 만나자고 했을 때도, 일부러 오늘은 그녀가 가겠다고 했다. 기우의 스케줄이 애매해서 배려한 것도 있었지만, 혹시나, 하는 마음에서였다.

혹시나, 스치듯 아주 짧게라도, 그를 볼 수 있지 않을까.

그녀가 아무리 밀어내도 다시 다가왔던 그는, 그날 이후로 아무 연락이 없었다.

"잘 지냈어요?"

그가 물었다. 은하는 그저 네, 하고 웃으며 대답했다. 지난번 봤을 때가 마지막이라고 생각했던 때문인지 그는 꽤 오랜만인 것처럼 느껴졌다.

간단히 서로의 안부를 물은 뒤, 은하가 먼저 본론을 꺼내었다.

"그런데 무슨 일로……."

"아, 실은…… 기태 일로 보자고 했어요."

기태라는 그 이름에 은하의 심장이 다시 무거워졌다.

"기태 씨한테 무슨 일이라도 있나요?"

그녀가 조심스럽게 물었다.

"그날도, 갑자기 찾아와 여기저기 살피고…… 이상했는데……."

"아, 그건…… 기태가 요즘 예민해 있어요. 11년 전 그 살인자가 다시 나타났을까 봐. 지난번 문자 일도 그렇고……."

"그렇군요."

은하는 휴대폰을 잃어버렸을 때 유독 흥분하던 기태의 모습을 떠올렸다.

"그런데…… 휴대폰 일은 그 사람 아닐 거예요."

은하도 휴대폰을 잃어버렸을 때 두렵긴 했지만, 11년 전 그 사람일 거란 생각은 하지 않았다. 그녀는 최대한 별일 아닐 거라 생각했고, 그 사람이 아닐 거라 믿었다.

"왜요? 확신이 드는 이유라도 있어요?"

"확신까진 아니지만…… 그때 제 휴대폰에 기태 씨 번호가 저장되어 있지 않았거든요. 그런데 누군가 번호만 보고 기태 씨라는 걸 알고 답장을 보냈다고 생각하진 않아요. 특히나 그 사람은 지적 장애였다고 알고 있는데……. 그래서 전 주운 사람이 아무 생각 없이 장난을 친게 아닐까 했어요."

기우가 가만히 고개를 끄덕였다. 이훈이 애초에 기태를 노리고 있었다면 그의 번호쯤은 외워 두었을 확률도 있지만, 은하 말대로 아닐 수도 있다는 생각이 들었다. 기우는 일단 은하를 안심시켜 주는 게 좋을 거란 생각이 들어 그렇겠네요, 하고 웃어넘겼다.

"그런데…… 기태 씨 일이라는 게……."

"아, 암튼 그날 이후로 기태가 좀 이상해서요. 실례가 안 된다면, 그날 무슨 일이 있었는지 물어보고 싶어서요."

"기태 씨가 어떤데요?"

은하의 얼굴에 짙은 염려의 빛이 일었다.

"……벙어리가 됐다고 해야 하나."

"……."

"아무 말도, 안 하더라구요."

기우는 은하의 얼굴이 창백해지는 것을 보고 얼른 덧붙여 말했다.

"아, 원체 말이 없던 놈이긴 해요. 근데 그게 더 줄어서, 혹시 하고 물은 거예요."

"전 괜찮으니까 좀 더 자세히 말해 주실래요?"

기우는 천천히 지난 며칠을 되짚어 보며 말했다. 그날 은하에게 달려갔던 기태는, 다음 날 새벽에야 집에 들어왔다. 그리고 무슨 일이 있었냐는 기우의 물음에 한 마디 대꾸도 없이 그저 멍한 얼굴로 방에 들어갔다. 다음 날도, 그다음 날도 마찬가지였다. 조 소장이 방문 상담을 왔을 때도, 그는 처음으로 입을 꾹 닫고 있었다고 했다. 이제 두 번밖에 안 남았는데 기태의 치료가 성공할 수 있겠냐 물었을 때, 조 소장은 그저 희미하게 웃으며 말했다.

'무엇이든 곪아 터지고 나면 낫는 법이지요.'

곪아 터지고 나면 낫는다. 기우는 그의 말을 여러 번 되뇌어 보았다. 그러나 요즘의 기태는 무언가를 억지로 참아 내고 있는 모습이었다. 곪은 것을 터뜨리지 않고 꼭 움켜쥐고 있는 것처럼.

차라리 크게 울기라도 했으면. 평소처럼 기우의 멱살을 잡고 이게 다 너 때문이라며 버럭버럭 소리라도 질렀으면. 그런 생각까지 들 정도로, 그는 위태로워 보였다.

"기태 씨가 11년 전 사랑했던 그 여자 말이에요."

기우의 이야기를 듣고 잠시 생각에 잠겨 있던 그녀가, 마침내 입을 열어 말했다.

"실은, 나 때문에 그렇게 된 거예요."

"……네?"

"자세히 얘기할 순 없지만, 그래요. 내가 비겁했거든요."

비겁했다. 그 말을 그녀의 입으로 듣는 순간, 온몸에 전기가 흐른 듯 찌릿한 느낌이 감돌았다.

"그래서 기태 씨한테서 도망치고 있었고, 그걸 모두 얘기했어요."

짐작하고 있었다. 그 이유밖에 없을 거라 생각했다. 하지만 그걸 확인받으려고 보자고 한 것은 아니었다. 그는 다만, 어떤 핑계를 대서라도 그녀를 한 번 더 보고 싶었다. 그동안 고마웠다는 그녀의 말이 자꾸 마음에 걸려서, 곧 어디론가 떠나 버릴 것 같은 그녀를 한 번 더 보고 싶었을 뿐이다.

그녀가 이렇게 솔직히 말할 거라고 생각하지 않았다. 그는 그녀를 잘 몰랐을 때 그녀에 대해 비겁하다고 생각한 적이 있었지만, 그녀의 입으로 그 말을 듣는 순간, 커다란 바늘이 가슴을 찌르는 듯한 느낌과 동시에 말로 할 수 없는 공허함이 밀려왔다. 허탈해졌다. 발등을 짓누르던 정체 모를 무게를 그녀에게 반쯤 덜어 냈다고 생각했는데, 그게 고스란히 그에게 돌아오는 느낌이었다.

그로서는 상상할 수 없는 일이었다. 그는 아직 못한 일이었다.

"내가 이기적이었어요. 끝까지 말하지 말걸…… 나 힘들다고, 말해버린 거예요."

진심으로 인정하는 일.

"그런데…… 난 정말 이기적인 사람인가 봐요."

진심으로 미안해하는 일.

"그런 잘못을 저지르고도, 보고 싶은 걸 보면……."

그녀는 조용히 커피를 마시며 창밖을 보았다. 그녀의 눈빛에 그리움이 맺혔다. 그 그리움이 볼을 타고 떨어지기 전에, 닦아 주고 싶다는 생각이 들었다. 그런 생각이 들자 위염에 걸린 것처럼 명치 부위에 갑작스런 통증이 밀려왔다.

그녀는 볼 때마다 조금씩 더 그를 아프게 만들었다. 그런데도 계속 보고 싶은 사람이었다. 조 소장의 말처럼, 그는 그녀에게서 나을 방법을 찾고 있는지도 몰랐다. 그녀가 그를 계속 아프게 해 준다면, 남몰래 묵혀 두고 있던 상처가 곪아 터질 것도 같았으니까.

'은하 씨 잘못이 아니에요.'

그렇게 상처가 곪아 터지고 나면, 그도 언젠간, 정말 언젠간, 이런 말을 할 수 있을 것 같았다.

'내 잘못이에요.'

그녀에게도, 그에게도.

"기우 씨."

그녀가 문득 고개를 돌렸다. 간만에 닿은 그녀의 시선이 반가웠다.

"나도 하나 묻고 싶은 게 있는데……."

그는 말해보라는 듯 그녀의 눈을 보며 고개를 끄덕였다. 잠시 망설이던 그녀가, 조심스럽게 입술을 떼었다.

그녀의 눈가에 옅은 잔주름이 졌다.

그날 저녁, 은하는 처음으로 연구실 사람들과 회식을 했다. 은하의 송별회였기 때문에 가지 않을 수 없었다. 금요일까지는 일을 하기로 했지만 연구원들 모두 시간이 되는 날이 그날뿐이었다. 웬만해선 술을 절대 마시지 않는 은하도 오랜만에 술을 마셨다. 무엇 때문인지 술이 달게 느껴졌다.

조 소장은 아홉 시에 기태의 상담이 있어서 저녁만 함께하고 먼저 일어섰다. 은하는 그에게 기태의 얘기를 묻고 싶었지만 애써 참았다. 그저 끝까지 책임지지 못하고 넘기게 됐던 것이 죄송하다며 거듭 사과를 했다. 그러자 조 소장은 너그러운 미소로 말해 주었다.

"처음부터 내가 맡았다면, 아예 불가능한 치료였어."

"……."

"고 선생이 잘한 거야. 할 만큼 했어."

할 만큼 했어. 그 말이 왠지 콧잔등을 시큰하게 만들었다.

늦게까지 회식을 하고 자정이 다 되어서야 집으로 돌아갔다. 기현이 집까지 데려다 준다고 했지만 그녀는 정중히 거절하고 택시를 탔다. 기현이 아니어도 그녀의 뒤를 지켜 주는 사람이 있었기 때문에 괜찮았다.

며칠 전, 은하는 줄곧 자신의 뒤를 따라오는 누군가를 느끼고 그에게 다가가 정체를 물었다. 그는 기태가 붙인 가드였다. 헛웃음이 났다. 그렇게 떠나 버렸으면서도, 그는 그녀에게 붙인 가드는 떼어 놓지 않았다. 은하는 가드에게 더 이상 이 일을 하지 말라고 하려다 관두고, 기태에게는 아무 말 하지 말라고 일러두었다.

가드가 그녀의 곁에 있는 것을 보면, 그가 아직 그녀를 떠나지 않은 것만 같았다. 떠나기 전까진 그 기분을 느끼고 싶었다.

그렇게라도, 그와 함께 있고 싶었다.

술기운 때문인지 더욱 무겁게 느껴지는 몸을 끌고 아파트 안으로 들어섰다. 엘리베이터가 은하가 사는 12층에서부터 내려오는 게 보였다. 은하는 조금 어지러워 벽에 몸을 기대고 엘리베이터를 기다렸다. 잠시 눈을 감고 있는데, 엘리베이터가 도착한 소리가 들렸다. 무거운 눈꺼풀을 천천히 들어 올린 은하는, 그 상태로 굳어 버렸다.

가슴이 다시 요란스러운 소리를 내며 뛰기 시작했다.

스치듯 잠깐이라도 보고 싶던 사람이 눈앞에 있었다. 그 어떤 말보다 잔인한 침묵으로 그녀를 떠났던 사람이 눈앞에 있었다. 그 사람이, 어느새 붉게 달아오른 눈으로 그녀를 응시하고 있었다.

엘리베이터 문이 닫히려 하자, 그가 버튼을 눌러 다시 열었다. 그는 내리지 않고 서서 말없이 그녀의 눈을 바라보았고, 그녀는 조용히 엘리베이터 안으로 들어섰다. 그는 뒤쪽에 붙어 서 있었고, 그녀는 바로 문 앞에 정면을 보고 서 있었다. 차마 그를 돌아볼 수가 없었다. 그가 뒤에 있다는 사실만으로도 심장이 방망이질 치고 있었으니까.

엘리베이터 문이 닫혔다. 은하는 손을 뻗어 12층을 눌렀다. 그런데 버튼을 누른 손을 내리기도 전에 그녀의 팔이 강한 힘에 의해 당겨졌다. 이윽고 차가운 감촉이 등에 닿았고 그와 상반되는 뜨거운 감촉이 입술에 닿았다. 순식간에 벌어진 일이었다. 그가 그녀를 벽면에 몰아붙이고 입을 맞춘 것이었다.

놀란 그녀의 입술이 벌어진 순간, 그의 혀가 밀려 들어왔다. 그는 조금 거친 움직임으로 그녀의 안을 헤집기 시작했다. 너무 뜨겁고 강렬했다. 뒤늦게 정신을 차린 그녀가 그에게서 벗어나기 위해 몸을 비틀었지만, 이미 양팔이 그의 손에 붙잡힌 상태라 쉽지 않았다. 그는 그녀가 움직일수록 더욱 강한 힘으로 그녀를 붙잡고 키스를 했다.

잠시도 입술을 떼어 놓을 수가 없었다. 그는 그녀가 움직이는 대로 따라오며 그녀의 귓가에, 입술에, 그 어느 때보다 뜨거운 숨결을 토해 내었다. 엘리베이터의 숫자는 멈추지 않고 올라갔다. 10층까지 올라갔을 무렵, 은하는 더 이상은 안 되겠다는 생각으로 있는 힘껏 그를 밀쳐 내며 말했다.

"그만해요!"

그가 거친 숨을 내쉬며 붉은 눈으로 그녀를 응시했다. 그 눈빛에 심장이 얼어 버릴 것 같았다.

그때 엘리베이터가 12층에 도착했다.

은하가 그에게서 시선을 거두고 몸을 돌렸다. 도망치듯 나가려는 그녀를 그가 다시 붙잡았다.

"……살려 줘."

그가 고름을 쥐어짜 내듯 힘겹게 토해 낸 말이었다.

"……나 좀 살려 주라."

"……."

"너 때문에 죽을 것 같아."

"……."

"봐도 미치겠고, 안 봐도 미치겠어서…… 내가 정말 죽을 것 같아."

온 몸에 비가 내리는 것 같았다.

"최면 좀 걸어 주라."

그의 젖은 목소리가, 그녀의 마음에 비처럼 쏟아져 내렸다.

"……널 좀 그만 사랑하게 해 달라고."

23.

널 좀 그만 사랑하게 해 달라고.

그 말이 머릿속에서 메아리처럼 울려 퍼졌다. 그 말은 무수히 많은 뜻을 내포하고 있음을 알았다. 그 말은, 아직 그녀를 사랑한다는 뜻이라는 것도 알았다. 하지만 그녀의 귀에 그 말은, 이제 널 그만 사랑하고 싶다, 이제 널 포기하고 싶다, 그런 말로만 들렸다.

그의 마음을 모르는 것은 아니었다. 그는 그럴 수밖에 없다는 것도 알았다. 고작 그 정도 말로 아파해선 안 된다는 것도 알았다. 그런데, 그럼에도 불구하고 아팠다. 온몸이 차가운 비에 젖어드는 것 같았다.

"그만하고 싶으면 그만해요."

그녀는 꿋꿋하게 앞을 보고 선 채 감정을 억누르며 말했다.

"내가 사라져 줄게요."

"……."

"그러고 나면, 시간이 금방 해결해 줄 거예요."

기태의 손에서 힘이 풀리는 것이 느껴졌다. 그 손이 야속하게 느껴지는 자신이 싫었다. 은하는 얼른 그곳에서 벗어나고 싶었다. 더 있다간 그에게 나약한 모습을 보이고 말 것 같았다.

"하나만 묻자."

나가려던 그녀의 발이 다시 멈추었다.

"왜 이렇게 늦게 다니는지, 술은 왜 마셨는지, 그동안 어떻게 지냈는지. 이 와중에도 묻고 싶은 건 너무 많은데. 그래, 이런 상황에서까지 이런 걸 물어야 하는 내가 나도 정말 미치겠는데…… 하, 다 참고 하나만 물을게."

"……."

"너, 그 일만 아니었으면 너…… 나 포기하지 않았어?"

"……."

"너도 날…… 사랑했던 거냐고."

사랑. 그를 알기 전까진 그녀와 아무 상관도 없던 단어. 하지만 그의 앞에서 한 번도 언급해 본 적 없는 단어. 그녀는 그 단어 앞에 처음으로 온전한 알몸으로 내던져진 기분이었다.

"사랑…… 그게 뭔지 난 아직도 잘 모르겠지만."

"……."

"그래요. 이 독한 운명만 아니었으면, 그럼…… 내가 붙잡았을 거예요."

"……."

"나는 늘, 당신 옆에 있고 싶었고, 그리고……."

목이 메었다. 처음으로 진심을 말할 수 있어서, 그것만으로도 가슴이 벅찼다.

"……지금도 그러니까."

그 말을 마지막으로 그녀는 엘리베이터를 빠져나왔다. 뒤는 돌아보지 않았다.

"잘 가요."

그 흔한 한마디 외엔 할 수 있는 말이 없었다. 차마 떨어지지 않는 발을 힘겹게 떼어 걸었다. 그렇게 그녀는 먼저 그의 곁을 떠났고, 뒤이어 그의 발소리는 들리지 않았다. 당연히 그래야 하는데, 그럼에도 등 뒤의 침묵에 가슴이 저렸다.

또각. 또각. 또각. 그녀의 슬픈 구두 소리만 아파트 복도를 울렸다.

'다음 주까지만 일하고 집 팔리는 대로 떠날 거예요.'

기태는 보던 서류를 던지듯 내려놓고 달력으로 시선을 꽂았다. 오늘은 금요일이었다. 그의 마지막 상담 날이기도 했고, 그녀의 마지막 근무일이기도 했다. 그녀는 분명 오늘까지만 일을 하고 집이 팔리는 대로 떠난다고 했다. 집이 이미 팔렸다면 당장 내일이라도, 아니 오늘이라도 떠날 수 있는 것이었다. 그 생각을 하니 도통 일이 손에 잡히지 않았다.

그때 노크 소리가 들리고 강 비서가 들어왔다.

"어. 알아봤어?"

"네, 집은 어제 팔렸다고 합니다."

기태가 의자 등받이에 몸을 기대며 깊은 한숨을 내쉬었다.

"이혼은."

고개를 숙인 채 관자놀이를 누르던 그가 불쑥 물었다. 강 비서는 난감한 표정으로 시선을 내렸다.

"아직……."

"뭐가 그렇게 오래 걸려?"

기태가 고개를 들며 버럭 소리를 쳤다.

"사람 행방 하나 찾는 게 왜 그렇게 오래 걸리냐고."

"죄송합니다. 오늘 안으론 알아낼 수 있을 것 같습니다."

"후…… 알았어. 나가 봐."

강 비서가 나갔다. 기태는 몹시 예민해져 있는 자신을 느끼고 지그시 눈을 감았다.

집이 팔렸다고 하니, 그녀는 빠르면 오늘이나 내일 떠날 것이었다. 그전에 이훈의 행방을 알아내지 못하면 그는 그녀를 절대 놔줄 수 없을 것 같았다. 그녀가 어디로 떠나든 찾아낼 자신은 있었지만, 단 며칠이라도 그가 모르는 곳에 그녀를 홀로 둘 수는 없었다.

기태는 답답한 마음에 넥타이를 느슨하게 잡아당기다가 확 풀어헤쳐 버렸다.

그녀가 떠난다. 아무리 되뇌어 보아도 실감이 나진 않았지만 상상만으로도 두려웠다.

'그 남자가, 그 여자앨 보고 따라가요. 난 줄 알았나 봐요. 난 줄 안 거예요…….'

처음엔 믿을 수가 없었다. 왜 하필 그녀여야 했을까. 왜 하필 11년 만에 처음으로 마음을 연 사람이, 그녀의 죽음에 얽혀 있어야 했을까. 처음엔 그 사실 자체를 받아들이기가 너무 힘들었다.

'내가 무서워서, 내가 너무 무섭고 두려워서, 내가 거기서 그렇게 도망쳤다구요…….'

'내가 거기 있었는데…… 그 애가 나 대신 그렇게 되는 동안…… 난 아무것도…….'

전혀 원망스럽지 않다면 그건 거짓이었다. 나중엔, 왜 그래야 했을까. 그 생각으로 힘이 들었다. 그녀는 왜 아무것도 하지 않았을까. 그녀가 무슨 행동이라도 했다면, 주미도 죽지 않고, 그와 그녀가 이렇게 힘들어하지 않을 수도 있었는데.

'내가 빨리 걸으니까, 그 남자도 빨리 걸어요. 무서워. 너무 무서워……. 무서워. 따라오지 마. 오지 마! 하아…….'

그러는 한편, 그런 생각을 하는 자신이 끔찍하게 싫어졌다. 그녀도 힘들었을 텐데. 죽을 뻔했던 그 순간에도, 지난 오랜 시간 동안도, 그녀는 누구보다 힘들었을 텐데.

주미에겐 미안했지만, 생각하면 할수록 그는 은하를 이해하게 되었다. 아니, 은하를 이해하려고, 그녀의 편에 서서 생각하려고, 저도 모르게 무진 애를 쓰고 있었다. 주미만큼이나 은하도 무섭고 두려웠을 것이다. 그럴 수밖에 없었을 것이다.

그녀 대신 주미가 죽었다는 생각으로 그녀를 원망하기엔, 그녀의 인생이 너무도 가엾고 슬펐다. 그녀가 주미 대신 죽었다면, 그것 역시 상상조차 하기 싫은 고통이었다. 아니, 애초에 대신 죽는다는 것 자체가 말이 안 되는 일이었다. 그것은 그저 끔찍한 운명의 장난이었을 뿐, 누가 살았고 누가 죽었다 해도, 그것이 살아 있는 사람의 죄는 아니었다.

하지만 그 모든 것을 알면서도 그가 그녀를 잡지 못한 이유는 하나였다.

'내가 두렵고, 내가 무섭고, 내가 끔찍하다구요! 당신만 보면 밤이 되고 감옥이 되니까. 그것만으로 끝이라면 버티겠는데, 당신도 나 때문에 지옥일 테니까!'

그녀는 그를 보면 밤이 되고 감옥이 된다고 말했다. 그도 마찬가지였다. 그녀의 얼굴에서 주미를 보지 않을 자신이 없었다. 그녀와 함께라면, 두 사람 다 평생 주미의 그늘에서 벗어날 수 없을 것 같았다.

'그래요. 이 독한 운명만 아니었으면, 그럼…… 내가 붙잡았을 거

예요.'

'나는 늘, 당신 옆에 있고 싶었고, 그리고…… 지금도 그러니까.'

그 말을 듣는 순간 얼마나 가슴이 뛰었는지 모른다. 그런 질문을 한 자신이 바보 같다고 생각하면서도, 그녀의 말에 설레었고 잠시나마 행복했다.

'잘 가요.'

하지만 그는 떠나는 그녀를 따라가 잡지 못했다. 과연 사랑한다는 마음만으로 행복할 수 있을까. 행복만 할 수 있을까. 그만 보면 밤이 되고 감옥이 된다는 사람에게, 그는 행복이 될 자신이 없었다.

'최면 좀 걸어 주라.'

'……널 좀 그만 사랑하게 해 달라고.'

그래도 그 말만은 하지 말 걸 그랬다. 그 말이 그녀를 얼마나 아프게 했을지 뒤늦게 후회가 됐다. 나도 너무 힘들어서 네가 원하는 대로 널 놓아주고 싶지만, 내 마음이 도무지 그러지 못한다는 뜻이었다. 만나선 안 될 사람이라는 걸 알지만, 그럴수록 그녀가 더 보고 싶고 갖고 싶어 미칠 것 같았다.

사랑은 마치 청개구리처럼, 누군가 작아져야 한다고 하면 할수록 그 몸집을 더욱 키워 갔다.

도대체 어떻게 해야 할까. 답이 서지 않는 의문에 그는 죄 없는 관자놀이만 꾹꾹 눌러 대다 눈을 감았다.

그날 저녁. 퇴근 준비를 하던 기태는 한 통의 전화를 받고 황급히 사무실을 뛰쳐나갔다.

'그게 대체 무슨 소리야?'

'죄송합니다. 전 당연히 출근하셨을 줄 알고…….'

지난주부터 은하 곁에 붙여 놓았던 가드에게서 온 연락이었다. 그는 평소와 같은 출근 시간에 은하의 집 앞에 대기하고 있었지만 아무리 시간이 지나도 은하가 집에서 나오지 않았다 했다. 오늘은 일찍 출근을 한 모양이라 생각하고 연구소 앞에 가서 기다렸는데, 퇴근 시간에도 그녀는 나오지 않았다. 이상하다 싶어 퇴근하는 연구원들에게 그녀에 대해 묻자, 그녀는 오늘 출근을 하지 않았다고 했다.

가드는 은하의 집으로 돌아가 초인종을 눌러 보았지만 안에선 아무 대답이 없었다. 벌써 집을 나갔나 싶어 관리실에 물으니 이사는 내일이라고 했다.

"손기태입니다."

기태는 차를 타고 그녀의 집으로 향하며 조 소장에게 전화를 걸었다.

"고은하 선생이 오늘 출근을 하지 않았다고 들었는데, 혹시 무슨 일인지 알 수 있을까 해서요."

– 글쎄요. 저도 그 이유는 잘 모르겠습니다. 원래 오늘까지는 출근하기로 되어 있었는데 별다른 말없이 결근을 한 거라서. 맡은 상담도, 인수인계도 어제 다 마무리하려는 모습이 좀 의아하긴 했지만 이렇게 연락 없이 안 나올 줄은 몰랐거든요. 그럴 사람도 아니고…….

"전화는 아침부터 꺼져 있던가요?"

– 네, 그랬죠.

"실례지만, 고 선생이 갈 만한 데 어디라도 아시는 바가 있습니까?"

– 안타깝게도 잘 모르겠네요. 고 선생은 밤을 기피하는 편이라 일이 끝나면 곧장 집으로 갔거든요. 딱히 취미 생활도 없었던 걸로 알고 있고요. 어쩌다 한 번씩 혼자 여행을 갔다 올 때가 있긴 했는데 어딘지는 말하지 않았어요.

"알겠습니다. 아, 죄송하지만 오늘 치료는 힘들 것 같은데…… 다음으로 미루어도 될까요?"

– 그래요. 편한 날 연락 주세요.

"감사합니다."

– 기태 씨.

기태가 전화를 끊으려는데 조 소장이 나지막한 목소리로 그의 이름을 불렀다.

"네?"

– 마음의 힘이라는 건 생각보다 위대합니다. 기태 씨는 강한 마음을 갖고 있는 사람이니, 자신의 마음을 한 번 믿어 보세요.

마음의 힘. 기태는 조 소장의 말을 알 것도 같고 모를 것도 같았지만, 왠지 모르게 마음이 든든해지는 것을 느꼈다.

"알겠습니다."

기태는 전화를 끊고 조금 더 단단해진 눈빛으로 앞을 보았다. 그 대단한 마음의 힘이라는 걸 믿어 보기 위해서라도, 우선 그녀를 찾아야 했다.

반드시 찾아야 했다.

기태는 은하의 동네를 몇 바퀴나 돌았지만 그녀를 찾을 수 없었다. 전화도 벌써 수십 통이 넘게 해 보았지만, 들려오는 말은 똑같았다. 그녀의 집 앞으로 다시 돌아온 기태는 전화기가 꺼져 있다는 안내를 들으며 힘없이 팔을 내렸다.

"하……."

가슴이 답답해서 미칠 것 같았다. 오늘따라 셔츠가 더욱 꽉 끼는 느낌이었다. 한겨울이었지만 정신 나간 사람처럼 그녀를 찾아 뛰어다니느라 그의 몸은 이미 땀으로 범벅이 되어 있었다. 기태는 이마에 흐르는 땀을 닦아 내며 문을 타고 쓰러지듯 주저앉았다.

'문자가 왔었다구요? 오늘 휴대폰 잃어버렸어요. 버스에서…….'

'더 신경 써야 할 것 같아, 은하 씨.'

설마 아닐 거라고 생각하면서도 자꾸만 부정적인 쪽으로 생각이 빠졌다.

'……난 가만있을 것 같아?'

그놈이라면, 정말 그놈이라면…… 생각만으로도 온몸이 사시나무 떨듯 부들부들 떨렸다.

아직 그녀에게 제대로 마음을 보이지 못했다. 이 독한 운명만 아니었어도 그의 옆에 있었을 거라던 그녀의 말에, 그 소중한 고백에, 아무런 말도 해 주지 못했다. 그는 부딪쳐 보지도 않고 아플 거란 생각에 뒤로 물러서고 있던 자신을 후회했다. 다 떠나서 넌 그동안 얼마나 힘들었냐고, 너도 많이 힘들었겠다고, 그 쉬운 위로의 말조차 해 주지 못했다. 너 때문에 내가 너무 아프다, 소리치기에만 급급했다.

기태는 쓰린 가슴을 부여잡고 신음했다. 금방이라도 왈칵 눈물이 쏟아질 것 같았지만 억지로 참아 냈다. 여기서 울어 버리면 안 될 것 같았다. 그녀에게 아직 무슨 일이 생긴 것도 아닌데 바보처럼 구느라 시간을 낭비할 수는 없었다.

아직 희망은 있었다. 어제까지 상담과 인수인계를 기어이 마무리하려 했다는 것은, 이미 오늘 출근하지 않으려는 마음이 있었다는 뜻이다. 그렇다면 그녀는 타의로 실종된 것이 아니라, 자의로 어딘가 갔을 확률도 있었다. 이사도 내일 한다고 했으니, 그리 멀리 가진 못했을 것이었다.

'안 좋게 생각할 것 없어. 별일 아닐 거야. 괜찮아.'

기태는 수없이 자기최면을 걸며 자리에서 일어섰다.

그런데, 바로 그때였다. 스윽, 하고 누군가의 그림자가 얼핏 보였다 사라졌다. 재빨리 주위를 둘러보던 기태의 눈이 엘리베이터 쪽을 향했다. 엘리베이터 문이 닫히고 있었다. 닫히는 문틈으로 한 남자가 보였다. 제대로 보지는 못했지만 분명 익숙한 분위기였다. 순간적으로 뇌리를 스치는 불길한 느낌에 기태는 황급히 엘리베이터로 뛰어갔다. 하지만 엘리베이터 문은 이미 닫혔고 1층을 향해 내려가고 있었다. 분명 기태가 있는 동안 아무도 12층 복도를 오가지 않았다. 누군가 12층에 왔다가 기태를 보고 다시 내려가고 있는 것이었다.

기태는 빠른 속도로 계단을 향해 뛰었다. 계단으로는 엘리베이터를 잡을 수 없다는 걸 알면서도 그는 두세 칸씩 건너뛰며 필사적으로 계단을 내려갔다. 넘어지고 구를 뻔한 위기를 넘기며 2층까지 내려갔을 때 엘리베이터의 숫자가 1을 나타내고 있는 것이 보였다.

"젠장!"

그는 짧게 욕을 내뱉으며 계단 난간을 잡고 아예 훌쩍 뛰어넘었다. 가까스로 1층에 도착했을 때, 빠른 걸음으로 나가고 있는 남자의 뒷모습이 보였다.

기태는 그를 향해 온 힘을 다해 뛰기 시작했다. 그러자 남자가 흘끗 뒤를 돌아보더니 덩달아 뛰기 시작했다. 기태는 그가 뛰는 모습을 보고 이훈이라고 확신했다. 그러자 온몸의 피가 거꾸로 솟아오르는 것 같았다. 그는 끓어오르는 분노를 참을 수가 없었다.

"거기 서!"

눈에 보이는 것이 없었다. 오로지 그를 잡아야 한다는 일념으로 그는 혼신의 힘을 다해 뛰었다. 그와 기태의 사이가 점점 좁혀졌다. 하지만 며칠 전 내린 눈 때문에 거리는 아직도 얼음으로 덮여 있었다. 구두를 신고 달리기에는 길이 너무 미끄러웠다. 반면 남자는 파카에 운동화 차림이었다. 기태가 주춤하는 사이 차이가 다시 벌어지기 시작했다.

남자가 아파트 단지를 빠져나갔다. 기태도 빠른 속도로 그를 뒤쫓았다. 점점 명치 부위가 아파 오면서 숨이 차오르기 시작했다. 하지만 이대로 놓칠 수는 없었다. 기태는 눈이 녹아 있는 도로 쪽으로 내려서 그를 쫓기 시작했다. 오가는 차들이 아슬아슬하게 그를 비껴가며 클랙슨을 울려 댔다.

눈이 녹지 않은 인도 위를 달리던 남자는 어느새 기태의 바로 옆에 있었다. 가쁜 숨을 몰아쉬는 남자는, 더 이상은 힘든 듯 속도를 늦추고 있었다. 기태는 그 기회를 놓치지 않고 인도 위로 올라가 그를 덮쳤다.

기태와 남자가 동시에 쓰러지면서 눈길을 굴렀다. 남자의 위에 올라탄 기태는 곧바로 그의 얼굴에 주먹을 날렸다. 얼굴을 확인할 새도 없이 수차례 날렸다. 그는 완전히 정신을 잃은 상태였다. 그런데 어느 순간 남자가 입에 고인 피를 뱉어 내며 있는 힘껏 목소리를 쥐어짜 소리쳤다.

"왜 이러는 거야, 대체!"

"……뭐?"

"그깟 뒷조사 좀 했다고……."

남자가 쿨럭쿨럭 기침을 토해 내며 말했다. 흐릿하던 기태의 초점이 되살아났다. 그는 남자의 멱살을 바싹 잡아채고 들어 올렸다. 심장이 쿵 하고 내려앉았다. 뒤늦게 확인한 남자의 얼굴은, 그가 생각했던 사람이 아니었다. 지금껏 그의 눈에 보이던 그 얼굴이 아니었다. 괴기스럽게 울고 웃으며 난 가만 있을 것 같냐 말하던 그 남자가 아니었다.

"너…… 네가 왜……."

그때 기태의 주머니에서 휴대폰 벨소리가 울렸다. 기태는 멍한 얼굴로 그를 바라보며 휴대폰을 꺼내 전화를 받았다.

– 이사님, 이훈의 행방에 대해 알아냈습니다.

"……."

– 그런데…….

묵묵히 얘기를 듣던 기태의 손에서 힘이 빠졌다. 휴대폰이 바닥에 떨어졌다.

– 죽었다고 합니다.

그 말이 기태의 수차례 메아리 쳐서 들렸다.

그는 두 달 전, 기태가 입국했을 즈음에 경기도 안산에 거주하다가 갑자기 종적을 감추었다고 했다. 가족이나 친인척이 없어서 실종 신고를 한 사람도 없었기에, 기태가 입국한 뒤 곧바로 그의 행적을 찾았을 때 쉽게 알 수가 없었다. 그는 남해의 작은 마을에서 다른 이름으로 살기 시작했지만, 한 마을 사람의 말에 의하면 그는 늘 무언가에 쫓기는 사람처럼 불안해 보였으며 가끔 자학 행위도 보였다고 했다.

말이 잘 통하지 않는 그의 지적 장애와 여러 병적인 모습 때문에 마을 사람들은 대부분 그를 꺼려했고 그는 쉽게 일을 구하지 못했다. 그러다 한 달 전쯤 그가 돌연 사라졌고 며칠 전 바다에서 그의 시신이 발견되었다. 경찰은 그가 출소 후의 힘든 삶에 적응하지 못해 스스로 목숨을 끊은 것으로 보고 있다고 했다.

'죽었다고 합니다.'

대체 왜 그 말을 듣는 순간 참았던 감정이 터져 버렸는지는 모르나, 기태는 떨어지는 눈물을 막을 수가 없었다. 결코 이훈이라는 살인자의 죽음이 안타까워서는 아니었다. 하지만 허탈했다. 무언가에 쫓기는 듯 살다가 죽어 버렸다는 말이 그의 가슴을 들쑤시는 것도 같았다.

도저히 말로 표현할 수 없는 허탈함과 동시에 안도감이 밀려왔고,

또 다른 두려움이 밀려왔다. 이렇게 되고 나서야 깨달아 버린 그녀에 대한 마음도 너무 괴로웠다. 복잡하게 뒤섞인 온갖 감정들이 그를 뒤흔들고 있었다.

"……어디야."

"……."

"그럼 대체 어딨는 거야, 고은하!"

짐승처럼 울부짖는 그의 목소리가 하늘을 향해 울려 퍼졌다.

휴대폰 문자의 주인공도, 기우가 봤던 수상한 그림자도, 모두 이현식이었다. 지난번 은하와의 만남 이후 기태와 그녀를 줄곧 주시해 왔던 그는, 지난주 월요일부터 기태의 상담을 은하가 아닌 조 소장이 맡게 되었음을 알게 되었다. 그는 필사적이라고 느껴질 정도로 기태를 보호하던 그녀가 왜 갑자기 기태의 상담을 그만두게 되었는지 궁금했다. 그토록 완강했던 그녀가 그만둘 정도라면, 필시 무슨 큰일이 있었을 거라는 생각이 들었다. 현식은 그가 그녀에게 무슨 짓을 했는지 알아내고 싶었다.

그러다 지난주 수요일, 일이 있어서 연구소 근처에 갔다가 은하에게 들러야겠다는 생각으로 버스를 탔는데 마침 내리려던 순간 은하가 버스에 올랐다. 현식은 은하에게 가려고 했지만 퇴근 시간이라 사람이 너무 많았다. 하는 수 없이 은하가 내릴 때 함께 내리려고 했는데 수많은 사람들이 한꺼번에 몰려 내리는 틈에서 은하의 휴대폰이 떨어지는 게 보였고, 현식은 그것을 주우려다 내릴 타이밍을 놓치고 말았다.

하는 수 없이 나중에 휴대폰을 돌려주면서 만나야겠다는 생각을 하고 있는데 짧은 진동이 울렸다. 휴대폰을 열어 보니 문자가 와 있었다.

– 안 와도 좋으니까 답장은 해 줘.

저장이 안 되어 있는 번호였지만 낯이 익었다. 요즘 기태의 뒷조사를 하고 있던 그에겐 익숙한 번호였다. 그는 자신의 휴대폰으로 번호를 찾아보았고 기태라는 것을 확인한 뒤에 웃음이 났다. 그러고 보니 은하의 휴대폰은 잠겨 있지 않았다. 현식은 문득 휴대폰을 주운 것이 기회라는 생각이 들어 통화 내역과 문자 등을 살펴보았다. 며칠 전에도 기태의 번호로 많은 전화와 문자가 와 있는 게 보였다. 문자 내용을 보니 둘 사이가 심상치 않다는 게 느껴졌다.

'어떻게 된 건지 말해. 하나도 빠짐없이, 다.'

지난번 레스토랑 앞에서 현식의 멱살을 잡고 죽일 듯이 노려보며 무례하게 굴었던 그가 생각났다.

'재밌네.'

그렇게 독하게 굴던 인간이, 여자 앞에서 절절매는 꼴이라니. 현식은 피식 웃으며 그에게 미안해, 라는 답장을 보냈다. 지난번 일이 괘씸하기도 해서 별생각 없이 재미 삼아 보낸 문자였다. 그런데 막상 문자를 보내고 나니 휴대폰을 돌려주기가 애매해져 버렸다. 그리고 이 안에 기태에 대한 정보가 있을지도 모른다는 생각에 그는 은하 대신 휴대폰을 택했다. 하지만 아무리 꼼꼼히 뒤져도 기태에 대한 별다른 정보를 얻을 수는 없었다.

현식은 하는 수 없이 다음 날 은하에게 직접 연락을 했지만, 그녀는 만나자는 현식의 요구를 단칼에 거절해 버렸다.

– 저는 이제 손기태 씨와 아무 상관도 없고 기태 씨에 대해 드릴 말씀도 없습니다. 앞으로도 마찬가지일 테니 연락하지 마세요.

그리고 이후부터는 현식의 전화를 일절 받지 않았다. 세강에 흠집을 내기 위해선 폭행사건으로 화제가 되고 있는 기태를 건드리는 것만큼 쉬운 일이 없었다. 그가 원한을 갖고 있는 손 사장도, 기우보단 기태에게 더 애착을 갖고 있어서 기태가 후계자가 될 확률이 높다는 소문도 있었다. 기태가 여성 치료사와 불미스러운 일로 얽힌다면 더욱 치명적일 것이었다.

현식은 여기서 포기할 순 없어서 이틀 뒤 은하를 만나기 위해 집으로 찾아갔다. 그런데 그녀가 집에 없어서 아파트를 나오다가 우연히 그녀가 기우와 함께 온 것을 보게 되었다.

기태와는 이제 아무 상관이 없다더니, 그녀는 그들과 아직 관계를 맺고 있었다. 현식은 그들의 관계에 대해 본격적으로 뒷조사를 하기 시작했고, 오늘도 그 일환으로 그녀의 집에 와 본 것이었다.

기태는 그의 행동이 너무 화가 나고 기가 막혔지만 지금은 그녀가 우선이었다. 이혼이 아닌 것만도 천만다행으로 생각하고 그녀를 찾아야 했다. 그는 이현식과는 차후에 다시 얘기하기로 하고 은하를 찾아 나섰다. 현식의 말에 의하면 이틀 전, 그녀는 회사 앞에서 기우를 만났다고 했다. 그는 차를 몰고 가면서 기우에게 전화를 했다. 혹시 그는 기태가 모르는 무언가를 알고 있을지도 몰랐다.

– 그게 무슨 소리야? 은하 씨가 없어졌다니.

그닥지 않게 흥분한 기우의 목소리가 들렸다.

"얘기하려면 길어. 급하니까 대답부터 해. 그날 별다른 말 없었어?"

– 하…….

기우는 잠시 생각하는 듯 말이 없다가 아, 하고 짧은 탄성을 뱉었다.

– 나한테 뭐 하날 묻긴 했어.

"묻다니, 뭘?"

– ……그 애가 간 곳.

그 애가 간 곳. 그 말에 기태는 저도 모르게 급브레이크를 밟았다.

"……뭐?"

– 임주미, 그 애가 지금 어디에 있는지. 그걸 물었어.

기태는 흔들리는 눈빛으로 정면만 보다가 이윽고 정신을 차리고 다시 핸들을 잡았다. 그는 전화를 끊고 거칠게 차를 몰기 시작했다. 이유는 알 수 없지만, 불안해졌다. 그럴 리 없다는 걸 알면서도 가슴이 뛰기 시작했다.

'내가 사라져 줄게요.'

주미가 있는 곳…… 그곳은 바다였다. 2002년 처음 유일하게 해양장을 실시한 인천 앞바다. 산속에 버려졌던 아픈 기억을 잊고 자유롭게 떠나라는 뜻에서, 주미는 그곳에 뿌려졌다.

다시 액셀을 밟는 기태의 눈앞이 뿌옇게 흐려졌다. 그는 울분에 차서 핸들을 내려치며 가슴속으로 외쳤다.

제발, 제발 내 앞에 나타나 달라고.

다 필요 없고 너만 있으면 되니까, 네 옆에 있기만 하면 되니까. 제발 나타나만 달라고.

끝없이 외치고 있었다.

24.

'제 기억으로는 인천 앞바다에서 해양장을 했어요. 기일이면, 기태가 월미도에 갔었거든요.'

며칠 전 카페에서 주미가 있는 곳을 물었을 때, 기우는 그렇게 말했다. 정확히 인천 앞바다 어느 곳에 뿌려졌는지는 기억이 안 나지만 월미도에 가면 될 거라고. 기태도 늘 거기에서 그녀를 보고 왔었다고.

은하는 원래 약속했던 대로 금요일까지 출근을 하려고 했지만, 토요일에 완전히 떠날 생각을 하니, 그전에 하루쯤은 마음을 정리하는 시간이 필요할 것 같았다. 그리고 떠나기 전에 꼭 한 번 주미를 만나고 싶었다. 그래서 목요일에 상담과 인수인계를 모두 끝내 놓았다. 하지만 연구소 사람들에게 오늘이 마지막일 것이라는 말은 하지 않았다. 그녀는 오늘부터 안녕이라는 투의 공식적인 이별이 싫었고 하루 일찍 관두는 것에 대한 괜한 질문들을 받고 싶지 않았다. 차라리 떠나는 날 따로 연락을 해야겠다고 생각했다.

그녀는 어느 누구의 관심도, 방해도 없이 마지막 하루를 보내고 싶었다.

금요일이 되고 그녀는 이른 아침에 집을 나섰다. 기태의 가드를 피하기 위해서이기도 했고 시간이 아깝기도 했다. 수십 년을 지내온 서울에서의 마지막 날이었기 때문에 태연하려고 해도 감성이 예민해지는 것을 어쩔 수가 없었다. 하나라도 더 눈과 귀에 담고 싶었다.

그런데 막상 월미도에 도착하자 은하는 쉽게 호텔 밖으로 나가지 못했다. 바람이 불면, 온몸이 시렸다. 모든 방향에서 그녀가 불어오는 것 같았다. 바다가 되어 버린 그녀가, 칼날 같은 바람을 몰고 은하를 덮치는 것만 같았다. 그래서 은하는 호텔 창밖으로 먼 바다를 바라만 보다가 점심때가 되어서야 용기를 내어 밖으로 나왔다.

인근 횟집에서 점심을 먹고 한참 거리를 거닐며 산책을 했다. 두 손을 꼭 붙잡고 데이트를 즐기는 연인들과, 아이와 함께 놀이공원에서 놀이기구를 타는 가족들. 파전 하나를 놓고 담소를 나누는 다정한 노부부까지. 많은 사람들이 은하의 눈에 들어왔다. 그들은 모두 행복해 보였다. 은하는 혼자였고, 그들만큼 행복하지도 않았지만, 행복한 사람들을 보며 간간이 미소를 지었다.

'사랑하는 사람과 함께라는 건 어떤 기분일까.'

태어나 한 번도 해 보지 못한 생각을 했다.

잘은 모르지만, 입가에 웃음이 떠나지 않을 만큼 행복한 일인 것 같기는 했다.

'언젠가 나한테도 그런 행복이 주어질 수 있을까…….'

처음으로 그런 바람을 가져 보았다. 누가 뭐라 하는 것도 아니지만, 은하는 지금까지 그런 바람은 가져 보지도 않고 삶을 살았다. 그런 생각을 하게 만드는 사람도 없었고 그럴 만한 마음의 여유도 없었다.

그녀는 늘 살아 있는 것 자체가 감사하고 죄스러웠기 때문에. 사랑하는 사람들과 행복하게 살고 싶다는, 그런 평범한 소망은 가져 볼 수가 없었다. 그런데 이제 그런 생각을 하고 있는 자신을 보며 설핏 웃음이 났다. 어느새 욕심이 많아졌구나, 싶었다.

거리의 사람들을 보며 많은 생각을 하다가 유람선을 탔다. 용기 내어 바다에 다가가긴 했지만 인천대교의 반대편으로 도는 유람선을 탔다. 자세히 알아보니 인천 앞바다에서 해양장을 실시하는 곳은 인천대교 일대였기 때문이다. 그녀가 거기 뿌려졌을 거라는 생각을 하니 차마 그쪽은 바라볼 수가 없었다. 그래도 오늘이 가기 전엔 꼭 그녀를 만나러 가리라고, 그녀는 마음을 굳게 먹었다.

그렇게 시간이 흘렀고 어느덧 해가 저물었다. 호텔에서 간단하게 저녁을 먹은 은하는 바다가 훤히 보이는 창문 옆에 앉아 책을 읽었다. 지난번에 기태에게 선물해 주었던 아서 밀러의 희곡집이었다. 기태에게 읽어 줄 때 다 읽지 못해서 뒷이야기가 궁금하기도 했고, 자신이 선물해 준 책이 어떤 내용인지 정도는 알아야 할 것 같았다. 그리고 무엇보다, 기태와의 추억을 하나라도 더 남기고 싶었다.

은하는 책을 펴면서 자연스레 그때를 생각했다. 기태가 그때처럼 그녀의 다리를 베고 누워 있는 것 같았다. 은하는 그에게 읽어 준다는 생각으로 소리 내어 책을 읽었다. 마지막 장을 덮을 땐, 희곡의 비극적이고 애잔한 이야기에 완전히 젖어 눈물이 날 것 같았다. 은하는 커피 한 잔으로 마음을 달랜 뒤 마침내 결심을 하고 외투를 집어 들었다.

신발을 신는 그녀의 발등이 미세하게 떨렸다.

깊은 밤. 월미도엔 옅은 안개가 깔려 있었다. 은하는 눈물 맺힌 시야처럼 흐린 바다를 가만히 바라보다가 천천히 왼쪽으로 시선을 돌렸다.

워낙 멀고 흐려서 잘 보이진 않았지만, 인천대교의 형상이 어렴풋이 보이는 순간 숨이 턱 막히면서 코끝이 찡해졌다.

주미의 죽음에 죄책감을 갖고 살면서도, 그녀를 직접 마주하기가 너무 두려워서 11년 동안 한 번도 와 보지 못했었다. 그런데 막상 마주하고 나니 아주 오랜 시간 가슴속에 꽁꽁 얼어 있던 커다란 눈덩이가 천천히 녹아내리는 듯한 기분이 들었다.

'아, 쟤야. 임주미. 너랑 닮았다는 애.'

은하는 차가운 바닷바람을 맞으며 그때를 생각했다. 주미를 처음 만났던 때. 묘한 시선으로 서로를 바라보던 때. 그렇게 부딪쳤던 시선은, 자연스럽게 마지막 골목길에서의 시선으로 겹쳐졌다. 그때도 그녀는 묘한 시선으로 은하를 바라보았다. 어쩌면 그 시선 하나가 마음에 걸려, 이리도 먼 길을 돌아왔는지도 몰랐다.

"내가 너무 늦게 왔죠?"

은하는 먼 바다를 한참 동안 바라만 보다가 힘겹게 입술을 떼었다.

"이게 뭐 그리 어려운 일이라고…… 내가 많이 늦었어요."

차알싹차알싹. 파도가 바위에 부딪치는 소리가 들렸다. 그 소리가 마치 그녀가 대답해 주는 것처럼 느껴져서 조금은 위안이 됐다.

밤이었지만 희한하게 오늘만큼은 어둠이 무섭지 않았다.

"그 사람을 만나지 않았더라면…… 어쩌면 더 늦었을지도, 아니 평생 오지 못했을지도 모르겠어요……."

바위에 부딪친 파도가 하얗게 부서져 내렸다.

"미안해요……."

그녀는 차오르는 눈물을 참으며 말했다.

"정말 미안해요…… 미안해요……."

미안해요. 그 한마디를 얼마나 반복했는지 모른다.

"나 대신 다치게 해서…… 그때 아무것도 하지 못해서…… 좀 더 빨리 인정하지 못해서…… 도망만 치고 숨어 살아서……."

그리고……

"그 사람을 사랑해서……."

애써 참아 보려 했지만 눈물샘에 금이 간 것 같았다. 부서진 파도가 방울방울 떨어져 내리듯, 눈물방울이 떨어져 내리기 시작했다.

"당신이 살아 있었다면 지금쯤 그 사람과 행복하게 지내고 있었을 거예요. 그 사람은 지금도 당신을 잊지 못하고 있거든요. 근데, 내가 그 자리를 잠깐 탐을 냈어요. 대신 살아난 주제에, 감히 그 자리까지 말이에요. 어쩌면 나는 당신의 운명을 가로챈 운명일지도 모르겠어요. 처음부터 당신 것이었어야 할 그 빛나는 순간을, 내가 잠깐 대신 살았어요."

은하는 기태와 처음 만났던 순간부터 지금까지를 회상해 보았다.

"사실 처음엔 당신이 내가 너무 원망스러워서 벌을 주는 건 아닐까 생각했었는데, 아니었어요. 기태 씨는 나한테…… 큰 선물이었어요. 까만 도화지라고만 생각했던 밤하늘에서, 달을 볼 수 있게 해 준 사람."

혼자만의 감옥에 갇혀 살던 내게 끊임없이 손을 내밀어 준 사람.

"정말정말…… 고마운 사람."

그 말과 동시에 온몸에 힘이 빠지는 것 같았다. 은하는 차가운 바위에 걸터앉아 양손으로 얼굴을 감싸 쥐었다. 가녀린 손가락 사이로 눈물이 새어 나왔다.

"죄송합니다…… 정말 죄송합니다……."

미안하다는 말로는 안 될 것 같았다. 죄송하다는 말로도 부족했다. 더한 말이 있다면 무엇이든 서슴없이 쓸 수 있을 것 같았다.

주미는 봄날의 햇살처럼 따스하고 화사하던 사람이었다. 겨울의 밤처럼 춥고 어두운 그녀와는 정반대이던 사람. 그런 사람이 살고 자신이 죽었어야 하는 게 아닐까. 그 생각이 지난 오랜 시간 그녀를 가장 힘들게 했다.

"평생 미안해하며 살게요. 잊지 않고 살게요. 만약 시간을 돌려서 그때로 갈 수 있다면…… 그럼 그땐 숨지 않을게요……. 많이 아팠을 텐데…… 많이 무서웠을 텐데…… 다시는 나 대신 그런 일 겪게 하지 않을게요……."

그때 볼 위로 차가운 액체가 닿는 느낌이 들었다. 은하는 고개를 들어 앞을 보았다. 어느새 눈이 내리고 있었다. 솜털처럼 가볍고 새하얀 눈이었다. 작은 눈송이들이 바다 위로 사뿐히 내려앉아 녹아들고 있었다. 그 눈을 보는 순간 울컥하고 목이 메어서 그녀는 결국 목 놓아 울어 버렸다.

그런데 어느 순간이었다. 왼쪽 어깨에 따뜻하면서도 익숙한 누군가의 손길이 닿는 게 느껴졌다. 화들짝 놀라 돌아보니 어느새 옆에 앉아 묵묵히 앞을 바라보고 있는 남자가 보였다. 그는 약간 거친 숨을 천천히 내뱉으며 젖은 눈으로 바다만 보고 있었다.

사방을 둘러싼 안개와 흩날리는 눈송이 아래, 그녀는 잠깐 꿈을 꾸고 있는 게 아닐까 생각했다.

그런데 그때 그가 은하의 머리를 살짝 기울여 제 어깨에 닿도록 만들었다. 은하는 그의 넓은 가슴과 어깨 사이에 얼굴을 묻었다. 그의 숨결이 피부에 닿았고 그의 빠른 심장 소리가 귀에 닿았다.

그것으로, 꿈이 아님을 알 수 있었다.

"괜찮아…… 괜찮아."

가슴을 울리는 낮은 목소리. 정말 그였다.

"이제 그만해."

괜찮으니까 이제 그만해. 그가 그렇게 말했다.

여긴 어떻게 왔냐고, 왜 왔냐고, 묻고 싶은 게 너무 많았지만 그녀는 아무 말도 못 하고 그저 그의 품에 안겨 엉엉 울었다. 그러자 그는 은하를 품 안에 꼭 안아 주며 젖은 목소리로 바다를 향해 말했다.

"주미야, 미안하다."

그의 입에서 깊은 탄식이 흘러나왔다.

"정말 미안한데…… 내가, 너무 힘들다."

바다는 말없이 파도만 밀려 보냈다.

"이 여자 없인 안 되겠어. 도저히 놓을 수가 없어. 너 잃고 끔찍했던 그 시간을 또다시 반복하고 싶지가 않다. 살다가 두 번 다시 이런 마음이 올 것 같지가 않아. 그러니까 나 한 번만, 이번 한 번만 이기적으로 굴게. 이제 그만 아프고 행복하라고, 네가 보낸 선물이라 생각하고 살게…… 그래도 되지?"

잠깐 동안 내리던 눈이 서서히 멎어 가기 시작했다. 기태는 그 눈이 그녀의 눈물이라 생각했다. 그래서 눈이 멎는 것을 보며, 어딘가에서 슬픈 미소로 고개를 끄덕이고 있을 그녀를 생각했다. 이기적이더라도, 그렇게 해석하려고 애썼다.

'평생 잊지 않고 살게.'

기태는, 은하와 사랑하는 것은 누구 한 명의 기억을 지우지 않고서는 불가능할 것이라는 생각을 했었다. 그만큼 그와 그녀에게 주미는 상처였다. 하지만 어쩌면 그 상처를 억지로 지우고 사는 것보다, 그 상처를 떠안고 가는 것이 사랑의 대가일 수 있다는 생각이 들었다. 주미를 지켜 주지 못했던 일. 은하와 주미의 기구한 운명을 알면서도, 이젠 주미를 놓고 은하를 사랑하는 일. 그 모든 일의 대가.

그리고 이젠 그보다 더 큰 어떤 대가가 있더라도, 은하를 놓을 수는 없었다.

"고은하."

"……."

"난 아파도 괜찮으니까…… 가 보자, 우리."

그는 품 안에서 가늘게 떨고 있는 은하를 더욱 꼭 끌어안으며 말했다.

"미안해. 내가 다 미안해."

"……."

"너도 많이 아팠을 텐데, 네 생각을 못 했어. 난 아무 상관없으니까, 다 괜찮으니까, 이제 더는 혼자 안 아프게 해 줄 테니까…… 그냥 내 옆에만 있어 주라."

아파야 한다면, 네 몫까지 내가 다 아플 테니까. 벌을 받아야 한대도, 네 몫까지 내가 다 받을 테니까. 넌 그냥 내 옆에만 있어라.

그의 진심 어린 속삭임을 들었는지, 어느새 눈은 완전히 그치고 파도의 일렁임도 잔잔해졌다. 그럼에도 불구하고 멀리 보이는 인천대교는 점점 더 흐려져만 갔다. 아마 그곳은 평생 가도 제대로 볼 수 없을 것 같았다. 그래, 차라리 그랬으면 좋겠다는 생각으로 기태는 천천히 눈을 감았다. 그리고 마지막으로 주미의 숨결과 소리를 느꼈다.

추운 겨울임에도, 불어오는 바람은 포근했고 파도 소리는 다정했다.

모두, 한없이 따뜻하기만 했다.

두 사람의 발걸음이 멈추었다. 은하가 머무는 호텔 앞이었다. 바닷가에서 호텔까지 아무 말 없이 걷기만 한 그녀는, 처음으로 고개를 들어 기태를 보았다. 그녀의 입가에 잔잔한 미소가 걸렸다.

"그렇게 웃지 마. 불안해."

그의 품에 안겨 마음껏 울긴 했지만, 그녀는 아직 그에게 어떤 대답도 하지 않은 상태였다.

"……고마워요."

기태는 그녀의 따뜻한 미소를 보면서도 다소 경직된 표정을 풀지 않았다. 어떻게 용기를 냈는데, 그녀가 끝내 도망간다고 할까 봐 걱정이 됐다.

"정말 이루 말할 수 없이 다 고마운데……."

역시나 그녀는 조심스러운 말투로 시선을 돌리며 말했다.

"그런데 난 아직 자신이……."

"싫어. 그만해."

"……."

"가다가 힘들면 그때 가서 도망쳐. 네가 정 안 되겠다 그럼 그땐 놔줄게. 지금은 안 돼."

"……."

"넌 선택권 없어. 그냥 따라오기만 하면 돼. 내가 괜찮다잖아."

은하의 눈빛이 흔들렸다. 기태는 그 눈빛을 보며 오히려 안도가 되었다. 그는 짧은 숨을 내쉬며 그녀를 당겨 안았다. 그녀는 가만히 그의 품에 안겼다. 어느덧 익숙해져 버린 그의 향기와 온기가 그녀의 마음을 완전히 녹여 버리는 것 같았다.

"이제 그만 멀어져. 나 진짜 힘들다."

그가 웃으며 말했다. 그녀의 입에서도 얕은 미소가 샜다.

"나 믿고…… 가 보자."

끝까지 그를 애태우던 그녀가, 결국 조용히 고개를 끄덕였다. 그리고 조심스럽게 손을 올려 그의 등을 감쌌다. 그 느낌에 몸이 얼어 버리는 것 같았다. 처음이었다. 그녀가 그렇게 다가온 것이. 기태는 잠시 그렇게 굳어 있다가 이내 짧은 웃음을 흘리며 그녀를 와락 끌어안았다. 그녀의 향기가 콧속 깊이 들어왔다.

비로소 함께구나, 인지가 되었다.

저 멀리 바다에서부터 불어오는 바람이 느껴질 때면 가슴이 쓰렸지만, 그걸 잊을 수 있을 만큼 벅찬 행복감이 밀려왔다.

"고마워. 고마워, 고은하."

"내가 고마워요."

저 멀리 하늘에서 은은한 달빛이 쏟아져 내렸다. 은하는 가만히 달을 올려다보았다. 그가 있어서, 이제 밤은 어둠이 아니라 달과 별을 볼 수 있는 시간이 되었다. 기태에게도 마찬가지였다. 그녀가 있어서 항상 가시밭길이던 월미도가, 따뜻한 바람이 불어오는 곳이 되었다.

어쩌면 그녀는 정말 주미가 내린 선물이 아닐까.

함께라면 더 아플 것이라고 생각했는데, 함께여서 덜 아팠다. 정체 모를 따스한 손길이 그의 다친 가슴을 살며시 어루만져 주고 있는 것 같았다.

그 시간, 시계는 11시 정각을 가리키고 있었다. 이전에는 몸이 먼저 반응하던 시간이었지만, 그는 그녀로 인해 뛰는 가슴을 진정시키느라 시간이 11시인 줄도 모르고 있었다.

'그 녀석은 10년 동안 가면을 쓰고 살았습니다. 지금도 그러고 있구요. 그 가면을 벗는 유일한 시간이 바로 밤 열한 시입니다. 오로지 그때만 진짜 손기태를 볼 수 있습니다. 그 시간이 아니고서, 그 녀석은 절대 자신의 진심을 내보이지 않습니다.'

그 공식도 이미 깨져 버린 지 오래였다.

그는 언제부턴가 그녀의 앞에서만은 늘, 진심을 내보이고 있었기 때문이다.

◈

“네, 며칠만 보관해 주세요. 금방 연락드릴게요.”

기태는 이삿짐센터 직원과 얘기를 나누고 있었다. 은하는 한쪽에서 캐리어를 들고 선 채 희미하게 웃으며 그 모습을 바라보고 있었다.

어제 하루 종일 그에게 무슨 일이 있었는지, 그가 그녀를 찾아다니느라 얼마나 고생을 했는지, 전부 들은 터라 오늘은 집에서 푹 쉬라고 그리 신신당부를 했는데도 그는 기어이 나와서 은하를 돕고 있었다. 그는 자신이 직접 나서지 않으면 은하가 또 말없이 떠나 버릴까 봐 그냥 둘 수가 없었다고 했다.

은하는 오늘 이사하기로 했던 집의 계약을 취소하고 일단 호텔에 묵으면서 기태의 집 근처로 새집을 알아보기로 했다. 그리고 일은 며칠 쉬고 난 뒤에 알아보기로 했다. 전부 기태의 강요와 설득으로 이루어진 결정이었다.

기태는 잠깐 눈을 돌린 사이에 그녀가 사라져 버리진 않을까 틈만 나면 두리번거리며 그녀를 찾곤 했다. 가구를 실은 이삿짐센터의 트럭이 떠나고, 기태는 환하게 웃으며 그녀에게 다가왔다.

“점심 맛있는 거 먹고 호텔로 가서 짐 풀자.”

“호텔부터 알아봐야 하지 않을까요?”

“알아봐 놨어.”

“기태 씨가요?”

“그럼.”

은하가 감동한 얼굴로 묻자 기태는 어깨를 으쓱하고 대답했다. 기태는 은하의 캐리어를 빼앗아 들고 차로 갔다. 강 비서가 차에서 내려 짐을 대신 받아 들고 트렁크에 실으며 기태를 향해 말했다.

"이사님, 호텔은 별말씀이 없으셔서 사택과 제일 근접한 곳으로 알아봐 놨는데, 그리 바로 갈까요?"

기태의 얼굴에 난감한 빛이 서렸다. 그는 이맛살을 찌푸리며 강 비서를 흘긋 쏘아보았다. 강 비서가 움찔하는 것이 보였다. 은하는 풋 하고 작은 웃음을 터뜨렸다.

"됐으니까 강 비서는 이제 그만 돌아가."

기태는 구겨진 얼굴로 손을 휘휘 저으며 말했다.

"강 비서님 고마워요."

은하가 강 비서를 향해 다감한 눈웃음을 지으며 말했다. 그 웃음을 본 기태의 이마에 금세 주름이 한 줄 더 생겼다. 강 비서는 기태의 눈치를 보며 어색하게 웃어 보인 뒤 정중히 인사를 하고 빠른 속도로 자리를 떴다. 은하는 왠지 못마땅해 보이는 기태의 얼굴을 보며 재미있다는 듯 짧게 소리 내 웃었다.

"왜 웃어?"

"기태 씨 거짓말이 귀여워서요."

"나 말고, 왜 강 비서를 보면서 그렇게 웃냐고."

"고맙잖아요."

"됐어. 앞으로 그렇게 웃지 마."

기태는 은하를 위해 보조석 차 문을 열어 주며 말했다. 은하는 차에 올라타면서도 웃음을 감추지 못했다. 이윽고 운전석에 올라탄 기태가 은하에게서 안전벨트를 빼앗아 직접 매 주며 말했다.

"웃지 말라니까?"

"알았어요. 기태 씨한테도요?"

"그래. 나한테도 그렇겐 웃지 마."

"왜요?"

은하는 좀처럼 미소를 거두지 못하고 물었다. 그런데 바로 다음 순간 은하의 입가에서 그 미소가 사라졌다. 그의 입술이 그녀의 미소를 삼켜 버린 것이었다. 짧은 순간, 부드럽고 촉촉한 감촉이 그녀의 입 안을 헤집어 놓았다. 그에게서는 너무도 달콤한 향기가 났다. 그는 짧지만 깊은 입맞춤으로 그녀를 벙찌게 한 뒤 입술을 떼었다.

"키스하고 싶어져."

그는 작은 목소리로 그렇게 속삭인 뒤 얼핏 웃으며 핸들을 잡았다. 차가 움직이기 시작했다. 은하는 괜히 얼굴이 화끈거리는 것 같아 손부채를 부치며 시선을 창밖으로 돌렸다. 처음도 아니었는데, 왜 이리 가슴이 뛰는지 몰랐다.

"부채질할 손 있으면 내 손이나 잡아 주지?"

그는 왼손으로만 운전을 하고 있었다. 은하가 피식 웃으며 못 이기는 척 그의 손을 잡아 주었다. 그러자 그의 입가에 슬며시 미소가 올라왔다. 그는 올라간 입꼬리를 좀처럼 내리지 못했다. 이내 그는 자연스럽게 그녀의 손을 벌려 깍지를 꼈다.

"점심 뭐 먹을까? 뭐 먹고 싶어?"

그가 물었지만 은하는 대답을 하지 못했다.

"응? 고은하."

처음으로 맞잡은 두 손에서 그의 심장 소리가 고스란히 전해지는 것 같았다. 멍하니 그의 온기만 느끼고 있던 그녀가, 뒤이어 들려온 그의 말에 정신을 차리고 그를 보았다.

"은하야."

그는 여전히 입가에 따스한 미소를 걸고서, 그녀를 그렇게 불렀다.

"은하야."

그녀의 이름을 되새기듯, 몇 번이고 반복해서 불렀다.

그 애틋하면서도 달콤한 목소리에 가슴이 젖어 드는 것 같았다. 태어나 지금까지 한 번도 좋아해 본 적이 없는 제 이름이었는데, 그녀는 처음으로 이름을 통해 살아 있음을 느꼈다.

'사랑하는 사람과 함께라는 건 어떤 기분일까.'

살아 있다는 것. 그것은 큰 축복이었고, 사랑하는 사람과 함께라는 것은, 그 축복을 매 순간 실감하는 일이었다.

차 안으로 밀려드는 겨울 햇살이 봄처럼 따사로웠다. 슬프도록, 따사로웠다.

25.

한 주가 흘렀다. 은하는 그사이 기태의 동네에 집을 얻어 이사를 했다. 20평 남짓의 아파트였지만 혼자 살기에는 충분했다.

이사 후 새집 정돈에 빠져 있는 은하는 거실의 장식장을 공들여 꾸미고 있었다. 은하는 미니어처를 좋아했다. 그렇다고 매니아적으로 열렬히 모으는 것은 아니었지만 틈틈이 종류별로 사들인 것들이 어느새 장식장 하나를 다 채울 정도는 되었다.

기존에 있었던 슈퍼히어로들의 피규어와 음식 미니어처, 동물 미니어처, 자동차와 비행기 미니어처들을 아래 칸에서부터 차근차근 정리한 뒤, 은하는 시야가 가장 잘 닿는 칸에 새로운 미니어처를 놓기 시작했다. 그것은 바로 유리로 된 동물 미니어처였다. 은하는 투명하게 빛나는 유리 동물들을 하나하나 신중을 기해 놓았다. 그중에서도 일각수를 가장 가운데 두었다. 일각수는 흔히 유니콘이라고 부르는 상상의 동물로서 이마에 뿔이 있는 말이었다.

은하가 갑자기 유리 동물들을 구한 이유는 희곡 〈유리 동물원〉 때문이었다. 이사한 첫날, 기태는 은하에게 테네시 윌리엄스의 〈유리 동물원〉이라는 희곡을 선물해 주었다. 지난번에 은하가 선물해 준 아서 밀러의 희곡집에 대한 보답이기도 했지만, 자신이 가장 좋아하는 작품을 이전처럼 은하의 무릎을 베고 들어 보고 싶어서였다.

삼 일째 되는 날, 은하는 희곡을 다 읽어 주었다. 기태는 그녀의 다리를 베고 누운 채 지그시 눈을 감고 말했었다.

"일각수에 대해 들어 본 적 있어?"

희곡 〈유리 동물원〉 안에서 여주인공 로라는 유리 동물을 수집하는 취미가 있었고, 그중에서 일각수를 가장 아꼈다. 작품 안에서 일각수는 중요한 상징으로 작용했다.

"글쎄요."

그러자 기태는 눈꺼풀을 천천히 들어 올려 은하와 눈을 맞추었다. 그의 눈매가 살며시 휘어졌다. 그는 속삭이듯 조용한 목소리로 말했다.

"옛날 어느 산속에 일각수가 살았대. 그런데 그 일각수의 뿔에는 모든 병을 고칠 수 있는 어마어마한 힘이 감추어져 있었어. 그래서 많은 사냥꾼들이 일각수의 뿔을 노렸지. 하지만 머리가 좋고 강한 일각수의 뿔을 얻기란 쉽지가 않았어. 그러다 한 사냥꾼이 일각수가 갖고 있는 단 하나의 약점을 알아냈는데…… 그건 바로 순수한 소녀였어. 일각수는 때 묻지 않은 순수한 소녀에게는 마음을 연다는 거야. 그 사냥꾼은 한 소녀를 이용해 일각수를 유인했고, 아무것도 모르는 일각수는 소녀의 앞에서 모든 긴장을 풀고 그 무릎을 베고 잠이 들었지. 바로 이때 사냥꾼은 일각수를 생포해서 뿔을 꺾었어."

은하의 한쪽 눈썹이 살짝 일그러졌다. 그녀는 안타까운 듯 물었다.

"너무 안됐어요. 그래서 어떻게 됐어요?"

"어떻게 되긴."

기태는 씁쓸한 미소를 지으며 말했다.

"결국 심장을 잃은 일각수는 그 자리에 쓰러져 죽고 말았지."

그는 일각수의 뿔을 심장이라고 표현했다. 그 말에 더 가슴이 아픈 것 같았다.

"그래서 난 일각수가 싫었어."

"왜요? 가엾잖아요."

"그래, 가여워서. 그 얘길 들었을 때가 여덟 살이었나, 아주 어릴 때였는데…… 웬만한 동화들이 다 권선징악이거나 해피엔딩인데, 이 전설은 너무 비극적이라 충격이었어."

"그럴 수도 있겠네요."

그러고 보니 기태는 이야기 속 일각수처럼 은하의 무릎을 베고 있었다.

"근데 이 희곡을 읽다가 십 년 만에 위안을 받은 거야."

은하가 이유를 묻는 듯 그의 얼굴을 빤히 바라보았다.

"여기서도 로라의 일각수가 떨어져서 뿔이 깨지잖아. 전설에서처럼."

"그러네요."

"근데 로라는 그렇게 말하는 거야. 괜찮다고. 이제 일각수는 보통 말이 된 거라고. 다른 말들과 마음 놓고 어울릴 수 있게 됐다고……."

은하는 기태의 그 말이 왠지 모르게 마음에 깊이 와 닿았다. 아무 생각 없이 읽고 넘겼던 대사인데, 되새길수록 의미가 남는 것 같았다.

"그래서 이 책을 좋아하는군요."

"응. 여러 이유가 있지만, 그것도 이유 중 하나야."

은하는 기태의 머리를 살며시 쓸어 주며 생각했다. 어떤 마음으로 보느냐에 따라 같은 일도 다르게 다가올 수 있었다. 그것은 최면에서도 기본이 되는 마인드였는데, 잠시 잊고 있었다. 잃어버렸던 아주 중요한 것을 되찾은 느낌이었다.

은하는 로라의 대사를 기억하고자 유리 동물들을 구입했다. 그녀는 정 가운데 놓인 일각수를 조심스럽게 만져 보았다.

"그래도 난 널 지켜 줄게."

일각수의 뿔을 만지는 그녀의 손끝이 미미하게 떨렸다.

"떨어지지 않게. 깨지지 않게……."

은하는 일각수와 눈을 맞추고 부드럽게 웃었다.

그때 현관 밖에서 익숙한 기계음이 들렸다. 은하는 가벼운 발걸음으로 현관으로 다가갔다. 문이 열리고, 하루 만이었지만 며칠은 못 본 것처럼 반가운 얼굴이 보였다. 그는 양손에 검은 봉지를 들고 있었다. 은하는 주방으로 향하는 그를 따라가며 물었다.

"그건 뭐예요?"

기태는 봉지를 식탁 위에 내려놓았다. 한쪽 봉투에서는 소주가, 다른 한쪽에서는 먹음직스러운 해물파전이 나왔다.

"먹고 싶댔잖아. 지난번에."

월미도에서 돌아오던 날 아침. 은하는 가볍게 말했었다. 길을 가다가 파전 하나를 두고 담소를 나누는 노부부를 봤는데 좋아 보였다고. 기태는 먹고 싶었냐고 물었고, 은하는 다음에 기회가 되면 같이 먹자고 했었다.

"소주도 잘 마셔요?"

"마실 줄은 알아."

"고마워요. 전 좀 데워서 차릴 테니까 쉬고 있어요."

"일단 좀 안자."

은하가 해물파전의 포장을 벗기고 있는데 그가 말했다. 은하가 돌아볼 새도 없이 뒤에서 그의 향기가 확 다가왔다. 너무 세지도 않고 약하지도 않은, 적당히 은은한 그의 향수 냄새가 좋았다. 기태는 말없이 뒤에서 그녀의 허리를 껴안고 어깨에 얼굴을 묻었다.

은하는 석상처럼 빳빳하게 굳어 선 채 그의 향기를 느끼고 있었다. 예전엔 아무리 연인이라도 남자의 손이 몸에 닿는 게 끔찍하게 싫었는데, 기태는 달랐다. 여전히 누군가의 몸이 제 몸에 닿는 것이 낯설긴 했지만, 그 긴장되는 기분이 싫지 않았다. 조금 더 닿고 싶은 기분이 들었다.

"쉬어요."

그래도 어색한 감은 어쩔 수가 없어 은하가 그의 손을 떼어 내려 하자 그는 은하의 몸을 더욱 꽉 끌어안았다. 어깨에 닿는 그의 숨결과 입술의 촉감에, 가슴이 떨리는 것도 모자라 몸이 떨릴 것 같았다. 은하는 조금이라도 태연해지기 위해 다른 생각을 하다가 오늘 있었던 이야길 꺼냈다.

"이현식 씨 만났어요."

그러자 기태가 놀란 듯 그녀의 어깨에 묻었던 입술을 떼어 냈다.

"낮에 연락이 왔더라구요. 간단히 커피 한 잔 하면서 얘기했어요."

"무슨 얘길 따로 만나면서까지 해?"

은하는 그의 손을 풀고 뒤를 돌아 그를 마주 보았다. 그의 한쪽 눈썹이 약간 일그러져 있었다.

"전화로 할 순 없잖아요. 만나서 휴대폰도 돌려받고, 사과도 받았어요."

"사과를 해?"

"네. 휴대폰 일도, 뒷조사도 미안하다고요."

기태는 그래도 불만스러운 듯 짧은 한숨을 쉬었다.

"그래도 조심해. 위험한 인간이야."

"네. 근데 좀 안쓰럽단 생각도 들었어요. 원한과 분노로 가득 채워진 속이."

기태는 그 말엔 아무런 대답도 하지 못했다. 은하를 만나기 전까지 자신이 그러했고, 또 다른 누군가가 그러했다. 그 누군가가 생각나서 마음이 불편해졌다.

"그래도, 다음에 연락 오면 만나지 마. 그 자식 너한테 딴맘 있을까 봐 불안해."

은하는 가당찮은 말이라는 듯 짧게 웃으며 알았다고 했다.

기태는 다시 그녀를 당겨 안았다. 품 안에 알맞게 들어오는 그녀의 느낌이 좋았다. 그녀에게서만 나는 담백한 비누 향기도 좋았다. 그녀가 그의 품으로 조금 더 파고 들어왔다. 가끔 한 번씩 그녀가 이런 모습을 보일 땐 심장이 기습 공격이라도 받은 것처럼 쿵쿵거리며 뛰었다. 그는 다정한 손길로 은하의 머리를 어루만졌다.

아직 이르다는 것을 알지만, 순간적으로 이 행복이 영원했으면 좋겠다는 생각이 들었다.

"이제 좀 쉬고 있어요."

그는 멀어지려는 은하를 놓아주지 않고 그녀의 이마에 입을 맞추었다. 그녀가 언뜻 웃으며 부끄러운 듯 고개를 숙였다. 그 모습이 너무 예뻤다. 기태는 한 손으로 그녀의 턱을 들어 올리고 그녀와 눈을 맞추었다.

언제 봐도 맑고 투명한 눈동자. 기태는 그 눈동자를 빤히 보다가 천천히 그녀의 눈꺼풀에 입을 맞추었다. 이어서 코와 볼, 귀에도 입을 맞추었다. 그의 입술이 귓가에 닿았을 때 그녀가 간지러운 듯 쿡 웃었다.

기태는 그 틈을 놓칠세라 벌어진 그녀의 입술 사이로 부드럽게 혀를 밀어 넣으며 키스를 했다. 한 손으론 그녀의 볼을 어루만지면서, 다른 한 손으론 그녀의 잘록한 허리를 매만지고 있었다.

약간 당황한 듯 망설이던 그녀의 손이 이윽고 그의 목을 둘러 안았다. 그러자 기태가 움찔하더니 더욱 깊게 들어오는 것이 느껴졌다. 그는 이제 양손으로 그녀의 허리와 등을 자유자재로 어루만졌다. 평소처럼 부드럽고 달콤한 키스였지만, 어쩐지 평소와는 다른 기분이 들었다. 조금 더, 뜨거웠다. 평소보다 더 빨리 뜨거워지고 있었다. 하지만 거부할 수가 없었다.

조금씩 그에게 밀리던 그녀의 허리가 식탁에 부딪쳤다. 그러자 기태가 그녀의 허리를 가볍게 들어 올려 식탁 위에 앉혔다. 그러는 와중에도 끊임없이 그녀의 입술을 탐하던 그의 입술이 잠시 떨어졌다. 그는 약간 흐트러진 눈빛으로 그녀를 보고 있었는데, 그 눈빛이 지독하게 매력적으로 느껴졌다.

"그만할까?"

그가 낮은 목소리로 속삭이듯 물었다. 은하는 대답 대신 그의 흐트러진 눈빛을 가만히 바라보다가 먼저 다가가 입을 맞추었다. 순간 기태의 입가에 옅은 미소가 번졌다. 그는 그녀에게 더욱 바싹 다가갔다. 식탁에 앉으면서 살짝 올라간 원피스 때문에 그녀의 희고 매끄러운 허벅지가 드러나 있었다. 기태는 한 손으로 그녀의 다리를 부드럽게 쓸어 올리며 그녀의 볼과 턱, 목에 입을 맞추었다. 그리고 다시금 그녀의 귓가로 다가가 간질이듯 키스를 했다. 그러자 그녀가 몸을 살짝 비틀며 작은 웃음을 터뜨렸다. 그 웃음에 심장이 더욱 빨리 뛰기 시작했다. 그는 약간 거칠어진 숨을 토해 내며 그녀의 귓가에 대고 말했다.

"사랑해."

한 박자 뒤에 그녀의 대답이 들렸다.

"……나도요."

그녀의 눈동자를 바라보던 그의 시선이 천천히 아래로 내려가더니 그녀의 입술 위에 머물렀다. 다소 노골적이면서도 애틋한 그 눈빛에 심장 끝에 미세한 떨림이 일었다. 그의 입술이 닿을 듯 말 듯 다시 가까이 다가왔다. 그리고 한참을 주저하는 듯 그녀를 애태우다가 이내 좀 전보다 강렬한 느낌으로 그녀의 안으로 훅 밀려 들어왔다. 숨이 멎을 듯한 짜릿함이 몸을 스치고 지났다.

봄날의 아지랑이가 피어오르듯, 투명한 불꽃이 가슴 속에서 피어올랐다. 점점 더 뜨겁게, 피어오르고 있었다.

"부르셨다고요."

사장실에 들어선 기우가 기계적인 어조로 말했다. 손 사장은 보고 있던 서류를 접어 두고 안경을 벗은 뒤 소파로 와서 앉았다. 비서가 커피 두 잔을 놓고 나갔다.

"앉아라."

기우는 말없이 앉아 시선을 테이블 위에 고정시켰다. 그는 여전히 손 사장의 눈을 잘 보지 못했다. 손 사장은 그런 기우의 얼굴을 가만히 들여다보다가 무덤덤한 말투로 말했다.

"기태 치료가 잘됐더구나."

예정대로 조 소장이 기태의 치료를 마무리했고, 기태는 잘 치료되었다. 본인의 입으로도 훨씬 좋아졌다고 했고, 손 사장의 비밀 시험에도 합격했다. 그는 전과 비슷한 상황이 왔을 때, 아직도 조금 예민한 모습을 보이긴 했지만 전처럼 폭력을 휘두르지 않았다. 지나친 공격적 성향과 폭력성이 확실히 줄어든 것이었다.

하지만 그것이 순전히 치료 때문은 아니었다. 조 소장은 마지막 치료가 끝난 후 기우에게 말했었다. 오늘도 역시 최면은 하지 못했다고. 기태가 굳이 원하지 않았고, 딱히 그럴 필요도 없었다고. 기태는 이미 치료가 되어 있었다고.

그것은 기우도 알고 있었다. 기태는 월미도에서 은하와 함께 돌아온 뒤부터 한눈에 보기에도 다른 사람이 되어 있었다. 그는 전처럼 가면을 쓰고 살지 않았다. 굳이 가면을 쓰지 않아도 될 정도로 그는 많이 밝고 건강해졌으니까. 그는 빠른 속도로 예전의 손기태로 돌아가고 있었다. 온몸에 가시 같은 털을 바짝 세우고 으르렁거리는 맹수의 모습은, 이제 쉬이 찾아볼 수 없었다.

"성공을 했으니, 약속은 지켜야지."

손 사장이 커피 한 모금을 마신 뒤 기우를 보았다. 기우는 여전히 테이블에만 시선을 고정시키고 있었다.

"어째 좋은 기색이 없구나. 네 어미 지분의 반을 가져가는 건데."

"말은 바로 하셔야죠. 제 어머닌 아니니까요."

"허허. 그래, 네 어미는 아니지. 그러니 이런 거래도 성사됐겠지."

"순순히 내놓으시던가요?"

그러자 손 사장은 뜻 모를 웃음을 뱉으며 말했다.

"그런 것까지 신경 쓸 필요는 없다."

"화병으로 앓아눕기라도 하신 모양이죠. 돌려 말하시는 걸 보니."

"……."

"그럼 됐습니다. 지분은 필요 없습니다."

손 사장이 기우의 얼굴을 유심히 주시하다 물었다.

"무슨 뜻이냐?"

"말 그대로입니다. 약속 지키실 필요 없다는 겁니다. 대신 다른 걸로 주세요."

"갑자기 왜 생각이 바뀌었지?"

기우는 자조적인 웃음을 뱉으며 처음으로 시선을 들어 손 사장을 보았다. 손 사장은 여느 때와 다름없는 날카로운 눈빛으로 기우를 보고 있었다. 그는 늘 무언가를 읽어 내기라도 하려는 듯 꼭 그런 차갑고 예리한 눈으로 기우를 직시했다. 가끔 기태를 볼 때 느껴지는, 아들을 볼 때의 흐뭇하고 다정한 눈빛 같은 것은 없었다.

순간 그 눈빛이 왜 그리도 야속하고 원망스럽게 느껴졌는지, 기우는 저조차도 감당할 수 없을 말을 던지고야 말았다.

"지저분해서요."

"……뭐?"

손 사장이 한 템포 늦게 되물었다.

"지저분해서 받고 싶지 않다고요. 그 여자의 것은."

생각지 못했던 기우의 말에 놀랐는지, 손 사장의 낯빛이 순식간에 어두워졌다.

"너, 지금……."

기우는 기태와 마찬가지로 오랜 시간 가면을 쓰고 살았다. 한 번도 손 사장 앞에서 그런 식으로 기태 어머니에 대한 적개심을 드러낸 적이 없었다. 드러내서 좋을 건 하나도 없었으니까. 그는 손 사장의 신임을 사서 후계자가 된 뒤, 당당히 기태를 짓밟아야 했다. 그래서 한 여사의 가슴을 갈기갈기 찢고, 회사도 제멋대로 돌려 손 사장의 속을 뒤집어 놔야 했다.

그런데 어느 순간부턴가 그 목표들이 흐릿해지기 시작하더니, 은하가 사라졌던 날 완전히 쓸모없는 일이 되어 버렸다.

은하가 말없이 사라졌던 날. 기태의 걱정처럼 은하가 혹시 안 좋은 생각을 하고 떠난 거라면 어쩌나, 두려운 마음에 어찌할 바를 모르다 결국 월미도까지 차를 몰고 갔던 날. 뒤늦게 기태에게 은하는 무사하다는 말을 전해 듣고 안도의 숨을 뱉었던 날. 그는 깨달았다. 더 이상, 그는 기태를 건드릴 수 없었다. 건드려서는 안 됐다.

은하가 없어진 순간부터 다시 찾기까지의 그 몇 시간이 그에겐 지옥이었다. 그녀가 혹시라도 잘못된다면 그것은 순전히 그의 책임이었다. 기태를 힘들게 하려고 그녀를 이용했던, 그녀의 아픔과 삶은 전혀 고려치 못했던, 자신의 책임이었다. 그는 그제야 자신이 벌인 일이 얼마나 엄청난 일이었는지를 깨달았다. 한 사람의 인생까지 좌우할 수 있는 그런 일을, 그는 한 순간의 충동으로 벌인 것이었다.

만일 은하마저 잘못되면, 그날로 모든 것은 끝이었다. 기우는 두 사람의 죽음에 대한 죄책감을 평생 이고 살아야 했고, 기태는 또다시 미친 사람처럼 흐트러질 것이었고, 기우와 기태의 사이는 돌이킬 수 없게 될 것이었다. 그리고 무엇보다, 처음으로 마음이 흔들렸던 여자를 영영 못 보게 되는 것이었다.

기우는 그렇게 살고 싶지 않았다. 그렇게까지 끔찍하게 살고 싶진 않았다.

은하를 위해서라도, 그는 더 이상 기태를 건드릴 수가 없었다.

"아버진 절 욕하실 자격이 없어요. 제가 몇 마디 말로 그분을 모욕한다고 한들, 그분이 죽는 건 아니잖아요?"

손 사장은 날 선 눈빛으로 기우를 보았다.

"아버진 너무도 아무렇지 않게 어머닐 모욕하시고, 또 죽게 했는데 말이에요."

기태의 살벌한 말에 손 사장의 얼굴이 하얗게 질리면서 얼굴에 미세한 경련이 일었다. 그는 테이블을 쾅 내려치며 엄중한 목소리로 말했다.

"지금 무슨 말을 하고 있는 거냐!"

"제가 모를 줄 아셨어요? 전 다 봤어요. 아시잖아요."

"……."

"제가 얼마나 이상한, 사람인지."

기우를 바라보는 손 사장의 눈빛이 심하게 흔들렸다.

언젠가, 여덟 살의 어린 기우는 아버지를 찾아가 불안에 떨며 말했었다.

'아버지…… 자꾸 이상한 게 보여요.'

그날부터였다. 하늘높이 솟아오르던 붉은 꽃잎들이 가슴속에 문신처럼 새겨진 날. 절대 지울 수 없는 상처를 온몸에 새겼던 날.

그날 밤, 기우는 엄마가 남긴 마지막 유품인 스카프를 꼭 끌어안고 울었다. 내가 안전벨트만 제대로 맸어도, 어깨를 다쳤다고 울고불고하지만 않았어도 엄마는 살 수 있었는데, 나만 두고 가지 않았을 텐데…… 하는 생각 때문에 가슴이 너무 아팠다. 그런데, 아직 남아 있는 엄마의 향기를 조금이라도 더 맡아 보려고 스카프에 얼굴을 꼭 묻었을 때였다. 순간 기우의 머릿속에 아주 낯설고 생경한 풍경이 스쳐 지났다.

그것은 마치 군데군데 필름이 끊겨서 지직거리는 영상처럼 기우의 뇌를 뚫고 들어왔다. 어느 침실이 보였고 아버지가 보였다. 그런데 아버지는 엄마가 아닌 다른 여자와 함께 있었다. 속옷만 입고 있는 아주 낯선 여자. 그 여자 앞에 한 선물 상자가 있었다. 선물상자를 여는 여자의 손이 보였다. 여자의 손에 들려 나온 것은 아이보리색 실크 스카프였다. 여자는 속옷 차림으로 스카프를 두르고 춤을 추듯 움직이다가 스카프를 확 내팽개쳤다. 마음에 안 든다는 말을 하는 것 같았다. 그러곤 다시 아버지의 품으로 들어갔다.

엄마의 갈색 머리와 아주 잘 어울렸던, 아버지가 선물해 주었다던, 엄마가 아끼고 아끼느라 처음 해 본다던, 엄마가 마지막까지 기우를 보살펴 주는 데 썼던 그 스카프는, 실은 아버지의 다른 여자가 버린 스카프였다.

기우는 갑자기 머리가 지끈거리면서 터질 것처럼 아파 오는 것을 느꼈다. 기우는 머리를 감싸 쥐고 악을 질렀다. 사람들이 기우에게 몰려왔지만 기우는 아무것도 보이지 않았고 아무것도 들리지 않았다. 기우는 그저 어디론가 숨어 들어가고 싶어서 구석진 곳을 찾아 헤매며 소리만 질렀다. 기우에게는 생전 없던 기억이, 보려고 한 적도, 알고 싶어 한 적도 없는 어떤 기억이 강제로 기우의 머릿속에 침범해서 활개를 치고 있었다.

낯선 기억 속의 그 여자는, 엄마를 떠나보내기 무섭게 기우의 앞에 나타났다. 꿈이 아니었다. 못된 상상도 아니었다. 환상도 아니었다. 그 충격적인 영상은, 실제 있던 일이었다. 그녀는 세 살배기 어린아이를 데리고 당당히 그의 집에 들어왔다. 그 아이는 대외적으로는 그들과 전혀 상관이 없는 그녀의 아이었지만, 기우는 알았다.

그 아이는 아버지를 꼭 닮았다는 것을.

그 후부터 기우는 누군가와 손을 맞잡거나 누군가의 물건을 집중해서 잡았을 때 그 사람의 기억이 읽힌다는 것을 알게 되었다. 어린 나이에 혼자 감당하기에는 너무도 큰 비밀이었다. 결국 기우는 그 기묘하고 낯선 능력을 손 사장에게 털어놓았다. 그런데 손 사장은 두려움에 떨리는 그의 눈동자를 빤히 바라보더니, 아주 차갑고 은밀한 목소리로 말했다.

'아무에게도 말하지 마라. 절대, 아무에게도. 그거야말로 정말 이상한 거야.'

그는 기우가 자신이 원치 않는 기억들을 봄으로써 괴로워하고 있다는 것에는 별 신경을 쓰지 않았다. 그저 사람들 눈에 기우가 어떻게 비칠지만 생각했다. 그는 네가 입을 여는 순간 사람들이 널 이상하게 볼 거라고, 조용히 살라고 했다. 비정상적으로 보이는 어떤 행동도 남들 앞에서는 하지 말라고.

그날 이후, 기우는 손 사장에게 갖고 있던 마지막 희망까지 전부 버렸다.

"아버지가 그 여자랑 뒤에서 놀아나지만 않았어도, 어머니가 아버질 만나러 간다고 비행기를 탈 일도 없었고, 그렇게 가실 일도 없었다구요!"

차악. 강한 마찰음과 동시에 기우의 고개가 옆으로 돌아갔다. 왼쪽 볼이 싸하게 아려 왔다. 기우의 시선이 닿은 곳엔 파르르 떨리는 손 사장의 손이 있었다.

"네놈이 뭘 안다고 어디 감히 함부로 입을 놀려! 네 어머니 죽음은 사고였다. 분명한 사고였어! 언제까지 그 일로 억지를 쓰면서 살 거야!"

손 사장은 그렇게 말했지만, 전에 없이 흥분하고 당황한 상태였다. 기우는 지진이라도 난 듯 거세게 흔들리고 있는 그의 눈동자를 보며 바람 같은 웃음을 흘렸다. 그래도 태연한 척 뻔뻔하지 못한 걸 보면 일말의 양심은 남아 있구나, 싶었다.

"아버지야말로 억지 쓰지 마세요. 그런다고 사실이 달라지진 않잖아요."

"너……!"

"대체 왜 그러셨어요? 왜!"

오랜 시간 참아 왔던 한마디를 던졌다. 그 말을 뱉는 순간 눈 밑이 뜨겁게 달아오르면서 희한하게 가슴이 뻥 뚫리는 것 같았다. 수십 년 동안 꺼내지 못할 만큼 어려운 말이었는데, 복수라는 단어를 버리자마자 그 말이 너무도 쉽게 튀어나왔다. 지난 세월이 허무하게 느껴질 만큼 쉽게.

하지만 차라리 홀가분했다. 시원했다. 어쩌면 그가 그토록 오랜 시간 이를 갈며 버텨 온 것은 그 한마디를 하기 위해서일 수도 있었다.

"저는 아버지를 존경하며 살았는데, 아버지 아들인 게 자랑스러웠었는데…… 대체 왜……."

그 한마디를 하고, 또 어떤 한마디를 듣기 위해서.

"어머닌 평생 아버지 한 분만 사랑하셨어요. 돌아가시기 직전까지도 아버지를 만날 생각에 설레어하셨어요. 그 여자가 버린 스카프를 대신 하시고도, 소녀처럼 좋아하셨어요. 어머니는, 어머니는……."

"그만."

"어머니는 아버지한테…… 진심이셨어요."

무섭게 독기가 서려 있던 손 사장의 눈빛에서 힘이 빠졌다. 그는 냉정한 모습을 잃지 않으려 애썼지만 자신의 표정을 들키고 싶지 않은 듯 등을 돌렸다.

"그만해라."

끝내 기우가 바라던 그 한마디를 하지 않고 돌아섰다. 기우는 넓은 듯 왜소한 그의 등을 한참 바라보았다.

"사는 동안 한 번은 어머니가 생각나는 날이 오겠죠. 어머니 무덤을 바로 보실 수 있는 날이 오겠죠. 그럼 그땐 어머니만을 위한 꽃을 사서 드리고, 딱 한마디만 해 주세요."

"……."

"……미안하다고."

손 사장은 돌아선 채 미동도 하지 않았다.

"그 한마디면 되니까."

한동안 정적이 흘렀다. 그러나 그 정적의 무게는 평소처럼 가볍지 않았다. 항상 상사와 부하 직원의 형식적인 정적만 흐르던 그들 사이에, 처음으로 부자간의 무거운 정적이 흘렀다. 기우는 그 정적을 가만히 느끼다가 이윽고 천천히 몸을 돌렸다. 기우의 느린 발소리가 사장실을 울렸다. 문고리를 잡은 그가 잠시 멈추어 서서 등 뒤를 향해 말했다.

"고 선생과 기태한테 붙인 사람 떼세요. 그리고, 허락하세요."

"……."

"지분 대신 그걸로 받을게요."

손 사장은 아무 말도 하지 않았다. 기우는 문고리를 힘주어 열고 당당한 걸음으로 사장실을 나왔다. 그런데 나오자마자 발뒤꿈치가 딱딱하게 굳었다. 걸을 수가 없었다. 그의 앞을 막고 서 있는 한 사람 때문에.

그는 말없이 기우를 바라보고 있었다.

먹구름이 잔뜩 낀 하늘처럼 탁하고 흐린 눈동자로.

26.

그날의 하늘은 신기하게도 그의 눈동자를 닮아 있었다. 금방이라도 비가 올 듯 커다란 먹구름들이 하늘을 뒤덮고 있었다. 기우는 난간에 등을 기댄 채 진회색의 하늘을 올려다보았다. 그와 반대로 기태는 난간에 팔꿈치를 대고 땅을 내려다보고 있었다. 둘은 서로 반대되는 자세로 반대되는 곳을 보고 있었다.

'옥상으로 가자.'

사장실 밖에서 마주친 뒤 기우는 그렇게 한마디를 내뱉고 앞서 걸었다. 기태는 묵묵히 뒤따라왔다. 둘은 옥상에 온 뒤로도 아무 말도 하지 않았다. 서로 다른 곳을 보면서. 그렇게 삼십 분이 넘는 시간이 흘렀다. 한참 바람 소리만 그들 사이를 넘나들던 가운데, 기우가 결국 먼저 입을 열었다.

"아버지 친자식이라서 충격받았냐?"

그는 부러 농담조인 것처럼 가벼운 웃음을 덧붙였다.

"더 좋아야지. 알고 보니 양아들이더라, 보단 낫잖아."

기태는 아무 말도 하지 않았다. 그게 문제가 아니라는 것은, 기태도 기우도 다 알고 있었다. 기태 역시 자라면서 자신이 손 사장의 친아들이라는 것을 자연스럽게 느끼게 되었다. 이목구비부터 시작해서 성격이나 재능, 많은 것들이 그를 닮아 있었다. 처음에는 '네 친아버진 돌아가셨어. 엄마랑 둘이 살던 너를 손 사장님이 거두어 주신 거야.' 라고 말하던 엄마는, 기태가 고등학교에 입학했을 무렵 비밀리에 말해 주었다.

'넌 이 집안의 핏줄이야. 그러니 기죽지 말고 더 당당해져야 한다. 넌 아버지 자릴 이어받아야 해.'

기태는 그제야 기우가 자신을 싫어하는 이유를 조금 알 것도 같았다. 제 아버지의 불륜으로 나온 자식. 곱게 보일 리가 없었다. 하지만 기태는, 기우 어머니의 죽음까지 한 여사와 관련이 있을 거라고는 생각지 못했다. 기우 어머니는 그저 비행기 사고로 돌아가셨다고만 알고 있었다.

'아버지가 그 여자랑 뒤에서 놀아나지만 않았어도, 어머니가 아버질 만나러 간다고 비행기를 탈 일도 없었고, 그렇게 가실 일도 없었다구요!'

그런 사정이 있었을 줄은 몰랐다. 그날조차 손 사장과 한 여사가 밀회를 즐기고 있었을 줄은.

"손기태."

"……."

"쓸데없는 동정심 갖지 마."

기태가 고개를 들어 기우를 바라보았다. 그는 웃음기를 거둔 무표정한 얼굴로 말했다.

"날 이해하려고 하지도 말고."

"……."

"난 아직도 네 어머니가 싫고 네가 싫어. 그건 죽을 때까지 변하지 않을 거야."

얼마나 많은 원한이 맺혔을지. 그토록 끔찍한 사람들 틈에서 어떻게 수십 년을 살아왔을지. 기태는 그의 심정을 짐작조차 하기 힘들었다.

그러나 기우는 살아오면서 단 한 번도 한 여사와 트러블을 일으키지 않았다. 그는 한 여사가 들어온 뒤 한두 달 정도는 말을 아꼈지만, 이윽고 결심이라도 한 듯 적극적인 태도를 보이며 그녀에게 다가갔다. 처음엔 새엄마라 부를 법도 한데, 그는 곧바로 그녀를 어머니라 부르며 잘 따랐다.

한 여사도 저에게 그렇게 잘 하는 기우를 박대할 수 없어 표면적으로는 차별 없이 잘해 주었지만 속으로는 아니었다. 특히 기우가 기태에게 유독 쌀쌀맞다는 것을 안 뒤로는, 기태에게 자주 그의 험담을 했다.

저놈은 필시 무슨 꿍꿍이가 있는 거야. 도대체가 속을 알 수 없다니까. 겉만 번지르르하지 제대로 할 줄 아는 것도 없어. 여러모로 기태 너보다 훨씬 모자라. 그러니까 괜히 열등감만 가득 차서 너한테 그러는 거야.

그녀는 어떻게든 기우를 안 좋게 생각하려 애썼고, 그런 어머니 밑에서 기태도 어느 정도 영향을 받으며 자랐다. 그들 사이는, 아주 자연스럽게 멀어져 갔다.

'너희 엄마도, 가장 사랑하는 사람을 잃는 기분이 뭔지 알아야 하니까. 누가 그랬는데, 그게 자기가 죽는 것보다 더한 고통이래.'

기우는 그에게 자신을 이해하지 말라고 말했지만, 기태는 이제 와 그의 지난 행동들이 조금 더 이해가 되었다. 이해하고 싶지 않다고 해서 안 되는 게 아니었다. 자연스럽게 멀어졌던 거리가 자연스럽게 좁혀지고 있었다.

"변하는 건 아무것도 없어."

기우는 냉정하게 말했다.

"아무것도."

잠시 침묵이 흘렀다. 기태가 아무 말도 하지 않자, 그는 더 나눌 말이 없다고 여겼는지 난간에서 등을 떼고 앞으로 걸어갔다. 돌아가려는 그의 등 뒤에 대고, 기태가 처음으로 입을 열었다.

"아니."

기우의 구두 소리가 멈추었다.

"달라졌어. 변했어."

"……."

"네가 그랬지. 너는 나를, 나는 너를 죽도록 원망하면서 그 힘으로 살자고. 죽을 힘이 아니라 죽일 힘으로 살자고. 근데 난, 이제 그렇게 못 살아."

"……."

"살아갈 다른 힘이 생겼거든."

기우는 그게 은하를 뜻하는 것임을 알았다.

"그러니까 너도 다른 힘을 찾아. 다른, 삶의 이유."

"……."

"일방적 증오 관계는 억울하잖아."

살아갈 다른 힘이라. 그런 게 다시 생길 수 있을지는 의문이었지만, 그래도 기태의 말에는 동의했다. 죽일 힘으로 산다는 것은, 이제 그에게도 불가능한 일이었다. 아버지 앞에서 평생을 써 온 가면을 벗은 오늘, 그는 많은 것을 버렸다. 한 여사에 대한 증오도, 기태를 향한 복수심도, 그리고 은하에 대한 감정도.

"그리고…… 미안해."

순간 강한 바람이 불었다. 그 바람이 기우의 몸을 뚫고 지나가는 것 같았다.

"그때 주미 일은 애초에 내 잘못으로 벌어진 일인 거 아는데…… 도무지 인정할 수가 없었어. 그래서 누군가 원망할 다른 사람이 필요했어."

"……."

"그게 형이었던 것뿐이야."

멍하니 앞을 보고 있던 기우가 얼핏 웃었다. 기태는 11년 만에 그를 형이라 불렀고, 그는 그 말을 밀어내지 않았다.

"아버지한테 은하랑 나 허락하라고 해 준 것도. 고마워."

기우는 아무 말도 하지 않았다. 미안하다는 말. 고맙다는 말. 모두 그에겐 낯선 말이었기 때문에 무어라 대답해야 할지도 몰랐다.

그는 그저 나가기 전에 마지막으로 한 번 더 하늘을 올려다보았다. 아주 느린 속도였지만, 먹구름이 흩어지는 것이 보였다. 회색빛의 구름 사이로 한 줄기 얇은 빛이 내리고 있었다. 기우는 그 빛을 잠시 바라보다, 이내 말없이 문을 열고 옥상을 나왔다. 나오자마자 눈 밑이 뜨겁게 달아올랐다. 그는 눈을 지그시 감고 감정을 다스렸다. 그래도 괜찮았다. 눈 밑은 점점 무거워졌지만, 오랜 시간 그를 고통스럽게 하던 발등의 무게는 조금 가벼워진 것 같았다.

마침내 가면을 벗은 얼굴 위로 아픈 웃음이 번져 올랐다.

오후에 한차례 비가 오더니 하늘이 완전히 맑게 개었다. 구름 한 점

없는 밤하늘은 간간이 빛나는 별들로 더없이 아름답고 신비로워 보였다. 기태의 검은 눈동자가 생각났다. 밤하늘을 닮고, 우주를 닮은 그의 눈동자.

연구소에 들러 조 소장을 만났다가 저녁을 같이 하고 돌아오는 길이었다. 조 소장은 은하더러 떠나지 않을 줄 알았으면 보내지 않았다며, 돌아와 달라고 부탁했다. 은하에게 치료를 받았던 사람들은 물론, 그들에게서 추천을 받은 사람들까지, 많은 사람들이 여전히 은하를 찾는다고. 기태의 치료 덕분에 연구소의 명성도 높아졌고 사정도 더 좋아졌으니 연구원 한 명 정도 더 쓴다고 해서 그리 무리 될 건 없다고. 은하는 그의 부탁은 너무 고맙지만 급한 게 아니라면 조금만 더 기다려 달라고 했다.

'저도 지금 치료받는 중이거든요. 다 나아서 건강해진 뒤에 사람들을 치료해 주고 싶어요.'

은하는 자신의 마음의 병을 깨끗이 씻어 낸 뒤에 사람들의 마음을 만져 주고 싶었다. 그렇지 않고 마음에 대해 논하는 것은 모순이자 가짜라는 생각이 들었다. 그녀는 지금껏 환자들에겐 더없이 다정하고 따뜻하지만 주위 사람들에겐 다소 차갑고 형식적이라는 말을 많이 들어왔다.

결국 그것은 환자들 앞에서만 따뜻해지려고 노력한 것이지 진짜 자신의 모습이 아니었다. 그런데 이제는 환자들뿐만 아니라 모든 사람들에게 좋은 사람이 되고 싶었다. 맑고, 밝고, 건강한 사람. 지금까지는 불가능하다 생각했는데, 어쩌면 가능할 것도 같았다.

지금처럼, 기태가 옆에 있다면.

"여보세요?"

그때 걸려 온 반가운 전화에 은하는 웃으며 전화를 받았다.

– 어디야?

“집 근처예요.”

– 어디 갔다 와?

“연구소에요. 조 소장님이랑 저녁 먹었어요.”

– 음, 그건 봐주지.

기태는 질투심이 조금 있는 편이었지만 유일하게 조 소장만은 이해해 주었다. 은하는 그의 그런 모습이 귀여워서 짧게 웃었다.

“그런 기태 씨는 어딘데요?”

– 어딜 것 같은데?

은하는 잠시 말을 멈추고 좌우를 두리번거렸다. 혹시나 하는 마음에서였지만 기태는 보이지 않았다. 약간 아쉬운 마음에 시선을 내리며 글쎄요, 하고 말하자 건너편에서 쿡쿡 웃는 소리가 들렸다.

“왜 웃어요?”

– 왠지 네가 날 찾았을 것 같아서.

은하는 입술을 살짝 비죽거렸다. 언제부턴가 그의 옆에선 아이가 되어 버리는 것 같아서 제 모습이 우스워졌다.

– 보고 싶어?

“네?”

– 보고 싶다고 말하면 당장 나타나 주고.

“무슨…….”

– 안 보고 싶은가 봐?

은하는 그가 자꾸 장난을 치는 것 같아서 이걸 속아 줘야 하나 말아야 하나 잠시 고민했다.

– 이 여자 너무하네. 난 하루라도 안 보면 미치겠던데.

“아니에요. 보고 싶죠. 보고 싶어요.”

– 그래? 진짜?

"네."

말을 하고 보니 정말 기태가 더 보고 싶어졌다. 쌀쌀한 겨울바람이 불었다. 휴대폰을 붙잡고 있는 손등이 얼얼해졌다. 은하는 반대편 손으로 전화를 바꿔 들고 오른손에 조용히 입김을 불었다.

– 장갑 좀 끼고 다니라니까.

"깜빡하고……."

은하는 말을 하다 말고 놀라서 다시 주위를 살폈다. 그가 걱정할까 봐 소리 없이 불었는데 어떻게 알았나 싶었다.

– 정말 보고 싶은가 보네.

"뭐야, 장난치지 마요."

– 사람들은 보통 이럴 때 뒤부터 보는데. 넌 한 번도 뒤를 안 보네.

그 말에 은하의 얼굴이 잠시 굳었다가 이내 옅은 미소와 함께 풀어졌다. 전화기 속 그의 목소리가 어느새 주위에서도 들리고 있었다. 등 뒤에서 누군가의 발소리가 들렸다. 무뚝뚝한 듯하면서도 부드러운 발소리.

11년 전 그날 이후, 은하는 특히 길을 걸을 때는 뒤를 잘 돌아보지 못했다. 그것은 일종의 트라우마 같은 것이었다. 뒤를 돌아보면 어두운 그림자가 있을 것 같아서 맘속에서부터 거부반응이 일었다. 그러다 그게 어느 순간 습관처럼 자리 잡게 되었다.

"걱정하지 말고 뒤를 봐."

"……."

"항상 내가 있을 거야."

어느새 그의 목소리가 바로 뒤에서 들렸다. 은하는 휴대폰을 내리고 천천히, 아주 천천히 뒤를 돌았다. 아직 단지에 들어서기 전이라 골목은 어두웠지만, 그를 돌아보는 순간 곳곳에 가로등이 켜진 것처럼 환한 빛이 느껴졌다. 그는 더없이 다감한 미소로 그녀를 보고 있었다. 그 미소를 보는 순간 가슴속에 잔잔한 파동이 일었다.

그는 한 발 더 다가와서 얼어 있는 은하의 손을 양손으로 꼭 잡더니 후후, 입김을 불어 주었다.

"무슨 손이 이렇게 작아."

한참을 그렇게 불어 주다가 다른 쪽 손도 마찬가지로 가져와 녹여 주었다. 똑같이 밖에 있었고 똑같이 맨손이었지만 그의 손은 불이 활활 타오르는 벽난로처럼 따뜻했다. 기태는 그녀의 손을 정성껏 어루만지며 입김을 불어 주다가 입꼬리를 살짝 올리며 손등에 입을 맞추었다. 왜인지는 모르겠지만, 그런 그의 모습을 보는 순간 코끝이 찡하게 달아올랐다.

"너무 감동한 얼굴인데."

기태는 그녀의 손을 꼭 잡고 자신의 외투 주머니에 집어넣었다.

"손이 정말 따뜻하네요."

은하는 부끄러운 듯 정면을 보며 말했다.

"갑자기 왜 왔어요?"

"며칠 못 보면 날 좀 찾을 줄 알았더니 아니더라."

"기태 씨 바쁜 것 같아서……."

"그런 배려는 하지 마. 바빠도 너 볼 시간은 낼 수 있어. 너만큼 중요한 건 없으니까."

은하는 조용히 웃었다.

"별수 없지. 보고 싶은 사람이 만나러 와야지."

"고마워요."

분명 기태가 오기 전까진 너무 쌀쌀한 겨울밤이었는데, 그의 손을 잡고 걷는 그 순간은 추위를 느낄 수 없었다. 오히려 선선한 봄바람이 부는 느낌이었다.

"자기 전에 영화 한 편 같이 볼까?"

"좋아요."

"보고 싶은 거 있어?"

"히치콕 영화만 아니면 돼요."

기태가 짧게 웃음을 터뜨렸다.

"알았어. 잔잔한 거, 달콤한 거. 그런 거 보자."

기태는 은하의 볼에 살짝 입을 맞추며 말했다. 은하는 아직도 그가 이렇게 예고 없는 스킨십을 할 때면 마음이 간지러운 듯 설레었다.

두 사람은 사소한 얘기들을 하며 밤거리를 걸었다. 은하는 오늘 하루 있었던 일에 대해 조곤조곤 이야기를 했고 기태는 그런 그녀를 흐뭇한 미소로 바라보며 이야기를 들어 주었다. 그도 오늘 기우와 있었던 일에 대해 말해 주고 싶었지만, 영화를 보기 전이든 후이든 서로에게 나란히 기대앉아 있는 상태에서 말해 주고 싶었다.

"오늘따라 밤하늘이 너무 예뻐요."

"그러게. 별이 많아 보이네."

"최면에 빠지기 좋은 날이에요."

"그런 날이 어떤 날인데?"

"감수성이 풍부해지는 날? 그리고…… 마음이 순수해지는 날."

"좋은 날이네."

기태는 은하를 따라 밤하늘을 올려다보며 말했다. 은하는 시선을 내려 그의 옆모습을 가만히 바라보았다. 그와 함께 있다는 사실이 아직도 종종 믿기지 않을 때가 있었다. 어쩌면 그의 곁에선 언제든, 최면에 빠지기 좋은 날이 될 것 같았다.

기태의 시선이 하늘에서 좀처럼 떨어지지 않았다. 그는 어느 한 곳만 보고 있는 것 같기도 했다. 은하는 그의 얼굴을 유심히 살피다 물었다.

"무슨 생각 해요?"

"그냥, 자기최면 좀 걸어 봤어. 별 하나만 보다가, 몽롱해지는 것 같길래."

"무슨 최면을 걸었는데요?"

그러자 기태가 붉은 입술 끝을 짧게 말아 올렸다. 은하는 기태가 그렇게 언뜻 미소 지을 때가 좋았다.

"……고은하만 평생 사랑한다."

바람이 불었다. 바람에 그의 머리칼이 살짝 흩날리는 게 보였다. 그 얕은 바람에서도 은하를 지켜 주고 싶다는 듯, 그녀의 손을 잡고 있는 그의 손에 조금 더 힘이 들어갔다.

은하는 밤하늘을 보는 대신 그의 눈동자를 들여다보았다. 무엇이든 빨아들일 것만 같은 블랙홀을 닮은 그의 눈동자가, 그녀를 담고 있었다. 은하도 그의 눈동자를 한동안 빤히 바라보며 자기최면을 걸어 보았다. 그와 마찬가지로, 이 사람만 평생 사랑한다, 라고.

그들은, 깊고 어두운 밤을 걷고 있었다. 그들이 걷는 길이 짙은 밤길이라는 것도 인식하지 못한 채, 미약한 별빛을 아름답다 느끼며 걷고 있었다.

함께, 걷고 있었다.

—*fin*

에필로그

4월의 첫날은 연분홍빛 벚꽃이 맞이했다. 이상고온 현상으로 개화 시기가 평소보다 조금 앞당겨진 것이었다. 은하는 가만히 서서 연구실의 창밖을 내다보고 있었다. 도로변에 줄지어 서 있는 커다란 벚나무들이 풍성한 벚꽃을 자랑하며 살랑살랑 흔들리고 있었다. 잠시 강한 바람이 불었는지 벚꽃들이 눈처럼 쏟아지며 곳곳으로 흩어졌다. 그걸 보는 은하의 마음에도 선선한 봄바람이 부는 것 같았다.

과연, 최면에 걸리기 좋은 날이었다.

"어머, 웬일이야."

"은하 씨 저기 좀 봐!"

그때 문주와 인영이 호들갑을 떨며 은하를 불렀다. 은하는 고개를 돌리고 그들의 시선을 따라가 보았다. 그들은 투명한 유리벽 밖의 대기실을 보고 있었다. 대기실을 본 은하의 얼굴도 놀란 듯 굳었다.

지난 2주 동안 일본으로 출장을 가 있던 그는 본래 내일 귀국하기로 되어 있었다. 이렇게 갑자기 연구소에 올 거라고는 생각지도 못했다. 그가 연구소 안까지 직접 발을 들인 것은 이번이 처음이었다.

그는 사무원 보람과 몇 마디 말을 주고받더니 대기실 소파에 앉아 주위를 두리번거렸다. 마침내 그의 눈길이 은하에게 닿았다. 그의 눈매가 살며시 휘어졌다.

"은하 씨 보고 웃은 거야? 둘이 친하다더니 정말인가 보네."

"한번 나가 보세요."

"그래, 갑자기 왜 온 건지 물어봐. 조 소장님 뵈러 왔나?"

조 소장은 자리를 비우고 없는 상태였다. 은하는 그들의 부추김에 못 이기는 척 연구실을 나왔다. 은하가 밖으로 나오자 기태의 얼굴이 더욱 환해졌다. 은하는 기태에게 다가가 일부러 연구실 쪽에 등을 보이고 섰다. 기태의 얼굴도 가리고 자신의 표정도 들키고 싶지 않아서였다. 은하는 기태를 위해서라도 괜한 소문이 나지 않도록 조심해야 한다고 생각했다. 그런데 그는 다른 모양이었다.

"어떻게 된 거예요?"

그녀가 묻자 그는 대답 대신 그녀의 손을 잡아당겨 옆에 앉혔다. 은하는 곧바로 주위를 살폈지만 다행히 보람은 전화를 받으며 잠시 자리를 뜨고 있었다.

"누가 봐요."

은하는 그에게 잡힌 손을 빼내려 했지만 그는 웃음기를 거두지 않고 그녀의 손을 더욱 꼭 잡았다.

"너무 보고 싶은데 어떻게 해."

"정말 그래서 여길 왔다구요?"

"후원금도 전하고. 네 얼굴도 보고 싶고 겸사겸사. 아니, 실은 후자가 구십 프로."

기태의 치료가 잘 마무리된 후로 세강 측은 약속대로 한국최면치료 연구소에 주기적인 후원금을 전하고 있었다.

"원래 내일이었잖아요? 연락은 왜 안 하고."

"서프라이즈가 더 반갑잖아."

"못살아."

은하가 그제야 짧게 웃었다. 기태는 그녀가 웃는 모습을 흐뭇하게 바라보더니 나지막하게 말했다.

"보니까 이제야 살 것 같다."

"연락도 잘 안 하고선……."

"서운했어?"

"아니에요."

"서운했네. 그치?"

그는 서운했다는 말을 듣고 싶은 듯 장난기 어린 웃음을 지으며 그녀에게 더 가까이 다가갔다. 은하는 부끄러워하며 시선을 피했다.

"그만해요. 나 들어가야겠어요. 이따 저녁에 봐요."

"매정하네."

"조 소장님이랑 얘기 잘 하구요."

"들켜서 안 될 게 뭐 있어?"

기태는 오랜만에 만난 그녀의 얼굴을 조금이라도 더 보고 싶었는데 그녀가 자신보다 주위 시선을 더 신경 쓰는 모습에 조금 서운한 마음이 들었다. 그는 그녀와 당당히 연애하고 싶었다.

"들켜서 좋을 건 또 뭐구요."

하지만 그녀는 역시 냉정했다.

"기태 씨 이제야 사람들한테 제대로 인정도 받고 찬사도 받는데. 괜히 치료사랑 이러쿵저러쿵 사적인 일로 남들 입에 오르내릴 필요 없잖아요."

하지만 그 냉정함 역시 기태를 위한 것임을 알기에, 그는 역시 그녀를 이길 수가 없었다.

"알았어. 저녁에 데리러 올게. 그 정돈 되지?"

"알았어요."

"남산 가자. 벚꽃 야경이 그렇게 좋대."

"그래요. 좋아요."

은하는 어렴풋이 웃으며 말했다. 그러자 기태의 입가에도 다시 미소가 감돌았다. 그는 아쉬운 듯 그녀의 손을 한참 매만지다가 놓아주었다.

"안고 싶어."

은하는 일순 움찔하며 주위를 둘러보았다.

"조심해야 한다니까요."

그녀가 약간 질책하듯 말했으나 그는 아랑곳 않고 애틋한 눈길로 그녀를 바라보며 말했다.

"안고 싶어 죽는 줄 알았다고."

"정말."

은하가 헛웃음을 흘리며 그의 허벅지를 툭 때렸다. 그때 연구소 문이 열리는 소리가 들렸다. 보람이 조 소장과 함께 들어오고 있었다. 은하와 기태는 동시에 자리에서 일어섰다. 조 소장이 반가운 미소를 한가득 띠고 기태에게 다가왔다. 기태는 은하 앞에서 어리광을 부리던 모습은 온데간데없이 듬직하니 서서 조 소장에게 악수를 청했다.

"그간 잘 지내셨어요?"

"그럼요. 얼굴이 환해지셨네요."

"조 소장님 덕분이죠."

"하하하. 말이라도 감사하네요. 절 보러 오셨다고."

"네, 잠깐 시간 괜찮으세요?"

"그럼요. 이쪽으로 가시죠."

조 소장과 기태는 화기애애한 분위기로 대화를 하며 상담실로 향했다. 기태는 조 소장을 따라가다 말고 잠시 고개를 돌려 은하를 보았다. 그리고 보기만 해도 행복해지는 따뜻한 미소로 '이따 봐' 라고 입 모양으로 읊조렸다. 은하도 따라 웃으며 고개를 끄덕였다. 기태가 상담실로 들어간 뒤에도 은하는 좀처럼 그에게서 시선을 떼지 못했다. 부끄럽고 민망해서 아닌 척했지만 그녀도 그를 만나 무척 행복했다. 대기실에 앉아 있던 그와 눈이 마주쳤을 때부터, 그녀의 심장은 이미 평소보다 두 배는 빠르게 뛰고 있었다.

봄날에 만나는 그는 벚꽃만큼이나 눈이 부셨다.

그날 오후, 연구소엔 또 다른 반가운 얼굴이 찾아왔다. 진회색의 정장 차림이 잘 어울리는, 언제 보아도 신비스럽고 묘한 매력의 남자. 그동안에도 사적으로 몇 번 보긴 했지만 연구소에서 만나는 것은 기태의 치료를 계약했을 때 이후 처음이었다.

기우는 뜻밖의 요청을 했다.

"저도 받아 보려고요. 은하 씨 최면 치료."

은하는 너무 놀랐지만 반가운 일이라는 생각이 들었다. 그가 드디어 꽁꽁 싸매고 있던 자신의 아픔과 상처를 드러내어 제대로 치료하려고 했으니까.

"잘 생각했어요. 고마워요."

은하는 환하게 웃으며 그를 치료실로 안내했다.

은하는 그가 혹시나 최면에 걸리지 않으면 어쩌나 염려했지만, 그는 정말 치료를 받아 보려는 의지가 있었고 은하를 백 프로 신뢰하고 있어서 별 무리 없이 최면에 빠졌다.

기우는 잠에 든 것도, 깨어 있는 것도 아닌 몽롱한 상태에서 과거를 회상했다. 단순한 회상이라고 하기에도, 꿈이라고 하기에도 너무나 생생한 장면들이 눈앞에 그려졌다. 그는 완전히 그 시간으로 돌아가 있는 것 같은 착각을 느꼈다.

"나만 아니었어도……."

그는 안전벨트에 옷이 걸려 시간을 지체하게 되었을 때 가장 고통스러워했다. 일그러진 얼굴 위로 눈물이 흘렀다. 유리 파편이 어깨를 스쳐 가는 느낌이 그대로 되살아나서 그는 저도 모르게 어깨를 움찔거렸다.

그때 어깨 위로 낯선 온기가 느껴졌다. 순간적으로 쓰린 느낌이 사라졌다.

"아니에요. 기우 씨 잘못이 아니에요. 괜찮아요."

그녀는 따뜻한 목소리로 끊임없이 기우를 다독여 주었다. 그 목소리와 손길이 마치 하늘에 있는 어머니의 것처럼 느껴졌다.

"하늘 높이로 올라가서 아래를 내려다봐요. 저기, 어머니가 보여요. 붉은 꽃잎들이 춤을 추고 있고, 그 가운데 어머니가 환한 얼굴로 기우 씨를 보고 있어요. 어머니는 기우 씨한테 손을 흔들고 있어요. 잘 가라고. 조심히 가라고……."

기우의 숨이 가빠졌다. 그는 낯선 남자의 품에 안겨 비행기를 막 탈출한 상황이었다. 은하가 편집해 준 기억에 의하면, 그는 안전벨트에 옷이 끼이는 일이 없이 어머니의 손을 잡고 바로 빠져나왔지만 그럼에도 불구하고 여러 사람들 사이에 밀려 종국엔 어머니의 손을 놓치고 말았다.

은하의 말대로 어머니가 비행기 안에서 기우를 향해 손을 흔들고 있는 모습을 그려 보았다. 그 모습을 보는 것만으로도 가슴이 터질 것 같았다.

"어머니가 말씀하시네요. 다행이라고, 우리 아들, 정말 다행이라고……."

은하는 그에게 없는 기억을 만들어 주고 있었지만, 실제로도 어머니는 분명 그러셨을 거라는 생각이 들었다. 말을 하는 은하의 목소리도 어느덧 물기에 흠뻑 젖어 있었다.

"엄만 괜찮다고. 걱정 말고 잘 살아야 한다고…… 그렇게 말씀하시면서 환하게 웃으시네요. 그렇죠?"

기우의 입에서 깊은 탄식과 같은 울음소리가 새어 나왔다. 그는 결국 소리 내어 울기 시작했다. 수십 년간 참아 왔던 눈물을 한꺼번에 뱉어 내듯, 그는 마음껏 흐느끼며 울었다. 그의 입에서는 간간이 미안하다는 말이 새어 나왔다. 은하는 말없이 그의 다친 어깨를 어루만져 주며 그가 아픔을 모두 쏟아 낼 때까지 기다려 주었다. 그렇게 한참의 시간이 흐르고 그가 어느 정도 진정이 되었을 무렵, 은하는 차분하게 최면을 마무리해 주었다.

괜찮아요. 다 괜찮아.

너무나 흔한 그 한마디가 그의 가슴을 깨끗하게 씻겨 주었다.

마침내 최면에서 깨어난 그는, 속이 훨씬 가볍고 편안해진 것을 느끼며 그녀를 향해 옅은 미소를 지어 보였다. 지금껏 한 번도 누군가에게 꺼내지 못한 얘기를 모두 털어 냈고, 마음껏 울어 보았고, 진심 어린 위로를 받았다. 은하가 아닌 다른 어떤 누구도 그의 마음을 이렇게 잘 어루만져 주진 못했을 것이라는 생각이 들었다. 네가 살아서 다행이다, 라는 그 말. 어머니가 웃고 있었을 거라는 그 말. 그런 말은 누구도 해 주지 못했을 것이었다.

"고마워요. 정말로."

기우는 아직 최면의 여운이 가시지 않은 얼굴로 말했다.

"아니에요. 저야말로 감사해요."

그녀는 다감하게 웃으며 말했다. 기우는 부드럽게 휘어진 그녀의 눈매를 빤히 바라보았다. 저 아름다운 눈매가 내 것이기를 바란 적이 있었다. 하지만 이젠 아니었다. 그녀가 웃는 모습을 볼 수 있다는 것만으로도 만족하기로 했다.

"……미안해요."

그는 혼잣말을 하듯 나지막하게 한마디를 흘렸다.

"뭐가요?"

은하가 의아한 얼굴로 물었다.

'이 말이 너무 늦어서요.'

그는 어렴풋이 웃으며 속으로 생각했다.

'당신이 행복했으면 좋겠어요. 영원히.'

영문을 몰라 고개를 갸웃하는 그녀의 얼굴에는 봄기운 같은 미소가 흘렀다. 그 미소에 동화된 듯, 늘 겨울이던 그의 미소에도 작은 새싹이 돋아나고 있었다.

벚꽃이 만발한 길을 걸었다. 매년 봄이면 혼자 걷던 그 길을 누군가와 함께 걸었다. 맞잡은 두 손에 꽃잎이 떨어져 내렸다. 은하는 고개를 들어 앞을 보았다. 양쪽 길가에 끝도 없이 줄지어 선 벚나무들이 하늘하늘 흔들리고 있었다. 기태의 말대로 밤에 보는 벚꽃은 무척 아름다웠다. 가만히 바라만 보고 있어도 황홀경에 빠져드는 것 같았다.

"배 안 고파?"

"아직 괜찮아요. 저녁 먹으러 갈래요?"

"아니. 괜찮으면 저녁은 집에 가서 먹고 싶어."

"우리 집이요?"

"당연하지. 새삼스럽게 왜 물어? 2주 못 봤다고 너무한 거 아니야?"

기태가 장난스레 말하자 은하가 얼핏 웃음을 터뜨렸다.

"아니에요. 뭐 먹고 싶은데요?"

그러자 기태가 우뚝 멈추어 서더니 그녀를 향해 고개를 돌렸다. 은하가 왜 그러냐는 듯 빤히 바라보자 그는 피식 웃으며 은하의 입술에 입을 맞추었다. 순전히 입술과 입술만 맞닿은 짧은 입맞춤이었지만 은하는 놀라서 그를 질책하듯 말했다.

"뭐 하는 거예요! 사람들이 보잖아요."

지나가는 사람들이 흘깃흘깃거리는 것이 보였다.

"뭐 어때?"

"진짜 이럴 거예요?"

"그렇잖아. 내가 연예인도 아니고."

"아까 다 말했잖아요."

"자꾸 그렇게 투덜거리면 한 번 더 한다."

그러자 은하가 황당한 듯 그를 보더니 이내 입술을 씰룩거리며 짧은 숨을 내쉬었다. 하고픈 말은 많지만 참는다는 투였다.

"손은 잡아도 되고 키스는 안 돼? 그거 이상하잖아."

기태는 입꼬리를 올린 채 약 올리듯 말했다. 손도 그가 강제로 잡은 것이긴 하지만 할 말은 없었다. 은하는 분한 듯 그를 흘겨보았다.

"너무 신경 쓰지 마. 문제 될 거 없어."

그는 차분한 목소리로 다독이듯 말했다. 그의 진지한 어조에 은하의 표정도 조금 풀렸다.

"그냥 사랑하자. 그래도 돼."

"……."

"아무 문제 없어."

그는 잡은 손에 더욱 힘을 주며 말했다. 은하는 어렴풋이 미소를 지었다. 가끔 그가 이렇게 듬직한 모습을 보일 때면 정말 아무 생각 않고 기대고 싶었다. 그래도 될 것 같았다.

"저녁은 만두전골 어때? 김치만두랑 고기만두 섞어서."

"좋아요. 기태 씨가 해 줄 거예요?"

"음, 그래."

"정말요?"

은하의 눈이 반짝거렸다.

"대신 조건이 있어."

"뭔데요?"

은하가 불안한 듯 묻자 기태가 한쪽 입꼬리를 올려 웃었다.

"기태야."

"네?"

"기태야, 해 보라구."

은하는 당황한 듯 입술을 벙긋거리기만 할 뿐 순간 아무 말도 하지 못했다. 그러자 기태가 하핫, 하고 짧게 소리 내서 웃었다. 그는 귀엽다며 은하의 볼을 길게 꼬집었다. 은하는 눈썹을 살짝 찌푸린 채 여전히 모르겠다는 표정을 지었다.

"우리 동갑이잖아. 언제까지 그렇게 깍듯하게 존대할 거야?"

"아무리 그래도 어떻게 갑자기……."

"이름 부르는 게 힘들면 그냥 말만 놓든가."

"……."

"나만 놓는 거 억울하지도 않아?"

"난 괜찮아요."

"난 안 괜찮아. 더 가까워지고 싶어."

가까워지고 싶어. 사뭇 진지한 그의 표정에 은하는 잠시 말을 멈추었다. 사실 은하는 성인이 된 이후로 누군가와 그다지 가깝게 지낸 적도 없었고, 그만큼 타인과 말을 놓아 본 경험이 없었다. 그래서 항상 누구와든 존대를 하는 게 익숙하고 편했다. 하지만 기태의 말처럼 연인 사이엔 조금 편하게 해도 되지 않을까, 하는 생각을 한 적은 있었다.

"그럼 만두전골은 없던 얘기로."

은하는 놀란 듯 눈을 크게 뜨고 그를 보았다. 그 눈이 약간 서글픈 듯 처지자 기태는 금세 마음이 약해져서 헛기침을 두어 번 하더니 한 발 양보해서 말했다.

"알았어. 한 번에 고치긴 힘들 테니까 천천히 해, 그럼. 대신, 이 말 한마디만."

은하가 큰 눈을 깜빡이며 그를 보았다. 그는 은하의 귓가에 대고 비밀스럽게 속삭였다.

"사랑해."

간지러운 바람과 함께 달콤한 말이 귓속으로 밀려 들어오자 온몸이 간지러워지는 것 같았다. 은하의 웃는 얼굴을 보더니 기태는 얼른 허리를 숙여 자신의 귀를 그녀의 입가에 갖다 대었다. 똑같이 해 달라는 말인 모양이었다. 은하는 잠시 머뭇거리다가 그의 귓가에 양손을 모으고 목청을 가다듬었다.

긴장한 채 그녀의 말을 기다리던 기태는 이윽고 귀가 아닌 피부에 닿는 보드라운 감촉에 피식 웃고 말았다. 그녀가 말을 하려는 듯 숨을 깊게 들이쉬다 말고 그의 볼에 입을 맞춘 뒤 도망치듯 그에게서 떨어진 것이었다.

"고은하."

기태가 허탈한 듯 웃으며 그녀의 이름을 불렀다. 그녀는 어느새 열 걸음 정도는 떨어진 거리에서 기태를 바라보며 환하게 웃고 있었다. 큰 보폭으로 그녀에게 다가가던 그의 걸음이 조금씩 느려졌다. 그는 잠시 넋이 나간 얼굴로 그녀의 모습을 가만히 바라보았다.

바람에 흩날리는 벚꽃 아래 그녀가 있었다. 그녀는 꽃보다 화사한 미소를 띠며 뒤로 걷고 있었다. 그녀의 머리칼이 흩날리면서 떨어지는 벚꽃과 함께 어우러졌다. 순간 꿈을 꾸고 있는 것처럼 몽롱한 기분이 들면서 가슴이 뭉클해졌다.

그 모습이 너무 아름다워서. 현실이 아닌 것만 같았다.

사랑해.

귓속말로 해 주지 못한 그 말을, 그녀는 입 모양으로 대신 해 주었다. 그리고 부끄러운 듯 더욱 크게 웃으며 뒤로 돌아섰다. 그 모습을 뚫어져라 바라보던 기태의 보폭이 다시 넓어졌다. 느릿하던 그의 걸음에 조금씩 속도가 붙었다. 그는 금세 은하를 따라잡아 그녀의 팔을 잡고 돌려 세웠다. 그녀는 여전히 수줍은 미소를 머금은 채 그를 돌아보았다. 그는 그 미소에 잠시 시선을 두는 듯하더니 곧바로 그녀의 입술을 삼켜 버렸다.

혀끝에 꿀처럼 달콤한 맛이 감돌았다. 너무나 그리웠던 맛. 너무나 사랑하던 맛. 그는 오랜만에 맛보는 그 달콤한 맛에 홀린 듯 더 깊이, 더 깊이 그녀의 안으로 들어가고 있었다. 처음엔 망설이는 듯하던 그녀도 이윽고 손을 올려 그의 허리를 잡았다.

사람들이 지나가건, 흘긋거리건 아무 상관 없었다.

그는 그저 지금 이 순간을 조금 더 특별하게 간직하고 싶었다. 그녀와 처음 맞는 봄. 은은한 달빛 아래 쏟아지는 벚꽃. 그리고 그 찬란한 야경보다 더 빛나는 그녀. 기태는 지금 이 순간 그 모든 것을 가질 수 있음에 진심으로 감사했다. 그리고 언젠가 그녀가 해 주었던 말을 되새겨 보았다.

'살아 있다는 건 큰 축복이고, 사랑하는 사람과 함께라는 건 그 축복을 매 순간 실감하는 일인 것 같아요.'

축복을 선물해 준 그녀가 웃었다. 그도 따라 웃었다. 그들의 웃음 사이로 새로운 꽃이 피어나고 있었다. 비로소, 진짜 봄이 오고 있었다.

봄.

그들이 함께 맞는 첫 번째 봄이었다.

기우 외전

해 질 녘, 기우는 느린 걸음으로 산길을 올랐다. 그의 손에는 백합꽃 한 다발이 들려 있었다. 4월 2일, 오늘은 어머니의 결혼기념일이었다. 그는 매년 기일뿐 아니라 결혼기념일에도 어머니를 찾아왔다.

영원한 사랑이라는 꽃말을 갖고 있는 백합은, 아버지가 결혼기념일마다 어머니에게 선물해 주었던 것이었다. 매년 같은 선물이 지겨울 만도 한데 어머니는 받을 때마다 백합만큼이나 새하얀 미소를 띠고 가장 아끼는 화병에 꽃을 꽂았다. 고작 꽃다발 하나가 전부였는데, 어머니는 1년 중 그때가 가장 행복해 보였다.

기우는 저물어 가는 해를 보며 쓸쓸한 미소를 짓다가 어머니의 산소 쪽으로 시선을 돌렸다. 그런데 그 순간 몸이 얼기라도 한 듯 바싹 굳어 움직일 수가 없었다. 기우는 차마 한 발도 내딛지 못하고 멍하니 서서 앞을 바라보았다. 잘못 본 건가 싶어 지그시 눈을 감았다 떠 봤지만 마찬가지였다. 변하는 것은 없었다.

어머니의 묘비 앞엔, 이미 한 다발의 백합꽃이 놓여 있었다.

'사는 동안 한 번은 어머니가 생각나는 날이 오겠죠. 어머니 무덤을 바로 보실 수 있는 날이 오겠죠. 그럼 그땐 어머니만을 위한 꽃을 사서 드리고, 딱 한마디만 해 주세요.'

'……미안하다고.'

그는 그 자리에 선 채 한참 동안 꽃을 바라보았다. 목울대가 뜨겁게 간지러워졌다.

아버지는, 어머니가 돌아가신 후로 기일에도 꽃 한 송이 사 온 적이 없었다. 매번 기일이면 가족들과 함께 오긴 했지만, 옆에 있는 한 여사가 걸려서인지 그는 무덤을 향해 짧은 눈길 한 번 제대로 준 적이 없었다. 늘 혼자 약간 떨어진 곳에 서서 먼 곳을 응시하거나 산만 둘러볼 뿐이었다.

그런 그가 기일도 아닌 결혼기념일에 찾아와 백합꽃을 주고 갔다니. 그 사실이 믿기지 않으면서도 비로소 마음 한구석에 남아 있던 한 덩이 얼음이 조용히 녹아내리는 것 같았다.

"좋으시겠네요, 어머니."

그래도 어머니가 온 마음을 다해 사랑했던 사람이, 일말의 양심도 없는 냉혈한은 아니어서 다행이라고. 그는 속으로 읊조렸다.

기우는 어머니의 묘비 앞에 가져온 백합꽃을 살며시 내려놓았다. 비슷한 듯 다른 백합꽃 두 다발이 나란히 놓여 있었다.

"죄송해요, 어머니."

고요한 무덤 위를 따스한 봄바람이 훑고 지났다.

"그동안 너무 못난 모습 보여서……."

만일 지난 수십 년 동안 그녀가 어디선가 그를 지켜보고 있었다면, 가슴이 아파 많이 울었을 것 같았다. 이제 더는 그녀를 울게 하고 싶지 않았다.

무덤 위로 오늘의 마지막 햇살이 어렴풋이 쏟아져 내렸다. 그러나 기우는 사라져 가는 햇살이 더는 슬프지 않았다. 누군가, 저녁노을은 죽음이 아니라 생명이라는 것을 느끼게 해 준 뒤부터 그랬다.

"근데 전 어쩔 수 없는 놈인가 봐요."

그 누군가를 생각하자 자연히 입가에 아픈 미소가 걸렸다.

"끝까지 말하지 못했어요. 끝까지……."

어제 용기 내어 연구소를 찾아가 치료를 받고, 처음으로 진심 어린 사과도 했지만, 그는 끝내 자신의 비밀을 말하지 못했다. 도무지 그녀에게 자신이 했던 일을 고백할 자신이 없었다. 평생 스스로를 비겁하다 욕하며 살더라도, 그는 그녀에게만큼은 '좋은 사람'이고 싶었다. 그래서 생각했다.

그 대가로, 감히 그녀를 탐내지 않겠다고. 그녀의 행복만을 빌어 주겠다고.

고작 그것만으론 안 된다는 걸 알지만, 그것이 그가 할 수 있는 최선이었다.

처음 그녀를 본 것은 11년 전이었다. 11년 전 겨울, 어느 초라한 장례식장. 기우는 기태를 데려오라는 아버지의 명령으로 도시 외곽의 작은 병원 장례식장에 갔다. 기태는 벽에 등을 기대고 앉아, 더 이상 눈물도 나오지 않는 듯 붓고 흐리멍덩한 눈으로 허공을 응시하고 있었다. 그의 몸은 시체보다 더 축 늘어져 있었지만, 오른손만큼은 힘이 바싹 들어가 있었다. 무언가를 꼭 쥐고 있는 것 같았다.

기우는 영정 사진 속 여학생을 보았다. 이미 한 번 본 적이 있었지만 그때와는 다른 분위기가 느껴졌다. 자신이 검은 액자 속에 잠들어 있는 줄도 모르고 고운 미소를 짓고 있는 여자. 기우는 그녀를 오래 바라보지 못하고 시선을 돌렸다. 기태에게는 뻔뻔한 척했지만, 그녀의 소식을 들었을 때 그도 심장이 쿵 내려앉는 것 같았다.

'일어나.'

기우가 그의 앞에 가서 조용히 말했다. 초점을 잃은 눈으로 정면만 보던 기태는 아주 느리게 고개를 들어 그를 보았다. 그리고 그를 본 순간, 기태의 눈시울이 빠르게 붉어지더니 이윽고 눈빛에 매서운 살기가 스며들었다.

'네가 여길 어디라고 와. 어디라고!'

기태가 감정을 참지 못하고 자리에서 벌떡 일어나더니 그에게 달려들며 소리쳤다.

'이게 다 누구 때문인데. 주미가 누구 때문에 죽었는데!'

기태가 울며 소리치자 기우는 놓으라며 그를 있는 힘껏 밀쳐 냈다. 기우의 강한 힘에 한 발 밀린 기태는 금세 다시 날이 선 눈빛으로 주먹을 쥐고 달려들었다. 기우가 아무리 막아도 소용이 없었다. 그는 거의 정신을 잃은 것처럼 보였다. 결국 유가족들이 나와 뜯어말리는 지경에까지 이르렀다. 주미의 오빠가 기태를 데리고 밖으로 나갔다.

기우는 유가족들에게 갑작스런 소란을 피워 죄송하다는 말과 함께 준비해 온 봉투를 건넸다. 그들은 연신 봉투를 거절했지만 기우는 끝끝내 주미 모의 손에 그것을 쥐여 주고 나왔다. 그것으로라도 발등을 짓누르는 정체 모를 무게를 줄이고 싶었다.

그런데 나오는 길에 그는 바닥에서 무언가 반짝 빛이 나는 것을 보았다. 자세히 보니 그것은 기태가 요즘 하고 다니던 은색의 팔찌였다. 아무 생각 없이 팔찌를 집어 든 기우는 순간 뇌리를 스치고 지나는 어떤 잔상에 발을 멈추고 섰다.

쿵. 한 여학생이 쓰러졌다. 남자는 씩 웃으며 피 묻은 망치를 점퍼 안에 숨겼다.

임주미. 그녀가 떠나던 순간의 기억인 것 같았다. 기우의 목젖이 들썩였다. 그는 정신을 집중해서 팔찌를 잡은 손에 힘을 주어 보았다.

어둡고 음침한 골목. 주미는 계속 팔찌를 만지며 걸었다. 어디론가 전화를 걸어 보지만 전화는 연결되지 않는 것 같았다. 어느 순간, 그녀는 골목에서 나오는 낯선 남자를 보았다. 그리고 골목 안에 숨어 있는 한 여자도 보았다.

얼핏 보기에 주미와 닮은 여자였다. 베이지색 더플코트에 검은 스타킹, 검은 구두를 신은 긴 생머리의 여자. 그녀는 완전히 굳은 채 어딘가 공포에 질린 얼굴로 주미를 보고 있었다. 주미는 다시 길을 걸었고, 그녀의 뒤로 낯선 남자가 따라왔다. 그리고 머지않아 쿵. 그녀는 짧은 비명 소리 한 번 내 보지 못하고 쓰러졌다. 잠시 기억의 화면이 지직거리며 끊겼다.

그런데 여기서 끝인가 싶어 눈을 뜨려던 순간, 화면이 다시 살아나면서 한 여자가 보였다. 잔뜩 긴장한 얼굴로 의아해하며 팔찌를 들여다보고 있는 여자. 골목에 숨어 주미를 바라보고 있던 여자였다. 그 여자는 곧 팔찌에서 무언가를 발견한 듯 놀란 얼굴로 팔찌를 떨어뜨리더니 도망치듯 골목을 빠져나갔다. 그러나 기우는 그 여자의 명찰을 보았다. 명찰에는 고은하라는 이름이 적혀 있었다.

'……뭐지, 이 여자?'

기우는 팔찌가 기억하고 있는 고은하라는 여자에게 의문을 가지게 되었다. 그리고 천천히 기억을 되짚어 보았다. 피해자와 상당히 닮은 차림새를 하고 있던 그녀는, 피해자와 같은 골목에 있었다. 그리고 대문 앞에 몸을 바짝 붙이고 숨은 채로 벌벌 떨며 주미를 보고 있었다. 마치, 그 낯선 남자가 살인자라는 것을 알기라도 하는 듯이.

잔상을 몇 번이나 다시 본 뒤에야 기우는 주미를 닮은 은하가 본래 남자의 목표였고, 그녀가 숨은 바람에 주미가 대신 죽게 되었으며, 그것을 알게 된 은하가 도망쳤다는 것까지 짐작할 수 있게 되었다.

'참 기묘한 운이네.'

그러나 그것은 자신과 별 상관이 없는 일이었기에 기우는 그렇게만 생각하고 넘겼다. 단, 주미의 사고를 조사하는 과정에서 목격자가 한 명도 나오지 않았다는 사실은 재미있게 여겼다. 자신 대신 죽은 사람인데, 수사 과정에도 참여하지 않다니. 자세한 상황이야 모르지만, 그는 그녀를 비겁하다고 생각했고, 어느 정도의 동질감을 느꼈다. 안타깝지만, 주미의 죽음에 있어서 그녀도 결코 책임을 피할 수 없는 상황이었으니까. 11월 30일 이후 줄곧 그의 발등을 눌러오던 정체 모를 무게가 반쯤은 줄어든 기분이 들었다.

그리고 11년이 지난 어느 날, 그는 그녀를 다시 보게 되었다. 아버지의 명으로 한국최면치료연구소의 조 소장을 찾아갔던 날이었다. 엘리베이터를 같이 타던 순간부터 기우는 그녀를 보며 얼핏 누군가 닮았다는 생각을 했다. 그러다 연구소 앞에서 그녀의 얼굴을 보자 누군가 기억이 날 듯 말 듯 한 느낌을 더욱 강하게 받았다. 그는 그 아리송한 기분을 떨치기 위해 연구소 벽면에 걸린 치료사들의 이력을 살폈다. 그리고 그녀의 사진과 함께 아주 낯익은 이름을 발견하게 되었다.

고은하. 쉽게 잊을 수 없는 이름이었다. 지금껏 그를 힘들게 했을 정체 모를 무게를 반쯤 나눠 가져 주었던 사람이기 때문에. 어쩌면 평생 비슷한 감정을 가지고 살아야 하는 사람이기 때문에.

'반갑습니다. 손기우라고 합니다.'

그는 마지막으로 확인 차원에서 그녀에게 손을 내밀었다. 그리고 읽을 수 있었다. 여전히 그녀의 인생을 옭아매고 있는 어두컴컴하고 슬픈 기억을.

그것을 보는 순간, 그는 아주 막연하게 생각했다. 이왕 하는 최면 치료라면, 그녀가 하는 게 더 재미있겠다고. 주미를 꼭 닮은 그녀를 보는 것도, 그녀에게 치료를 받는 것도, 그리고 그녀의 비밀을 알게 되는 것도, 기태를 힘들게 할 것이다. 만일 기태가 그녀에게 진짜 마음을 열게 된다면, 만에 하나 사랑이라도 하게 된다면, 그는 11년 전과 같은 고통을 또다시 겪게 될 것이었으니까. 기태를 힘들게 하는 것. 무너지게 하는 것. 그것이 그의 목표였다.

'죄송하지만 담당 선생님을 바꾸려고 합니다.'

'…….'

'고은하 선생님이 해 주셨으면 합니다.'

그것이, 자신에게도 어떤 영향을 끼칠 것이라는 생각은 눈곱만큼도 해 보지 못했다.

'밤엔 너무 쌀쌀하네요. 옷 잘 입고 다녀요.'

그러다 어느 날이었다. 집을 나가면서 넘어지려던 그녀를 붙잡아 준 순간, 그는 그녀의 왼팔에서 예기치 못한 기억을 읽게 되었다. 그녀는 끔찍한 악몽에 시달리고 있었다. 지울 수 없는 죄책감이 그때의 기억을 더욱 흉측하고 잔인하게 변형시킨 것 같았다.

비겁하다고만 생각했는데, 그녀는 생각보다 더욱 크게 고통받고 있었다. 그것을 알게 된 순간, 이상했다. 자신의 잘못이 아니라고 생각하며 평생을 살아온 그와는 반대되게, 그녀는 자신의 잘못이라 생각하며 평생을 살아온 것 같았다. 얼핏 보는 것만으로도 힘든 고통 속에서 그는 생전 처음 느껴 보는 묘한 기분에 휩싸였다.

'조심해야죠. 여기서 넘어지면 위험해요.'

'……네, 고마워요.'

'잘 때 옆으로 누워서 자요.'

'네?'

'그럼 가위에 덜 눌린다고 하더라구요.'

그때부터였던 것 같다. 그녀의 아픔을 보고 싶지 않아졌던 것이.

'그럼, 오늘이 마지막이겠군요.'

'……그러네요.'

'어쨌든, 그동안 수고 많으셨습니다.'

갑자기 최면 치료를 그만두겠다던 그녀의 진짜 마음을 알기 위해 일부러 악수를 청하고 세 번째로 기억을 읽었던 날은 또 다른 기분이 그를 찾아왔다. 기억 속의 그녀는 별장에서 세 번째 서랍장을 열었고, 그 안에서 주미의 사진과 팔찌를 보았다. 그녀가 다 알게 된 것이었다. 그 순간, 기우는 당황했다. 어차피 그녀가 먼저 알게 될 일이긴 했지만 이렇게 빨리는 아니었다. 그리고 그의 궁극적인 목표도, 그녀가 아니라 그였다. 그 사실을 알고 힘들어하길 바란 것은, 그녀가 아니라 그였다.

'……오지 마. 오지 말라구!'

그러나 잔상의 마지막은 겁에 질린 그녀의 얼굴과 눈물이었다. 그녀는 악몽에 시달릴 때와는 비교도 할 수 없을 정도로 고통스러워하고 있었다. 그리고 그 고통을 만들어 낸 것은 자신이었다. 그녀의 고통에 미칠 수는 없겠지만, 그는 그녀를 따라 가슴이 아려 오는 것을 느꼈다.

단순히 아픔을 보고 싶지 않던 마음은, 머지않아 그녀가 정말 아프지 않았으면 좋겠다는 마음으로 바뀌었고, 이윽고 그녀가 행복했으면 좋겠다는 마음으로 바뀌었다. 그런 감정의 변화 속에서 그는 점점 더 아파졌지만, 괜찮았다. 그녀에게 너무도 미안해서, 그 죄를 씻기 위해선 평생 아파도 될 것 같았다. 그리고 그는 생전 처음, 사랑이라 부를 만한 감정을 느끼게 되었다.

그녀로 인해, 그는 비로소 진짜 사람이 된 것 같았다.

'그러니까 너도 다른 힘을 찾아. 다른, 삶의 이유.'

어쩌면 그녀는, 이미 그가 살아갈 다른 힘이 되어 주고 있었는지도 몰랐다. 하지만 이젠 정말 그녀를 떠나보내 주어야 할 것 같았다.

그는 사라져 가는 햇살과 닮은 희미한 미소를 지으며 그녀를 생각했다. 그리고 하늘을 보며 어제와 같은 소망을 빌었다.

'……미안해요.'

'당신이 행복했으면 좋겠어요. 영원히.'

비겁한 자신을 책망하며, 그는 마지막으로 어머니의 무덤을 향해 말했다. 못난 자식이라 죄송하고, 40주년을 축하드린다고. 그러고도 한참을 어머니를 느끼듯, 그녀의 무덤에 기대어 앉아 있던 그는, 해가 완전히 사라질 무렵 천천히 몸을 일으켰다.

그런데 그즈음 어디선가 발소리가 들렸다. 누군가 터덜터덜 힘없이 걸어오는 소리였다. 기우는 그쪽으로 시선을 돌려보았다. 한 여자가 걸어오고 있었다. 별생각 없이 시선을 거두던 기우의 눈동자가 멈추었다. 그는 다시 여자를 바라보았다. 여자는 고개를 푹 숙이고 기우 어머니의 무덤 옆으로 걸어왔다. 어머니 옆에 있는 무덤이 그 여자가 찾아온 무덤이었다. 그녀는 조용히 묘비 앞에 앉아 술을 따른 뒤 곳곳에 술을 뿌렸다.

여자의 목에는 봄에 어울리는 아이보리색 스카프가 둘러져 있었다. 기우의 시선이 잠시 그 스카프에 머물렀다.

여자는 묘비 앞에서 몸을 한껏 웅크린 채 가늘게 떨고 있었다. 자세히 보니 흐느끼는 것 같았다. 기우는 여자를 가만히 바라보다가 조용히 몸을 틀었다. 방해가 안 되게 그 자리를 떠나 주려는 것이었다. 그런데

산을 내려가려던 기우의 발걸음이 멈칫했다.

사삭, 나뭇잎들이 서로 부딪치는 소리가 들렸다. 바람이 불고 있었다. 아주 강한 바람이었다. 그 바람에 어디선가 아이보리빛 물체가 나비처럼 날아와 그의 옆에 툭 떨어졌다. 기우는 뒤를 돌아보았다. 얼마나 슬피 울고 있는지, 여자는 자신의 스카프가 바람에 날아간 것도 모르고 있는 모양이었다.

하는 수 없이 기우는 그 스카프를 집어 들었다. 그런데 그 순간, 기우의 손끝에 짜릿한 느낌이 스쳐 지났다. 또다시, 보고 싶지 않던 타인의 기억이 그의 머릿속을 강렬하게 뚫고 들어왔다.

침실이었다. 한 남자와 여자가 함께 있었다. 남자는 여자에게 선물상자를 건넸고 여자는 열어 보더니 아이보리색 스카프를 꺼내 이리저리 살펴보다가 생긋 웃으며 다시 돌려주었다. 괜찮다는 말을 하는 것 같았다. 기우는 여자의 얼굴을 자세히 살폈다. 확실히 지금 만난 스카프의 주인은 아닌 것 같았다. 분위기나 머리 모양이 많이 달랐다. 스카프를 쥐고 있는 기우의 손이 미세하게 진동했다.

놀라울 정도로 익숙한 영상이었다. 순간적으로 가슴이 뛸 만큼 비슷한 상황이었다. 조금 다른 게 있다면, 침실의 여자가 스카프를 받고 난 뒤 보인 행동이었다. 한 여사는 부정적이었지만, 그녀는 긍정적이었다. 하지만 기우는 이 스카프의 주인과 남자가 연인이나 부부 관계는 아니기를 바랐다.

기우는 잠시 머뭇거리다가 발을 내디뎌 여자에게 다가갔다. 어찌 됐든 스카프는 돌려주기 위해서였다. 그러나 여자는 기우의 기척을 전혀 느끼지 못하고 있었다. 기우는 여자의 뒤에 서서 조심스럽게 손을 뻗었다.

“미안해…… 누나가 정말 미안해…….”

그때 여자의 목소리가 처음으로 들렸다. 기우의 손이 허공에서 멈추었다.

“챙겨 줄 사람이라곤 누나 하나가 전분데…… 내가 잊어버렸어. 깜빡해 버렸어. 나 살기 바쁘다구…… 누나 정말 못됐지? 미안해. 정말 미안해…….”

기우는 여자가 우는 것을 가만히 지켜보았다. 여자는 한참 뒤에야 눈물을 그치고 소주 한 잔을 따라서 한 번에 들이켰다. 기우는 조금 당황했지만 이제 그녀에게 스카프를 줘도 되겠다는 생각으로 다시 한 번 손을 뻗었다. 그런데 여자는 기우의 손이 닿기 전에 자리에서 벌떡 일어나더니 주위를 두리번거리기 시작했다. 무언가를 찾는 모양새였다.

“어디 갔지? 스카프…… 내 스카프!”

기우는 자칫 도둑 취급을 받을지도 모르겠다는 위기감에 얼른 입을 열었다.

“이거 찾으십니까?”

여자가 깜짝 놀라며 스카프를 받아 들었다. 여자는 의아한 표정으로 기우를 보았다. 기우는 여자의 얼굴을 처음으로 제대로 보았다. 여자는 평범한 듯 예쁜 얼굴이었다. 화장기 없는 하얀 얼굴과 하나로 올려 묶은 머리, 수수한 옷차림이 인상적이었다.

“바람에 날려 와서 주웠습니다.”

“아, 감사합니다.”

여자는 여러 번 고개를 숙여 감사를 표했다.

“제 동생이 생일 선물로 사 줬던 거라, 정말 소중한 건데…….”

동생을 언급하려니 다시 슬픔이 차오르는 듯 여자는 눈물을 억지로 누르며 말했다.

“정말정말 감사합니다.”

동생이라. 다행히 영상 속의 남자는 그녀의 연인이 아닌 동생이었다. 아마도 그 동생은 지금 죽어서 이 무덤 속에 잠들어 있는 모양이었다. 기우는 다시 한 번 영상을 되새겨 보았다. 아마도 침실의 그 여자는, 동생이 누나에게 선물해 주려고 샀던 스카프를 대신 봐 준 모양이었다. 괜히 안도감이 들었다.

"아닙니다. 그럼……."

기우는 짧게 인사를 하고 뒤를 돌았다. 여자가 뒤에서 지켜보고 있는 듯한 느낌에 어깨가 조금 불편해졌다.

어느새 해가 완전히 지고 어둠이 내려앉아 있었다. 뚜벅뚜벅. 기우의 발소리만이 산길을 울렸다. 그러다 그 발소리가 멈추었다. 기우는 얼마 못 가서 다시 뒤를 돌아보았다. 여자는 아직 그 자리에 가만히 서 있었다. 여자와 기우의 눈이 마주쳤다. 기우는 잠시 뒤에 다시 그녀 쪽으로 천천히 걸음을 했다. 여자는 의아한 얼굴로 기우를 빤히 바라보았다.

기우는 어느덧 여자의 앞에 멈추어 서서 그녀의 눈동자를 오래도록 바라보았다.

"……왜 그러세요?"

여자가 조심스럽게 물어왔다.

"밤이라서요."

여자의 눈동자는 그녀를 꼭 닮아 있었다. 아픈 듯 맑았던 그녀의 눈동자를.

"네?"

"혹시 밤을 무서워하실까 봐."

그녀는 동글동글한 눈을 깜빡이며 말없이 그를 바라보았다. 기우의 입가에 얼핏 미소가 걸렸다.

"나쁜 사람 아니니까 걱정 마요."

"아, 아니 그런 게 아니라……."

"차 없으시면 산 아래까지만 데려다 드릴게요."

그녀는 여전히 그의 호의가 당황스러워 보였다.

"싫으시면 어쩔 수 없고요."

기우는 여유롭게 웃으며 말한 뒤 그녀가 아무 대답이 없자 다시 뒤를 돌았다. 그때 그의 옷자락이 살짝 잡히는 느낌이 들었다. 돌아보니 그녀가 두 손가락의 끝으로 그의 옷을 아주 살며시 잡고 있었다.

"……같이 가요."

"……."

"감사합니다."

그녀의 입가에 어렴풋이 미소가 걸렸다. 눈가에 말라 있는 눈물은 달빛을 받아 반짝거렸다. 기우는 문득, 그 눈물을 닦아 주고 싶다는 생각이 들었다. 지금 당장은 아니더라도 언젠가, 혹시라도 이 눈물을 다시 보게 되는 날이 오면 그땐 닦아 줄 수 있었으면 좋겠다고.

그도, 누군가의 눈물을 닦아 줄 수 있는 사람이 되면 좋겠다고. 그는 그런 생각을 했다.

"손기우예요."

기우는 은하 이후로 다시없을 것만 같았던 낯선 감정을 다시 느꼈다.

"제 이름이요."

그래서 생전 처음으로, 진심에서 우러나온 용기를 내 보았다.

"이름이 뭐예요?"

그녀의 큰 눈이 한 번 깜빡이더니 이내 그를 향해 부드럽게 휘어졌다.

얕지만 어두운 밤이었다. 기우는 차가 있는 곳까지 그녀를 자상하게 안내하며 걸었다. 항상 혼자 왔고 혼자 가던 그 길을, 이번엔 누군가와 함께 걸었다.

그가 걷는 길이 늘 고통만 가득했던 어두운 길이었다는 것도 인식하지 못한 채, 미약한 달빛을 아름답다 느끼며 걷고 있었다.

함께, 걷고 있었다.

작가 후기

우리는 운명적 사랑을 꿈꾸지만 운명은 두려워합니다. 운명이라는 건 인간이 어찌할 수 없는 힘이라는 것을 알지만, 우리가 혼자가 아니라 함께라면, 그것을 다르게 견뎌 낼 수도 있지 않을까 했습니다. 독한 운명 속에서 힘들었을 텐데 잘 버텨 준 그들에게 감사합니다. 그들을 그리면서 저도 함께 치유되는 듯한 느낌을 받았습니다. 깊은 어둠 속에서 빛을 발견하는 그들을 보며, 이 글을 읽을 누군가도 위안을 받을 수 있기를 소망합니다.

최윤서로 쓰는 네 번째 이야기. 끝까지 갈 수 있게 늘 힘이 되어 준 스윗소 여러분과 여러 독자님들께 감사합니다. 처음 이야기를 시작하면서 모험이라는 생각에 많이 두려웠고 방황도 했는데 포기하지 않도록 길을 잡아 준 가족들과 지인 작가분들께도 감사합니다.

어느새 봄이 지나가고 있습니다. 봄의 끝 무렵에도, 그들은 '축복' 속에 함께 웃고 있으리라 믿습니다. 여러분들에게도 늘 '축복'이 함께 하길 바랍니다.

조금 더 따뜻하고 달콤한 이야기 『희망고문』으로 곧 찾아뵙겠습니다.

- 최윤서 드림.

Black Hole

블랙홀

초판 1쇄 찍음 2014년 4월 25일
초판 1쇄 펴냄 2014년 5월 2일

지은이 | 최윤서
펴낸이 | 정 필
펴낸곳 | 도서출판 **뿔미디어**

편집장 | 이재권
기획 · 편집 | 주종숙

출판등록 | 2002년 9월 11일 (제1081-1-132호)
주소 | 경기도 부천시 원미구 상동로 117번길 49(상동) 503호
전화 | 032)651-6513 / 팩스 | 032)651-6094
E-mail | dahyangs@naver.com
블로그 | http://blog.naver.com/dahyangs
홈페이지 | http://bbulmedia.com

값 9,000원

ISBN 979-11-315-1134-3 03810

www.bbulmedia.com

www.bbulmedia.com